本书获长春师范大学学术专著出版计划项目支持

圣杯文学意象的世俗化研究

高红梅 著

中国社会科学出版社

图书在版编目（CIP）数据

圣杯文学意象的世俗化研究 / 高红梅著. —— 北京：中国社会科学出版社，2024.8. —— ISBN 978-7-5227-4076-8

Ⅰ. I106

中国国家版本馆 CIP 数据核字第 2024ZH2167 号

出 版 人	赵剑英
责任编辑	杨　康
责任校对	王　潇
责任印制	戴　宽

出　　版	中国社会科学出版社
社　　址	北京鼓楼西大街甲 158 号
邮　　编	100720
网　　址	http://www.csspw.cn
发 行 部	010-84083685
门 市 部	010-84029450
经　　销	新华书店及其他书店
印　　刷	北京明恒达印务有限公司
装　　订	廊坊市广阳区广增装订厂
版　　次	2024 年 8 月第 1 版
印　　次	2024 年 8 月第 1 次印刷
开　　本	710×1000　1/16
印　　张	18
插　　页	2
字　　数	233 千字
定　　价	99.00 元

凡购买中国社会科学出版社图书，如有质量问题请与本社营销中心联系调换
电话：010-84083683
版权所有　侵权必究

目 录

导 论 ·········· 1
第一节 骑士文学以及圣杯意象的经典性 ·········· 1
第二节 圣杯意象研究现状述评以及研究路径的确立 ·········· 11

第一章 追寻母题、圣杯追寻以及圣杯意象的特征 ·········· 24
第一节 西方文学的追寻母题 ·········· 24
第二节 追寻母题与圣杯意象的特征 ·········· 35
第三节 文艺复兴时期世俗观念与圣杯意象的衰落 ·········· 43

第二章 从文艺复兴到启蒙时期：圣杯意象的沉潜以及理性建构的开启 ·········· 52
第一节 《亚瑟王之死》的圣杯追寻：世俗政治的兴盛 ·········· 52
第二节 文艺复兴文学对圣杯意象的改写 ·········· 67
第三节 圣杯追寻的失落与启蒙时期的理性文明 ·········· 87

第三章 19世纪浪漫主义思潮：圣杯意象的复魅与理性的交织 ·········· 98
第一节 浪漫主义文学思潮与圣杯传奇的衍生 ·········· 99

第二节 《埃及少女或水仙的传奇》：圣杯骑士与华兹华斯的殖民意识 …………………………………………… 111

第三节 丁尼生《国王叙事诗》：圣杯意象的过渡性 …………… 124

第四章 20世纪西方现代文学的转型：圣杯意象的祛魅及其对技术理性的批判 ……………………………………… 137

第一节 现代文学中圣杯意象的祛魅 ………………………… 137

第二节 《都柏林人》：圣杯意象的诗性政治与精神荒原症候 … 144

第三节 艾略特《荒原》：圣杯意象的变异及其神话思维 ……… 156

第四节 怀特《残缺骑士》：人文主义视域下的两难追求 ……… 169

第五节 洛奇《小世界》：圣杯隐喻与自省意识 ……………… 180

第五章 世纪之交圣杯意象的重塑与西方文学的多元话语 …… 190

第一节 世纪之交圣杯意象的阐释 …………………………… 191

第二节 《圣血与圣杯》对圣杯阐释传统的解构 ……………… 202

第三节 《达·芬奇密码》的圣杯重塑及其女神崇拜 ………… 212

第四节 《圣杯奇谋》的圣杯叙事对生命主体的建构 ………… 221

第五节 英国现代奇幻文学对圣杯追寻传统的承袭 …………… 231

第六章 圣杯意象的价值论 ……………………………………… 243

第一节 圣杯意象的文学价值 ………………………………… 243

第二节 圣杯意象的文化价值 ………………………………… 255

参考文献 …………………………………………………………… 269

导　　论

第一节　骑士文学以及圣杯意象的经典性

通常把5—15世纪这个历史阶段称为中世纪，它为后世西方提供了许多重要的文化要素，也为西方文学贡献了许多题材、主题、母题、意象与创作技巧。圣杯就是中世纪骑士文学留给后世西方文学最重要的意象之一，也是西方文学的历史经典意象之一。它反复出现于中世纪文学及艺术作品中，尤其是以亚瑟王为题材的骑士文学作品，仅西欧各国就达六十余本。其中克雷蒂安的《帕西法尔》是第一部以圣杯意象为核心的骑士传奇，他所开创的"圣杯追寻"的母题被后世很多作家继承，并对欧洲文学与文化影响深远。直至今日，圣杯意象仍持续被影视、戏剧、网络游戏等大众传媒重新演绎，其家喻户晓的程度也表明它在西方文化中占有比较重要的地位。

中世纪圣杯意象是古代民间文化的基督教化，随着宗教神学的逐渐祛魅，圣杯意象由宗教精神的象征转变为一种文学的隐喻，它象征对可望而不可即的理想境界的追求。从这个意义上说，圣杯意象蕴含的精神其实是个人期望与社会需求复杂互动的结晶。圣杯意象"不是一个有待发现的客观事实，而是一种通过探索本身创造的主观体验"①。

一 骑士文学与亚瑟王浪漫传奇的形成

9世纪时庞大的加洛林帝国分裂为多个互相对战的势力集团。10—11世纪，分裂的现象依然普遍存在，并有不断加剧的趋势。到了11世纪中期，社会各方面的发展情况逐渐向好。农业的产量日渐提高，商业日趋繁荣，人口逐步增加。尤其是12世纪，人们以各种形式达成和解与统一，无疑促进了欧洲社会与思想文化发展的历史进程。"这种背景加剧了'精神饥渴'，促进了心灵和自我意识的重新开放，推动了学术复兴，导致了对进步的真正信仰。"② 12世纪西欧文艺复兴由此兴起。这次文艺复兴席卷了很多西欧国家，影响深远。自我意识的重新开放，使得"复兴"并非只是古典文化的重生，而是文化的创新，方言文学和哥特式建筑就是创新取得的成就，也成为该时代两个最重要的文化贡献。③ 方言文学主要包括史诗和传奇。

中世纪时期，欧洲的通用语言为拉丁语。除此之外，各个国家也有自己的民族语言，被称为俗语方言（Vernacular Language）。到了11—12世纪，法国的俗语方言具有古法语的雏形。法国语言源为拉丁文或罗曼语（Romance Language），人们便用"romanz"或"roman"指代法国方言，即"平民的语言"或"俗语"。"Romance"一词，就是从"roman"一词衍生而来的，用来指法语故事或传说。后来，"Romance"逐渐发展为叙述骑士冒险与爱情故事的文学体裁。罗曼司取代

---

① Michael Darin amey, "Questing the Grail, Questioning Religion: Religion in Modern Grail Narratives", Arthuriana, Vol. 25, No. 2, Summer, 2015, p. 7.
② [荷] 维姆·布洛克曼、彼得·霍彭布劳沃：《欧洲中世纪史》，乔修峰、卢伟译，花城出版社2012年版，第240页。
③ [英] 菲奥娜·斯沃比：《骑士之爱与游吟诗人》，王晨译，上海社会科学院出版社2013年版，第16页。

了早期的英雄史诗，并被广泛流传到英国、德国、意大利等国家，在欧洲盛行了约一百年之久（1150—1250）。科尔认为，"罗曼司是由三种不同的意义——描述，一种经验，狭义叙事诗——定义一个特定的、狭隘的规定的体裁"①。作为叙事文体，它也被称为浪漫传奇。"浪漫传奇的标准情节就是一位骑士为了获得女士的芳心而进行的追寻；最常见的主题就是典雅爱情，常常伴随着强调的骑士精神——勇气、忠诚、荣誉、对对手的仁慈和优雅的举止；浪漫传奇的趣味性就在于其中有许多的奇迹。"② 当时，由于法国是12世纪西欧文艺复兴的中心，罗曼司得以在法国发展得如火如荼，法国克雷蒂安的创作具有开创性，对其他国家的传奇创作颇具影响力。根据题材，法国诗人吉恩·博德尔（Jean Bodel）将浪漫传奇分为三大体系——查理曼体系、不列颠体系和罗马体系。在不列颠体系中，最受欢迎的是亚瑟王和圆桌骑士的故事，即亚瑟王浪漫传奇，圣杯传奇就是亚瑟王浪漫传奇的重要组成部分。

骑士传奇是骑士制度的理想化表达，是在中世纪封建政治、宗教文化、宫廷文化乃至民间文化共同助力下促成的。就文学传统而言，骑士传奇是罗曼语、诺曼底和盎格鲁-撒克逊文学、凯尔特的文学传统，拜占庭的文学传统、拉丁语的基督教传统、古希腊罗马文学遗产和民间文学的继承与融合。拉丁语的基督教传统在为骑士传奇提供一个稳定而又权威的道德体系的同时，骑士传奇也被纳入基督教系统，而历史悠久的古希腊罗马文学则为骑士传奇提供了追寻母题和英雄形象的历史标本，二者都对骑士传奇的形成起到了一定的作用。但不可

---

① Stephen H. A. Shepherd, *Middle English Romances*, New York: W. W. Norton & Company, 1995, p. 434.
② M. H. Abrams, *A Glossary of Literary Terms* (7th edition), Beijing: Foreign Language Teaching and Research Press & Thomson Learning, 2004, pp. 34 – 35.

忽视的是，英格兰与法国在宫廷文学、民间文学方面的频繁交流，也成为骑士传奇形成的重要推动力。

1066年诺曼征服之后，英国进入了安茹王朝时期，也称之为"金雀花王朝"。这个王朝除了拥有法国的诺曼底、安茹和布列塔尼等，还占据了英格兰的大块土地。安茹王朝的建立与发展，加强了英格兰与法国的联系，尤其是文化与文学之间的交流日渐密切，英格兰的上层阶级开始流行说法语。亨利二世和王后埃莉诺非常支持文学创作，当时在安茹宫廷中可以同时见到法兰西和英格兰的诗人，骑士传奇以及亚瑟王传奇的开创者克雷蒂安就得到了玛丽公主的大力资助，以宫廷爱情和骑士冒险为中心的浪漫传奇的发展可谓蒸蒸日上。"安茹王朝是一个独特的文化综合体，是罗曼语系的、日耳曼的文学传统（通过诺曼底和盎格鲁－撒克逊文学）同凯尔特文化本源的一个复杂的结合，而凯尔特文化本源又通过同安茹王朝岛屿部分交往而被大陆上（自相邻的法兰西岛遥远的意大利）的诗人吸收。因此，产生于盎格鲁诺曼底社会的罗曼语的、日耳曼的、凯尔特的文学传统，对于传奇的诞生和对于整个欧洲文学的发展，有着非常大的意义。"[①]

另外，凯尔特人在盎格鲁－撒克逊、布列塔尼之间的民间文学交流，对骑士传奇及亚瑟王浪漫传奇的形成也功不可没。中世纪早期，凯尔特人的口头文学非常繁荣，"马比诺吉昂"（*Mabinogion*）意为"见习吟游诗人所传唱的故事"，学习这些故事是每位吟游诗人的必备功课。马比诺吉昂一般都是歌颂凯尔特人的部落首领亚瑟英勇抗击盎格鲁人和撒克逊人侵略的故事，其中最能体现亚瑟神勇的是巴顿山战役。这一故事被成书于11世纪末至12世纪初的《马比诺吉昂》的第七个故事《古诺与奥文》（*Kulhwch and Olwen*）收录，很多学者都认为

---

① ［俄］高尔基世界文学研究所编撰：《世界文学史》（第2卷下），方坪等译，上海文艺出版社2013年版，第838页。

《古诺与奥文》是亚瑟王传奇的雏形。后来,亚瑟抗击侵略者的故事不断被丰富,逐渐地把他塑造成善于抵御外来侵略的高大君主形象。人们还把其他凯尔特传说融入亚瑟王的故事,如特里斯丹与伊瑟的故事,从而使亚瑟王的传说越来越丰富。

二 亚瑟王浪漫传奇与圣杯传奇

中世纪欧洲亚瑟王的传说流传非常广泛,几乎涵盖了所有欧洲语言。据历史学家考证,亚瑟王是一位带领凯尔特人抗击盎格鲁-撒克逊人入侵英格兰的民族英雄。公元540年左右,史学家纪达斯(Gildas)的著作《不列颠的沦丧》(*Liber de excido et conquestu Britanniae*)中不列颠人的国王虽名为安布卢斯·奥瑞连努斯(Ambrosius Aurelianus),但这位首领所取得的12次战役的胜利,都被后世的亚瑟王传奇记在了亚瑟王的功劳簿上。其中提到的巴顿山(Mt. Badon)战役,14世纪时被头韵诗《亚瑟王之死》(*Morte Arthure*)等以亚瑟王为题材的诗作所采用。历史上首次正式记载亚瑟的历史著作是9世纪威尔士教士内尼亚斯(Nennius)的拉丁文《不列颠史》(*Historia Britonnum*)。国王仍是安布卢斯,亚瑟是一位军事首领,他率军打赢了12场战役,除了巴顿山战役外,还写了狩猎山猪的故事。另一部提到亚瑟的是10世纪匿名作者撰写的拉丁文《威尔士编年史》(*Annales Cambriae*),虽只是寥寥数笔,但勾勒了亚瑟与其侄子莫德雷德(Medrarut)的对战。

真正为亚瑟王传奇提供基本故事框架的是1137年左右英国蒙茅斯的杰佛里(Geoffrey of Monmouth)的拉丁文著作《不列颠王史》(*Historia Regum Britanniae*),它讲述了亚瑟王朝从创立、兴盛到衰败的故事,具体情节包括尤瑟王和茵格英的结合、亚瑟王的出生、梅林的预言、亚瑟拔取"石中剑",他征服不列颠、挪威等国家不断扩充疆域,以及与莫德雷德的背水一战。杰佛里重视骑士的宗教信仰、武力、勇气以及对爱情的忠诚。"确实,当时的不列颠的发展水平已经非常高,它在财富总数、建筑的豪华程度和民众的教养等各个方面都胜过其他所有王国。国中每一个因勇敢而闻名的骑士都配有独特的制服和武器,颜色与众不同;上流社会的女子也往往像男人一样展示不同色彩的衣着。她们不屑于把爱献给那些未能在战场上再三证明自己实力的男人。这样,女子们就越发显得贞洁、高雅,骑士们也就更加想得到她们的爱情。"① 杰佛里以非常自觉的民族意识撰写英国王史,充满了英国元素,流溢着爱国热忱。史书开篇第一句,"圣不列颠,最美丽的岛屿,屹立在西面的大洋之上,位于法兰西与爱尔兰之间"②。从中可以看到,"'英国要素'被第一次强有力地揭示给了蒙茅斯的杰佛里所构造的世界,该书为骑士的时代提供了最荣耀的文学素材"③。在书中,亚瑟传奇中的一些重要人物,如骑士高文、王后桂乃芬等都已登场。但是,兰斯洛特、特里斯坦等圆桌骑士还没有露面,追寻圣杯的故事也尚未成型。

1155年,诺曼底的教士韦斯(Wace)把《不列颠王史》翻译并改写成中古法语——诺曼语诗歌《布鲁特传奇》(*Li Romans de Brut*),由此,我们"重新发现了用法语写的有关亚瑟王的主题——著名的浪漫传奇的主题——最早证据"④。《布鲁特传奇》也是"第一部赋予亚瑟的冒险活动以爱情和骑士色彩的作品,这个格调尔后就成了描写亚瑟

---

① [英]蒙茅斯的杰佛里:《不列颠王史》,陈默译,广西师范大学出版社2009年版,第170页。
② [英]蒙茅斯的杰佛里:《不列颠王史》,陈默译,广西师范大学出版社2009年版,第1页。
③ [英]埃德加·普雷斯蒂奇:《骑士制度》,林中泽、梁铁祥、林诗维译,上海三联书店2010年版,第214页。
④ [法]让-皮埃尔·里乌、让-弗朗索瓦·西里内力主编:《法国文化史Ⅰ中世纪》,杨剑译,华东师范大学出版社2012年版,第184页。

的文学作品的特征"①。韦斯首度引入了圆桌骑士的概念。围绕圆桌就座的是亚瑟王的骑士们,他们骁勇善战而又忠诚正义,圆桌面前一律平等。

1205年,莱阿门(Layamon)又将韦斯的诺曼语版本翻译为中古英语——盎格鲁-撒克逊语诗歌《布鲁特》(*Brut*)。莱阿门在尊重韦斯原著的基础上,融入了当时关于亚瑟王故事口头传说中富有戏剧性的细节;不仅扩充了作品的内容,而且提升了故事情节的可读性。莱阿门一扫法国宫廷的典雅风格,把亚瑟王塑造成一个日耳曼式的史诗英雄,富有爱国情怀而又极具感召力。莱阿门创作的本土化与英格兰化使得《布鲁特》成为中古英语亚瑟王浪漫传奇的重要来源之一。也正是在这本书的促动下,马洛礼(Malory)才下决心对13世纪法国系列传奇"兰斯洛特——法语圣杯散文故事"进行改编。

就在韦斯翻译《布鲁特传奇》的五年之后,英吉利海峡的另一端法国作家克雷蒂安(Chrétien de Troyes)开始创作现存最早也最具影响力的亚瑟王浪漫传奇。他创作了五部骑士传奇,分别是《艾勒克与艾尼德》(1165)、《克里奇》(1176)、《囚车骑士》(又名《兰斯洛特》,1177)、《伊凡》(又名《骑士与狮子》,1179—1180)和《帕西法尔》(1190)。首先,克雷蒂安改变了蒙茅斯的杰佛里和韦斯以亚瑟王为中心的创作思路,转而以亚瑟王麾下的几位圆桌骑士为作品的主人公,情节主要围绕兰斯洛特、帕西法尔和高文等骑士的历险故事展开,亚瑟王辉煌的战绩和创立王朝的历史反而被边缘化。其次,克雷蒂安扩宽了亚瑟王传奇的表现范围,把爱情引入了骑士的冒险经历。从此,爱情与冒险因素的结合,确立了亚瑟王传奇的传统。尤其在《伊凡》中,克雷蒂安实现了骑士建立功业与追求爱情之间的和谐,并将现实

---

① [法]让-皮埃尔·里乌、让-弗朗索瓦·西里内力主编:《法国文化史Ⅰ中世纪》,杨剑译,华东师范大学出版社2012年版,第192页。

生活与骑士冒险的想象结合起来。这表明,他把布列塔尼题材中特里斯坦与伊瑟之间的爱情题材引入了亚瑟王传奇。最后,克雷蒂安的第五部作品《帕西法尔》开创了亚瑟王传奇中"追寻圣杯"的传统,对骑士传奇以及后世西方文学影响深远。

三 圣杯传奇在西方文学中的持久生命力

克雷蒂安的《帕西法尔》开启了圣杯传奇的书写,中世纪时期以及后世西方文学的这类题材都以此为蓝本进行翻译、改编或再度创作,逐渐确立其在文学史上的经典地位,从而形成了西方文学圣杯意象的演变史。圣杯意象及其追寻母题在中世纪非常流行,历经了从文艺复兴到 18 世纪的式微与沉寂之后,迎来了 19—20 世纪的复兴。20 世纪 90 年代至今,在文化转型与文化全球化的大潮席卷下,圣杯意象已成为世界大众文化消费的热点之一。

古法语的圣杯传奇分为诗体和散文体两类,诗体即指 12 世纪克雷蒂安的《帕西法尔》,散文体的圣杯传奇通常被称为"兰斯洛特——法语圣杯散文故事",出现在 13 世纪(1230—1240 或 1215—1250),后者是对诗体圣杯传奇的改写。"兰斯洛特——法语圣杯散文故事"是圣杯散文系列作品的总称,这个系列作品重要的代表作包括《圣杯的历史》(*L'Estoire du Graal*)、《寻找圣杯》(*Queste del Saint*)、《兰斯洛特》(*Lancelot*)、《亚瑟王之死》(*La Mort Le Roi Artu*)和《散文默林》(*Prose Merlin*)。这个系列仍以骑士追寻圣杯为线索,却将传奇带到了一个新的方向。克雷蒂安的《帕西法尔》是以帕西法尔为叙事的中心,而这个系列作品的中心人物是兰斯洛特。在《兰斯洛特》中,兰斯洛特与亚瑟王后之间"通奸式高雅爱情"使他与理想骑士的距离加大,而他的儿子加拉拉之所以能追寻到圣杯,是因为他道德方面的完美无瑕。与此同时,对道德戒律的重视,并没有使法国人失去对浪漫爱情的兴趣，已被抛弃的特里斯丹与伊瑟的故事得以回归。

法国是浪漫传奇的诞生地，我们分别以克雷蒂安的《帕西法尔》和"兰斯洛特——法语圣杯散文故事"为起点，以体裁为纬线，以时间为经线，进一步粗略梳理圣杯意象发展的主要方向。

受到诗体克雷蒂安《帕西法尔》影响的作品包括四个发展方向：克雷蒂安《帕西法尔》的续集、翻译和改编，威尔士传奇《佩雷德》等，荷兰诗体传奇《兰斯洛特和白脚鹿》系列，德国沃尔夫拉姆《帕西法尔》及其他影响下的作品。

第一，克雷蒂安《帕西法尔》的续集、翻译和改编。对《帕西法尔》的续写包括第一个续集（1200）、第二个续集、马内西耶的续集（1230）和吉尔伯特·德·蒙特勒伊的续集。对克雷蒂安《帕西法尔》的改编比较重要的代表作包括罗贝尔的《亚利马太的约瑟》（12世纪最后十年到13世纪早期）、法语《帕斯沃斯》（*Perlesvaus*，1300—1310）、威尔士的《Y圣徒》（*Y Seint Greal*）和多罗西·詹姆斯·罗伯特所著的现代小说《圣杯家族》（*Kinsmen of the Grail*，1963）。除此之外，克雷蒂安的影响从西欧一直延伸到北欧。荷兰对《帕西法尔》的翻译被称为"Perchevael"，也叫"兰斯洛特译本"。挪威人将法国诗《帕西法尔》改编为散文体《帕西法尔传奇》（约1217—1263）。

第二，威尔士传奇《佩雷德》等。威尔士传奇《佩雷德》（*Peredur*）可能创作于13世纪，虽然有些威尔士本土因素，但大部分情节都跟克雷蒂安的《帕西法尔》相似度极高。到14世纪时，《佩雷德》已经有四部同名手稿。中世纪古英语诗体传奇《加勒的帕西法尔》与克雷蒂安的《帕西法尔》的构成因素很相似，但《加勒的帕西法尔》具有强烈的喜剧风格，娱乐性很强。

第三，荷兰诗体传奇《兰斯洛特和白脚鹿》系列。荷兰诗体传奇《兰斯洛特和白脚鹿》（*Lancelot and the Stag with the White Foot*）的情节跟古法语传奇的人物、情节虽然不尽相同，但都以兰斯洛特为主。《泰莱特》（Tyolet）或它的中世纪荷兰版本都改编自《兰斯洛特和白脚鹿》，《泰莱特》中的帕西法尔是一个单纯的傻瓜。20世纪英国小说家乔治·摩尔（George Moore，1852—1933）延续了帕西法尔性格单纯这一特点，在《愚蠢的潘诺尼克》（Peronnik the Fool，1926）中塑造了傻子——潘诺尼克的人物形象。虽然他没受过教育，却完成了很多骑士无法完成的任务。13世纪下半叶，中世纪荷兰传奇《莫立安》应运而生，讲述了帕西法尔侄子的故事。

第四，德国沃尔夫拉姆《帕西法尔》及其他影响下的作品。德国沃尔夫拉姆的《帕西法尔》依据克雷蒂安的《帕西法尔》进行创作，这部德国传奇的主人公帕西法尔完成了追寻圣杯的任务，并成为圣杯国王。除此之外，沃尔夫拉姆还创作了《蒂图雷尔》，讲述了第一任圣杯国王蒂图雷尔的故事。沃尔夫拉姆《帕西法尔》的影响延续到19世纪，瓦格纳从中受到了启发，创作了歌剧《罗恩格林》（1948—1850）和《帕西法尔》。

受到散文体"兰斯洛特——法语圣杯散文故事"影响的作品，包括两个发展方向：一是英国的马洛礼以及维多利亚时期的圣杯传奇，二是美国文学中的圣杯题材作品。15世纪英国作家马洛礼的《亚瑟王之死》既是亚瑟王浪漫传奇的集大成者，又是圣杯传奇的高峰。这部作品主要的素材、人物、情节等都来自"兰斯洛特——法语圣杯散文故事"。马洛礼之后，圣杯传奇的创作传统在文学中走向了衰落直至沉寂，19世纪圣杯意象复兴时期的创作主要受到了马洛礼的影响。19世纪浪漫主义时期圣杯意象写作的代表性作家作品包括华兹华斯的《埃及少女或水仙的传奇》，J. H. 绍特豪斯的《帕西法尔爵士：过去与现在的故事》，维多利亚时代的诗人罗伯特·史蒂芬·霍克的《征战圣杯》（The Quest of the Sangraal）、托马斯·韦斯特伍德的《圣杯追寻》

(*The Quest of the Sancgreall*) 和丁尼生的《国王叙事诗》,约翰·佩恩的《弗洛里斯爵士的传奇故事》。

美国的圣杯意象解读主要受到了英国作家马洛礼和丁尼生的影响,但美国文化的开放性使得美国以圣杯为题材或主题的作品表现出非传统的处理方式。詹姆斯·罗素·洛威尔《朗弗尔爵士的幻影》(1948)的骑士道德观与丁尼生《盖拉哈德爵士》很相似。非传统写作圣杯题材的作家包括J. 顿巴尔·希尔顿的《阿特罗伊斯》,他塑造了一位成就非凡的女骑士,女性主义色彩很浓。在卡特里娜·特拉斯科的《卡桑那》中,骑士追寻的主要目标不是圣杯,而是休闲放松。美国女性作家苏菲·朱尼特则重新讲述了矮人出征的故事。此外,萨拉·霍克斯·斯大林的《亚索王庭的女人》透露出爱情比征战圣杯更重要的态度。

由于篇幅所限,本书主要选取了法国克雷蒂安及其续集,德国的沃尔夫拉姆及其影响,英国的马洛礼以及19世纪英国浪漫主义时期的圣杯创作,这三个是圣杯传奇发展的主要方向,可以集合更具代表性的作品。除此之外,本书还加入了两个发展方向。一是圣杯传奇的非主流发展方向,20世纪西方文学中以圣杯隐喻为核心的非圣杯传奇文本,从乔伊斯的《都柏林人》、艾略特的《荒原》到洛奇的《小世界》;二是美国近三十年来颠覆圣杯解读传统的文学发展方向,包括《圣血与圣杯》《达·芬奇密码》和《圣杯奇谋》等作品。这两个发展方向既体现了圣杯意象内涵的时代变迁,又能追踪圣杯意象写作的新趋势。

第二节　圣杯意象研究现状述评以及研究路径的确立

圣杯是西方文学重要的意象之一,它出自西欧骑士文学中以亚瑟王为题材的骑士传奇,经由文艺复兴、19世纪、20世纪直至21世纪,形成了圣杯意象的西方文学发展脉络。中西方学界对圣杯意象的研究，为圣杯意象文学史的梳理奠定了良好的基础。西方学界重视圣杯意象的研究而且成果丰硕，中国学界受时代、语言及地域的局限对此介入相对较晚。近年来，随着全球"圣杯热"的持续发酵，国内学界也力图推进圣杯意象的研究，但尚在起步阶段。

一　国外文献综述及研究现状述评

国外关于圣杯意象的研究，经历了三个阶段：第一，19世纪的考据考证研究；第二，20世纪的文本分析；第三，20世纪中后期以来的文化批评。目前，文化研究是国外学界对圣杯意象研究的主流。

第一，考据与考证研究。一方面，批评界对圣杯传奇的译介、题材流变、版本与翻译问题做了详细而深入的考证，以韦斯顿、卢米斯等为代表。此项研究经历了两次转向，从国别文学向欧洲文学再到西方文学的开拓，从纯文学研究向通俗文学、电影、戏剧等文化领域的延伸。另一方面，批评界对圣杯意象的探讨主要集中于对圣杯意象起源的探寻。西方学界对圣杯意象的渊源有三个代表性学说，即凯尔特文化、基督教和东方游牧民族草原文化，代表人物分别为卢米斯、布朗、福塔多和纳特等。

第二，文本分析研究。这类研究注重对圣杯意象相关的情节、人物、场景、主题等各个层面的解读，主要有两个倾向：其一，注重圣杯意象对作品文学性的贡献，探讨圣杯与人物、场景、结构等文学要素的互动机制与效果。这方面的代表人物有基思·巴斯比、托马斯·L. 赖特等。其二，20世纪90年代以来，西方学者开始将女权批评、性别分析、身份意识等最新文学批评理论引入圣杯意象的研究，约翰逊和安内伯格等学者的贡献较为突出。这阶段文本研究回归到文学本身的个体研究，却相对忽略了对圣杯意象的整体把握。

第三，文化批评。西方学界突破了文学学科的视域与研究方法，从文化的多个层面分别切入对圣杯意象的研究，以韦特、理查德·巴伯等学者为代表。一方面，从文化的视角解读圣杯意象所承载的民族、文化交流等问题；另一方面，借助其他学科理论如人类学、民俗学、宗教学、符号学、政治学等进行研究，韦斯顿的《从祭仪到传奇》等是典型代表。韦斯顿和早期的卢米斯，当然还有19世纪后期以及20世纪六七十年代的学者更倾向认为故事片段和主题可以独立于它们出现的故事框架之外进行分析，惯于创造一个理论阐释文本或事实。当代学者的研究范式出现了转向，回归到对文本本身的阐释。

近年来，由于在英语文学的学术界以圣杯意象为研究对象的学术专著和研究论文的种类庞杂、数量巨大，在此，笔者仅选取与本论文研究对象密切相关的——圣杯意象发展史的学术研究状况进行介绍。

目前，国外对圣杯意象发展史的重视是近十年的事情。借用历史的分类概念，将圣杯意象发展史划分为三种类型，即圣杯意象"通史"、即圣杯意象"断代史"和圣杯意象"国别史"。

圣杯意象"通史"的代表性著作是艾伦·卢派克（Alan Lupack）编写的《牛津导读：亚瑟王文学与传说》（*The Oxford Guide to Arthurian Literature and Legend*），于2005年被牛津大学出版社出版，引起了西方学界的关注。在这本书中，艾伦用一章的篇幅梳理了西方文学史上圣杯传奇的发展历程。他以国别为纬线，以时间先后顺序为经线，将圣杯意象梳理出七条发展线索，分别为法国克雷蒂安的《帕西法尔》及其续集和翻译，威尔士的《佩雷德》和古英语的《加勒的帕西法尔》，《泰莱特》及其相关故事，德国艾森巴赫的沃尔夫拉姆以及他的影响，法国的"兰斯洛特——法语圣杯散文故事"，从马洛礼时期到维多利亚英格兰时期的圣杯，美国对圣杯的解读。学者艾伦把圣杯的发展脉络梳理得很清晰，对以圣杯意象为题材或主题的文学作品统计得也比较全面，对具有里程碑意义的圣杯传奇也略加分析，为进一步深入地研究圣杯意象提供了资料索引与研究线索。虽然艾伦厘清了"圣杯意象"的开端、发展、高潮、衰落等历程，但也许受篇幅局限，其弊端在于没有进一步分析圣杯意象意蕴的流变，难以深入探讨西方文学与文化的特性，尤其忽略了圣杯的中世纪文化影响力与当代西方"圣杯热"之间的关联性，而这恰好是本书要完成的任务。

圣杯意象"断代史"研究的代表性专著主要包括约翰·贝·圣马力诺（John B. Marino）的《现代文学中的圣杯传说》（*The Grail Legend in Modern Literature*，2004），埃尔斯佩思·肯尼迪（Elspeth Kennedy）的《兰斯洛特和圣杯：对兰斯洛特散文的研究》（*Lancelot and the Grail*：*A Study of the Prose Lancelot*，1991），托马斯·辛顿（Thomas Hinton）的《圣杯系列故事：克雷蒂安的〈帕西瓦尔〉、续集以及法语亚瑟传奇》（*The Conte du Graal Cycle*：*Chrétien de Troyes's Perceval, the Continuations, and French Arthurian Romance*，2012）。

圣马力诺的《现代文学中的圣杯传说》以西方现代文学作品为研究的切入点，分析现代文学对圣杯传说的改编，以探讨圣杯意象是如何从中世纪转化并适应现代文化的。他将现代文学中圣杯意象的发展概括为三个阶段，即怀疑阶段、心理原型阶段、隐喻阶段。他还进一步总结了现代文学改编圣杯传说的三种发展趋势，即对基督教或异教起源的争论，通过人文主义的世俗化和深奥的神秘主义，而这三种趋势是基督教—异教文化碰撞在大众文化、相对主义与多元文化作用下的结果。他认为，现代文学对圣杯传说的改编之所以成功，在于褪去圣杯基督教符号的外衣，转化为适应世俗社会的隐喻。圣杯的魅力不在于其物质外形，而在于其精神性的隐喻。这本专著从发展阶段、发展趋势及形成的文化背景等多方面探讨现代文学对圣杯意象的改编，对问题既有宏观的把握，又有具体的文本分析，研究视角新颖，见解独到而深刻，总结了现代文学对圣杯意象的改编规律。

托马斯·辛顿的《圣杯系列故事：克雷蒂安的〈帕西瓦尔〉、续集以及法语亚瑟传奇》以五十多年的《帕西法尔》及其续集作为研究对象，探讨这些文本的统一性。克雷蒂安的《帕西法尔》故事的未完成，极大地激发了很多作家的创作热情与灵感，在其问世后的五十多年里，出现了很多《帕西法尔》的续集、翻译和改写。探讨这些文本的关系，对圣杯传奇的研究很有意义。托马斯·辛顿将五十多年的零散文本集合为一个系列故事，通过对相近的文本和手稿的分析，探讨这些文本之间是否真有连贯性。这些文本的作者、创作目的、内容、读者以及著作之间的关系均不同，具有明显的或潜在的不统一性与分散力量。辛顿认为，这些文本之间具有连贯性，其作品的统一性在于向心力和离心力之间的张力。辛顿还认真追溯了这一系列的作者和阐述者是如何构成连贯性的。通常来讲，学界似乎对《帕西法尔》及其续集持有统一的看法，它们处于文学史边缘的地位似乎是天经地义的。但是，辛顿的研究证实了《帕西法尔》及其续集具有内在的统一性，它们应被视为亚瑟王文学发展中的重要因素，这启示学界重新认识《帕西法尔》续集的价值。这是第一个将《帕西法尔》及其续集作为统一作品的研究，因此，极具开创性。

埃尔斯佩思·肯尼迪的《兰斯洛特和圣杯：对兰斯洛特散文的研究》有非常扎实的研究基础。肯尼迪发现，三个世纪以来对兰斯洛特与桂乃芬爱情故事的研究很多，封建关系与文学结构以及文本之间的"互文性"在相互作用中不断发展。基于此发现，肯尼迪选择研究兰斯洛特的爱情与圣杯追寻的关系。肯尼迪的论述具有穿透力，他对中世纪"法语研究"的创见性解读，极大地提升了读者的阅读兴趣与知识结构。

在关于圣杯意象的"国别史"研究方面，诺里斯·J. 莱西（Norris

J. Lacy）的《从中世纪到后现代——法语文学中亚瑟王的追求》(*From Medieval to Post-Modern: The Arthurian Quest in France*, 2000) 的研究视角新颖，观点深刻。莱西在梳理法语亚瑟王文学的发展过程中，将学界对中世纪法语和现代的亚瑟王文学进行对比。首先，中世纪法语亚瑟王文学数量很多，而现代法语亚瑟王文学的魅力并不能弥补它在数量上的欠缺。其次，与探讨中世纪亚瑟王文学的百余部著作和千余篇文章相比，现代法语的亚瑟王文学研究微不足道。令人惊讶的是，目前，法国尚未有研究20世纪法国亚瑟王文学的专著出版。最后，莱西强调研究现代法语亚瑟王文学的重要性。他认为，尽管现代法语材料的数量很少，却与中世纪时期的材料同样引人注目。"事实上，这种三重起源——从瓦格纳的德语版本及其源泉沃尔夫拉姆的版本，经过丁尼生的英语版本及其源泉托马斯·马洛礼的版本，最后到法语源泉——赋予了现代法语材料一种特有的，不同于其他语言中的类似材料的基调和质感。当然，最终，其中很大部分可以追溯到法语：毕竟沃尔夫拉姆改编并扩写了克雷蒂安的《帕西瓦尔》，马洛礼也从法语源泉中获得了很多启示。然而，双重的跨文化和跨语言的翻译（从古法语到德语再到法语，以及从古法语到英语再到法语）以及中世纪法国文学在法国的命运产生了一种亚瑟传奇的杂合版本，这一遗产我们尚未开始评估和探索。这是一个等待开启的征途。"[①] 也就是说，莱西认为，从起源角度研究现代法语亚瑟王文学的独特性，是一个非常重要却被学界忽略的研究视角。莱西通过对亚瑟王文学的梳理，发现了一个研究的空白点，为其他学者的进一步探讨提供了方向。

西方研究者对于亚瑟王文学或者圣杯意象的梳理是精彩纷呈的，研究细致而深入。但是，已有研究或只概括性地梳理圣杯的发展脉络，

---

① Norris J. Lacy, "From Medieval to Post-Modern: The Arthurian Quest in France", *South Atlantic Review*, Vol. 65, No. 2, Spring, 2000, p. 130.

或将某一历史阶段的圣杯传奇独立出来进行探讨，或将某个国家的圣杯传奇史作为独立的领域进行把握，这就造成了西方学界对圣杯文学史的探讨出现了两个问题：一是打破地域与时间局限的通史梳理其研究却不深入，二是研究深入的"圣杯史"却囿于地域性与阶段性。笔者认为，圣杯传奇贯穿于中世纪以降的西方文学史，圣杯意象联结了英国、法国、德国等西欧各地，尤其到了 20 世纪畅销书更是将圣杯意象带到世界各地。因此，打破地域与历史阶段的局限性对圣杯意象的发展史进行梳理，并对其发展背后的历史动因展开分析，对于圣杯意象的研究很有意义。

二　国内研究文献综述及现状述评

国内最早涉及"圣杯"研究的是 1918 年由商务印书馆出版、周作人所著的《欧洲文学史》，这也是我国第一部"欧洲文学史讲义"。这本著作作为"骑士文学"专列一章，并简要介绍了亚瑟王传说的来源与发展脉络。[①] 国内最早圣杯传奇的译本是 1960 年由人民文学出版社出版、黄素封先生翻译的《亚瑟王之死》。目前，国内学界对于骑士文学中圣杯意象的译介与研究比较少，零散且不成体系。近年来，译介多集中在现当代西方文学中以圣杯为题材或主题的作品，如怀特的《永恒之王》、丹·布朗的《达·芬奇密码》、库利的《圣殿骑士》等，而相对中古时期圣杯传奇创作得枝繁叶茂、精彩纷呈，国内的译介则显得枝干叶疏，关注度不高。对于圣杯意象研究的译介也很少，西方文学界的代表性研究专著至今尚未翻译并出版。2007 年，由重庆出版社

---

① "英国史诗 Brut，为 Layamon 著。12 世纪中叶，有 Geoffrey of Monmouth 著不列颠诸王史，谓 Aeneas 子 Brutus 始至不列颠，建立邦国。法人 Wace 采译为诗曰 Brut d' Angleterre。十三世纪初年，Layamon 复编译为古英文，言 Arthur 王事特详。至 Thomas Malory 以散文作 Morte d' Arthur（1485），荟萃众说，益臻美备，为 Arthur 王传说之渊薮矣。"参见周作人《欧洲文学史》，商务印书馆 1918 年版，第 8—9 页。

引进、北京大陆文化传媒编译了一本综合性文化著作——《圣杯》，这是目前国内出版的唯一的圣杯专著；其他则多散见于宗教、文化等专著中的某一章节抑或是某个段落。中国学者对于圣杯意象的研究，也分散在欧洲文学史或其他研究西方文学的专著中。中国知网上涉及圣杯的文学研究论文只有35篇，以圣杯为主题的论文15篇，以圣杯意象为专题的学术著作尚未问世。

目前，从圣杯意象研究的类型来看，包括文学类研究和电影类研究。文学类研究居于大多数，电影类研究只有2篇，都发表在《电影文学》，包括赵星发表于2016年第3期的《〈巨蟒与圣杯〉对亚瑟王传奇的颠覆和重构》和苗勇刚发表于2014年第21期的《〈巨蟒与圣杯〉："逆崇高"化的亚瑟王传奇》。这两篇论文研究角度类似，论点也趋向一致。

从圣杯意象文学类研究的角度来看，国内学界的研究着力于圣杯象征意蕴的阐释，大多侧重对某一阶段或单个文本的阐释，所选的文本从中世纪一直到20世纪，历史覆盖面大。但国内学者对圣杯意象的研究缺乏整体观照和系统研究，研究力量也不集中，呈散兵游勇状，不利于圣杯意象研究的发展与繁荣。成书中涉及圣杯意象研究大多集中于国内各个版本的"欧洲文学史""西方文学史"或国别文学史中。其中比较具有代表性的，包括2005年由台北书林出版有限公司出版的学者苏其康所著《欧洲传奇文学风貌——中古时期的骑士历险与爱情讴歌》和2009年由社会科学文献出版社发行的肖明翰所著《英语文学传统之形成：中世纪英语文学研究》。

苏其康的《欧洲传奇文学风貌——中古时期的骑士历险与爱情讴歌》第一章第七节"圣杯传说"探讨了关于圣杯的三个问题，第一，"圣杯"一词的起源；第二，圣杯的各种传说；第三，圣杯究竟为何物。书中对于圣杯是以简略介绍性的文字为主。严格地说，这并不是一本真正的学术专著，正如苏其康给该书的定位是"既非单纯的文选，也不是评论的专书，而是有评介性质的作品选集"①。但是，这本著作在传奇缘起、叙述内涵、宫廷爱情、中东文学的影响、作者与听众、传奇特征等大构架下对骑士文学进行多角度、多层次介绍，还收录了中古时期法国、英国、德国等地的骑士传奇片段，其中很多都是在汉语界还未公开译介并出版的作品片段，包括法国克雷蒂安的《兰斯洛特》《艾勒克与艾尼德》等四部传奇、德国传奇《帕西法尔》和英国《欧非奥爵士》等。这些都为其他学者对圣杯意象的探讨提供了比较系统的知识背景。

虽然肖明翰先生没有从事圣杯意象的专门研究，但由于他对中世纪英语文学的专注与卓见成效，他可以在中世纪英语文学的整体观照下进行圣杯意象的探讨，研究基础扎实，其观点也比较有说服力。《英语文学传统之形成：中世纪英语文学研究》第八章论述了"浪漫传奇"。肖明翰认为，圣杯的价值意义在于将基督教元素引入了骑士文学。"从本质上看，对圣杯的寻求寓意着人类寻求精神救赎，寻求上帝回归。相比之下，骑士们那些世俗性质的历险不仅微不足道，而且有害无益。骑士们越是追求尘世中的业绩和根源于虚荣的声誉，越是沉浸于超越对上帝之爱的男女情爱中，就越会妨碍他们对精神救赎的寻求。"② 但是，肖明翰研究的局限在于，圣杯意象涉及西欧多个国家，他通过中古英语传奇对圣杯意象的评述，难免有挂一漏万之嫌。

国内具有代表性的期刊文章，包括杨慧林发表于《文艺研究》2005年第12期的《"圣杯"的象征系统及其"解码"——〈达·芬奇

---

① 苏其康：《欧洲传奇文学风貌——中古时期的骑士历险与爱情讴歌》，（台北）书林出版有限公司2005年版，第11页。
② 肖明翰：《英语文学传统之形成：中世纪英语文学研究》（下册），社会科学文献出版社2009年版，第449页。

密码〉的符号考释》，代丽丹发表于《外国文学评论》2007年第3期的《"圣杯"追寻中的意义选择》，谷裕发表于《国外文学》2010年第1期的《神秩下的成长发展与圣杯的寓意——沃尔夫拉姆的〈帕西法尔〉》，罗益民、张荷共同发表于《当代外国文学》2009年第4期的《灯火阑珊之处——乔伊斯〈死者〉的圣杯骑士传统》，程巧玲发表于《国外文学》2011年第4期的《圣杯在何处——乔伊斯〈都柏林人〉的圣杯追寻主题解读》，王维倩发表于《当代外国文学》2014年第3期的《圣杯何在——科马克·麦卡锡小说〈路〉的圣杯母题解读》。在这6篇代表性论文中，只有谷裕和代丽丹以中世纪文本为研究的焦点，另外4篇都是关于现当代西方文学作品的分析，其中有2篇涉及对乔伊斯作品中圣杯意象的解读，这说明国内的中世纪骑士文学的研究基础还很薄弱。

杨慧林的《"圣杯"的象征系统及其"解码"——〈达·芬奇密码〉的符号考释》以意大利学者艾柯的两部类似作品为参照，对《达·芬奇密码》圣杯象征系统的"话语生产者的自我建构"进行分析，探讨其圣杯象征系统的演变、误读以及意义的延伸，从而揭示了"精神表达"与象征符号之间的张力。杨慧林认为，《达·芬奇密码》的符号象征体系带给我们这样的启示，"《达·芬奇密码》将一种奥秘诉之于'图象'符号的考证，未必是明智的。一旦它所借助的图象符号被追究或者重组，原本附会其上的'隐秘意义'便也被拆解，'精神'的表达则必定引来新的诠释"①。这个结论似乎有弦外之音，仿佛意在表明，图像符号具有不确定性，不同的图像符号与组合会带来不同的诠释。

代丽丹的《"圣杯"追寻中的意义选择》以中世纪圣杯传奇的代表文本为切入点，着力于对圣杯指称的阐释，以探讨圣杯传奇的价值

---

① 杨慧林：《"圣杯"的象征系统及其"解码"——〈达·芬奇密码〉的符号考释》，《文艺研究》2005年第12期。

意义。代丽丹认为,"论析圣杯传奇的意义不在于追寻的目标——圣杯,而在于不同文本的叙述所构成的追寻之旅本身,在于'意义'通过叙述的过程而得到的整合。圣杯没有确切的指称,它从最初的大银盘到之后的圣餐杯,经历了一个由神秘到神圣的发展过程,在这个过程中,基督教影响文学创作的同时,文学也用世俗经验规范着基督教的叙事"①。但可能受论文篇幅所限,对文学和基督教互释的论述还有进一步提升的空间。

谷裕的《神秩下的成长发展与圣杯的寓意——沃尔夫拉姆的〈帕西法尔〉》以帕西法尔的成长阶段为线索,分析圣杯的寓意。谷裕认为,《帕西法尔》与现代成长小说的区别在于,主人公的成长是在基督教建构的神秩的规约之下,具有公共性。"圣杯喻指成长发展的终极目标,即灵性引导下的世俗统治。"② 这篇论文从中世纪的政体结构诠释圣杯的寓意,揭示圣杯骑士是君主与圣人的合二为一,圣杯就是帕西法尔接受神恩的源泉。

三 研究路径的确立

近年来,国内学界对于圣杯意象的探讨,使得圣杯意象成为研究骑士文学甚至中世纪文学的一个视角或途径,进一步深化了学界对于骑士文学及中世纪文学与文化的认识。但是,当前国内学术界对圣杯意象的研究还存在三方面不足之处:其一,现有的研究大多集中于西方现当代文学,忽略了中世纪圣杯传奇经典文本的分析。而中世纪圣杯意象的意蕴是分析圣杯意象变异的前提。失去了这个前提,对西方现当代文学中圣杯意象的分析则显得底气不足、力道不够,容易造成

---

① 代丽丹:《"圣杯"追寻中的意义选择》,《外国文学评论》2007年第3期。
② 谷裕:《神秩下的成长发展与圣杯的寓意——沃尔夫拉姆的〈帕西法尔〉》,《国外文学》2010年第1期。

对文本的误读，这似乎有舍本逐末之嫌。其二，对现代西方文学中圣杯意象的诠释，并没有深入分析文学与文学背后的独特文化背景之间的复杂关系，难以真正把握圣杯意象的精神意蕴与文化内涵。其三，国内研究者往往局限于对圣杯传奇个案的探讨，没有梳理与厘清圣杯意象的起源、发展、演变以及变异的过程，这容易造成圣杯意象研究的浅表化。总之，目前国内对圣杯意象的研究还有很多空白，这就为圣杯意象的探讨提供了广阔的研究空间。本书就是要突破国内个案研究的局限，对圣杯意象的流变历史进行重新梳理，以进一步扩展圣杯意象的研究。

本书以"圣杯意象"为核心来考察中世纪骑士文学以及后世的文学话语实践，这也是本书写作的基本思路和基本策略。以圣杯意象的源头为起点，梳理从中世纪到21世纪初的西方文学史上的圣杯经典文本，力图充分把握圣杯的精神实质在各个时代的特征及其发展变化，进而实现对西方文学及文化的精神内核更深刻的认识。目前，文化研究是国内外学界对圣杯意象研究的主流。中西方学界分析圣杯意象的具体问题，重视圣杯意象的个案研究，但相对缺少把圣杯意象作为一个象征系统进行纵向梳理与论述的研究，对深入探讨其蕴含的西方文学与文化的特性缺乏重视，尤其忽略了圣杯的中世纪文化影响力及其与当代西方文学艺术以及"圣杯热"之间的关联性，而这恰好是本书的任务。

本书所体现的理论意义和实践价值有以下几点。

其一，圣杯意象史论是研究圣杯意象的起点和基础，它在很大程度上决定了圣杯意象研究的总体水平。因此，本书的探讨是推进圣杯意象研究的重要力量。

其二，本书进行史与论的结合，在梳理流变的基础上论述，在论述中探寻圣杯历史的演进脉络，二者相辅相成，相互支撑。这对深入研究圣杯意象具有一定的理论意义。

其三，圣杯意象也是文化问题，它与古代的思维方式、西方思想观念、文化精神有着非常密切的联系。同时，对从历史与文化的高度审视当代西方的"圣杯热"，把握西方当代文学与大众文化的发展走向，探索当今人类精神生活的现状及其内在矛盾具有重要的应用价值。

其四，在文化转型与文化全球化背景之下，世界文学呈现出一种交错繁复、互相影响的态势，从对英美现代奇幻文学中圣杯意象的娱乐化接受，到中国网络奇幻小说对其简单化模仿，再到对其进行创新的过程，这表明能否对外来文学进行本土化改造并确立中国文学的主体性，是衡量中国文学是否具有创新能力的标准之一。因此，本书需要进一步探讨这一问题，使其对当下中国如何有效地建设大众文化具有一定的借鉴价值和现实指导意义。

第一章　追寻母题、圣杯追寻以及圣杯意象的特征

圣杯追寻故事中的圣杯意象是西欧骑士文学对西方文学的重要贡献之一,而骑士文学是欧洲古代文学根脉的延续,它继承了欧洲古代文学的优良传统,其中包括源远流长的追寻母题。对于欧洲文学的追寻母题源起和发展的考察,能使我们更好地把握圣杯意象的特征。

第一节　西方文学的追寻母题

自从认识到自己是世界的重要组成部分之一,人类就开始有了追寻的意念与行动,其中包括对世界的探求、对他人的认知以及自我求索。文学终极关怀的是人,书写人的追寻也自然而然地成为一个历久弥新的文学创作母题。

一　西方民间文学与追寻母题

早在历史出现之前,民间口头故事讲述就已经存在,"当我们的考察以自己的西方世界为限时,大约在三四千年前,故事讲述者的技艺

就已经在社会的各个阶层培养起来"①。在任何时代与国度,民间口头故事都能满足人们普适的、基本的社会需求和个人需求。或绵长或短小的故事,总是吸引人们的关注,调动人们的好奇心,它满足了人们对过去的缅怀,对未知的探求,对休闲的需求,对超越平凡的神往,对伟大梦想的执念,对摆脱现实羁绊的渴盼。民间口头故事也是世界各大古老文明的普遍现象,"口头叙事体采用的结构形式,有许多也是遍及世界的。英雄故事、解释性传说、动物奇谈——至少这些是到处都存在的"②。由此,也会出现相同或类似的母题。

"一个母题是一个故事中最小的、能够持续在传统中的成分。要如此它就必须具有某种不寻常的和动人的力量。"③ "母题"最早原意为"动机",用于音乐和绘画领域中最小的旋律单位和特定的绘画要素。后来,被歌德用于文学领域,意为"人类过去不断重复,今后还会继续重复的精神现象"。到了19世纪,德国浪漫派将母题引入德国民俗学和民间文学研究,用以分析各种民间故事的要素与叙事形式。"一个完整的故事,其构成因素是很复杂的,要对它进行研究,就必须事先划分若干最低限度的叙述单位——母题。一般认为,母题的故事上下文中相对独立,可以进入无数叙述性的关系之中,母题的转移,可能是民间故事相似的原因之一。"④

追寻母题最早出现在各大洲的民间故事中,但还没有经过文学的加工,处于比较原始口述状态。"在极大量的民间故事中,突出的情节是去完成困难的有时是不可能完成的任务和追寻,这种强制性的劳作,

---

① [美]斯蒂·汤普森:《世界民间故事分类学》,郑海等译,上海文艺出版社1991年版,第2页。
② [美]斯蒂·汤普森:《世界民间故事分类学》,郑海等译,上海文艺出版社1991年版,第5页。
③ [美]斯蒂·汤普森:《世界民间故事分类学》,郑海等译,上海文艺出版社1991年版,第499页。
④ 李扬:《西方民俗学译论集》,中国海洋大学出版社2003年版,第185页。

频频成为故事仅有的从属部分,故事的主要趣味在于颇占篇幅的情节,而这些劳役只不过是情节的次要内容,与此相反大约有半打故事,其整个情节的重要事件是服劳役和完成寻找的任务。民间故事中的主人公们前去从事的追寻常常是不可思议的或古怪的,……确切地说在这种形式中故事早期并未得到文学处理。"① 其中,关于一个男孩赴"死"的故事和冰岛英雄寻找"愤怒"之旅都在欧洲大陆流传甚广,尤其是在不列颠群岛和冰岛一带。在欧洲古代民间文学中最重要的母题是未婚妻的父亲指定求婚者去完成某项任务,有时是未婚者自己指派求婚者去完成某项任务,著名的格林童话《海兔》就属于这样的母题。公主有一个奇异的魔法窗,她透过魔法窗可以看见任何一样东西,然而她让求婚者完成的任务是想方设法使她看不到求婚者。凡是任务失败的求婚者都遭到了被处死的惩罚。后来,有一个小伙子力图挽回他几位兄长的败局,在可爱动物的帮助下,他把自己变成一只昆虫悄悄藏在公主的头发里,只闻其声不见其人的公主愤怒于魔法窗丧失了魔力,就气急败坏地将窗子打碎。最终,失去魔法的公主与小伙子结成良缘。这个故事虽然不是很普及,但是类似的民间故事似乎遍布于从冰岛到高加索的许多国家。

追寻故事有很多共同点,并且大都保留了国王派遣他的儿子们外出寻宝的叙事模式。《白猫》讲述了父亲指定三兄弟远征寻宝的故事,其中小弟得到动物的帮助,这个动物最终化作姑娘并嫁给了男主人公,这是较为典型的一类故事。后来,格林兄弟将这个故事模式运用于他们讲述的两个故事中,只是女主角化身的动物有所不同而已。相似的母题还出现在《鸟、马和公主》中,在欧洲这类追寻母题具有广泛的影响力。"除了作为男主人公帮手的动物类别不一致外,故事在全欧洲

---

① [美]斯蒂·汤普森:《世界民间故事分类学》,郑海等译,上海文艺出版社1991年版,第127—128页。

民间传说中保持着清楚而活跃的传统。有三百个之多的文本被记录下来，已知有两个文本来自美洲和一个来自北非，其余的似乎都保留在欧洲。"①

追寻母题在民间口头文学中有深厚的基础，这种影响也延伸到文学，在古希腊罗马时代它就多次以文学再加工的形式不断复现。追寻作为欧洲最早文学名著《荷马史诗》中的文学母题，具体来说，《奥德赛》成为欧洲追寻母题的文学起点。《奥德赛》将奥德修斯孤寂的身影投入茫茫海天，人与自然的角力成为追寻回家之路的主旋律，面对循环往复的灾祸与磨难，奥德修斯向自然宣示了人类坚强不屈的求生欲望、百折不挠的毅力、灵活多变的才智与镇定自若的心态。最终，奥德修斯寻回了自己的王权和国家。

二　西方文学追寻母题的类型与发展阶段

由古希腊罗马时代开启的追寻母题，成为西方文学创作的重要传统，并延伸到文学发展的每一个阶段。根据追寻的目标与追寻主人公的差异，西方文学追寻母题的发展分为三个阶段。其一，从古希腊罗马到中世纪：从史诗英雄寻找宝物到骑士英雄追寻信仰；其二，从文艺复兴到19世纪：平民英雄追寻目标的世俗化；其三，从20世纪到21世纪初：从对"反英雄"追寻失败的反讽到奇幻英雄人文精神的回归。

从古希腊罗马时代到中世纪是西方文学追寻母题起源、发展的第一个阶段，古希腊罗马追寻的主人公是史诗英雄，追寻的目标通常是宝物与荣誉；到了中世纪，由于基督教文化在欧洲统摄力量极为强大，追寻的目标转变为对上帝的信仰，追寻的主人公不再是半神半人的英雄，而由骑士英雄所替代。

---

① ［美］斯蒂·汤普森：《世界民间故事分类学》，郑海等译，上海文艺出版社1991年版，第130页。

古罗马时代的《埃涅阿斯纪》延续了《奥德赛》所开创的追寻母题。《埃涅阿斯纪》作为欧洲第一部文人史诗，体现了文人创作追寻母题的自觉意识。诗人维吉尔将英雄埃涅阿斯追寻重建国家的伟大理想践行在坎坷的漂泊与激烈的鏖战中，征服自然与战胜敌人使得埃涅阿斯缔造了一个新的帝国，而开国梦的追寻也成全了一个帝王的荣光。中世纪时期，以信仰为母题的文学作品是骑士文学的圣杯传奇与但丁的《神曲》。正如前文所述，圣杯传奇在起源与发展的过程中，逐步被基督教化，并成为宗教信仰的象征，这意味着追寻母题由古希腊罗马时代的财物、国家、个人荣誉等现实目标升华为对精神价值的求索。1307—1321年，但丁完成了他的不朽名著《神曲》。他既是自己想象的中心，又是自己思想的中心；他既是诗人，又是哲学家。"《神曲》将哲学家置于地狱和天堂；哲学将在自己的宇宙里包括进诗人和他诗中的现实。"①《神曲》是灵魂世界到真理世界的旅行，但丁的世界反映出他对至高无上真理的追寻，"只有上帝是实际生活和现时生活的各种可能性，他是意志和努力的统一体。亚当以及在亚当身上的一切男人之所以有罪，就是因为他忽略并且逾越了自己的界限，而把自己想象成上帝一样的人。上帝的无限存在与绝对的善是统一的，出于同样的原因，任何有限的善都是褊狭的，因此也就是不完美的。能使其完美的是意味着公平并因此与绝对意志和谐的良知"②。另外，作为追寻信仰的个体，但丁"不是要去改变上帝的秩序，而是通过留心他的计划，通过做自己分内的工作，来表达他，代表他"③。

---

① ［美］古斯塔夫·缪勒：《文学的哲学》，孙宜学、郭洪涛译，广西师范大学出版社2001年版，第59页。
② ［美］古斯塔夫·缪勒：《文学的哲学》，孙宜学、郭洪涛译，广西师范大学出版社2001年版，第75页。
③ ［美］古斯塔夫·缪勒：《文学的哲学》，孙宜学、郭洪涛译，广西师范大学出版社2001年版，第72页。

第一章　追寻母题、圣杯追寻以及圣杯意象的特征

追寻母题演进的第二个阶段是从文艺复兴到 19 世纪，这一阶段随着资产阶级发起的两次思想解放思潮——文艺复兴和启蒙运动对西方世界的深刻影响，平民英雄开始登上舞台并成为追寻母题的主人公，以不断安抚其自身躁动不安、永不满足的灵魂主体。这一阶段以追寻为母题的文学作品包括文艺复兴时期拉伯雷的《巨人传》、塞万提斯的《堂吉诃德》和流浪汉小说格里美豪森《痴儿西木传》，等等；14 世纪乔叟的《坎特伯雷故事集》、17 世纪班扬的《天路历程》，等等；启蒙时期笛福的《鲁滨孙漂流记》、歌德的《威廉·麦斯特的漫游时代》《威廉·麦斯特的学习时代》和《浮士德》，等等；19 世纪拜伦的《恰尔德·哈罗德游记》《唐璜》、马克·吐温的《哈克贝利·费恩历险记》《汤姆·索亚历险记》、狄更斯的《大卫·科波菲尔》《匹克威克外传》，等等。

第二个阶段为《巨人传》和《堂吉诃德》对中世纪追寻母题的解构。《巨人传》的主人公"庞大固埃"远渡重洋去寻找"神瓶"，目的是"请你们畅饮知识，畅饮真理，畅饮爱情"，其追寻的终极目标是真知与真理。《堂吉诃德》以反讽的方式解构了中世纪的骑士文学。从此，西方文学的追寻母题被拉回到世俗生活，这一阶段追寻母题的代表作品是《浮士德》。浮士德通过人生四个阶段的悲剧，从个人生活的小世界走向宫廷、海滨等大世界，历经了知识悲剧、爱情悲剧、政治悲剧、美的悲剧和事业悲剧，不断在自我否定中去实现自我提升，不断在一个个有限的阶段去创造、开掘无限的自我本质，渴望在永恒的追寻中去确证自我。"凡是赋予整个人类的一切，我都要在我内心中体味参详，我的精神抓着至高和至深的东西不放，将全人类的苦乐堆积在我心上，于是小我便扩展成全人类的大我，最后我也和全人类一起消亡。"①"浮士德精神"代表着18—19世纪大多数执着于追寻的平民

---

① ［德］歌德：《浮士德》，董问樵译，复旦大学出版社1983年版，第91页。

英雄的精神内核，这一精神内核所确立的人生信条——人应该以追寻、创造的精神与实践成为自己命运的主宰。

第三个阶段是从20世纪到21世纪初，历经了两次世界大战、十月革命、经济危机和科技的快速发展，西方社会发生了巨大变化，精神形态各异的社会思潮不断喷涌而出，西方文学呈现出多元化、复杂化的发展趋势，现实主义和现代主义文学的各个流派参伍错综。进入20世纪以来，西方文学的主流是非理性人本意识。一方面，战争的残酷使人类开始认识到人的非理性特征，对人的理性力量以及善的动力深感失望乃至绝望；另一方面，西方的科学理性传统遭到了质疑，因为科学的发展不仅没有使人类获得精神层面的安全感、归属感与幸福感，反而加重了人类的精神危机。与此同时，物欲至上与消费主义的盛行，进一步推动了非理性潮流，强化了人的危机感与异化感。很多文学作品的追寻母题由蓬勃向上飞升的进取精神沦为对迷惘自我的追寻以及对追寻失败的反讽，追寻的主人公也由平民英雄蜕变为"反英雄"，菲茨杰拉德的《了不起的盖茨比》、卡夫卡的《城堡》、贝克特的《等待戈多》等作品的追寻母题都属于这一类。在传统追寻母题的作品中，面对仿佛遥不可及的宝物等现实目标，追寻者都历经千辛万苦取得成功，最后凯旋。但是，在以追寻为母题的现代主义文学作品中，面对近在咫尺的追寻对象，追寻主人公往往绞尽脑汁、费尽辛苦而又无计可施，到头来还是一场虚空。《城堡》中，主人公K应聘来城堡当土地测量员，他费尽周折想要进入城堡，却至死都未能如愿。

20世纪50年代以来，西方社会几乎同时兴起了"超越现代"[①]的

[①] "如果说后现代主义这一词汇在使用时可以从不同方面找到共同之处的话，那就是，它指的是一种广泛的情绪而不是一种共同的教条——一种认为人类可以而且必须超越现代的情绪。"参见［美］大卫·雷·格里芬《后现代科学·科学魅力的再现》，马季方译，中央编译出版社2004年版，第20页。

后现代主义哲学思潮和反叛现代性的文化寻根大潮——"新时代运动"（New Age Movement），人们期待一个"让精神性占主导地位的时代"，并为此找到了一条新的道路——原始巫术和原始神话思维的"复魅"，由作家怀特开启经由刘易斯和托尔金发展的奇幻文学，随着文化全球化与文化转型时代的到来，借由好莱坞电影工业的宣传效应，从20世纪末到21世纪最初的十年中，奇幻文学终于迎来了席卷全球的热潮。奇幻文学以反对技术理性、追寻失落的人文精神为创作母题，塑造象征正义、勇敢、信仰的魔幻英雄，再次确立正义战胜邪恶、道德准则规约欲望的传统价值观，以彰显精神性的人生追求与信念。

三　追寻母题与英雄历险结构模式

从古希腊罗马时代到21世纪初，追寻母题在三个不同的发展阶段贯穿于同一个结构模式——英雄历险。英雄历险模式被坎贝尔概括为，出发（冒险的召唤）—被传授奥秘（经受考验）—归来（或逃走）。只是这一结构模式在追寻母题的三个发展阶段所选用的叙事技巧存在差异。

在第一个发展阶段，古希腊罗马时代的追寻母题主要以史诗为载体，追寻的主人公是半人半神的英雄，英雄历险以旅程为情节模式。最古老和最普遍的情节之一就是旅程的情节，有的发生在陆路上，有的发生在水路上。《奥德赛》和《埃涅阿斯纪》都是以主人公的旅程为线索，记叙英雄历险的种种故事。《奥德赛》讲述了奥德修斯率领随从漂泊在茫茫大海上的回家历程。他们离开特洛亚之后，先后途经喀孔涅斯人的海岸、忘忧果之乡、库克罗普人的岛屿、风神的海岛、埃埃厄岛等海岛，战胜了很多妖魔怪兽，最终回到了自己的家乡——伊萨卡。"英雄从日常生活的世界出发，冒种种危险，进入一个超自然的神奇领域；在那神奇的领域中，和各种难以置信的有威力的超自然体相遭遇，并且取得决定性的胜利；于是英雄完成那神秘的冒险，带着能够为他的同类造福的力量归来。"① 到了中世纪时期，追寻母题主要以传奇和叙事诗为载体，英雄历险的情节模式表现为骑士或者其他追寻者为完成某种任务而走向冒险征途，任务其实是旅程的一个变种。"探索者主题产生了模式化的语篇组织：征途的结尾都是占有了一件非常独特的事物或者一个非常向往的人物（目标）；一位英雄既可以是展示了获得成功的超强能力，也可以是渐渐发展了这种能力（选择的标志）；慈爱的帮助者（生动的世界）；在这个旅途中，不断出现的困难测试并筛选了淘汰者，也揭示了成功的战士其优点所在（即将成为的目标）；该事物/人物的监护人或者哨兵必须被征服（最后的测试之后是生命的复活）。征途构成了无数神话和民间故事的基本结构，这些故事大都讲述了一个骑士远征，来获得一位远方的公主，一个珍贵的珠宝或者其他圣物的故事。"② 《神曲》中但丁为追寻最高真理而幻游三界、亚瑟王文学中骑士们为了上帝的信仰而踏上圣杯征途都体现了这一情节模式。

从文艺复兴到 19 世纪这一阶段，追寻母题的英雄历险模式仍在作品中延续。上文列举的作品从《巨人传》到《匹克威克外传》，大多是以追寻主人公的名字命名，并选取典型事件来突出人物自身的性格魅力与人性的光辉，而不是隐喻为了完成某项任务而去冒险的程式化情节。"在过去四五百年里的小说写作中，在想象和现实之间有一种史蒂文斯所说的可逆的往返穿梭。一个方向是'传奇的'，另一个方向是'现实主义的'。现实主义的趋势沿着'表现'和'替换'的方向发

---

① [美] 约瑟夫·坎贝尔：《千面英雄》，张承谟译，上海文艺出版社 2000 年版，第 24 页。
② Horst S. & Daemmrich, Ingrid, *Themes & Motifs in Western Literature: A Handbook*, Tubingen: Francke, 1987, p. 216.

展，而传奇的趋势则朝相反方向发展，集中于神话和隐喻的程式化单元。"① 现实主义的传记模式在人物与情节两个要素之间，人物是作品的核心因素，情节是为塑造人物形象服务的，情节以人物的存在为因果逻辑，它有别于中世纪传奇的跳跃式结构。"理想主义中的诱惑是让情节保持水平，使用因果的技巧，其中，人物先于情节，而在情节中问题就是'有了这些人物，会发生什么事情？'传奇更为'让人心动一时'：在描述人物发生的事情时，传奇从一个突兀的情节转到另一个情节。我们可以把这两种类型的叙事称为'因此式'叙事和'后来式'叙事。现实主义小说，一直到19世纪中叶，在这两者之间获得了某种妥协，但是在经历了另外一种更具嘲讽意味的自然主义之后，'因此式'叙事声望大隆，并且大部分延续至今。"②

在追寻母题的第三个发展阶段，英雄历险模式体现为反讽模式阶段和神话模式并存。"我们注意到在虚构作品中由反讽向神话的回流与反讽的技巧向神谕回流的倾向是并列的。"③ 其中，反讽模式被看作由现实主义模式向神话回归的过渡阶段，很多情况下它仍延续英雄历险的结构框架，并以寓言的形式展现作品某种特定的"境遇"，以表达追寻母题。"传奇故事的常规形式是探险追寻故事，它反映了我们一直在探讨的循环运动，但同时，我们在各种类型的大众传奇故事中也发现了连续的或者'无休止'的形式。"④ 但反讽模式是以变形、夸张等方式造成生活情境的"陌生化"效果，以追寻而不可得的统一

---

① ［加］诺思洛普·弗莱：《世俗的经典：传奇故事结构研究》，孟祥春译，世纪出版集团上海人民出版社2009年版，第39—40页。
② ［加］诺思洛普·弗莱：《世俗的经典：传奇故事结构研究》，孟祥春译，世纪出版集团上海人民出版社2009年版，第51页。
③ ［加］诺思洛普·弗莱：《批评的剖析》，陈慧、袁宪军、吴伟仁译，百花文艺出版社1998年版，第47页。
④ ［加］诺思洛普·弗莱：《世俗的经典：传奇故事结构研究》，孟祥春译，世纪出版集团上海人民出版社2009年版，第210页。

"境遇"表现象征的隐喻世界。整篇作品通常无法以物理时间或逻辑关系为线索讲述,必须从整体上把握作品的框架结构。作品只能被看作一个象征结构、一个寓言、一种情境,小说的意义才能获得真正的言说,才能抵达作者想要表达的深层意义。另外,作品的每一个细节不能拿出来单独阐释,只有将之置入整体的象征结构才能得到阐发。法国理论家加洛蒂认为,卡夫卡的《审判》《美国》和《城堡》都以追寻情节为结构模式。而在昆德拉看来,它们与传统不同的是,它们是对传统英雄历险模式的滑稽模仿,是对经典追寻模式的解构。昆德拉将堂吉诃德的游侠与 K 的追寻相提并论:"难道不就是堂吉诃德本人在三个世纪的旅行之后,换上了土地测量员的行头,回到了家乡的村庄?他原来出发去寻找冒险,而现在,在这个城堡下的村庄中,他已别无选择。冒险是强加于他的,是由于在他的档案中出现一个错误,从而跟管理部门有了无聊的争执。怎么回事,在三个世纪之后,小说中冒险这一头号大主题怎么了?难道它已成了对自己的滑稽模仿?"[①]

20 世纪中后期,神话模式再次通过奇幻文学而复兴,奇幻文学的英雄历险模式表现为神话模式,"英雄的冒险一般都是按照前面描述过的模式:离开世界;进入某种力量的源泉;然后带着促进生命的力量归来"[②]。奇幻文学的模式与神话模式更吻合的是,英雄归来并不是终点,中土的历史还在延续,邪恶还会降临,英雄还会再次经受考验,这一循环的结构成为所有奇幻作品的模式。因此,奇幻文学的叙事是神话模式。

[①] [波]米兰·昆德拉:《小说的艺术》,董强译,上海译文出版社 2004 年版,第 11—12 页。
[②] [美]约瑟夫·坎贝尔:《千面英雄》,张承谟译,上海文艺出版社 2000 年版,第 27 页。

第二节　追寻母题与圣杯意象的特征

追寻母题在中世纪以亚瑟王为题材的骑士传奇中，主要表现为对圣杯的追寻。从符号学角度，圣杯意象是某种可望而不可即的精神境界的符号。圣杯意象的特征在于，它不仅是一个具体的所指，而且是一个不断被人们言说的能指符号，能指符号作为一种象征形式在中世纪及后世西方文学中复现。

一　追寻母题与圣杯原型

母题和意象是两个重要的文学概念，两者既有类似性，又有差异性。就类似性而言，母题与意象都具有象征意义。意象一般是主观之"意"与客观之"象"的结合，通常是指具有较为深刻象征意蕴的文学形象。母题一般都来自古代神话，也具有很强的象征性。就差异性而言，母题通常是一个具体的叙事要素，而意象则更突出其象征意蕴。圣杯作为一个文学意象，通常强调其象征的神圣信仰与生命；而"追寻"母题，它只是文学中的一个叙事成分，是一种结构或情节模式，不是象征。

追寻母题与圣杯意象结缘，来自追寻母题与传奇（浪漫故事）的密切关联。在弗莱看来，浪漫故事的形式很适合表现理想，理想人物与反面人物的对立下，更凸显了理想人物——男主人公的德才兼备与女主人公的漂亮迷人，这一特征在骑士浪漫故事中非常典型。"浪漫故事的情节的基本因素是冒险，也就是说，浪漫故事自然而然地采用一种连续性的和演进性的形式，因此我们从虚构作品中比从戏剧中能更好地了解它。它最朴素的形式是没有结尾，一个从发展又不衰老的中心人物经历一个连一个的冒险，一直到作者本人无力支撑下去为止……一旦浪漫故事以文学形式出现，它就趋向于把自己局限于一系列的次要冒险事件之中，最后导向一个主要的或高潮性的冒险，这一主要冒险通常在开始时业已声明，它的完成宣告故事的圆满结束。我们称这种主要冒险为'追寻'（Quest），它是文学形式赋予浪漫故事的因素。"① 骑士浪漫故事情节的基本因素是冒险，即"追寻"，并强调"追寻"的循环往复。

对于追寻母题的主人公，神话与浪漫故事的最大区别在于，神话的追寻主人公必定是神祇或史诗英雄，而浪漫故事的追寻者通常是人，即骑士英雄。对于骑士信仰与荣誉的判断，来自他的追寻能否成功。"浪漫故事的完整形式，无疑是成功的追寻，而这样的完整形式具有三个主要的阶段：危险的旅行和开端性冒险阶段；生死搏斗阶段，通常是主人公或者他的敌人或者两者必须死去的一场战斗；最后是主人公的欢庆阶段。我们可以用希腊术语分别称这三个阶段为'对抗'或冲突、'生死关头'或殊死搏斗，和'承认'或发现，即对主人公的承认——主人公明确证明他是一位英雄，即使他在冲突中战死亦复如此。从而，浪漫故事更直接地表现了从搏斗通过仪式上的死点到我们在喜剧中所发现的承认场景整个过程。"②

在浪漫故事中，追寻的具体目标分为四类，第一类是宝物追寻，"在世俗的追寻浪漫故事中，更为常见的却是其追寻有更为明显的动机和报酬，往往，巨龙守卫着一个藏有宝物的场所：对埋葬的珍宝探求从关于齐格弗里德的作品到《诺斯特罗莫》一直是浪漫故事的中心主题。珍宝意味着财富，而财富在神话诗作的浪漫故事中又意味着理想的财物、权力和智慧"③。英雄为了追寻到宝物，必须获得神赐予非凡

---

① ［加］诺思洛普·弗莱：《批评的剖析》，陈慧、袁宪军、吴伟仁译，百花文艺出版社1998年版，第226页。
② ［加］诺思洛普·弗莱：《批评的剖析》，陈慧、袁宪军、吴伟仁译，百花文艺出版社1998年版，第226页。
③ ［加］诺思洛普·弗莱：《批评的剖析》，陈慧、袁宪军、吴伟仁译，百花文艺出版社1998年版，第234页。

的智慧或者付出力量的代价。

追寻目标的第二类是心理追寻，目的是达成心愿的满足。"当追寻式浪漫故事被移译为梦幻的术语时，它就成为对力比多或者满怀愿望的自我之满足的追求，因为愿望的满足将会把力比多从对现实的忧虑中解救出来，但它仍然会包含现实本身。"①

追寻目标的第三类是仪式追寻，目的是重新获得生命。"当追寻式浪漫故事被移译为仪式术语时，它就成为丰产对荒原的胜利。丰产意味着食物和饮料、面包和美酒、躯体和血液，以及男性和女性的结合。"②

追寻目标的第四类是具有某种精神价值的宝物。"通过追寻所见所闻或获得的宝物，有时使仪式与心理联想结为一体，例如圣杯与基督教圣餐的象征密切联系在一起。圣杯与象征丰饶的羊角之类的神奇的食物容器有血统关系，而且它像其他的杯子及浅容器一样，具有女性的性器官的象征含义，它的男性的对应物据说是滴血的长矛。"③ 以亚瑟王为题材的骑士文学中的圣杯就是追寻母题的目标，与其他追寻母题的区别在于，圣杯意象被灌注了基督教信仰，并具有至高无上的精神价值。

二 圣杯原型的置换：从追寻永生到追寻某种理想境界

圣杯意象作为骑士文学中重要的组成部分之一，也为后世西方文学提供了一个"为可望而不可即的理想境界而历险"的追寻原型。

"原型在文学批评中指的是在文学作品中反复出现的、可辨识的叙

---

① ［加］诺思洛普·弗莱：《批评的剖析》，陈慧、袁宪军、吴伟仁译，百花文艺出版社1998年版，第235页。
② ［加］诺思洛普·弗莱：《批评的剖析》，陈慧、袁宪军、吴伟仁译，百花文艺出版社1998年版，第235页。
③ ［加］诺思洛普·弗莱：《批评的剖析》，陈慧、袁宪军、吴伟仁译，百花文艺出版社1998年版，第235页。

事模式、行为模式、人物类型、主题、意象。它们可以出现在文学作品中,也可以出现在神话梦境和社会仪式中。"① 在弗莱看来,诗歌有三类意象结构:一是适用于神话模式的神祇意象,二是适用于反讽模式的魔怪意象,三是适用于神祇模式与反讽模式之间的世界的类比意象。类比意象还被分为天真的类比意象、自然和理性类比的意象、经验类比的意象。浪漫传奇中出现的是天真类比意象,它是神祇世界在人间的对应物。"浪漫故事模式表现了一个理想化的世界:男主人公勇敢豪侠,女主人公美丽动人,反派人物阴险恶毒,而平凡生活中的挫折、窘迫以及模棱两可则很少得以表现。"② 在天真的类比意象中,往往显现为神性或精神性的人物,这个人物的德行总是能与孩提时期的天真状态关联密切,"童贞往往在这一意象结构中指处女的贞节……但男性的贞节也同样重要,例如在有关圣杯的浪漫故事中就是这样"③。盖拉哈德之所以能寻找到圣杯,是因为他一直保持着童贞,这更充分说明圣杯意象的神性或精神性。另外,我们还需要十分清楚的是,对于绝大多数骑士而言,圣杯是一个可望而不可即的所在,很难追寻并得到。这两个特点都在后世西方文学圣杯意象原型的置换中体现出来。

在西方文学发展历程里,圣杯意象不断地更新;在这个圣杯意象的文学国度里,圣杯意象经历着往返不息的精神求索,历经既是形象亦是精神的不断演变。

克雷蒂安的《帕西法尔》开创了西方以圣杯意象象征追寻宝物的

---

① Abrams, M. H., *A Glossary of literary Terms* (7th edition), United States: Heinle & Heinle, 1999, p. 12.
② [加]诺思洛普·弗莱:《批评的剖析》,陈慧、袁宪军、吴伟仁译,百花文艺出版社 1998 年版,第 174 页。
③ [加]诺思洛普·弗莱:《批评的剖析》,陈慧、袁宪军、吴伟仁译,百花文艺出版社 1998 年版,第 175 页。

原型，到罗贝尔《亚利马太的约瑟》中宗教信仰的转换，西方文学中这种以圣杯象征精神追求的写法就形成了一种原型模式、一种固定的情节结构、一种固定的象征能指和一种文学传统。随着圣杯意象原型在不同年代作品中所指内涵不断被置换，其蕴含的宗教、政治、社会、文化等观念也发生变化。中世纪之后，虽然骑士文学衰落了，但是，后世很多作品会以金杯、宝石、魔法石、指环等各种圣杯形态各异的变体来象征人类的精神追求。在历经了18世纪的沉寂后，圣杯意象在19世纪重新兴盛起来。这个时期，以圣杯象征精神世界的追求越来越向世俗生活发展，越来越淡化圣杯的宗教意味与道德意味，信仰与世俗、人文精神与技术理性的辩证关系，决定了圣杯意象现代化过程中的流变。20世纪这一类作品，都表达了对社会流行的技术理性的反拨，对恢复传统以及人文精神的向往。其中包括艾略特的《荒原》、乔伊斯的《阿拉比》和《死者》等。但是，这不能证明圣杯的心理原型被完全遗忘，圣杯象征生命的意味只是沉潜到了人文精神的背后。例如，《荒原》中艾略特将圣杯意象与渔王原型联系在一起，渔王是繁殖神的变异，这里的圣杯象征着生命崇拜，艾略特将圣杯还原到原始社会的生殖崇拜与丰收崇拜仪式。20世纪末与21世纪之交，通俗文学掀起了"圣杯热"。通过不同文本对圣杯传统阐释的反叛，揭示当代"圣杯热"背后的文化动因——大众文化。尤其是美国畅销书中的圣杯意象，呈现出多元化阐释的态势。

综上所述，所谓圣杯意象的置换，是圣杯意象所指的内容不断被扩充，其意象的外形也不断被变异。"现代作家拒绝使他们的原型被'认出'，可以说是因为他们急于使它们尽可能地保持变易不居，不要让一种解释就把它钉死。"[1] 从圣杯意象的象征意蕴的置换来

---

[1] ［加］诺思洛普·弗莱：《批评的剖析》，陈慧、袁宪军、吴伟仁译，百花文艺出版社1998年版，第104页。

看，由圣杯意象神性所衍生的精神性和可望而不可即的特点都保留在后世不断再现的圣杯意象，它只是不断被置换，不断被重新阐释。"圣杯的原著故事使圣杯的概念现在如此广为人知，使这件骑士探寻征程的目标物几乎成为代名词：圣杯用来指代任何一种伟大的目标或成就或急切渴望得到的东西，从运动比赛的冠军称号到性能卓越的电脑设备。"[①] 因此，圣杯意象象征着某种可望而不可即的理想境界。

三 圣杯意象的特征：符号化

文学或者诗的世界是作家主观的想象和虚构，圣杯作为西方文学与文化的重要意象之一，正是在这种虚构的符码中，其承载与表达的思想与情感才得以具体而又全面地实现。正如卡西尔所言："它（诗）是一个幻想和狂想的世界——但正是以这种幻想的方式，纯感受的领域才得以倾吐，才能获得其充分而具体的实现。语词和神话意象，这曾经作为坚硬的现实力量撞击人的心智的东西，现在抛弃了全部的实在性和实效性；它们变作了一道光，一团明亮的以太气，精神在其中无拘无束无牵无挂地活动着。这一解放之所以能获得，并不是因为心智抛弃了语词和意象的感觉形式，而是在于心智把语词和意象都用作自己的器官，从而认识出它们真实的面目：心智自己的自我显现形式。"[②] 既然作家只有通过符号形式才可以认出心智最真实的面目，那么读者也可以赋予符号形式的感知以不同的意义。因此，圣杯意象在不同年代的虚构符码过程中，被赋予不同符号形式的感知

---

① Alan Lupack, *The Oxford Guide to Arthurian Literature and Legend*, Oxford: Oxford University Press, 2005, p.213.
② ［德］恩斯特·卡西尔：《语言与神话》，于晓等译，生活·读书·新知三联书店1988年版，第115页。

以不同的意义，就在圣杯意象意义生产的过程中，圣杯意象不断被符号化。

符号是一个整体的概念，"用所指和能指分别代替概念和音响形象"①。"能指是'声音留下的印迹，是声音给我们的印象'，而所指是社会性的'集体概念'。"② 在艾柯看来，能指和所指分别被称为"前件/后件"，当能指（前件）消失，所指（后件）无法存在。根据荣格的原型理论，我们把"集体无意识"称为能指，"原始意象"为一级所指，随着意象外在与内涵的不断变化，衍生出更多等级的所指。

荣格将柏拉图的哲学概念借用到人类的心理学研究范畴，从而统一了原型的概念。原型在内容上主要表现为集体无意识，这种心理机制可作为原型的能指。"原型概念对集体无意识观点是不可缺少的，它指出了精神中各种确定形式的存在，这些形式无论在何时何地都普遍地存在。在神话研究中，它们被称为'母题'；在原始人类心理学中，它们与列维-布留尔的'集体表现'概念相契合；在比较宗教学的领域里，休伯特与毛斯又将它们称为'想象范畴'；阿道夫·巴斯蒂安在很早以前则称它们为'原素'或'原始思维'。"③ 另外，原型的表现形式为原始意象，这种表现形式可作为原型的所指。"原始意象（在别处也叫作'原型'）总是集体的，即它至少对整个民族或时代来讲是普遍的……原始意象是一种记忆的沉淀，一种铭刻，它由无数类似的过程凝聚而成。它主要是一种凝结或沉淀，因而是某种不断发生的心理经验的典型的基本形式。"④ 对于原型来说，集体无意识是

---

① ［瑞士］费尔迪南·德·索绪尔：《普通语言学教程》，高名凯译，商务印书馆1980年版，第102页。
② 赵毅衡：《符号学原理与推演》，南京大学出版社2011年版，第90页。
③ ［瑞士］卡尔·荣格：《集体无意识的概念》，《荣格文集》，冯川、苏克译，改革出版社1997年版，第83—84页。
④ ［瑞士］C. G. 荣格：《心理类型学》，吴康、丁传林、赵善华译，华岳文艺出版社1989年版，第532—533页。

内容，原始意象是形式，二者之间既是内容与形式的关系，又是内在与外在的关系。从这个意义上说，"集体无意识"是能指，"原始意象"为所指。

借用索绪尔的理论来分析原型，我们发现原型不仅有能指与所指，所指还可以不断衍生出很多不同的意义指向。所指的意义指向越丰富，可表明能指的磁场越富有吸引力；反过来，能指的力量就越强大，所指的意义指向就越多。在所指的意义指向中，弗莱的原型理论对原型作出了新的阐释，从而增加了所指的意义指向。他认为，"我用原型这个词指那种在文学中反复使用，并因此而具有了约定性的文学象征或象征群"①。这个概念在强调意象的循环这个核心的同时，也将原型从心理学的抽象拉回到文学的可感形象，以及它背后的象征意义。因此，继原始意象的第一级所指，象征成为原型的第二级所指，见表1-1。

表1-1　　　　　　　　　原型能指和所指分级

能指	所指一级	所指二级	所指三级	所指四级
集体无意识	原始意象	象征	象征意义	具体不同的象征意义

原型的能指和所指具体分级，可充分运用于圣杯意象的探讨中。赵毅衡先生认为，"索绪尔的所指'概念说'，是西方哲学所说的'理念'说的延伸"②。从这个意义上说，圣杯意象指的不是某一个文学作品中特定的圣杯，而是"圣杯"这个概念或精神面向的集合。正如第一章所分析，圣杯意象的心理原型是寻求宝物与永生的集体无意识，凯尔特神话所打造的圣杯的外形特征与整体功能是圣杯的意象原

---

① ［加］诺思洛普·弗莱：《文学的上下文》，载叶舒宪《神话——原型批评》，陕西师范大学出版社1986年版，第16页。
② 赵毅衡：《符号学原理与推演》，南京大学出版社2011年版，第91页。

型，基督教的信仰为圣杯的精神原型。依据对原型能指和所指的划分，可将圣杯意象的心理原型"求生的原始集体无意识"称为能指，把由此不断衍生的凯尔特意象原型和基督教的精神原型分别称为一级所指和二级所指，圣杯意象的象征意蕴为所指三级，圣杯意象的衍生象征意蕴——追寻某种可望而不可即的理想境界，视作所指的第四级，见表1-2。

表1-2　　　　　　　　圣杯原型的能指和所指分级

能指	所指一级	所指二级	所指三级	所指四级
集体无意识	原始意象	象征	象征意义	具体不同的象征意义
寻找宝物或者追求永生	凯尔特圣杯	信仰	对上帝的信仰	追寻某种可望而不可即的理想境界

圣杯原型作为符号，可以为后世西方文学不断具体化或具象化，这或许正是圣杯作为一种意象永不枯竭的动能。

第三节　文艺复兴时期世俗观念与圣杯意象的衰落

马洛礼是圣杯传奇的集大成者，但此后直到19世纪，圣杯和其他许多亚瑟时代的传统在文学中从高峰逐渐走向衰落，直到沉寂。"从马洛里到19世纪这段时间内，圣杯和其他许多亚瑟时代的传统实际上在文学中消失了。文艺复兴文学主要是历史和政治；在理性时期，主要是讽刺和滑稽文。"[①] 文艺复兴时期，乔叟、亚利欧斯多、斯宾塞和塞万提斯等作家虽然延续了追寻母题，却改写了圣杯传奇的宗教传统；

---

① Alan Lupack, *The Oxford Guide to Arthurian Literature and Legend*, Oxford: Oxford University Press, 2005, p. 250.

而18世纪启蒙时期资产阶级理性文明的日益强盛，导致圣杯追寻的式微与沉寂。

一 世俗政治话语的兴起

中世纪后期，基督教大大阻碍社会的发展，城市市民文化作为资产阶级早期的文化形态，与封建、教会是针锋相对的。在基督教内部，教皇利奥十世积极主动将文艺复兴的精神带入教会，可是他的挥霍无度为自己及教会埋下了祸根，这也反映了当时欧洲很多教会内部存在的腐败问题。16世纪初，德国神职人员马丁·路德用拉丁语发表了《为澄清赦罪状之权威的争辩》并把它翻译成德语，此书在德国民间广泛流传，宗教改革就以这种不为人察觉的方式展开了。

马丁·路德对传统天主教的主张和做法提出了质疑。他认为，信徒不必通过烦琐的仪式与上帝接近，将天主教的"七礼"——洗礼、圣餐、告解、坚振、终傅、神品和婚配，简化为洗礼、告解礼和圣餐礼。他对传统"因信称义"的解释提出了质疑，将之改为"唯信称义"。"义"一方面指上帝的恩典，另一方面指人对上帝救恩的虔诚信仰。也就是说，如果人真心悔改并笃信基督，他就会被上帝赐予救恩。"在天主教的学说里，神圣的启示并不因为有圣书而结束，而是一代一代地通过教会的媒介继续传下来的；因此，个人的意见之服从于教会，就成为每个人的责任。反之，新教徒则否认教会是传达启示的媒介；真理只能求知于圣经，每一个人都可以自己解释圣经。"① 马丁·路德还批判教皇的权威和教阶制度的不合理性，提出"基督徒皆教士"的主张，基督徒与教士"一律平等"，基督徒"不需人教"，教徒完全可以自我修行，"知道万事，行作万事"。他主张信徒可以不通过教会而

---

① ［英］罗素：《西方哲学史》（上），何兆武、李约瑟译，商务印书馆1963年版，第20页。

因信仰达成人与上帝直接交流的目的，信仰并不体现在烦琐冗长的宗教仪式上，而是体现于内在的灵魂。瑞士现代神学家巴特赞成马丁·路德的观点，"基督徒的信仰，的确是一种上帝与人间的秘密之事件——是上帝在他的自由中向这个人所做，和上帝给予这个人的自由，所做成的事件。……信仰是上帝的奥秘的揭露，信仰是上帝的自由和人的自由相遇而发生作用"①。马丁·路德新教的两个关键词是"信"与"行"，"信"体现了灵魂的忠诚，以此反对天主教教会的森严戒律；"行"体现了教徒信仰行为的开放性，将教徒还原成有信仰的肉身之躯。

随着宗教改革的深入，对于圣餐与圣物崇拜的争议不绝于耳，而这些争论对圣杯追寻题材是否受欢迎，影响很大。

圣杯起源于圣餐仪式，这在文学史上第一部圣杯传奇——法国作家克雷蒂安的《帕西法尔》就已经表明了这一点。中世纪时期，宗教界对于圣餐礼有争议，但在1215年第四次拉特兰宗教会议上达成了共识，确立了所谓的化体论。化体论认为，"在做弥撒的时候，通过祝圣，即由神甫代替说出'这是我的身体'这句话，面饼和酒便转化为耶稣的身体和血。根据这一理论，耶稣在面饼和酒的形态下真实地出现了，可以看得见，摸得着，即真正地临在"②。宗教改革时期，改革家们对天主教派的化体论提出了三种不同的阐释。一种意见认为，圣餐仪式上耶稣根本不会显灵，它只具有象征性。马丁·路德认为这种观点站不住脚，他反驳说，耶稣会真正现身的。而加尔文教派以上两种观点都难以认同，这个派别认为，在教徒领取圣餐时，会看到圣灵

---

① 刘小枫主编、杨德友、董友等译：《20世纪西方宗教哲学文选》，上海三联书店1991年版，第498—499页。
② ［德］彼得·克劳斯·哈特曼：《神圣罗马帝国文化史1648—1806年/帝国法、宗教和文化》，刘新利、陈晓春、赵杰译，东方出版社2005年版，第107页。

引导下耶稣的显身，但这些都与非教徒无关。尽管宗教改革家对化体论的具体解释不一致，但是，"对所有的宗教改革家来说，对圣餐仪式的看法都是一致的，即摒弃沿用至今的长达数百年之久的化体论。除此以外，在具体举行圣餐仪式时，改革家们还同意采取不同于天主教的做法，即平信徒也可以用圣餐杯"①。当新教将圣餐仪式降为平信徒都可以参与的程度，来自圣餐仪式的圣杯的神圣性就被大大削弱了。神秘、庄严的面纱脱落后，人们很难找到骑士为了追寻圣杯而冒险的理由，圣杯追寻在文学中也失去了价值。

虽然圣杯不属于基督教正统的圣物，但在骑士文学中它是最重要的基督教圣物，找到了圣杯，就能与上帝合二为一。早在古罗马时期，就开始出现圣物崇拜的现象。据说，中世纪的圣物崇拜开始于十字军东征之前，去圣地耶路撒冷的朝圣者带回了很多圣物，从此，以圣徒尸体、圣饼、圣水等圣物崇拜表达对上帝的信仰，是教徒热衷的宗教信仰方式。到了14世纪，基督信徒不仅对圣母玛利亚、天使和圣徒的崇拜达到了痴迷的程度，对跟圣母、天使和圣徒相关的圣物更是情有独钟，甚至有基督徒把因得到圣物而犯罪这样的事情引以为豪。很多教会借机敛财。当时，握有圣物多的教堂或者修道院就会信徒众多，财源滚滚，而赚钱的多寡直接决定了神职人员的生活水准。到了中世纪后期，圣物种类繁多的程度、圣物价格飙升的高度都令人咋舌。但是，宗教改革派的领袖马丁·路德废除了对圣像以及圣物的崇拜，虽然圣物崇拜的现象依然存在，但是，已经无法与中世纪的盛况相比。当圣物崇拜不被民众推崇，作为文学中的圣物——圣杯意象就容易被人忽略，甚至归于沉寂，似乎无人问津。

---

① ［德］彼得·克劳斯·哈特曼：《神圣罗马帝国文化史1648—1806年/帝国法、宗教和文化》，刘新利、陈晓春、赵杰译，东方出版社2005年版，第107页。

二　国家意识的胜利

众所周知，从中世纪到文艺复兴大部分欧洲国家的政权形式都是政教合一，以国王为代表的贵族阶级掌控世俗政权，而教会则代表神权，君主对外宣扬"君权神授"以确立统治地位的合法性。事实上，神权高于世俗政权。骑士制度是欧洲政教合一体制下的典型产物。骑士的基本信条是"忠君、护教、行侠"，要为国王去冒险与效劳，通过武力获得荣誉。在以亚瑟王为题材的罗曼司中，在圆桌上的位置能体现骑士的地位，通常越靠近国王，地位就越高。除了国王效忠之外，骑士最重要的任务就是"护教"。不同版本的《帕西法尔》都展现了骑士们对追寻圣杯的热情。从这种意义上说，效忠国王就是信奉宗教，维护宗教就是忠于国王。可见，宗教与政治的关系密切。宗教改革开始于16世纪，其宗旨在于根据《圣经》的教导，谋取基督教会道德和教义上的纯洁，它在政治、经济和社会各方面都产生深远的影响。

马丁·路德宗教改革对欧洲的政治产生了两个连锁反应。其一，造成了基督教会的分裂。正如G.F.穆尔在《基督教简史》中所言："宗教改革使中欧和西欧的一大部分教会永远脱离了天主教。它开始时只是对某些弊端的局部反抗，后来，各种形式和各种动机的对罗马教会的反叛，都汇集到了这股洪流中来，使它形成了一个声势浩大的运动。"①

其一，基督教的分裂为国家意识的兴起扫清了障碍。1530年，在奥格斯堡召开的德意志帝国会议上，马丁·路德委托朋友宣读了《奥格斯堡信纲》（以下简称《信纲》），《信纲》阐述了路德信仰的基本观

---

① ［美］G.F.穆尔：《基督教简史》，郭舜平等译，商务印书馆1981年版，第281—282页。

点，也为路德其他神学主张奠定了理论基础。《信纲》还提倡用自己国家通用的民族语言做礼拜，以对抗拉丁文对基督教的大一统局面，从而确立了"教随国定"的民族教会原则。"路德的文章被翻译成拉丁语，然后沿着贯通东西的贸易路线散布到德意志以外的国家。改革者很快在波希米亚和摩拉维亚地区复兴了反对教廷的胡斯派，在阿尔卑斯山西南部复兴了韦尔多派。德意志的商人们将宗教改革的思想传播到波罗的海诸国和斯堪的纳维亚地区。丹麦的国王克里斯蒂安二世允许路德教在他的国家传播。1527年，路德教派成为瑞典国教，瑞典及其领地芬兰有了最早的改革后的民族教会。"①

天主教教会的分裂，不仅体现了世俗政权对神权政治的反抗，而且体现了世俗国王争取政权、赢得民族国家独立的努力，这严重打击了统治欧洲千年之久的基督教势力。例如，英国宗教改革就为确立王权至尊创造了条件。从1529年11月到1534年，英国国王亨利八世为推行宗教改革，先后组织召开了六次会议。在第二次会议上，教会作出了初步妥协，承认亨利八世的至尊地位，"单独的保护者、唯一和最高的主人，并且就基督法律所能允许者而言，甚至是最高的首脑"②。1534年，《至尊法案》在宗教改革议会的第六次会议上获得通过，法案规定"国王陛下，他的后嗣与继承者、这个王国的诸国王，应取得、接受和被称为那叫安立甘教会的英格兰教会在尘世的唯一的最高首脑"③。这个法案对英国的政治产生了深远影响，它将教皇的最高统治权交给了英国国王，国王取代了教皇对教会的统领。随着最高权力的变更，其他政治权力的执行者也发生了重大转变。宗教改革前，英国

---

① [美]约翰·梅里曼：《欧洲现代史：从文艺复兴到现在》（上册），焦阳等译，上海人民出版社2015年版，第97页。
② S. A. tkins, *England and Wales under the Tudors*, London：1975, p. 81.
③ G. R. Elton, *The Tudor Constitution：Documents and Commentary*, Cambridge University Press, 1982, pp. 364–365.

的重要官职一般都是由教会中的教士担任。宗教改革后，许多重要部门的重要职位都由世俗之人担任，尤其是非教士托马斯·莫尔担任大法官一职后，世俗之人成为英国政坛的核心力量。这就为建构民族国家储备了足够的人才。

其二，教会的分裂导致世俗政权的兴盛。"宗教改革摧毁了基督教世界的统一性以及经院学者以教皇为中心的政府理论。"① 这意味着，以追寻上帝信仰为核心的圣杯传奇，失去了赖以存在的现实政治语境。

三 人文主义文学世俗观念的盛行与圣杯意象的沉潜

文艺复兴英文为"The Renaissance"，似乎想要恢复古希腊罗马文化，实为资产阶级试图从经济领域深入文化领域，争夺主导话语权。人文主义是文艺复兴的核心思想，就是以人作为认识世界的根本出发点，反封建、反教会。人文主义肯定人的价值、情感、智慧、尊严以及欲望，反对禁欲主义。"人文主义者的典型态度是否定中世纪，他们认为，中世纪文化对宇宙持一种先入为主的神秘观点，在心理和肉体方面使人及其理智和行为全部僵化了。实际上，中世纪文化否定人的活动空间，把人的过去和现在混为一谈，人所能见到的唯一重要的东西就是神的意志。人文主义的观点与以上观点正好相反，它宣布人的意识和行动的价值，因而重新发现了人在历史发展中的重要地位。在经历了若干世纪精神和物质压迫之后，文艺复兴重新使人得到了挺立于世界的权利，表现内心世界的权利以及在上帝面前自己本应有的资格。"② 人文主义彻底改变了欧洲文学的特征与风格。

---

① ［英］罗素：《西方哲学史》（上），何兆武、李约瑟译，商务印书馆1963年版，第17页。
② ［意］桑德拉·苏阿托妮：《文艺复兴：从神性走向人性》，夏方林译，四川人民出版社2000年版，第3页。

首先，将人置于万物之上，高扬人的价值与尊严，积极肯定人智，是文艺复兴时期文学文化精神的核心。从西班牙流浪汉小说代表作《小癞子》和塞万提斯的《堂吉诃德》，到英国托马斯·莫尔的《乌托邦》、诗人斯宾塞的《仙后》和莎士比亚的戏剧，均演绎了这一主旋律。而圣杯传奇则是中世纪思维模式作用下的文学，崇尚的是对上帝无条件的信仰，骑士最高的荣誉是追寻到圣杯，与神合二为一。圣杯意象作为基督教信仰的象征，体现了中世纪时期人类的最高理想。可见，就圣杯传奇与文艺复兴时期文学的文化主旨精神而言，是有差别的。

其次，将现世生活作为文学作品描写的主要对象，以个性解放和理性反对教会的戒律，这是人文主义文学持续的主旋律。中世纪时期，政教合一的封建王朝在宣扬"君权神授"的同时，突出了上帝万能论。人必须服从上帝的权威，禁欲苦修，才有可能获得升入天堂的幸福。圣杯传奇作为骑士文学的重要组成部分之一，虽然是世俗文学，但仍然体现了这一主题。神的意志就是骑士毕生的追求，没有自主的权利和空间，甚至不能追寻世俗欲望的满足，盖拉哈德保持童贞、忠于信仰，最终获得了圣杯，这是上帝对他的褒奖；痴迷恋情的兰斯洛特引发了内乱，导致国家毁灭，这是他受到了上帝惩罚的象征。而文艺复兴文学则高扬人类的理性和世俗欲望，并不羞于承认欲望是人类的固有本性，肯定人的幸福在于今生，而非来世。多姿多彩的现世生活，成为作家着力描写的重心。例如，莎士比亚戏剧中邪恶的王位篡夺者……无不挥洒着人类的智慧，无不张扬着人类的欲望，这种题材与主题的转变，就是反对封建、反对教会的结果，与抽象信仰关联密切的圣杯传奇，自然成为作家回避的题材与主题。

最后，人文主义文学惯用的体裁与艺术表现手法与中世纪文学有所不同。人文主义文学着重描述的是现世生活，中世纪流行的梦幻和象征的手法已经不适用，写实主义成为作家的新宠。中世纪时期常用的传奇、戏剧和抒情诗等已不能完全适应新时代的需求，又创造了十四行诗、长篇小说、短篇小说等艺术样式。圣杯传奇中玄幻的手法和浪漫的风格，在突出上帝神秘性与权威性方面效果明显，却与世俗鲜活的情感、昂扬的进取精神格格不入。

文艺复兴时期宗教改革，关于圣餐仪式与圣物的争论以及民族国家的兴起，都使得圣杯传奇失去了生存的社会现实基础，而人文主义文学的兴起，则彻底将圣杯传奇与圣杯传说暂时隐入历史的烟尘。

第二章 从文艺复兴到启蒙时期：圣杯意象的沉潜以及理性建构的开启

文学意象作为承担作家主观意图的重要载体之一，与作家身处的时代氛围、社会思潮、个人理念等密切相关。如前文所论证，圣杯意象是典型的中世纪的产物，是忠于上帝信仰的文学表现形式之一，体现了异教文化被基督教化的结果。到了文艺复兴时期，尤其是文艺复兴的中后期，由于人文主义的兴起和宗教改革等因素，圣杯意象失去了它得以继续存在的社会文化空间。

第一节 《亚瑟王之死》的圣杯追寻：世俗政治的兴盛

中世纪，物质的世俗世界仅仅被看作神圣真理的显现，圣杯象征的精神圣洁才具有真实性与永恒的价值。随着文艺复兴及人文主义的兴起，世俗社会从上帝的信仰解放出来，它的存在具有现实性与独立价值，此时已无法依靠圣杯隐喻的精神信仰来维系人群、民族乃至国家政权的稳定，而文艺复兴对世俗价值的肯定，则进一步彰显了人类在上帝面前越来越自信的理性力量。马洛礼以圣杯意象体系为媒介，用象征的力量神化了骑士的世俗生活，将宗教的戒律转化为追寻圣杯

第二章 从文艺复兴到启蒙时期：圣杯意象的沉潜以及理性建构的开启

的传奇。

圣杯追寻的情节是《亚瑟王之死》的重要组成部分。《亚瑟王之死》的材料不仅来自"兰斯洛特——法语圣杯散文故事"，马洛礼还将圣杯追寻的情节与《头韵诗亚瑟王之死》《分节诗亚瑟王之死》的资料相结合，将骑士追寻圣杯与亚瑟王之死、亚瑟王朝的覆灭联系在一起，创作出独立于君权神授框架之外的诗学与美学政治。

一 圣杯意象体系的建构

托马斯·马洛礼（Thomas Malory, 1391—1471）的《亚瑟王之死》(*Le Morte Darthur*, 1485）是15世纪英国乃至欧洲最具影响力的散文著作，是对英、法两国从12世纪到15世纪广泛流行的亚瑟王传奇的整理与汇编。那个时期的写作概念就是积极地改写，米歇尔·弗里曼曾恰当地指出："每个故事都是一系列文本—文本性的结合。这些新文本在吸收此前文本的基础上，重新讲述一个故事或进行解读，而不仅仅是重新执行模式或范例。"① 在《亚瑟王之死》中，神剑、圣杯、圆桌都与亚瑟王及其圆桌骑士的命运形成了互动，也都与亚瑟王的神圣王权密切相关，由此构成了圣杯意象体系。

神剑的意象源于凯尔特神话弗格斯（Fergus）的佩剑卡拉德波加（Caladbolg）。在各个版本的亚瑟王故事中，最早出现在《不列颠王史》，"亚瑟王身佩卡利波恩（Caliburn）剑，这盖世无双的宝剑是在阿瓦隆岛上熔铸而成"②。携着这柄王者之剑，亚瑟杀死了470个撒克逊人，并先后击败了爱尔兰人、苏格兰人和匹克特人，奠定了王者霸业

---

① Gina L. Greco, "From the Last Supper to the Arthurian Feast: Translatio and the Round Table", *Modern Philology*, Vol. 96, No. 1, August 1998, p. 42.
② Geoffrey of Monmouth, *The History of The kings of Britain*, Lodon: Penguin Books, 1977, p. 28.

的基础。马洛礼将分别来自两个不同拉丁语版本的《梅林传》的石中剑与湖中剑并置于《亚瑟王之死》中。象征王权的宝剑放了圣保罗教堂里的石台砧上,宝剑四围镌着金字,"凡能从石台砧上拔出此剑者,乃生而即为英格兰全境之真命国王"①。后来,亚瑟王的石中剑断裂了,但他仍凭借湖中仙女赠予的代表英勇、神力、高贵与荣誉的圣剑(Excalibu),使很多优秀骑士心悦诚服地聚集在圆桌,听命于他。石中剑是对王族血脉的验证,象征着王权的确立;湖中剑是对英雄神力的检视,象征着王权霸业的创立过程。

12世纪末到13世纪初,法国诗人罗贝尔·德·博隆创作了《亚利马太的约瑟》,"第一个将克雷蒂安神秘的圣杯变为现在人们所熟悉的圣杯传奇故事"②。作品中圣杯是指最后的晚餐耶稣用过的酒杯,随后用来盛着亚利马太的约瑟收集的被钉在十字架上基督的血。从此,圣杯被赋予了另一个新的象征意义——生命与基督的象征。在《亚瑟王之死》中,"这乃是我主耶稣基督的宝血的象征,高贵无比,由亚利马太的约瑟携入英格兰"③。圣杯意象延续着同样的象征意义,"在亚瑟王的语境中,这意味着这个杯子也是一个圣杯的意象,在文学传统中最著名的圣体的容器和圣餐变体论的象征"④。

圆桌意象首次出现在韦斯(Wace)的《不列颠传奇》(1155)中,骑士圆桌是为了避免亚瑟王的骑士争夺荣誉宝座而设置的。罗贝尔·德·博隆为这一世俗倾向的圆桌,增加了新的素材与意义。在他的

---

① [英]托马斯·马洛礼:《亚瑟王之死》,黄素封译,人民文学出版社2005年版,第8页。
② Alan Lupack, *The Oxford Guide to Arthurian Literature and Legend*, Oxford: Oxford University Press, 2005, p.224.
③ [英]托马斯·马洛礼:《亚瑟王之死》,黄素封译,人民文学出版社2005年版,第626页。
④ Kenneth Hodges, "Making Arthur Protestant: Translating Malory's Grail Quest into Spenser's Book of Holiness", *The Review of English Studies*, 2011, p.193.

《梅林传》中,"为了表达对'三位一体'的崇敬之情,梅林设立了圆桌,以作为与'最后的晚餐'的餐桌(圣经)和圣杯桌相呼应的第三张桌子……留给将来完成圣杯冒险的骑士"①。罗贝尔将圆桌、圣杯意象与最后的晚餐联系起来,并赋予其宗教意义。马洛礼在《亚瑟王之死》中赋予圆桌世俗与宗教的双重意义。其一,圆桌与骑士荣誉以及王权息息相关。在亚瑟王朝,只有"武艺高强,贡献又大"的武士才能成为圆桌骑士,"圆桌骑士得到全世界的称赞,因为他们享有优雅、勇敢和光明磊落的名声"②。骑士在成为圆桌会议成员之一时,必须发誓为圆桌增光,捍卫圆桌骑士的荣誉。圆桌的位置在体现骑士荣誉与地位差异的同时,也赋予每位骑士以同等的尊严与使命,"圆桌骑士是亚瑟王的个人追随者,永久为亚瑟王效劳"③。通过圆桌的设立,亚瑟王长久地把持着王权。圆桌代表着骑士的荣誉,也象征着对王权的进一步巩固。其二,骑士圆桌与宗教信仰联系密切。"在亚瑟王传奇中,'圆桌'这个概念有三重重要含义。最常用的含义是指骑士之间的兄弟之情;人们很少使用,但其实是'圆桌'最初的意思,就是指圆形的桌子。最后,指的是亚瑟王在盛大节日,尤其是圣灵降临日举行的宫廷宴会。"④《亚瑟王之死》的圆桌含义属于第三种,各骑士在圆桌上的座位是神安排的,圆桌骑士都应该深切了解圣杯的真理,并期待圣杯在圣灵降临日的圆桌晚宴上显灵,"只见半空中有一只圣杯,冉冉地进入大厅,上面用白色绸遮盖着,但是没有人能够看见它,更不知道由什么人捧持着它。片刻之间,满厅中充溢了一种非兰非麝的香气,同时每一个骑士都得到佳馔美酒,那种味道有胜于他们平日在人世间

---

① Gina L. Greco, "From the Last Supper to the Arthurian Feast: Translatio and the Round Table", *Modern Philology*, Vol. 96, No. 1, August 1998, pp. 44 – 45.
② Lewis F, Mott, "The Round Table", *PMLA*, Vol. 20, No. 2, 1905, p. 231.
③ Lewis F, Mott, "The Round Table", *PMLA*, Vol. 20, No. 2, 1905, p. 231.
④ Lewis F, Mott, "The Round Table", *PMLA*, Vol. 20, No. 2, 1905, p. 231.

所喜爱的酒肉。这圣杯在大厅中周行了一遍,方才突然隐去,也不知道飞到哪里去了"①。对圣杯的追寻是圆桌骑士领受的终极使命,而圆桌的空位被命名为"危险席位",它必须留给"一个无敌于天下、不怕毁灭的好汉"。据此,只有坐上这危险席位的圆桌骑士,才能追寻到圣杯,才能达成生命的永恒不朽与神的合二为一,以实现精神救赎,并成为圣杯骑士。圆桌似乎成为骑士追寻圣杯之旅的出发点与返回点,它寓意王权乃神授。

圣杯意象体系是马洛礼的文学建构,体现了中世纪的"三位一体"的精神结构。在《亚瑟王之死》中,神剑的神力来自异教神并代表着王权血统的纯正与高贵,圣杯象征着基督,圆桌是世俗王权与上帝之间的联结;而世俗王权下的骑士对圣杯的追寻,则意味着世俗的王权效忠已被基督教化。另外,象征荣誉的"危险席位"不是留给耶稣自己的,而是留给如同耶稣一样的圣杯骑士。圆桌、神剑与圣杯同样象征着亚瑟王世界的三个等级,即圣杯骑士、亚瑟王与基督,体现出一种从人间到天堂的直线运动,这仿佛是马洛礼向"三位一体"致敬,每一个意象都代表着同一神圣的不同层面。因此,圣杯意象对神剑与圆桌意象的统摄,这"就为这种骑士制度内部的协调一致找到了一种新的表现形式,同时也为证明贵族统治的神圣合法性找到了一种方法"②。

从圣杯意象体系与王权神性的关系来看,这篇传奇似乎具有鲜明的宗教指向,仿佛圣杯象征的宗教信仰维系了亚瑟王朝。但是,《亚瑟王之死》成书于1469年,从社会思想的演进来看,此时已进入文艺复

---

① [英]托马斯·马洛礼:《亚瑟王之死》,黄素封译,人民文学出版社2005年版,第636页。
② [法]让-皮埃尔·里乌、让-弗朗索瓦·西里内力主编:《法国文化史Ⅰ中世纪》,杨剑译,华东师范大学出版社2012年版,第195页。

兴时期，人文主义在知识分子阶层十分盛行，或许对马洛礼也会产生一定的影响。因此，文学评论界对这篇传奇的价值倾向一直争论不休。在托马斯·L. 赖特看来，"马洛礼有效地取消了原版圆桌会议以圣杯为核心的宗教指向，以包含在他的圣灵降临节中的世俗的骑士精神取而代之"①。纽曼则倾向于，"当马洛礼被迫在神圣的和世俗的价值观之间做出选择，他都选了"②。而凯文·T. 格林却认为，"马洛礼的叙事是对其深层个人信仰的表达"③。

马洛礼深层个人信仰的表达，是对圣杯意象体系所象征君权神授框架的解构，它体现于以异教骑士巴乐米底与激进骑士盖拉哈德、忠于骑士团体的兰斯洛特与背叛骑士团体的莫俊德，这两个悖反并置都对应于亚瑟王之死的深层结构。

二 圣杯征途对君权神授框架的负面影响

"当年魔灵曾把圆桌比拟做地球的圆形，就因为圆桌是表示了世界的正义，也表示了整个世界，不论基督徒或是异教徒，都能够同样地走上这圆桌。"④ 但"当魔灵建立圆桌制度的时候，他曾这样说过，凡参加圆桌社的人，应该深切了解圣杯的真理"⑤。马洛礼以圣杯这一极具精神与神学价值的意象作为圣杯征途的核心，并沿着宗教谱系的两个端点，将骑士分为异教徒骑士与激进基督教骑士。异教徒

---

① Robert L. Kelly, "Royal Policy and Malory's Round Table", *Arthuriana*, Vol. 14, No. 1, Spring, 2004, p. 43.
② Alexandra, Verini, "Medieval Crossover: Reading the Secular Against the Sacred by Barbara Newman", *Comitatus: A Journal of Medieval and Renaissance Studies*, Vol. 45, 2014, p. 295.
③ Kevin T. Grimm, "Sir Thomas Malory's Narrative of Faith", *Arthuriana*, Vol. 16, No. 2, On Malory: Festschrift in honor of D. Thomas Hanks, JR., Summer, 2006, p. 16.
④ [英]托马斯·马洛礼：《亚瑟王之死》，黄素封译，人民文学出版社2005年版，第663页。
⑤ [英]托马斯·马洛礼：《亚瑟王之死》，黄素封译，人民文学出版社2005年版，第663页。

骑士为巴乐米底，激进基督教骑士包括盖拉哈德与帕西法尔。① 作者将这两类截然对立的骑士并置，体现了圣杯征途对世俗王权基础的破坏。

巴乐米底身为异教徒骑士，英勇善战而坚贞，他对特里斯丹时而追随、时而对抗，深深暗恋伊瑟，内心信仰耶稣基督和圣母玛利亚；但他"优秀萨拉森骑士"的身份"挑战了亚瑟骑士身份理想的同质性"②。他与其他基督教骑士信仰的差异，时时令他陷入孤立，特里斯丹对他说："可是巴乐米底骑士啊，有一点使我惊奇，您果然是一位真正优秀的骑士，不过您还不曾接受过洗礼。"③ 葛雷荣骑士对他的身份也表示遗憾，"啊，这太可惜了，像这样优秀的骑士，一身的好本领，那是应当受洗礼的"④。巴乐米底受洗后，其身份问题似乎得到了解决，亚瑟王朝也欣然接受他加入圆桌社，"巴乐米底的转变说明基督身份在圆桌骑士中的主流地位"⑤。自此之后，马洛礼却安排他追寻怪兽，巴乐米底被屏蔽在圆桌骑士追寻圣杯的外围，隐没于亚瑟王朝的秩序之外。

"如果说巴乐米底在努力缩小他自身与圆桌骑士之间的差异，那么盖拉哈德似乎在努力创造差异——不断地挣脱将他绑缚在尘世的骑士

---

① 黄素封先生将"帕西法尔"翻译为"薄希华"，本书为统一译名，统一将"薄希华"译为"帕西法尔"。

② Dorsey Armstrong, "The (Non-) Christian Knight in Malory: A Contradiction in Terms?", *Arthuriana*, Vol. 16, No. 2, On Malory: Festschrift in Honor of D. Thomas Hanks, JR., Summer, 2006, p. 30.

③ [英] 托马斯·马洛礼：《亚瑟王之死》，黄素封译，人民文学出版社2005年版，第622页。

④ [英] 托马斯·马洛礼：《亚瑟王之死》，黄素封译，人民文学出版社2005年版，第623页。

⑤ Dorsey Armstrong, "The (Non-) Christian Knight in Malory: A Contradiction in Terms?", *Arthuriana*, Vol. 16, No. 2, On Malory: Festschrift in Honor of D. Thomas Hanks, JR., Summer, 2006, p. 32.

第二章 从文艺复兴到启蒙时期：圣杯意象的沉潜以及理性建构的开启

精神上的枷锁。"[1] 骑士精神的信条之一就是护教，作为基督教的守护者，他们无一不是将追寻圣杯视为最高荣誉，以履行与神订立的契约。盖拉哈德骑士是骑士圆桌"危险席位"的主人，也是作品中唯一真正完成追寻圣杯使命的骑士，他在履行并完成与神所订约的同时，也成为"最伟大的骑士"。从出生到升入天堂耶稣基督那里，领受圣杯的骑士盖拉哈德一直保持童真的肉体。从出生来看，伊兰公主将童贞献给了最负盛名的骑士兰斯洛特，两人才有了盖拉哈德。在追寻圣杯的过程中，盖拉哈德一直保持童贞之身，没有做不道德的行为，这也是他和鲍斯、帕西法尔找到圣杯的原因；而其他骑士则由于傲慢、私欲，永远无法接近圣杯。对此，作者马洛礼用高文梦到的"异象"来说明这个道理。"一百五十只雄牛，都不在牧场上吃草，这象征着骄傲的态度，不知忍耐与谦顺，其中只有三只牛是例外。那雄牛象征着圆桌的集团，因为他们犯了罪过，所以变成了黑色。黑的意思，就是不道德的行为。又如三只白色雄牛，其中两只全白、一只生有黑斑的意义，我认为那两只白的牛代表加拉哈骑士和薄希华骑士，因为他们贞洁而无污点；至于第三只带有斑点的白雄牛，是指鲍斯骑士而言，由于他失过一次童贞，但从此以，后他还能保持着纯洁的生活，所以他的罪终于被神所饶恕了。"[2] 因此，盖拉哈德和帕西法尔是身心圣洁的代表，尤其是盖拉哈德远远超越于其他骑士。

圆桌骑士能否获得至高荣誉并得到神的救赎，不仅依靠骑士个人的修为，还要遵照神的意志，去履行命定的契约。盖拉哈德被神钦定为耶稣的人间代理人，以神的预言形式反复出现的"危险席位"与红

---

[1] Dorsey Armstrong, "The (Non-) Christian Knight in Malory: A Contradiction in Terms?", *Arthuriana*, Vol. 16, No. 2, On Malory: Festschrift in Honor of D. Thomas Hanks, JR., Summer, 2006, p. 32.

[2] ［英］托马斯·马洛礼：《亚瑟王之死》，黄素封译，人民文学出版社2005年版，第692页。

色十字的盾牌说明了这个问题。圣灵降临节是为纪念耶稣复活后差遣圣灵降临而举行的庆祝节日，在这一天，"神借着拿撒勒人耶稣在你们中间施行异能、奇事、神迹，将他证明出来，这是你们自己知道的"①。早在盖拉哈德还未出生，在圣灵降临节当天，神派遣的修士已经预言了他的未来，"'说起这人，我却知道，不过现时这人还没投胎罢了，料想在今年总会来到人间；到得那日，他自能坐上这个危险席位，而且那只圣杯将来也会由他获得。'这位修士在朝廷上说过这番预言以后，立时告别，飘然而去"②。后来，又逢圣灵降临节，"危险席位"出现了新写的金字："我们的主耶稣基督受难之后，经过了四百五十四年，这个座位才得以应验。"③耶稣的神力还赋予未出生的盖拉哈德以超出一般骑士的异能，达到"无敌于天下"的地位。为此，神为他准备了一把石中剑，剑上写着"无人能令我走动，取我者即佩我在身侧之人，此人乃天下最优秀之骑士"④。拔出石中剑既是盖拉哈德力量、勇气、荣誉的象征，又是"盖拉哈德出自我主耶稣基督的第九世"尊贵血脉的明证。尤其是盖拉哈德坐上危险席位后，其所领受的白色盾牌上"正中又一个红色十字"，更将他耶稣人间代理人的身份凸显无遗。

　　盖拉哈德是马洛礼刻意书写的基督教精神符号，他追寻到圣杯之后，"当加拉哈已死的肉体看到了属灵的东西，他战栗不止。他向天举起了双手，说道：'主啊，我感谢您，现在我已经看见那么多年来我所

---

① 中国基督教三自爱国运动委员会：《圣经·中英对照》，中国基督教协会2016年版，第1—2页。
② ［英］托马斯·马洛礼：《亚瑟王之死》，黄素封译，人民文学出版社2005年版，第576页。
③ ［英］托马斯·马洛礼：《亚瑟王之死》，黄素封译，人民文学出版社2005年版，第630页。
④ ［英］托马斯·马洛礼：《亚瑟王之死》，黄素封译，人民文学出版社2005年版，第630页。

盼望的东西了。现在我的主啊，我感谢您，现在我已经看见那么多年来所盼望的东西了。现在我的主啊，假若您喜欢的话，我不愿再活下去啦．'"① 他的灵魂很快被一群天使迎接到天上耶稣基督那里去了。"作为圆桌骑士完整存在的最后联系，他同时也讽刺性地威胁着骑士团体的完整性，因为作为圣杯获得者他的精神高于其他骑士，他是一个圆桌之外的局内人，一个似乎相似却不断标榜自身独特性以及与其他骑士差异性的任务。"② 他的存在是为了救赎更多的骑士，他也无意效忠亚瑟王，因为"这世界是不安定的"，只有与神的合二为一才能达到本质的真实与永恒，"也就是他通过死亡脱离了圣杯征途，脱离了骑士以及故事本身"③。

马洛礼将圣杯征途上两个端点的异教徒骑士与激进基督教骑士的并置，对应于亚瑟王朝的覆灭。圣杯征途起源于圣灵降临节上的骑士誓言："我（高文骑士）现在要立誓做到，从明天起，不再耽搁，用一年零一天的工夫，努力去寻觅这只圣杯。若是日子必须更多些，我亦愿意；我要清清楚楚地瞻仰它一番；如若还不及在这里看到的，我绝不再返回朝廷，我下了决心，不达到我的愿望不再转回；这样做不至违反主耶稣基督的旨意吧？"④ 这个誓言充分说明了圣杯宣言的单向度与一维性，它破坏了亚瑟王权的秩序，因为大多数骑士既不能如同盖拉哈德一样，具有纯然高尚的信仰状态，又不能达成品行的纯然与高

---

① ［英］托马斯·马洛礼：《亚瑟王之死》，黄素封译，人民文学出版社2005年版，第750页。

② Dorsey Armstrong, "The (Non-) Christian Knight in Malory: A Contradiction in Terms?", *Arthuriana*, Vol. 16, No. 2, On Malory: Festschrift in Honor of D. Thomas Hanks, JR., Summer, 2006, pp. 30-31.

③ Dorsey Armstrong, "The (Non-) Christian Knight in Malory: A Contradiction in Terms?", *Arthuriana*, Vol. 16, No. 2, On Malory: Festschrift in Honor of D. Thomas Hanks, JR., Summer, 2006, p. 32.

④ ［英］托马斯·马洛礼：《亚瑟王之死》，黄素封译，人民文学出版社2005年版，第637页。

尚，盖拉哈德成为大多数圆桌骑士返回亚瑟王朝的障碍。更为重要的是，"巴乐米底与盖拉哈德的角色以同样的方式检验了骑士制度的界限。尽管他的果敢、英勇以及对骑士精神的虔诚，巴乐米底与其他骑士的差异最终将他排除在骑士制度之外。而尽管盖拉哈德不断地完善自己，他与其他骑士的不同使他无法融入典型骑士社团内的尘世而威严的活动。这两个角色都给亚瑟社会秩序带来了挑战，尝试着去扩展亚瑟骑士的定义。他们最终被排除在外，揭示了《亚瑟王之死》中骑士身份的局限性与狭隘性"①。而对骑士认定的局限性与狭隘性不仅严重地影响了王权的向心力，而且深重地削弱了亚瑟王朝的整体实力，为亚瑟王之死与亚瑟王朝的覆灭埋下了伏笔。

三 世俗权力欲望对神圣王权的颠覆

除了异教徒骑士与激进基督教骑士这样极少数的圆桌骑士外，大部分骑士成为维护王权神性的主体力量。但是，在这个圆桌骑士团体中，以兰斯洛特为代表的忠于王权的力量与背叛骑士团体的莫俊德这两个悖反并置也对应于亚瑟王之死的深层结构，最终将亚瑟王朝推向毁灭的深渊。

《亚瑟王之死》成书时已进入文艺复兴时期，"然而要是以为在中世纪文学和英国文艺复兴时期的现代文学有一个明确的界限，那就错了"②。对于中世纪文学来说，通过讽喻直接表明先验的神学观点；而对于中世纪之后的艺术家来说，它是进一步文学创作的起点，并更多地融入了现实与个性化因素。圣杯意象体系"三位一体"的精神结构

---

① Dorsey Armstrong, "The (Non-) Christian Knight in Malory: A Contradiction in Terms?", *Arthuriana*, Vol. 16, No. 2, On Malory: Festschrift in Honor of D. Thomas Hanks, JR., Summer, 2006, p. 33.

② [英] J. A. 伯罗：《中世纪的作家和作品：中古英语文学及其背景（1100—1500）》，沈弘译，北京大学出版社 2007 年版，第 165 页。

集中体现了中世纪文学的意识形态与创作方法,在展开这部分时,马洛礼传达的方式与内容追求时代的共性而回避个性。但是,作为中古英语散文中难得一见的被当作文学的《亚瑟王之死》也融入了社会生活的现实因素,传递了作者的深层个人信仰与个性化表达。

在以追寻圣杯为途径达成骑士身份认同的亚瑟王朝里,久负盛名的兰斯洛特被寄予厚望,然而他却和其他骑士一样难以完成使命,难以攀上圣杯骑士的高度。兰斯洛特骑士将自己住的地方命名为"快乐屿",然而大家却称他本人为"厄运武士",无疑暗示兰斯洛特骑士的骑士精神与君权神授框架存在巨大反差,这很可能是他身份焦虑问题产生的根本原因。

兰斯洛特的受洗名为"盖拉哈德",这似乎预示他获得圣杯并成为圣徒的可能性。在初到亚瑟王国时,兰斯洛特倾向于通过比武、决斗以及令人惊骇的冒险来展现自己的本领,他的能力也远远超出其他骑士,被亚瑟王朝公认为"当代最高贵的骑士",但是作者"也预兆性地把他的优秀和他对王后的爱联系起来"①,这似乎隐喻兰斯洛特的圣徒之路即将中断,而他本人对这一切却毫无意识。兰斯洛特在拒绝多位贵妇及少女求爱并为王后辩护的同时,也竭力压制关于他和王后暗生情愫的传言。他说:"她(桂乃芬)是对待自己丈夫最最忠心的一位贵妇,凡是对这怀疑的人,不妨和我比试一下。"② 兰斯洛特一开始出场,他的自我认识就陷入矛盾与混乱,表现出其骑士精神与王权神性结构的不一致性。此外,兰斯洛特这种对身份认同的混乱,不断地在后文以"循环性情节"复现。安德鲁·林奇认为,"如同后来几乎所有的探

---

① Jante Jesmok, "Comedic Preludes to Lancelot's 'Unhappy' Life in Malory's 'Le Morte Darthur'", *Arthuriana*, Vol. 14, No. 4, Winter, 2004, p. 27.

② [英]托马斯·马洛礼:《亚瑟王之死》,黄素封译,人民文学出版社2005年版,第170页。

险一样，似乎只是增加了他的名声，并没有从根本上改变对其所代表的身份的理解"①。兰斯洛特是上帝的信徒，还是亚瑟王与王后桂乃芬的忠诚骑士呢？

兰斯洛特对身份的困惑与焦虑，在追寻圣杯的过程中表现得尤为突出。兰斯洛特作为受洗的"盖拉哈德"与圣杯的渊源很深，在宣布"危险席位"与圣杯预言的圣灵降临节晚宴之后，他在佩莱斯王城堡里第一次见到了圣杯，这次会面使得他与伊兰公主结合并成为盖拉哈德的父亲。此事也彻底改变了兰斯洛特的人生轨迹，并把他内心焦虑与困惑的情绪推向了顶点，兰斯洛特因王后的斥责而精神失常。伊兰公主和桂乃芬王后是相互对立的两位女性形象，伊兰公主是纯真的象征，与圣杯象征的身心圣洁一致；而王后桂乃芬正相反，她代表情欲与对王权的忠诚。这两位女性是撕裂兰斯洛特内心激烈矛盾的象征。一方面，兰斯洛特有成为基督耶稣的真正骑士的最大可能性；另一方面，他迷恋爱情生活甚至三度陷入疯狂，更重要的是他对王后的爱情同样渗透了对亚瑟王的忠诚。"在高雅的爱情中，男人和女人们的关系在本质上是具有等级的：女人被看成高男人一等，女人的统治地位被认为是绝对的，男人应当全心全意地为他的贵妇人效劳，什么都不能改变他对贵妇人的屈从；贵妇人也被称作'主子'——奥克语叫'米唐'。"② 中世纪，即使"骑士的爱具有婚外恋情或通奸行为特征，然而在观念中却没有罪恶感，其中的理念是：贵夫人受到奉承，其丈夫得到间接的称赞，而这位骑士则获得更勇敢的名声"③。对于象征身心

---

① Andrew Lynch, *Malory's Book of Arms: The Narrative of Combat in Le Morte Darthur*, Cambridge, UK: D. S. Brewer, 1997, p. 5.

② [法] 让-皮埃尔·里乌、让-弗朗索瓦·西里内力主编：《法国文化史Ⅰ中世纪》，杨剑译，华东师范大学出版社2012年版，第203页。

③ R. Rudorff, *Knights and the Age of Chivalry*, New York: The Viking Press, 1974, p. 161.

第二章 从文艺复兴到启蒙时期:圣杯意象的沉潜以及理性建构的开启

圣洁的圣杯,灵魂被撕裂的兰斯洛特只能接近,却永远无法真正领受它,他重新返回亚瑟王朝,继续忠实于亚瑟王庭。

与兰斯洛特在忠诚王权与信仰之间进退维谷形成的身份焦虑不同的是,骑士莫俊德的身份焦虑来源于他对王权的个人欲望与野心。在《亚瑟王之死》中,马洛礼对莫俊德的叙述都是间断情节,以"速写"方式插入叙述主线,并直接推动小说情节进入高潮与尾声阶段。关于莫俊德的间断情节,分别是第 10 卷的 3 次,第 20 卷的 3 次和第 21 卷的 3 次。莫俊德谋害亚历山大等事件表现出其品行恶劣、"诡计多端"的特点,为日后的背叛埋下伏笔;控诉兰斯洛特是他分裂圆桌社并进入权力中心重要的一步,同时将情节推向高潮;而伪造亚瑟王已亡的信件、继承王位并企图强娶王后桂乃芬,乃是其争夺王位的有效行动。在与亚瑟王争夺王位与领土的战争中,他和亚瑟王先后离世,这标志着亚瑟王朝的最终覆灭,情节滑向尾声阶段。他在小说的前六次出现,绝不仅仅是为小说引入人物;他的每一次举动都是对其背叛亚瑟王的铺垫。另外,关于莫俊德的间断情节,也给读者了解莫俊德的精神世界留下了很大空白,他为何要觊觎王位呢?以间断情节出现,说明莫俊德骑士在圆桌社中身份不高,地位不重要,也无法成为圆桌骑士的主要人物。从出身来看,莫俊德名义上是高文骑士同母异父的弟弟,实际上他却是亚瑟王的私生子。身为骑士,莫俊德却无法达到如同兰斯洛特、高文这样尊贵的地位,也无法得到王后桂乃芬的垂青;身为国王后代,虽然莫俊德与亚瑟王血脉相连,但作为私生子,他永远无法成为皇室的合法继承人,始终与王权有一步之遥。他与王权以及王后这种微妙的关系,使得他无法认同地位的低微,并陷入了身份焦虑。莫俊德身份卑微而又"诡计多端",永远都把这种对身份的焦虑深埋于心底,无意向外人道也。

对于莫俊德来说,兰斯洛特是他通向王权之路的最大阻碍。无法追寻到圣杯的兰斯洛特再次回归亚瑟王朝,并与王后桂乃芬重修旧好。亚瑟王以"充耳不闻"和"不愿追究"的姿态默许了兰斯洛特的效忠方式。于是,莫俊德、骑士阿规凡一起向亚瑟王控诉兰斯洛特与王后的奸情,逼迫亚瑟王采取措施报复兰斯洛特,这导致圆桌社的分裂,从而为自己谋权篡位制造了大好时机。我们在莫俊德疯狂行为的背后,看到了一个卑微骑士的焦虑、挣扎与反抗,听到了一个野心勃勃的私生子的呐喊。

更耐人寻味的是,"敢于冒天下之大不韪"的莫俊德骑士居然取得了阶段性胜利,顺利地登上了王位,"这时英格兰的大部分民众都趋向了莫俊德骑士,充分表现出了喜新厌旧的劣根性"①。在传奇的结尾,亚瑟王死后,兰斯洛特追随王后桂乃芬皈依宗教并殉情,被誉为"全部基督徒的领袖"②。爱情让兰斯洛特实现对上帝的皈依,他对桂乃芬王后世俗的爱情最后达到了信仰的高度。我们发现,在亚瑟王朝的政治中,代表追求个人价值与个性解放的莫俊德在战胜了兰斯洛特所代表的骑士精神的同时,也战胜了圣杯意象体系所象征的信仰。尤其是当面对主教严厉的神学诅咒时,莫俊德根本不以为意,甚至叫嚣,"您就用最凶恶的办法惩罚我好了,要知道,我终会反抗您的"③。

对于神权与亚瑟王朝来说,莫俊德无疑是恶德败行的;但莫俊德的个人价值观与个性解放思想却是新时代的先声,具有人文主义倾向,代表着进步力量。《亚瑟王之死》严密的政教合一体系趋向僵化和死亡。

---

① [英]托马斯·马洛礼:《亚瑟王之死》,黄素封译,人民文学出版社2005年版,第890页。
② [英]托马斯·马洛礼:《亚瑟王之死》,黄素封译,人民文学出版社2005年版,第869页。
③ [英]托马斯·马洛礼:《亚瑟王之死》,黄素封译,人民文学出版社2005年版,第870页。

《亚瑟王之死》的这种矛盾对立在 15 世纪的英国具有很强的现实性，其时的英国正处于各种矛盾交织中。一方面，王权统治危机四伏，贵族的各个派系陷入对王权的争夺战——玫瑰战争，王权意识与封建制度处于崩溃中；另一方面，英国港口城镇的资本主义工商业发达，资产阶级的价值观念逐步向社会扩散，这是一个从封建社会向资本主义社会过渡的阶段。虽然莫俊德骑士也以死去为结局，但这仍然能够表明，宗教信仰已经无法维系一个民族或国家，甚至以圣杯征途为象征的力量对王权起到了破坏作用，"君权神授"的政治信仰彻底崩塌。作者马洛礼对人的情感与人性要求的合理性予以肯定，这也是 15 世纪前后欧洲社会主流的价值倾向。

第二节 文艺复兴文学对圣杯意象的改写

英国从中世纪向文艺复兴社会过渡时期的思维方式与价值观念现状，在《亚瑟王之死》中得到了真实而又深刻的描述。但是，随着人文主义在欧洲不断深入人心，影响范围日渐扩大，中世纪既定的文学传统受到了很大挑战，圣杯追寻的繁盛归于沉寂，并被其他追寻母题替代。

一 《疯狂奥兰多》对骑士精神的嘲讽

鲁多维奇·亚利欧斯多（Ludovico Ariosto）是意大利文艺复兴晚期杰出的作家，骑士叙事诗《疯狂奥兰多》是他最负盛名的代表作，集中展现了他惊人的天赋、卓越的创造力、深刻的洞察力与挥洒自如的文笔。从作品表现的内容来说，《疯狂奥兰多》这部叙事诗是博亚尔多《热恋中的奥兰多》的续写。《热恋中的奥兰多》以查理大帝将安洁莉嘉的出嫁作为对击退敌军有功之臣的奖励收尾，《疯狂奥兰多》则以安洁莉嘉并不满意这种安排，趁乱出逃作为长诗的序幕。亚利欧斯多对骑士文学非常感兴趣。《疯狂奥兰多》继承了中古时期骑士传奇的传统，取材于查理曼大帝及其麾下十二骑士的英雄故事，以查理曼率军对抗北非摩尔人的侵略为主要线索，其中穿插了查理曼大帝麾下骑士冒险的经历。1502—1503 年，亚利欧斯多开始创作长诗，1507 年完成初稿后，他又不断进行修改、润色和调整，直到 1532 年才正式结稿。创作和修改这部作品期间，意大利已处于文艺复兴晚期，叙事诗不可避免地被打上了强烈的时代烙印，呈现出不同于中古时期的特点。

首先，《疯狂奥兰多》仍体现二元对立思维模式，但是具体内容发生了变化，展现的是基督教与异教徒、理性与情感的冲突。中世纪时期，几乎每一部圣杯传奇中的骑士都被分为两类，一类为追寻到圣杯的骑士，另一类为无法追寻到圣杯的骑士。其中，获得圣杯的骑士帕西法尔、盖拉哈德证实了自己对上帝的崇拜，对信仰的忠诚；而兰斯洛特放弃了对圣杯的追求，沉浸在与桂乃芬的爱情中，最终遭到了上帝的惩罚。亚利欧斯多虽然延续了二元对立的思维模式，却将二元对立的内容进行了改写，将骑士面临的主要矛盾改为基督教与伊斯兰教的矛盾以及人自身的内在矛盾。

《疯狂奥兰多》开篇写道：

> 这是一个关于骑士与冒险、战争与爱情以及淑女与宫廷风范的传奇故事，背景发生在北非的摩尔人举兵渡海攻打法国的时候。那时，我们的主人翁奥兰多——查理曼大帝麾下的十二勇士之一——正热烈地爱恋着美丽的印度公主安洁莉嘉。为了将她带回西方世界，奥兰多在东方的印度、米底亚、鞑靼等国发动无数战争，摧毁了许多城池。当他历经艰辛带着安洁莉嘉回到祖国时，查理曼大帝正与德、法两国整军待发，要去攻打北非国王阿格罗

第二章 从文艺复兴到启蒙时期：圣杯意象的沉潜以及理性建构的开启

曼。奥兰多回来得正好，但他随即懊悔不已，因为美丽的安洁莉嘉竟被查理曼下令带走了。……这是聪明的查理曼想出来的计谋。原来，几天前，奥兰多与族兄瑞那多发生了严重的口角，导火线即是绝世美女安洁莉嘉，因为两人都疯狂地爱着她。为了避免出征的计划节外生枝，查理曼将安洁莉嘉交由巴伐利亚公爵纳莫看管，并且宣布：谁杀敌最多，谁就能赢得安洁莉嘉以为奖赏。战争的结局令人遗憾，联军战败溃逃，纳莫公爵被俘，他的军帐也遭属下弃守。安洁莉嘉在这紧急的一刻，仓皇骑马逃走了。①

这个开篇揭示了这部叙事诗故事的两条线索，一条是查理大帝及其骑士们对伊斯兰教徒的战争，另一条是骑士奥兰多对印度公主安洁莉嘉狂热而持久的爱情。第一条线索显示出与圣杯传奇迥然不同的内容，对于亚瑟王圆桌骑士们而言，能否追寻到圣杯并获得圣杯骑士的荣誉，是他们最关心的核心问题，情节内在发展的动力由人与上帝的关系决定。然而，查理曼大帝和他麾下十二个骑士面临的问题是如何打败异教徒，如何才能使伊斯兰教徒皈依基督教。人与上帝的矛盾，已经转变为一个宗教与另一个宗教的矛盾，最终还是基督徒击败了信仰伊斯兰教的摩尔人。《疯狂奥兰多》的另一条线索是奥兰多与安洁莉嘉之间的爱情，出逃的安洁莉嘉后来爱上了伊斯兰教徒梅多罗，并与之结婚；而这对执着追寻安洁莉嘉的奥兰多来说，是一个巨大的打击，他因痛苦和绝望而疯狂。第二条线索展现了人的理性与情感的矛盾，这是文艺复兴运动赋予二元对立思维模式又一个新的内容。人文主义者认为，人除了具有精神性以外，还要正视自己的情感与欲望。"精神和肉欲、神性和人性，乃至'善与恶'成为人自身的二元对立。可以

---

① ［意］鲁多维奇·亚利欧斯多：《疯狂奥兰多》，吴雪卿编译，吉林出版集团有限责任公司2011年版，第1页。

说，文艺复兴时期的新兴思想家虽然继承了基督教的思维模式，但却把这个模式用在认识人自身，解释人自身的矛盾上来了……过去人们常常强调，文艺复兴中出现的人文主义思想体系是用人取代神，是用人的伟大反对上帝万能，这只是表面的看法。如果说在中世纪里人们更倾向于人和上帝对立的话，那么此时更强调的是这种对立存在于人自身，是人内心的矛盾性。这样一来，人自身中的善与恶、情感与理性就变成了新的二元对立的内涵。"①"认识你自己"这句古老的希腊名言，再次回荡在文艺复兴的意大利，再次回响在《疯狂奥兰多》的字里行间。

其次，《疯狂奥兰多》正视欲望存在的合理性，突破了骑士爱情模式，嘲讽了骑士精神。"文学史家对这首诗的题材，也就是亚利欧斯多对过去的中世纪是怎样一个态度，特别是骑士精神的看法，有诸多讨论。尽管通过讽刺和神话变形来看待武功歌中的英雄，他从未试图弱化骑士的美德，从未降低那些理想人类设定的高度，即使对他来说，仿佛除了一场庄严动人的游戏寻求托词外已然没有其他选择。"② 与骑士文学以追寻圣杯为最高理想不同的是，这部作品以主人公奥兰多追寻爱情为核心情节。安洁莉嘉是一个高贵美丽的东方公主，对于查理曼麾下优秀的骑士和众多王公大臣来说，她是美丽而又难以征服的致命诱惑。从上面引述的开篇来看，即使北非的伊斯兰信徒摩尔人围困了查理曼大帝，被誉为"天下第一勇士"的奥兰多竟然背离了"忠君、护教、行侠"的骑士精神，不顾一切地去追寻安洁莉嘉。在亚瑟王传奇系列作品中，亚瑟王后桂乃芬与兰斯洛特的私情成为毁灭亚瑟王朝的导火索，他们二人都受到了死亡的惩罚。但是，在《疯狂奥兰多》

---

① 刘建军：《基督教与文艺复兴运动时期的欧洲文学》，《外国文学研究》2007年第5期。
② ［意］伊塔罗·卡尔维诺：《疯狂的奥兰多》，赵文伟译，译林出版社2012年版，"前言"第26页。

中，作者用大量篇幅详细地描述了奥兰多对爱的追寻，着力刻画了他为爱而痴狂的状态。当奥兰多看到安洁莉嘉和麦铎尔爱的誓言后，"奥兰多把那一段文字读了六七遍，心头不断淌着血，整个胸口纠结扭曲，几乎不能呼吸。他垂着头，低着眉，原有的英姿、气概都不见了，有如一只斗败的公鸡。他只觉得心里的痛苦有如汹涌的波涛，猛烈撞击着他的胸腔"①。与中世纪更强调人的精神性不同的是，亚利欧斯多倾向于肯定情感与欲望的合理性，奥兰多的爱情虽然未能如愿，但是也并没有因爱情逃离战场而受到惩罚。尤其在亚利欧斯多生活的文艺复兴晚期，作家在高扬人智人性的同时，也会正视人自身固有的欲望本能，反对禁欲主义。

另外，《疯狂奥兰多》的骑士爱情突破了英雄配佳人的惯有模式，体现了文艺复兴时期的新观念。趁乱逃离的旅途中，安洁莉嘉的命运进入了一个不断循环的怪圈。她经常被觊觎她的公爵、怪物、妖怪等俘获，却每次都会遇到英勇善战的骑士相救，骑士也会无可救药地爱上她，但被救的安洁莉嘉并没有因此而爱上任何一个骑士，骑士们只好让她继续踏上逃跑的旅程。"安洁莉嘉身边围绕着一群被欲望模糊双眼的骑士，他们忘记了骑士的神圣职责，因为太过鲁莽而继续徒劳地打转。"② 在作品中，安洁莉嘉处于一种喜剧性的神化地位，她的爱情选择仿佛就是对骑士英雄价值的嘲讽。安洁莉嘉偶然来到战场，她发现奄奄一息的麦铎尔，并用东方的医术救了他。"安洁莉嘉对麦铎尔的同情、怜悯，随着日子过去，逐渐转成了爱慕与依恋。"③ 在安洁莉嘉

---

① ［意］鲁多维奇·亚利欧斯多：《疯狂奥兰多》，吴雪卿译，吉林出版集团有限责任公司2011年版，第148页。
② ［意］伊塔罗·卡尔维诺：《疯狂的奥兰多》，赵文伟译，译林出版社2012年版，"前言"第1页。
③ ［意］鲁多维奇·亚利欧斯多：《疯狂奥兰多》，吴雪卿译，吉林出版集团有限责任公司2011年版，第103页。

主动表白后，两个人喜结连理。"噢！奥兰多、塞克利彭、瑞那多、费罗，还有已丧命的鞑靼国王亚格利肯，你们可曾获得安洁莉嘉一丝丝的青睐与善意？你们若看到她忘却自己高贵的身份，躺在这个出身卑微的金发男孩的怀里，你们心里要承受多大的打击，要觉得多苦涩啊？"① 中世纪骑士文学表现的是贵族骑士与贵妇人之间高雅的爱情，彰显的是骑士对王权的效忠与自身的英雄气概，骑士赢得的爱情是骑士的最高荣誉。为了表现骑士对爱情的执着与痴迷，中世纪传奇也会穿插骑士发疯的情节，例如，兰斯洛特因为情人的残忍而三度陷入疯狂，贵妇人最终会被骑士的痴情与魅力征服，有情人未必能终成眷属，有情人一定会陷入热恋。但是，女神般的公主安洁莉嘉不去选择任何一个骑士和王公贵族，而是下嫁给一个普通的摩尔士兵，完全抛弃了中世纪的等级观念，以纯洁的爱情作为自己选择的准则。这无疑是对骑士精神的嘲讽，对封建等级制度的揶揄，对个性解放的宣扬，最终体现了人文主义思想。

二 《仙后》的民族国家意识

埃德蒙·斯宾塞（Edmund Spenser, 1552—1599）被称为英国文艺复兴时期最伟大的诗人，其诗歌的韵律富有创新性，被命名为"斯宾塞体诗节"，被后世英国浪漫主义时期的诗人华兹华斯、济慈和雪莱等继承。因此，斯宾塞获得了"诗人的诗人"这一美誉。他的叙事体长诗《仙后》（*The Faerie Queene*），创作于1589—1596年，是文学史上公认的斯宾塞最杰出的代表作。《仙后》这部长篇叙事诗既保有中世纪传奇的特征，又被赋予人文主义精神，体现了从中世纪到文艺复兴的历史印记。

---

① [意]鲁多维奇·亚利欧斯多：《疯狂奥兰多》，吴雪卿译，吉林出版集团有限责任公司2011年版，第103页。

(一) 圣杯意象的延续与新教伦理的确立

《仙后》很多情节的灵感都来自骑士文学的代表作《亚瑟王之死》。"斯宾塞在给他的朋友瓦尔特·瑞理的献函中写道,他力图在亚瑟身上——当他还没有做国王之前——来显示勇武骑士的形象,按照亚理士多德的学说,他当能完善地达成十二种品德。"① 学者安德鲁·桑德斯在《牛津简明英国文学史》中阐释说:"虽然斯宾塞有可能摈弃了阿里奥斯托的诗中关于查理曼反对萨拉森人的战役的具体典故,也摈弃了塔索的长篇叙事诗中有关第一次十字军东征的背景,但是他将证明自己和那两位诗人一样受到中世纪骑士传奇的主题、准则和景物描写的影响,尽管他在诗中故意不提具体的时间和地点。"② 斯宾塞原计划写十二卷,每一卷都会写一个骑士的冒险及其身上所代表的美德。但是,斯宾塞生前只完成了六卷。斯宾塞创作《仙后》,主要为了歌颂女王伊丽莎白一世,作品中仙后格洛莉娅娜就寓指当时的英国女王伊丽莎白一世。青年时期的亚瑟王有一天做梦,遇到了仙后格洛莉娅娜,并爱上了她。亚瑟王将梦境当作现实,醒来后就去追寻仙后格洛莉娅娜。每年仙后都会举行历时十二天的宴会,每天都会有人请求仙后救援,与此同时,仙后每天也都会派一名骑士去民间除害、匡扶正义。这部诗作以骑士文学的形式为当时的英国政治服务,歌颂伊丽莎白女王盛世以及政教一体的贤明。由于斯宾塞希望亚瑟王具备十二种品德,每位骑士除暴安良时,都会安排亚瑟王与之并肩作战。每一卷都是一个寓言,每一位骑士身上都具备一种美德。红十字骑士象征圣洁,谷阳象征自律,布里弢马特象征贞洁,坎贝尔与特拉蒙德象征友谊,阿

---

① [苏] 阿尼克斯特:《英国文学史纲》,戴镏龄、吴志谦、桂诗春等译,人民文学出版社1959年版,第85页。
② [英] 安德鲁·桑德斯:《牛津简明英国文学史》(上),高万隆等译,人民文学出版社2000年版,第197页。

西高象征公正，卡利道埃象征礼节。圣洁、自律、贞洁、友谊、公正与礼节都来自骑士文化，是骑士文化对于骑士的内在要求，也是基督教对骑士的道德化规约。"它并非真的属于中世纪——没有一本中世纪的传奇跟它一样——但自沃顿家族以降，真正喜欢它的人都是把它当作中世纪的巅峰之作与'粗体字风格'的典范来欣赏的。"①

《仙后》延续了骑士文学和圣经的圣杯意象，作品中出现了金杯的意象，"《仙后》的第一卷是对《亚瑟王之死》寻找圣杯的一个持续的回应。红字骑士被诱惑进入一个寻找圣杯的扭曲版本，该版本以他的成就是得到金杯来结尾，并且之后引导回真正的清教徒的圣洁。这种有意与马洛的对比强调的不仅是神学上的不同，而且也是政治上的：虽然马洛所呈现对于神圣的追求与为国家的服务是矛盾的，斯宾塞把两者联系起来"②。与圣杯传奇中圣杯意象的象征生命与上帝信仰的单一向度不同的是，斯宾塞笔下的金杯有两种相反的象征意义。一种是菲黛丽雅的金杯，象征着传统的信义，与传统骑士文学中圣餐杯的象征内涵一致，这是因为斯宾塞的酒和水很纯粹。"一袭白衣宛如百合花儿一样，有一只金杯捧在她的右手上，杯子里盛满醇香的玉液琼浆，有一条毒蛇盘绕在金杯中央，看到它的人都感到不安恐慌。"③ 所以，菲黛丽雅的金杯是善杯。另一种是杜艾莎的金杯，"愤怒的女巫（杜艾莎）将随身金杯掏出，开始充分展示她的魔幻妖术，从杯中蹿出绝望死气一股股，释放出来一种看不见的剧毒，对严重受伤的心是致命毒物"④。这个金杯

---

① ［英］C. S. 路易斯：《中世纪和文艺复兴时期的文学研究》，胡虹译，华东师范大学出版社2010年版，第186页。
② Kenneth Hodges, "Making Arthur Protestant: Translating Malory's Grail Quest into Spenser's Book of Holiness", *The Review of English Studies*, 2011, p.193.
③ ［英］埃德蒙·斯宾塞：《仙后》（第一卷），邢怡译，北京时代华文书局2015年版，第239页。
④ ［英］埃德蒙·斯宾塞：《仙后》（第一卷），邢怡译，北京时代华文书局2015年版，第187页。

的典故出自《圣经》中《启示录》第十七章第四节,"杯中盛满了可憎之物,就是她淫乱的污秽",它会导致"死与绝望"。因此,杜艾莎的金杯是恶杯。善杯与恶杯的对立是《仙后》追寻道德完善的象征之一。"斯宾塞强调了文学魅力超过寻找圣杯的任务,重写这些材料为了提供神圣骑士身份的意象,并且对宗教的追求依靠的是个人的完美。"[①]

从结构上,《仙后》继承了《圣经》与圣杯传奇的追寻结构,尤其是它的第一卷。"我们可以认为《仙后》第一卷是英语文学中与《圣经》中追寻式浪漫故事的主题最接近的故事;它甚至比《天路历程》更接近,而《天路历程》与《仙后》的第一卷相似是因为它们两者都与《圣经》相似。"[②] 更重要的是,《仙后》第一卷的象征寓意与《圣经》的语码是对应的。"在斯宾塞对英国保护者圣乔治的追寻的描写中,主人公代表英国的基督教,因此他的追寻是对基督的追寻的模仿。斯宾塞笔下的红十字骑士被乌娜夫人(她面戴黑色面纱)引导到她父母的王国,而这个王国正在受到一条恶龙的蹂躏。这条龙异常巨大,至少在寓言意义上是如此。据说,乌娜的父母本来统治着'整个世界',一直到这条龙'践踏了一切土地并把他们赶出家园'。乌娜的父母就是亚当和夏娃;他们的王国就是伊甸园,或者堕落前的世界;龙就是海洋中的巨兽、伊甸园里的蛇、撒旦、《启示录》中的怪兽,它就是堕落的世界。如此看来,圣·乔治的使命就是杀死巨龙,在荒原中建起伊甸园,并使英国恢复到伊甸园的状态。"[③] 很显然,《仙后》宣扬的是基督教文化。

[①] Kenneth Hodges, "Making Arthur Protestant: Translating Malory's Grail Quest into Spenser's Book of Holiness", *The Review of English Studies*, 2011, p. 194.

[②] [加] 诺思洛普·弗莱:《批评的剖析》,陈慧、袁宪军、吴伟仁译,百花文艺出版社1998年版,第235页。

[③] [加] 诺思洛普·弗莱:《批评的剖析》,陈慧、袁宪军、吴伟仁译,百花文艺出版社1998年版,第236页。

虽然《仙后》孕育自中世纪的骑士文学与基督教文化，但这部作品诞生于文艺复兴晚期，也具有人文主义文学的典型特征。例如，对大自然的热爱与敬畏、蓬勃向上的乐观精神、激情横溢的想象力、对人的颂扬与礼赞。人文主义发展到 16 世纪末的文艺复兴晚期，也面临着巨大的困惑。在文艺复兴早期和中期，在尊重人的价值、情感与尊严，反对禁欲主义，高扬个性解放，提倡享受现世生活的旗帜下，人们过于张扬自己的欲望，从肯定欲望到"为所欲为"，一味地放纵自己的欲望使得很多人走向了人性的反面，贪婪、暴力、奸佞像毒瘤一样侵蚀着社会健康的肌体。斯宾塞认为，只有把人的激情与欲望提升到一定的道德高度，才能引导人们走出迷惘，找回失落的信仰，达到理想状态。我们发现，圣洁、自律、贞洁、友谊、公正与礼节不仅来自中世纪，而且是新教道德的强化。"人文主义者斯宾塞力图把骑士式的忠勇提高到目标明确的道德活动的地步，而使清教徒的宗教道德成为这种活动的伦理基础。"① 学者安德森也赞成上述观点，"从马洛礼的《亚瑟王之死》到《仙后》，因为双方结构证明了从世俗到神圣价值的转变：语言和叙事就像进入宗教的服务，类似地，斯宾塞的书我会看到另一个不仅仅是从世俗到基督教的罗曼司，而是从一个特定的角度它的新教版本"②。另外，我们发现，当斯宾塞试图用新教伦理的律令遮盖流光溢彩的生活时，这种高度的道德水准又弱化了人性的丰富与复杂。因此，"所有这一切无非是贵族人文主义精神下现实的理想化而已"③。

---

① ［苏］阿尼克斯特：《英国文学史纲》，戴镏龄、吴志谦、桂诗春等译，人民文学出版社 1959 年版，第 87 页。
② Judith H. Anderson, "'The Faerie Queene' and Middle English Romance: The Matter of Just Memory by Andrew King", Arthuriana, Vol. 11, No. 3, Fall 2001, p. 131.
③ ［苏］阿尼克斯特：《英国文学史纲》，戴镏龄、吴志谦、桂诗春等译，人民文学出版社 1959 年版，第 87 页。

（二）追寻圣杯的改写与国家意识

圣杯传奇所弘扬的是上帝信仰的至高无上，《仙后》借用了亚瑟王传奇的情节，表达的是对伊丽莎白女王的礼赞。这与当时英国民族国家的崛起以及伊丽莎白女王形象的崇拜息息相关，长诗体现了不同于骑士文学的国家意识。

13世纪以来，英国教会大肆敛财，激起了贵族、异教徒以及社会下层民众的强烈不满。"他们广有土地财产，但却坚持未经允许不得向其抽税；还把大量搜刮来的金钱运出英国送交教皇之手，致使英国财富不断流入阿维尼翁，流入法国。据估计，'英国之财货落入教皇手中者比落入英国国库或国王之手者更多'。"① 以国王亨利八世为首的世俗势力掀起了宗教改革运动，获得了王权至尊的政治地位，政治世俗化趋向明显。15世纪，"英国"和"民族"的概念逐渐深入人心，但教皇余威仍在，英国尚未脱离以罗马教廷为中心的基督教国家体系。随着英国国王取得了英国教会的领导地位和英国教会的独立，英国逐渐成为主权国家。随着主权国家地位的确立，英国人对民族的认同感与优越感逐步提升，直至伊丽莎白当政时期，英国人的民族意识达到了历史上第一个高峰。这种空前高涨的国家认同感和民族意识也渗透于《仙后》的字里行间。

> 亚瑟王似乎半是对自己不满，
> 但大大多于不满的却是欣然，
> 古卷令他叹为观止，久久无言。
> 最终因为狂喜销魂，心荡神怡，
> 得知是王族后裔之时高喊起，

---

① ［美］威尔·杜兰：《宗教改革》，幼狮文化公司译，东方出版社1999年版，第40页。

"亲爱的祖国,何等珍贵的记忆!
你和子孙间的纽带永远维系,
你亲手给予我们生命的呼吸,
难道不是你给我们食粮供给?
不明我们欠她多少,愚钝至极,
是她给予我们所有,凡是有利,
是她给予我们所有,凡是有益。"①

斯宾塞借亚瑟王之口,高歌祖先的无私,牺牲自己惠及后代的高贵品格,感恩与自豪之情溢于言表。斯宾塞不仅为自己的国家和祖先傲娇,还以古希腊传说隐喻自己民族的伟大。"这些很快生出一个伟大民族,强大的巨人们在人世间黩武,所有民族都被他们打败征服。"②英国人开始树立自己民族高于其他民族的高贵形象,表达自己国家优于其他国家的强大意志。

《仙后》的国家意识不仅体现在对国家、民族和祖先的赞美,更体现在对英国女王伊丽莎白的崇拜。这与16世纪末英国社会氛围关系密切。英国女王伊丽莎白登基时只有25岁,当时英国处于内忧外患、危机四伏中。经济形势严峻,伪币泛滥,政府债台高筑,贫穷现象普遍;教派之间斗争激烈,内乱频仍;国防军备落后,部队管理混乱,边境防卫松懈,敌军入侵;教皇试图以教权控制女王,甚至有人企图暗杀女王。"依靠敌人的不团结、谋臣的智慧及其自身勇敢的精神,她终于得救了。西班牙大使惊讶于'这个女人的精神……她是受了魔鬼附体,魔鬼引导她去取代其地位'。欧洲各国以前从未预想到会在一个女孩的

---

① [英]埃德蒙·斯宾塞:《仙后》(第一卷),邢怡译,北京时代华文书局2015年版,第592页。
② [英]埃德蒙·斯宾塞:《仙后》(第一卷),邢怡译,北京时代华文书局2015年版,第592页。

笑容后面发现一位帝王。"① 女王赢得了国内外的尊重、赞誉甚至崇拜。而伊丽莎白也基于政治目的精心策划自己的偶像形象。"在一个女性统治者没有多少历史榜样角色可供仿效的时代里,伊丽莎白女王和她的芸芸崇拜者从神话和经文中的虚幻女英雄那里获得灵感。她使人们联想到诸如司法女神黛博拉这样的圣经人物。也被比作希腊和罗马的各路女神。然而,最为重要的是,她享有'童贞女王'的称号……在天主教观念颇为强大的国度里,诱使人们产生圣母玛利亚的联想,无疑提高了伊丽莎白的感召力。她拒绝嫁为人妇不仅形不成人情债务,反而成了一笔精神财富,使她得以保持已婚女王无法保持的纯贞神圣的光环。"② 她成功地扮演了偶像的角色,在宫廷内外掀起了崇拜女王的风尚。仅在宫廷内女王就有几十位狂热的崇拜者,他们中间既有政治家,也有作家、艺术家等。斯宾塞就是其中一位。

仙后格洛莉娅娜象征伊丽莎白女王,每一卷里都会出现伊丽莎白的身影,对女王崇拜与礼赞的主题不断再现。在《序》中,斯宾塞开宗明义,直接表明这部长诗的写作目的,即表达对女王的崇拜与赞美。

啊,她智慧之至,
她是慈悲与神圣王权的镜子,
最伟大之岛上最杰出的女士,
她的光辉宛如阳光普照人世,
让我的弱目有您光芒的支持,
提升卑微之想,那些缺乏价值,
以期为真正荣耀的原型构思,

---

① [美] 威尔·杜兰特:《世界文明史:理性开始的时代》,台湾幼狮文化译,华夏出版社2010年版,第5页。
② [美] 时代—生活图书公司编著:《伊丽莎白王朝·英格兰 公民1533—1603》,刘新义译,山东画报出版社2001年版,第42页。

将她谱写进我这部下里巴诗；

啊，又爱又怕的神，请倾听一时。①

更为重要的是，"在全诗向着作者预定的（但未能实现的）高潮发展时，伊丽莎白的品德引发了诗中关于主人公所追寻的'美德'的复杂论述"②。前三卷中，斯宾塞通过象征新教道德的圣洁、节制和贞洁的寓言，赞美伊丽莎白女王世俗和宗教的双重领导身份地位；后三卷中，通过象征友谊、正义和礼节的寓言，实践女王对自我的要求——"有恒"。

在文化和文学史上，很多学者都认为中世纪是一个黑暗、愚昧、落后的时代，文艺复兴是一个充满激情的进步时代，似乎两个时代只有对立关系，没有继承关系。但是，斯宾塞及其《仙后》则显示了两个时代除对立之外，还有继承关系。"他是最后一位中世纪的诗人，也是第一位写传奇的中世纪专家；他能够创作出比任何真正的中世纪传奇更严肃、更神圣、更令人怀古的故事——以自己的经历驳斥了中世纪与文艺复兴的决裂，并将魅力无穷的中世纪传奇的诗意象征传给了随后的几代人。"③

三 《堂吉诃德》对骑士文学的瓦解

1560—1660年被誉为"西班牙文学的黄金时代"，这一时期诞生了很多天才作家，米盖尔·德·塞万提斯·萨阿维德拉（1547—1616）是其中最卓越的一位作家，他在西班牙文学史上的地位前无古人，时

---

① ［英］埃德蒙·斯宾塞：《仙后》（第一卷），邢怡译，北京时代华文书局2015年版，第4页。
② ［英］安德鲁·桑德斯：《牛津简明英国文学史》，高万隆等译，人民文学出版社2000年版，第196页。
③ ［英］C. S. 路易斯：《中世纪和文艺复兴时期的文学研究》，胡虹译，华东师范大学出版社2010年版，第187页。

至今日没有任何一位西班牙作家能够超越他。他的代表作《堂吉诃德》是家喻户晓的世界文学名著。另外,作为一部仿拟骑士文学的长篇小说,它的问世终结了欧洲中世纪骑士文学。正如意大利作家卡尔维诺所言,"《堂吉诃德》完成了对骑士文学的瓦解"①。

(一)西班牙的社会历史背景与骑士文学的盛衰

1588年,英国击败了西班牙的无敌舰队,这是西班牙国运和实力的分水岭,在这之前,西班牙"是地球上最伟大、最富有、影响最为远大的帝国,而且她有充分理由自认为她在文学上超过伊丽莎白时代的英国,在艺术上超过同时代的意大利"②。1556年,菲利普二世即位时,西班牙的国土疆域横跨欧洲、非洲、亚洲和美洲,包括欧洲的米兰、荷兰、西西里、那不勒斯王国、萨丁尼亚和葡萄牙(1580—1640)等,亚洲的菲律宾群岛以及葡萄牙在亚洲的属地等,非洲的葡萄牙属地,美洲的北美部分地区、中美洲的全部和南美洲大部分。从经济层面来看,英国还算欧洲比较富裕的国家,但是其每年的国库收入只相当于当时西班牙的十分之一。良好的经济条件,使得西班牙的人口快速增长,并突破了800万。就军事实力而言,西班牙的陆军和海军的综合实力强大,尤其是海军,仅军舰就达140艘,可谓天下无敌。

西班牙骑士文学的历程与国家的发展基本上是同步的。西班牙骑士文学的起步远远落后于西欧,直到14世纪20年代最早的传奇才问世,比西欧整整晚了100—200年。15—16世纪,就在西欧骑士文学已经接近尾声时,西班牙的骑士文学才走向繁盛。当时,阅读骑士文

---

① [意]伊塔罗·卡尔维诺:《疯狂的奥兰多》,赵文伟译,译林出版社2012年版,"前言"第26页。
② [美]威尔·杜兰特:《世界文明史:理性开始的时代》,台湾幼狮文化译,华夏出版社2010年版,第285页。

学在西班牙蔚然成风，上至王公贵族，下到市井小民，都以沉浸在冒险之旅的奇妙中为乐趣。"当时有个法国人在回忆录里写道，他旅行到西班牙内地，看见那儿的绅士，'只要是骑士小说，他们都爱读'当时社会上的知名人士，如戏剧家洛贝·德·维加、以文名著称的修女圣苔莱莎·德·赫苏斯和耶稣会创始人洛育拉，都是骑士小说的爱好者。"① 据不完全统计，1508—1522 年，西班牙共出版了 50—60 部骑士传奇，这还没有把从意大利、法国译介的作品数据放在一起计算。骑士文学受到西班牙人的欢迎，这符合热衷于海外冒险、拓殖的时代氛围与民众的心理需求。一方面，哥伦布发现新大陆后，很多人都把那想象成遍布黄金的富庶之地。在发财致富的心理驱动下，西班牙热衷于海外探险。另一方面，中世纪时期，在反抗摩尔人统治的斗争中，西班牙形成了一个特殊的小贵族政治集团，它相当于西欧的骑士阶层，后来成为西班牙向征服海外的主力军；而向海外扩张领土又是当时西班牙主要的政治、军事导向。由此，这些军人成为西班牙人广泛认可的英雄。为了激励更多西班牙人加入征战的阵营，政府也鼓励骑士文学作品的出版。西班牙骑士文学的著名作品有《西法尔骑士》《海外征服记》《白骑士蒂朗》和《阿马迪斯·德·高拉》，其中最具代表性的作品是罗得里格斯·德·蒙塔尔沃的《阿马迪斯·德·高拉》。

在西班牙一般受欢迎的作品都会涌现很多不同的续集，经常续写原著中骑士们第二代和第三代的故事。但是，由于续写者更追求写作的速度和数量，有些情节甚至匪夷所思，导致平庸甚至拙劣的作品大行其道，严重阻碍了骑士文学的健康发展。另外，16 世纪中期以后，尤其是无敌舰队被英国击败后，西班牙的国力由盛转衰，骑士制

---

① 文美惠：《塞万提斯和〈堂·吉诃德〉》，北京出版社 1981 年版，第 68 页。

度也随之不断走向没落。骑士传奇的主题就由中世纪时期的骑士精神转向个人英雄主义和爱情,其创作一般遵循英雄美人的模式,写骑士冒险赢得美人和爵位后返归故里的故事居多。这样难免会陷入多人一面的写作套路,骑士传奇的整体创作水平也逐渐下降,甚至到了粗制滥造、荒诞不经的程度。"一切丑陋、畸形的东西是引不起愉快的。如果小说里讲一个十六岁的孩子,挥剑把一个高塔似的巨人像杏仁糕那样切成两半,或者描写打仗,敌军有百万之众,而主人公匹马单枪,准获全胜,不管读者信不信,这种小说怎么能动人呢?各部分怎能合成彼此和谐的整体呢?或者写一个王后或女皇,见到素不相识的游侠骑士,就投身倒在他怀里,这样有失体统,我们还有什么说的呢?或者写一座挤满了骑士的高塔,简直就像一条顺风的船在海里航行,今晚在朗巴尔狄亚,明晨到了印度胡安长老辖治的国土,或是托罗美欧从未发现,马可孛罗从未到过的地方,这种故事,除了无知不学的粗坯,谁会读了满意呢?"①

更让塞万提斯痛心的是,"小说并没有什么基础,可是厌恶的人虽多,喜欢的人更不少"②。很多西班牙人并没有正视国家已经走向衰败的现实,还一味地沉浸在强盛帝国梦的自我陶醉中,不愿醒来。"这种小说,叙述的是怪事,提倡的是邪说,迷惑了许多愚昧的人。"③他还一针见血地指出,"我实在觉得所谓骑士小说对国家是有害的"④。因此,他以夸张、讽刺的手法模仿骑士文学的各种离奇的情节,以达到讽刺骑士文学的目的。"总而言之,你只管抱定宗旨,把骑士小说的那一套扫除干净。"⑤ 参加1545年特兰托宗教会议后,西班

---

① [西] 塞万提斯:《堂吉诃德》(上),杨绛译,人民文学出版社1979年版,第433页。
② [西] 塞万提斯:《堂吉诃德》(上),杨绛译,人民文学出版社1979年版,第9页。
③ [西] 塞万提斯:《堂吉诃德》(上),杨绛译,人民文学出版社1979年版,第445页。
④ [西] 塞万提斯:《堂吉诃德》(上),杨绛译,人民文学出版社1979年版,第432页。
⑤ [西] 塞万提斯:《堂吉诃德》(上),杨绛译,人民文学出版社1979年版,第9页。

牙政府也开始推广反骑士文学运动，声讨骑士文学的论著如雨后春笋般出现。塞万提斯的《堂吉诃德》上卷发表后，掀起了全民阅读的热潮，创造了一年内再版七次的纪录，并被译介到英、法两国。正如塞万提斯先生所愿，从此之后，骑士小说消失在西班牙历史的风雨中。

(二) 追寻心中的理想

塞万提斯创作《堂吉诃德》的初衷，"要消除骑士小说在社会上、在群众之间的声望和影响"①。当时西班牙和欧洲都面临转型，如何面对信仰成为他们必须正视的问题。小说另一个重要的向度是，力图回答他关于信仰的看法。"《堂吉诃德》这部作品一方面是对浪漫的骑士风的一种嘲笑，一种百分之百的讽刺……另一方面，堂吉诃德的事迹仿佛只是一条线，非常美妙地把一系列的真正传奇性的小故事贯穿在一起，把书中其他用喜剧笔调描绘的部分的真正价值衬托出来。"②

《堂吉诃德》的全名叫《奇情异想的绅士堂·吉诃德·台·拉·曼却》，奇情异想作为这篇小说的关键词，奇情异想是指堂吉诃德身上的喜剧性与荒诞性，他因对骑士小说的沉迷导致精神失常甚至陷入疯狂，他居然以为自己就是古代的骑士，他手执长矛和盾牌，骑着一匹高且瘦的老马，带着又矮又胖的桑丘·潘沙，踏上了锄强扶弱、替天行道的冒险之旅。经历了很多冒险，他恢复理智后离开人世。"奇情异想"似乎使我们联想到西班牙骑士文学的荒诞不经，但是，在这个塞万提斯营造的喜剧世界中，那种骑士文学中神秘和超自然的神迹难觅踪影，因为这些所谓的"奇情"都是堂吉诃德"异想"的。"所谓妖术不过

---

① [西] 塞万提斯：《堂吉诃德》（上），杨绛译，人民文学出版社1979年版，第9页。
② [德] 黑格尔：《美学》（第二卷），朱光潜译，商务印书馆1996年版，第362页。

是堂吉诃德狂妄的幻想，他觉得那脸盘一定是一个有魔力的头盔，是妖人邪恶的巫术才把它弄成这种卑劣的形状。于是，魔法与解除魔法实际上已经相互调换了它们的传统位置。"① 被解除魔法的堂吉诃德所生活的世界，是一个现实的世界，小说全面而又真实地反映了16世纪中后期的社会现实。

塞万提斯生活的年代，正值西班牙由盛转衰，尤其他创作《堂吉诃德》时，西班牙的国力每况愈下。虽然领土还是比较庞大，但是政府的管理很无力，贵族大肆敛财，贪官当道，百姓贫穷。还有"顽固和盗窃的人民，一群骄傲到不屑于……破坏人们意志并将人们的迷信变为金窖的教会"②。西班牙政府对疆域之内异族人与异教信仰难以包容，惨无人道地驱赶具有犹太血统的人、摩尔人和伊斯兰教的信徒。菲利普二世对异端分子深恶痛绝，他写信给教皇说："我宁愿失去100条生命，也不使宗教受到一点损害。只要我抓着他们。我不想统治异端分子。"③ 以埃格蒙伯爵为首的荷兰贵族向西班牙政府递交了请愿书，请求推迟迫害异端分子。为进一步表明心愿，荷兰贵族们每个人都手捧讨饭碗，手拎要饭袋，史称"乞丐造反"。但是，西班牙法庭却将埃格蒙伯爵处死，并杀害了1800名新教徒。在海外，西班牙的军事活动也节节败退。《堂吉诃德》再现了一个帝国处于衰败期的社会现实，"描写的时候模仿真实：模仿得愈亲切，作品就愈好"④。于是，"浪漫的骑士故事里惯常细节可能被《堂吉诃德》打入了冷宫"⑤。塞万提斯

---

① [美]哈利·列文：《堂吉诃德原则：塞万提斯与其他小说家》，载《比较文学资料》，北京师范大学出版社1986年版，第357页。
② [美]威尔·杜兰特：《世界文明史：理性开始的时代》，台湾幼狮文化译，华夏出版社2010年版，第300页。
③ [法]德科拉：《西班牙史》，管震湖译，商务印书馆2003年版，第366页。
④ [西]塞万提斯：《堂吉诃德》（上），杨绛译，人民文学出版社1979年版，第9页。
⑤ [美]弗拉基米尔·纳博科夫：《〈堂吉诃德〉讲稿》，金绍禹译，上海三联书店2007年版，"前言"第7页。

并不反对虚构，但是虚构必须有高度的真实性，不能违背理性，要尊重"或然性与可能性"，将想象力与历史的现实结合起来。"凭空捏造越逼真越好，越有或然性和可能性，就越有趣味。编故事得投合读者的理智，把不可能的写成很可能，非常的写成平常，引人入胜，读来可惊可喜，是奇闻而兼是趣谈。"①

更重要的是，在对西班牙社会现实的描摹过程中，揭示了人类要永恒面对的一些问题，"人与其环境之间的心智不协调，演员与舞台之间的不和谐，物质世界与精神世界之间的冲突"②，即现实与理想的矛盾。法国学者梵·第根认为，"它的两个主角象征了理想和实际生活的永恒冲突"③。但是，更令人疑惑的是，堂吉诃德给文艺复兴时期的西班牙拿出的仿佛是中世纪的办法，那就是恢复骑士道精神，以实现重回古代黄金时代。"古人所谓黄金时代真是幸福的年代、幸福的世纪！这不是因为我们黑铁时代视为至宝的黄金，在那个幸运的时代能不劳而获；只为那时候的人还不懂'你的'和'我的'之分。在那个太古盛世，东西全归公有。……那时一片和平友爱，到处融融洽洽。弯头的犁还没敢用它笨重的犁刀去开挖大地妈妈仁厚的脏腑；她不用强迫，她那丰厚宽阔的胸膛，处处贡献出东西来，使她的儿女能吃饱喝足，生存享乐；现在这群儿女做了妈妈的主人了。……那时候，表达爱情的语言简单朴素，心上怎么想，就怎么说，不用花言巧语，拐弯抹角。真诚还没和欺诈刁恶掺杂一起。公正还有它自己的领域：私心杂念不像现在这样，公然敢于扰侵犯。法官心目里还没有任意裁判的观念，因为压根儿没有案件和当事人要他裁判。……世道人心，一年不如一

---

① ［西］塞万提斯：《堂吉诃德》（上），杨绛译，人民文学出版社1979年版，第433页。
② ［法］德科拉：《西班牙史》，管震湖译，商务印书馆2003年版，第321页。
③ ［法］保罗·梵·第根：《文艺复兴以来的欧美文学史》，谢钟浞译，人民出版社2015年版，第44页。

年了。建立骑士道就是为了保障女人的安全,保护童女,扶助寡妇,救济孤儿和穷人。"①

堂吉诃德心中的黄金时代,没有私有,只有公有;没有贫穷,只有享乐;没有欺诈,只有真实;是一个人与自然、人与人之间和谐平等的公有制理想社会。这个社会只是穿着古代黄金时代外衣的"乌托邦"。黄金时代的描述非常符合英国哲学家托马斯·莫尔的《乌托邦》对未来乌托邦世界构想的蓝图。16—17世纪,这本书的影响遍及全欧洲,它在西班牙的影响也很深远。这段黄金时代的描述,也恰恰体现了堂吉诃德的理想,具有强烈的文艺复兴时代特色。

我们发现,堂吉诃德同时回答了如何面对信仰的问题。对他来说,信仰就是心中的理想,这个理想不是对上帝的信仰,也不是对圣杯的追寻,而是对"黄金时代"的憧憬与构想。人类在上帝面前开始彰显自信、智慧与面对挑战的能力。堂吉诃德即使孑然一身,遭受挫败、灾祸与痛苦,他仍然执着地追求心中理想,毫无动摇。小说结尾写道,这位疯狂的骑士恢复到清醒与理性,幡然毁弃骑士的誓言,似乎在向自己的理想告别。但是,"那位骑士在墓碑上留下这么最后一句话:'如果我没有完成伟大的事业,那么我就是为追求它们而死。'那位现实主义者继续活着直至死去,但那位理想主义者却从那时又开始新生"②。

第三节 圣杯追寻的失落与启蒙时期的理性文明

文艺复兴时期,圣杯意象的影子偶尔还能映射于作品中,例如,斯宾塞的《仙后》,但是它作为中心意象的光辉已被淹没在人文主义思

---

① [西]塞万提斯:《堂吉诃德》(上),杨绛译,人民文学出版社1979年版,第73—74页。
② [美]威尔·杜兰特:《世界文明史:理性开始的时代》,台湾幼狮文化译,华夏出版社2010年版,第316页。

潮中。历经 17 世纪古典主义直至 18 世纪的启蒙运动，圣杯意象在欧洲的近代文学中似乎沉寂了。作品的主人公不再是王公贵族和骑士，不再追寻圣杯，而是出身资产阶级的平民，并把平民当作英雄来书写，塑造了很多至今仍令人津津乐道的人物形象，如鲁滨孙、汤姆·琼斯和维特等。许多人物都闪耀着启蒙思想的光辉，比圣杯传奇中的英雄更能展现丰富复杂的人性内涵。

一　理性维系的转型

骑士文学出现在欧洲封建社会的兴盛时期，它是骑士制度与骑士文化的产物，也是流行于欧洲各国的世俗文学类型。圣杯传奇是骑士文学最精彩、最紧张又最受人欢迎的部分。尽管圣杯传奇在欧洲各国有很多不同的版本，甚至还有希伯来版本，但是，在多语种故事表象之下，圣杯传奇的本质是一致的。正如笔者在第二章第五节所论述，"圣杯传奇本质上是以蛮族英雄意识为基础，以政教合一的世俗王权为载体，基督教信仰为内核的文本形态"。这无疑在揭示，圣杯传奇流行的文化基础，既包括世俗的蛮族文化——对英雄的崇拜，又包括基督教文化——对神的信仰。

一方面，对英雄的崇拜，是人们喜欢圣杯传奇基本的心理动因之一。"所谓英雄是特指那些保家卫国的勇士"[①]，只有他们才能确保国家和社会安全地延续下来。基督教传入欧洲后，"基督教用新的宗教力量代替了举行残忍的动物祭祀的异教传统，它不但无损战士的力量，反而会让其更加强大"[②]。中世纪的英雄由狂暴转变为优雅而英勇的骑

[①] ［美］里奥·布劳迪：《从骑士精神到恐怖主义——战争和男性气质的变迁》，杨述伊、韩小华、马丹等译，东方出版社 2007 年版，第 36 页。
[②] ［美］里奥·布劳迪：《从骑士精神到恐怖主义——战争和男性气质的变迁》，杨述伊、韩小华、马丹等译，东方出版社 2007 年版，第 59 页。

士英雄，他们符合封建时代欧洲人的审美标准，整合了欧洲各国。"这种骑士文学这些故事虽然有叙述时空之别的分类，但都可以大体上追溯到古典时代对英雄的崇拜，对一个强大民族对抗外敌有关的情感之弥补和移情作用，故事的叙述只是社会现象的表面，深层的文化结构却是那个时代社会需要一种统合的力量，因此故事再奇幻、再不可思议，也确实使凝聚的民心向背发挥了大幅度的情绪发酵。也因为有这一创意力量的支撑，在封建时代的欧洲，传奇相当程度地反映了许多人的文艺口味和理想价值。"[①] 另一方面，欧洲中世纪的文化形态是一个多种思维方式与文化在欧洲大陆不断互相碰撞、交织与重新融合的结果。在各种文化碰撞的过程中，统合各种文化的力量就是基督教。早在5—11世纪，欧洲由部落发展到部落联盟，多次的杀伐征战之后，欧洲的国家逐渐形成，这也是封建社会形成的时期。固有的血缘维系方式所发挥的作用越来越小。"在当时的社会历史条件下，'上帝'可以作每个人精神上的'父亲'。可以说，不论是原有的希腊人还是罗马人，不论是小亚细亚人还是耶路撒冷人，只要信奉基督教，那么，'上帝'就成了这些民族共同体意义上的精神'父亲'！"[②]

因此，对英雄的崇拜和对神的信仰作为一种深层文化结构统合了欧洲各国的力量，这是一个多元文化并存的时代，对文化和文学提出的必然要求。在这个意义上，圣杯传奇是异教文化与基督教文化并存并融合的典范。

文艺复兴人文主义观念的兴起，提高了人在上帝面前的地位与自信，人类的情感与理性被重新发现与重视；这催生了联结欧洲思想观

---

① 苏其康：《欧洲传奇文学风貌——中古时期的骑士历险与爱情讴歌》，（台北）书林出版有限公司2005年版，第15—16页。
② 刘建军：《四大维系方式更迭与欧美文学价值流变》，《上海师范大学学报》2013年第3期。

念与文化的"理性维系方式"。"理性维系方式的基本内涵在于，此时社会的维系力量靠的也是超出每一个个体的欲望而带有超越性和普遍性的观念，但是，这个观念是经过人们充分认识、理解、把握和说明的，并被人们认为是真理性、科学性的观念！因此，信仰的盲从被取消，理性的价值被张扬！反对神学束缚，提倡科学和思想的自由，坚信真理，被认为是最高的境界！"① 进入18世纪以来，启蒙运动的兴起使欧洲社会以及人们的观念发生巨大变革。崇尚"理性价值"是启蒙运动的思想主张之一，这里的理性含义与信奉王权的教条理性无关，是指脱离封建主义的自由理性。启蒙思想家认为，社会发展进步不再祈求于上帝的赐予，而是仰仗人类自身的理性思维。要用"理性"的航标灯引导改造社会的方向，人们的头脑才能从宗教的神迹与天启中恢复清醒；要用"理性"的光亮启迪对科学知识的创造与学习，人们的思想意识才能从愚昧无知中获得解放。尤其是17—18世纪的伏尔泰、卢梭提出"自然神论"，认为人类的自然理性才是宗教的基础，提出建立"自然宗教""理性宗教"，摧毁了固有的天启宗教。这无疑标志着彻底摧垮了"信仰维系方式"，确立了"理性维系方式"。

在"理性维系方式"的作用下，以尊崇上帝信仰为主题的文学作品日益减少，以圣杯意象为核心的圣杯传奇也失去了往日的活力。

二 个人价值、利益与群体理想的冲突

18世纪是封建社会向资本主义社会过渡的转型期，这场思想文化革新运动代表资产阶级的价值观念与利益。启蒙学者以"天赋人权"替代了"君权神授"的理论，人的生存、财产与政治权力等都是"自

---

① 刘建军：《四大维系方式更迭与欧美文学价值流变》，《上海师范大学学报》2013年第3期。

然"赋予的,而不是上帝赐予的。启蒙思想家还主张个性解放,强调个人价值与个人地位,肯定个性尊严与个性发展的自由。在此基础上,他们还宣扬以自由、平等、博爱为核心的资产阶级人道主义。而这些思想观念深刻地影响了文学,这也决定了以群体理想为价值倾向的圣杯传奇,已失去了继续繁荣的文化空间。

首先,就个人与社会之间的关系而言,启蒙时期与中世纪截然不同。中世纪时期,对上帝的信仰成为人与社会之间主要的内在联系,人将主要的幸福寄望于来世的天堂,甚至国王都要借上帝的威权确立世俗统治的神圣性。人们追寻的不是个人的价值与尊严,而是通过努力实现对上帝的信仰;为实现对宗教信仰的尊崇,个人受制于社会群体意识形态,缺乏自我存在的空间。对于骑士来说,骑士的身份标志是忠君、护教、行侠,这是骑士荣光的权利与义务。圣杯作为骑士文学的核心意象,彰显的主题是对宗教信仰的崇拜与敬畏,而骑士个人的勇敢、自律与执着,只是这个主题的附属品。"从出生一直到死亡,文艺复兴之前社会中的人生活在一系列的义务中,受到把他们联系起来的社会团体中的传统、习俗及宗教仪式的约束。这主要是由于宗教的原因,当然也不排除其他社会组织的影响。自由往往被忽视从而也就不可能被教授,占统治地位的思想仍然是人类的集体观念。理想早就有了自己的定义,比如柏拉图的《共和国》,即通过社会达到目的的结构,而非个人的幸福和进步。"①

相反,在启蒙时期,人们向往的不再是上帝的灵光,而是个人价值的凸显;宗教信仰不再具有统合社会的力量,共同的追寻与价值认同已难以维系;以出身的高贵与否来确立身份与社会地位的价值观念,已经被人们逐渐摒弃。个性解放的思想慢慢渗透到社会生活的各

---

① [法]丹尼尔·罗什:《启蒙运动中的法国》,杨亚平、赵静利、尹伟译,华东师范大学出版社 2011 年版,第 482 页。

个层面，这种力量提高了个人地位。骑士英雄兰斯洛特在追寻圣杯与对王后的爱情之间徘徊，他会因为信仰与欲望无法两全而陷入焦虑，最终，他的恋情成为致使国家灭亡的导火索，他和王后也受到惩罚，并在忏悔中死去。而歌德笔下的少年维特则完全不会因为信仰而烦恼，他最深层的忧郁来自对贵族少女绿蒂无法实现的爱情，对个人才华无法施展的遗憾，他选择自杀也是想以自我的毁灭来证明现实的不合理。

其次，资产阶级所代表的生产方式是其立足与发展的基础条件。中世纪时期，商品交换只是为了获得生活所需；而资产阶级把积聚财富这个在中世纪应该受到道德谴责的目的，作为自觉的追求。亚当·斯密将市场比作"一只看不见的手"，肯定在商业中通过自由竞争的方式获得最大的利益；而个人对财富的追逐，是整个社会富裕的基础。亚当·斯密的经济学观点，是个人价值在经济领域的进一步弘扬。资产阶级是当时代表社会前进方式的阶级力量，他们的诉求与欲望引导了社会思潮，实利主义与功利原则逐渐盛行。中世纪时期，社会被宗教信仰整合，追求信仰是全社会的最高理想，注重精神上与上帝的契合是社会生活的主旋律。"人类只有在宗教的信仰中而且为着宗教信仰，才认识到彼此在一种第三者，即宗教团体的精神中的统一，才彼此相爱。这种团体精神才是反映人类形象的明泉，一个人用不着和另一个人面对面、眼对眼相视，就可以和另一个人建立密切的联系，就生动具体地感觉到爱、信任、信心、共同的目标和行动所结成的一体。"[①]

13世纪时，典雅爱情和骑士冒险是骑士文学的主题，其中骑士为追寻圣杯的冒险是典型的追寻母题，它对启蒙时期的文学影响也很大。

---

① ［德］黑格尔：《美学》（第二卷），朱光潜译，商务印书馆1996年版，第314页。

例如，笛福的《鲁滨孙漂流记》、斯威夫特的《格列佛游记》等，都继承了追寻母题与追寻圣杯的情节模式。但是，启蒙时期的小说与圣杯传奇相去甚远。鲁滨孙的世界里没有上帝信仰的主导地位，这是一个真实的海上孤岛的世界，是为表现鲁滨孙的开拓精神与生存能力而存在的世界。鲁滨孙独自在荒岛上生活28年，他依赖的不是神迹与天启，他依靠的是来自沉船上的火药、枪和种子等。没有这些最基本的物质基础，他的生存将很难想象。鲁滨孙冒险的目的也与圣杯骑士的完全不同。鲁滨孙远渡重洋去海外探险的目的之一——为自己积累财富。他经营种植园都觉得发财太慢，索性就去非洲贩卖黑奴，而骑士冒险最主要的目的是追寻圣杯。鲁滨孙与圣杯骑士表现的重点也有所不同。圣杯传奇强调只有同时具备灵魂圣洁与身体贞洁的人，才能追寻到圣杯。兰斯洛特等没有追寻到圣杯的骑士的经历说明，过多的欲望会让人迷失，并遭到上帝的惩罚。而《鲁滨孙漂流记》则与其完全相反，表现的是在占有欲与物欲的驱动下，鲁滨孙的拓殖精神，他是绝不安于现状的人，也是文学史上第一个正面的资产阶级形象。正是鲁滨孙们这样追求个人价值与现实利益的形象的出现，剥离了圣杯骑士的精神追求。"进入17世纪现代情怀的年代后，个人价值高涨，社会统合力的制约愈来愈不管用，群体的理想早已松弛，一切从贵族阶层出发的价值观已经转变为以中产阶级的需求和欲望为主，商业利益和营商有关的旅游，取代了负有宗教使命或无所为而为的离奇旅游。于是，中古传奇自然消逝，一个由诗人和贵族阶层极力建筑起来理想层次的社会便告结束，欧洲自此进入了一个以个人利益忠于阶级利益的社群。"[①]

---

① 苏其康：《欧洲传奇文学风貌——中古时期的骑士历险与爱情讴歌》，（台北）书林出版有限公司2005年版，第15—16页。

三 虚构文学中的理性观念

中世纪依靠以"信仰维系方式"来维护社会的稳定与统一,并成为西方主要的社会意识形态与精神支柱,这一维系方式对西方文学以及文化有极为深刻的影响。中世纪的文学被分成世俗文学与僧侣文学两类,僧侣文学大多出自教士和修士之手,使用教会指定官方语言,作品大都从《圣经》取材,以宣扬基督教教义、上帝至高无上的权威和禁欲主义为主题。即使是世俗文学,无论是英雄史诗、谣曲,还是骑士文学和城市市民文学,也都或多或少地留下了基督教的影子。"中世纪文学的意识形态比其他阶段要更加紧密连贯。例如宗教怀疑论的声音在中古英语文学中从没出现过。"① 圣杯传奇作为骑士文学的重要组成部分,所展现的主要矛盾是追寻信仰与阻碍追寻信仰的冲突,也从世俗政权的角度宣扬了基督教的统治地位。"但恰恰就是这些宣传,客观上使得西方社会在以基督教为核心的体系下,在混乱中形成了封建的社会秩序和精神秩序!"② 我们也可以反过来理解,正是因为文学都体现了"信仰维系方式"的社会主旋律,形成了中世纪文学的特色与风格。文艺复兴以后,社会文化的维系方式逐渐过渡到"理性维系方式"。"理性总是作家认识世界和把握世界的核心概念和侧重点!相反,关于'信仰'的概念则很少再进入作家的创作视野之中!换言之,在此后的文学中,冲突并不主要发生在'信仰'和'理性'之间,而更多是发生在不同的'理性认识'之间!所以,在文学中,思想文化之间的冲突也愈演愈

---

① [英] J. A. 伯罗:《中世纪的作家和作品:中古英语文学及其背景(1100—1500)》,沈弘译,北京大学出版社 2007 年版,第 118 页。
② 刘建军:《四大维系方式更迭与欧美文学价值流变》,《上海师范大学学报》2013 年第 3 期。

烈！"① 法国著名启蒙思想家卢梭，还是一个欧洲文学史上很有影响力的作家，他的代表作《新爱洛依丝》更是反封建的力作。17—18世纪启蒙文学的主题大都通过宣扬理性反封建，但卢梭在这部作品中高扬了人的情感。圣·普乐与朱丽非常相爱，但是由于圣·普乐出身平民，而朱丽则出身贵族，社会地位的悬殊使得他们无法结婚，作品着力体现了压制天性的门第观念与纯真爱情之间的冲突。男女主人公的爱情悲歌，是对封建等级观念强有力的控诉，是对个性解放、感情自由的强烈向往。从文艺复兴到古典主义，再到启蒙运动，尤其在启蒙文学中，封建观念与启蒙思想之间因理性认识不同而造成的矛盾冲突是最为激烈的。

17—18世纪，骑士文学传统也在个别作品中有所体现，讨论的却是信仰与理性的冲突，从反面证明了以圣杯传奇为代表的骑士文学已经不合时宜。但是，到了近代社会尤其是18世纪，骑士的暴力行为却失去了中世纪时期的独立自足性。歌德的著名悲剧《葛兹·封·伯利兴根》展现了骑士的独立自足性以及新的国家秩序与法律制度的冲突，也就是英雄时代与近代理性生活之间的冲突。通过这个冲突歌德所要表达的是，"到了散文气味的法定秩序日臻完备而且成为最高权威了，骑士的那种个人的冒险的独立自足性就不能存在了，如果有人还想顽强地坚持它是唯一有价值的东西，以骑士的身份去打抱不平，去援救受压迫者，那就造成滑稽，像塞万提斯所写的堂·吉诃德那样"②。

"18世纪的文学是哲学和虚构之间的持续交互作用：这些小说家继

---

① 刘建军：《四大维系方式更迭与欧美文学价值流变》，《上海师范大学学报》2013年第3期。
② [德]黑格尔：《美学》（第一卷），朱光潜译，商务印书馆1997年版，第249—250页。

承的传统可以追溯到罗马帝国,但在启蒙时代,虚构文学面临着全新的紧急任务。"① 启蒙时期的文学是为宣扬启蒙思想服务的。大多数启蒙思想家也是作家,文学的哲理性与政论性非常鲜明,这种特点在法国启蒙思想身上表现得更为突出。

  不少启蒙作家原初的身份是哲学家,为了使启蒙思想发扬光大,他们在文学作品中刻意地阐明哲学观念,还创造了一种新的文体形式——哲理小说。孟德斯鸠的《波斯人信札》、伏尔泰的《老实人》《天真汉》、狄德罗的代表作《宿命论者雅克和他的主人》等都在欧洲产生了很大的反响。伏尔泰《老实人》的主人公是邦葛罗斯和玛丁,他们分别代表了两种哲学。邦葛罗斯坚信"一切皆善"的哲学,玛丁则相信"人性本恶,永远不会改善"。伏尔泰通过两个人的经历,在批判当时流行的"乐天主义"哲学的同时,也否定了极端的悲观主义思想,他想表达这样的观点——虽然世界并不完善,但这并不能阻止我们对完善自己的追求。启蒙作家对哲学观点表达的看重,导致他们的作品会忽视故事情节以及人物形象的塑造,而充满对各种问题见解的大段议论和人物对话,尤其是如狄德罗《拉摩的侄儿》这样的对话体小说,其中的对话论辩性很强。"这一体裁的不幸是它看起来很容易;但其实它要求一种罕见的才华,作者要知道如何通过机智和想象力甚至用故事中的事件去表达内容,能写出深刻的哲学并且不造作。能尖锐并且不失真。你必须是一个哲学家,又不能太像哲学家。"②

  为了更有效地宣传启蒙文学,启蒙作家破除了17世纪古典主义关于文学体裁的教条思想,以英国为代表的现实主义长篇小说第一次

---

① [法]劳埃德·斯宾塞:《启蒙运动》,盛韵译,生活·读书·新知三联书店2016年版,第15页。
② [法]劳埃德·斯宾塞:《启蒙运动》,盛韵译,生活·读书·新知三联书店2016年版,第18页。

大规模地登上文坛。小说是随着平民意识的增强而兴起的反映平民生活的新体裁,是经验基础上的虚构,它与资本主义的兴起、发展是同步的。"……启蒙小说的特点是聚焦于一个个体,并观察无法预期的世界对他个人经验的影响小说尤其适合这种个人可以独立闯荡世界的时代。越来越多的渊博而好奇的读者期待看到实验性、示范性的故事。已有的观念将接受经验的检验;文学习俗将被势在必行的无序现实所衡量。"①

---

① [法] 劳埃德·斯宾塞:《启蒙运动》,盛韵译,生活·读书·新知三联书店 2016 年版,第 15—16 页。

第三章 19世纪浪漫主义思潮：圣杯意象的复魅与理性的交织

经过启蒙运动的洗礼，"自由、平等、博爱"的观念深入人心。1789年7月14日，一些巴黎人攻占了巴士底狱，宣告法国大革命的爆发，奏响封建时代即将寿终正寝的号角，加速了欧洲从封建社会向资本主义社会的转型。这深刻地影响了西方的文化价值观念与社会心理，也催生了一种新的文学思潮——浪漫主义。18世纪晚期见证了对亚瑟王文学兴趣的重燃，19世纪以圣杯传奇为题材的文学作品达到顶峰，主要受到丁尼生和瓦格纳的影响。以圣杯意象为主文学作品则以叙事诗为主流，维多利亚时期，圣杯叙事诗主要包括罗伯特·史蒂芬·霍克的《征战圣杯》、托马斯·韦斯特伍德的《圣杯追寻》和约翰·佩恩《弗洛里斯爵士的传奇故事》。但是，随着浪漫主义思潮的结束，资本主义的确立与工业化进程的快速推进，科学理性与世俗主义逐渐深入人心，在重塑圣杯意象的同时，会质疑圣杯的真实性。因此，19世纪的圣杯意象体现了科学与宗教、"返回中世纪"与世俗主义等各种思想观念碰撞交锋的矛盾性。

第一节　浪漫主义文学思潮与圣杯传奇的衍生

浪漫主义勃兴于1780年前后，一直持续到1830年左右。在浪漫派人士看来，古典主义和启蒙文学都受到理性的支配，陷入了程式化的泥沼，忽略了对人性的深入挖掘。浪漫主义文学思潮的主要动力来自对古典主义与启蒙文学的反攻。总的来看，浪漫主义"把人所关心的事情放在第一位，颂扬人的情感，重视发挥自由想象的创造性活动"①。具体来讲，"浪漫派人士强调个性，强调人格的非理性成分，强调无限意识，寻求人的经验之外的宗教实在，到大自然中、到人的内心去寻找上帝，通过到自然中寻找上帝来再创世界奇迹的冲动为很多浪漫派人士所共有"②。其中，重新寻找上帝，"返回中世纪"，是浪漫主义的一个重要特征。因此，骑士文学及其圣杯传奇成为浪漫主义思潮可资利用的材料来源，或者也可以认为，浪漫主义文学思潮的这些特点，为中世纪圣杯传奇的复兴创造了良好的文学土壤。

一　民族形象的建构与骑士文学的复苏

德国被誉为浪漫主义的故乡。英国、法国等欧洲国家已经成为世俗政权主导的民族国家，资本主义经济、科学等方面进步巨大。17世纪时，持续三十年的战争彻底"摧毁了德国精神"③，到18世纪，德国

---

① ［美］罗伯特·C. 拉姆:《西方人文史》（下），王宪生、张月译，百花文艺出版社2005年版，第310页。
② ［美］罗伯特·C. 拉姆:《西方人文史》（下），王宪生、张月译，百花文艺出版社2005年版，第310页。
③ 最重要的是，三十年战争使得德国分崩离析。战争期间，路易十四以及其他国家的军队杀伤了巨量的德国人。血腥的死亡阻断了德国文化的发展。这是欧洲历史空前的不幸……这次不幸对德国来说是致命的。可以说，它摧毁了德国精神。参见［英］以赛亚·伯林《浪漫主义的根源》，吕梁等译，译林出版社2008年版，第41页。

依然是由三百个小公国组成的国家，德国文化在被分裂割据的小宫廷里苟延残喘。德国与英、法等国在发展水平上的巨大反差，导致德国人心理失衡，自卑屈辱的心理弥漫全国，这引发了沉入灵魂深处的虔敬运动渗透德国，它成为真正的浪漫主义根源。"虔敬派是路德教的一支，它主张认真研习《圣经》，推崇人和上帝之间的个别关系。由此，它特别强调精神生活，蔑视求知，蔑视庆典和一切形式的东西，蔑视排场和仪式，特别强调受苦的人类个体灵魂与造物主之间的个别关系。"①虔敬派的观念引发了德国人对内心生活的重视，由此，德国文学也涌现出一些诉诸情感的作品。正如以赛亚·伯林所言："如果你问起那些18世纪的德国人都是些什么人，那些对德国影响至深，我们也曾听说的思想家都是些什么人，那么，有一个很特殊的社会事实能够支持我所提出的问题，即这个问题整个就是受伤的民族情感和可怕的民族屈辱的产物，这便是德国浪漫主义运动的根源所在。"②换句话说，德国民族自我形象受到了伤害，成为浪漫主义的真正动力。

德国早期浪漫主义理论家弗里德里希·施莱格尔重视通过文学塑造民族自我形象的问题，"如果按照文学成就的大小来比较不同的民族，首要的是考察一个民族的整体发展和精神上的生活方式。一个民族应该有令其自豪的民族的（也就是集体的）记忆，而这通常可以追溯到这个民族开始时的混沌时期。文学的光荣任务就是坚持和颂扬它，因为它是一个民族可以拥有的最宝贵的传世之物，是上帝赐予的福气，是任何别的东西都不能替代的"③。当一个民族意识到自己曾经有过辉煌

---

① [英]以赛亚·伯林：《浪漫主义的根源》，吕梁等译，译林出版社2008年版，第42—43页。
② [英]以赛亚·伯林：《浪漫主义的根源》，吕梁等译，译林出版社2008年版，第44页。
③ [荷]叶普·列尔森：《欧洲民族思想变迁：一部文化史生活》，骆海辉、周明圣译，上海三联书店2013年版，第116页。

的历史，意识到自己从原始社会、从远古时代就开始拥有这份美好的回忆，也就是说拥有自己的诗词歌赋时，这个民族的思想就会得到升华，这个民族就会感受到他人的尊敬。只有这个时候，我们才能说这个民族已经提升到了一个较高的文明层次，"而不再是野蛮人"①。当时，在浪漫主义起步阶段，德国和英国的作家都努力搜集、汇编民间文学，包括民间神话传说、民间英雄史诗、中世纪谣曲等。德国的"海德尔堡浪漫派"搜集了德国从16世纪到19世纪民歌，汇编成《男孩的神奇号角》出版。格林兄弟整理的《儿童与家庭童话集》成为世界儿童文学经典著作。中世纪英雄史诗的代表作德国的《尼伯龙根之歌》、英国的《贝奥武甫》和法国的《罗兰之歌》也都是在这一时期编辑出版的。"民族主义在19世纪成为一种浪漫主义的信念，在这种新的观念主导下，民族文化尤其是一个民族的语言，成为这个民族的灵魂和实质所在。"② 19世纪作家通过文学作品来表达民族主义，确立民族自我形象已经成为浪漫主义的标志之一。

"民间文学是各国自己的民族传统，有助于唤起民族的觉醒；它的对象是广大人民，符合当时的民主要求。"③ 欧洲各国民族身份的确立和民族文化的兴起，大都是在中世纪时期，很多作家都喜欢从中世纪文学中寻找素材。"中世纪民间文学不受古典主义的清规戒律的束缚，其特点在想象的丰富，情感的深挚，表达方式的自由以及语言的通俗。这正是浪漫主义派所悬的理想。"④ 18世纪中期，骑士文学开始重新得到德国作家的青睐。博德默尔（Bodmer）和布莱廷格尔（Breitinger）

---

① ［荷］叶普·列尔森:《欧洲民族思想变迁：一部文化史生活》，骆海辉、周明圣译，上海三联书店2013年版，第110页。
② ［荷］叶普·列尔森:《欧洲民族思想变迁：一部文化史生活》，骆海辉、周明圣译，上海三联书店2013年版，第125页。
③ 朱光潜:《西方美学史》（下卷），人民文学出版社2002年版，第711页。
④ 朱光潜:《西方美学史》（下卷），人民文学出版社2002年版，第711页。

根据海德尔堡手稿重新编选了歌曲集以及《尼伯龙根之歌》的一部分。1773年，歌德根据16世纪德国骑士葛兹的自传《铁手骑士葛兹》，创作了《葛兹·封·伯利欣根》。"该剧唤起了一种对骑士战争的'美好的旧时代'的疯狂热情，人们认为，在那个时代里，骑士式的勇敢可以纠正人类的过错。有一段时间，德国的舞台上又响起了盔甲的叮当声，并充斥着由精力旺盛的、可爱的和好斗的孩子的理想化图景所激起的高贵情感。"① 被唤醒的对骑士文学的热情，随着18世纪末浪漫主义的兴起，在欧洲掀起了一股骑士文学的创作潮流。很多浪漫主义作家都喜欢从骑士文学中选取题材，或者借用传奇的体裁进行创作。德国作家诺瓦利斯接续歌德的传奇风，创作了《海因里希·冯·奥弗特丁根》，其作品的主人公则以毕生精力追求"蓝色之花"，延续了骑士文学追寻母题，其他作家作品还包括提克的《月光笼罩的迷人之夜》、艾辛多夫的《幸福的骑士》和古斯塔夫·施瓦布的《博登湖上的骑士》等。"诗歌把过去的历史浪漫化地描述；戏剧再现民族历史的伟大时刻，而且还出现了一种新体裁，即历史小说。"② 被誉为"历史小说之父"的司各特善于从英国中世纪历史中挖掘题材，取材于苏格兰历史的小说《威弗利》（1814）和《清教徒》（1816），取材于欧洲和英国历史的小说《艾凡赫》（1819）和《昆丁·达沃德》（1823），以及他早期创作的《湖上夫人》和《玛米翁》等。司各特的历史小说创作引发了法国作家的创作激情，雨果创作了诗歌《历代传说——闯荡四方的骑士》，戏剧《欧那尼》和《吕依·布拉斯》等。大仲马骑士小说代表作包括《三个火枪手》《布拉日罗纳子爵》《二十年后》《阿芒

---

① ［英］埃德加·普雷斯蒂奇：《骑士制度》，林中泽、梁铁祥、林诗维译，上海三联书店2010年版，第127—128页。
② ［荷］彼得·李伯庚：《欧洲文化史》（下），赵复三译，上海社会科学院出版社2003年版，第458页。

得骑士》和《红屋骑士》，其中前三部最负盛名。梅里美的《查理第九朝代遗事》也体现了对骑士文学的偏好。这股骑士风很快刮到了俄罗斯大地上，俄国浪漫主义文学最杰出的代表作家普希金创作了抒情诗《骑士们》、叙事诗《青铜骑士》和戏剧《骑士时代的几个场景》等。普希金的继承人莱蒙托夫也发表了《阵亡的骑士》等作品。在欧洲各国，以骑士传奇或爱国题材的戏剧、传奇小说、叙事诗和抒情诗都被用来激起民族的骄傲。

二 圣杯传奇的复现

很多西方学者在提及中世纪时，都会用"黑暗""野蛮"这样的词语来为中世纪的文化状况盖棺定论；尤其是文艺复兴时期以来，批判中世纪文化的基本导向给中世纪文化与文学的真实面目，蒙上了一层黑色的帐幕。直到浪漫主义的兴起，这层黑色的帐幕才被逐渐揭开，中世纪文化与文学的容颜才得以重见天日。早期浪漫主义理论家认为"自由、平等、博爱"的图景虽然无限美好，但难以实现。"我们这个时代在看法和观念上引以为自豪的所有一切，都可以归结在启蒙运动这个由时代本身构造出来的概念中，最终又可以还原为宽容、思想自由、出版自由、博爱及诸如此类有过之而无不及的说法。然而我们还必须对这一切作一个非常简短的考察。"① 浪漫主义对崇尚理性，启蒙思想追求的"功利"和"有用"，启蒙精神的原则"经济性"等都予以反思与批判。② 反思与批判促使浪漫主义者向中世纪回望，他们发现的是"神的信仰"和"英雄崇拜"，人们追求灵魂的纯净与道德的完

---

① [德] 奥·威·施莱格尔：《启蒙运动批判》，载孙凤城主编《德国浪漫主义作品选》，孙凤城等译，人民文学出版社1997年版，第374页。
② [德] 奥·威·施莱格尔：《启蒙运动批判》，载孙凤城主编《德国浪漫主义作品选》，孙凤城等译，人民文学出版社1997年版，第374—400页。

善,在奇幻的冒险与艰苦的修行中实现精神的升华。中世纪骑士文学中所体现的那种精神战胜欲望诱惑的情形,或许构成了浪漫派反驳启蒙文学的理由。

浪漫主义者认为,理性价值是有局限性的,因为它指向实在,从而忽视了主观性。"诗歌是强烈感情的自然流溢",浪漫主义最基本的特征就是强调主观性和抒情性,它延续了柏拉图哲学认识论思想,"每个人的灵魂,或精神,就是上帝的整个世界。世间万物,他自己的整个身体及其种种变化,都是他自己,是他的灵魂或精神,它从自己的泉中流溢而出,变成万物的种种形相及表象;这一切都是它看到、听到、嗅到、尝到、感觉到、想像到或理解到的东西"[1]。它以内在意识为基础,包括人的欲望、直觉、情感、想象、审美等,并通过感受和关注这些领域,渴望超越实在,走向无限。在施莱格尔看来,宗教具有超越感与无限性,它能使人的灵魂与思想找到宁静的家园。"宗教完全是不可穷究的。在宗教里,人们可以随处都愈来愈深地钻进无限当中去。"[2] 在以理性的、机械主义哲学引导下,现实世界受到工业文明的污染,充满物欲与鄙俗的气息。只有通过宗教,才能到达完美的彼岸世界。拒绝理性原则,拒绝机械主义,以生命和智慧替代机械主义哲学,因为"这种哲学在一切值得使用人类智慧的事物中,都只会找到死亡"[3]。

浪漫主义诗人与理论家认为凭借直觉或者审美能实现超越。自然不仅是人类赖以生存的外部环境,而且还是主观心灵的映射。启蒙思

---

[1] [美] M. H. 艾布拉姆斯:《镜与灯:浪漫主义文论及批评传统》,郦稚牛、张照进、童庆生译,北京大学出版社2004年版,第66页。

[2] [德] 施勒格尔:《浪漫派风格:施勒格尔批评文集》,李伯杰译,华夏出版社2005年版,第110页。

[3] [美] M. H. 艾布拉姆斯:《镜与灯:浪漫主义文论及批评传统》,郦稚牛、张照进、童庆生译,北京大学出版社2004年版,第72页。

想家认为，自然是万物的自我体现，它是静止的；而浪漫主义则认为，无限就在大自然中，而且它随时都可能显现。它突出上帝的临在性，这种观点似乎有些接近泛神论。柯勒律治"强调生命体的相互排斥又互相吸引，自然万物合而为一，上帝存在于它们之中，它们又统一存在于上帝之中"①。将上帝请回自然，并将他泛化为"自然物中恍惚的固有生命存在"，自然与上帝结成同盟，并将自然的一切赋予宗教情感。"将自然理解为一个充满神圣者的领域，这使浪漫主义对理性主义的拒绝显得更加清楚。启蒙运动倾向于将我们的生命分割为独立的领域，然后用等级图示来理解这些领域，将情感层面放在最底层，而将理性摆在顶端。但是，如果上帝临在于生命中的一切方面，那么，理性就不是人性之真正唯一的指针。"② 相反，上帝成为人性及其浪漫主义文学创作的指针。"基督天主教的世界观已经寿终正寝。……可是我们决不在这里否认基督天主教的世界观对欧洲带来的好处。唯物主义在罗马帝国已大大发展，威胁到要毁灭人类的一切精神成果的地步，基督天主教的世界观作为反对这种可怕的庞大的唯物主义的一种有疗效的灵药，是必不可少的。"③

骑士文学属于中世纪世俗文学，但骑士精神的核心是忠君、护教、行侠，尤其是圣杯骑士，他们将追寻到象征基督教信仰的圣杯视作最高理想，这决定了圣杯传奇的基督教属性。而浪漫主义作家就是从中世纪以及骑士文学中发现了这一精神资源，并把它作为这个流派的历史渊源与思想核心。何为浪漫主义？海涅深刻地揭示了浪漫主义的实质，"它不是别的，就是中世纪文艺的复活，这种文艺在中世纪

---

① 梁工主编：《基督教文学》，宗教文化出版社2001年版，第217页。
② [美] 史蒂夫·威尔肯斯、阿兰·G. 帕杰特：《基督教与西方思想——哲学家、思想与思潮的历史：19世纪的信仰和理性》（卷2），刘平译，北京大学出版社2005年版，第13页。
③ [德] 海涅：《海涅文集》第8卷，孙坤荣译，河北教育出版社2003年版，第14页。

的诗歌、绘画和建筑中，在艺术和生活中表现出来。但是这种文艺来自基督教，它是一朵从基督的鲜血里萌生出来的受难之花"①。标志欧洲浪漫主义文学达到高峰的法国作家雨果也认同，基督教对文学的影响。"诗着眼于既可笑又可怕的事物，并且在我们刚才考察过的基督教的忧郁精神和哲学批判精神的影响下，将跨出决定性的一大步，这一步好比地震的震撼一样，将改变整个精神世界的面貌。它将开始像自然一样动作，在自己的作品里，把阴影掺入光明、把滑稽丑怪结合崇高优美而又不使它们相混，换而言之，就是把肉体赋予灵魂、把兽性赋予灵智；因为宗教的出发点也总是诗的出发点。两者相互关联。"②

基督教成为很多浪漫主义作家灵感的源泉与精神支撑。法国作家夏多布里昂的《基督教真谛》，希望"通过迎合人的感情和想象力来维护并恢复宗教的权威"③。雨果的《静观集》《颂歌集》中的一些诗歌和《巴黎圣母院》等作品在基督教神话中寻找题材，将人们重新带回到中世纪，将人们"引回到秩序、道德和荣誉的伟大原则上去"④，重新维护上帝的神圣性。英国的华兹华斯、柯勒律治、拜伦的作品也都体现了相似的思想倾向。柯勒律治的《古舟子咏》《宗教的沉思》等诗歌背后的精神堡垒都是基督教思想，拜伦善于借用《圣经》中的宗教故事进行创作，比较著名的包括《希伯来歌曲》《天与地》《该隐》和《黑暗》。

在恢复基督教神性的时代大潮中，人们对亚瑟王的兴趣重新恢复，

---

① ［德］海涅：《海涅文集》第 8 卷，孙坤荣译，河北教育出版社 2003 年版，第 13 页。
② ［法］维克多·雨果：《雨果论文学》，柳鸣九译，上海译文出版社 2011 年版，第 30 页。
③ ［丹］勃兰兑斯：《十九世纪文学主流 第 3 分册·法国的反动》，张道真译，人民文学出版社 1997 年版，第 75 页。
④ ［丹］勃兰兑斯：《十九世纪文学主流 第 3 分册·法国的反动》，张道真译，人民文学出版社 1997 年版，第 243 页。

到 19 世纪达到了高潮，追寻圣杯再次成为文学的重要母题。1815 年，华兹华斯发表了《埃及少女或水仙的传奇》，作品的名字与圣杯毫无关联；但是，圣杯骑士帕西法尔和盖拉哈德再次成为故事的主角。19 世纪的欧洲作家创作圣杯传奇，主要是因为受到了丁尼生和瓦格纳的影响。丁尼生的《国王叙事诗》和《盖拉哈德爵士》点燃了其他作家对圣杯的兴趣。其他以圣杯为主题创作的维多利亚时期的诗人及其作品不断涌现，他们延续了马洛礼的圣杯传奇的传统。罗伯特·史蒂芬·霍克的《征战圣杯》(1864)，托马斯·韦斯特伍德的《王位之剑》(1866) 和《圣杯追寻》(1868)，以及约翰·佩恩的《弗洛里斯爵士的传奇故事》(1870)，改变了以盖拉哈德为中心人物的写作模式。维多利亚时期还有一位以圣杯为创作题材的小说家 J. H. 肖特豪斯，他于 1886 年出版了小说《帕西法尔爵士：过去与现在的故事》，以现代的形式重新演绎了亚瑟王时期的故事。浪漫主义时期，德国的瓦格纳承袭了中世纪时期沃尔夫拉姆《帕西法尔》的创作传统，创作了歌剧《罗英格林》和《帕西法尔》。

三 浪漫主义文学对圣杯意象的创新

18 世纪，启蒙文学与古典主义文学并存，以启蒙文学为主流。启蒙文学打破了诗体文学独领风骚的局面，开启了西方文学历史上的散文时代，尤其是英国的现实主义长篇小说的创作方法，继承了亚里士多德的模仿论，体现了启蒙时代对"真实世界"的追求。启蒙时代的"真实"内涵与古代希腊神话、史诗时代的"幻想世界"大相径庭。启蒙时代作家认为，追求真实就是不能超越自然的可能性，要按照事物自身的自然因果来创作，世界根本就不可能存在神祇、精灵和妖魔，不能为了幻想中的乌有之事改变自然本来的面貌与秩序。这种文学创作的理性原则可以满足模仿现实的需要，描摹出客观的现实，达到逼真的效果；但是，理性原则的另一面就是刻板、教条，它限制了作家艺术创作的自由发挥，阻碍了艺术创新灵感的迸发。古典主义文学遵循政治理性，为艺术确立严格的艺术规范和标准，并以此来衡量作家的创作。古典主义给戏剧确立了严格的"三一律"标准，即同一个情节、同一个地点，时间不超过24小时。而浪漫主义之所以产生，就是要坚定地反对理性主义或者古典主义。人既不能一味地服从理性，又不能抑制对超越性与理想性的渴求。人在按照理性的原则通过模仿的方式进行创作时，很难发挥人的主观能动性与创造力，文学作品由此也丧失了独创性。"总而言之，首先是不可能在屈服于理性或模仿的限制的同时又富有想像……生活中最重要的事情，浪漫主义者宣称，就是创造性的想像，而只有通过否定模仿，它才能恢复自己的权利。古典主义者也承认想像就是最重要的事情，但又加上一句话：模仿就是对想像的最大运用。"①

启蒙思想不重视想象力的重要性，但浪漫主义理论家与作家都十分推崇想象力。启蒙学者认为，对事物的感性印象很重要，而想象是狂热的甚至是病态的。"向所谓天赋理念宣战，力图揭示一切事物是怎样通过感性印象逐渐刻到精神的白板上……仗着这种学问，启过蒙的人们于是自信有权把所有越出他们感官的感受性的限界以外的现象，统统视为病相，并随时都慷慨地以狂热和荒谬的名字相与。他们完全没有看到想象的权利，只要有机会，就把人们从想象的病态中彻底治愈。"② 浪漫主义者却异口同声地肯定想象的创造性与自由度，以及对于创作诗歌的积极作用。雪莱认为，"想象是创造力，亦即综合的

---

① [美] 欧文·白璧德：《卢梭与浪漫主义》，孙宜学译，河北教育出版社2003年版，第42页。
② [德] 奥·威·施莱格尔：《启蒙运动批判》，载孙凤城主编《德国浪漫主义作品选》，孙凤城等译，人民文学出版社1997年版，第379—380页。

原理"，是"指心灵对那些思想起了作用，使它们染上心灵本身的光辉，并且以它们为素材创造新的思想……新思想都具有自身完整的原理"①。施莱格尔虽然承认理性与想象同样具有创造力，但却认为，理性偏于刻板与平面，想象则更为开放、更为灵活自在。"理性无条件地强求片面性，而想象则在横无际涯的多面性中嬉戏玩耍，怡然自得。"②在浪漫主义看来，启蒙运动对想象力的忽视，偏离了西方诗歌的创作传统。神奇的想象从古至今一直都是诗中的缪斯神，守护着诗歌的魅力，使读者感到满足与愉悦。"谁要是反对精灵的出现，以及魔法筑起宫殿之类的不可能之事，那我便会斗胆告诉他，一个英勇的诗人不只限于表现真实的或极为可能的事……古往今来，在所有的宗教中，人类的绝大多数都相信魔法的力量，也都出现过精灵鬼怪。这就够了。我要说，这就是诗歌足够的基础……"③

　　浪漫主义的英文为 romanticism，这个单词一直可以追溯到古代法语词 ROMAN，比这个词更古老的是法语 romans 和 Romant。而这几个法语的表述形式都可上溯到中世纪的拉丁语 rmanice。"Roman 以及类似的词最初都源于拉丁语的各种不同方言，就像法国人至今仍称这些方言为'浪漫语言'（Les Langues Romanes）一样。随后，Roman 一词被运用于以各种方言写成的故事，特别是用古法语写成的故事。"④ 浪漫主义的最初源头是中世纪骑士文学。1810 年，斯塔尔夫人在《论德意志》中，给浪漫主义文学下了这样的界定，"'浪漫主义'是在德国

---

① ［英］雪莱：《诗辩》，载辜正坤《英国浪漫派散文精华》，作家出版社 1989 年版，第 126 页。
② ［德］奥·威·施莱格尔：《启蒙运动批判》，载孙凤城主编《德国浪漫主义作品选》，孙凤城等译，人民文学出版社 1997 年版，第 378 页。
③ ［美］M. H. 艾布拉姆斯：《镜与灯：浪漫主义文论及批评传统》，郦稚牛、张照进、童庆生译，北京大学出版社 2004 年版，第 335 页。
④ ［美］欧文·白璧德：《卢梭与浪漫主义》，孙宜学译，河北教育出版社 2003 年版，第 2 页。

新引进的词汇,是指以行吟诗人的抒情诗为来源,产生于骑士制度和基督教的诗歌"①。在朱光潜看来,"中世纪民间文学不受古典主义的清规戒律的束缚,其特点在想象的丰富,情感的深挚,表达方式的自由以及语言的通俗。这正是浪漫主义派所需的理想"②。尤其重要的是,"它们那魔幻般的巨大魅力,那奇妙无比的故事与传说能惊人地唤起并激发全部的想象力;能在人们心中累积起崇高而警醒的意象,而这些意象则正是诗歌所乐于展示的"③。

骑士文学的创作方法,在浪漫主义时代颇为盛行,甚至有学者以此来界定浪漫主义的独特性质。19世纪取材于圣杯传奇的文学作品,也会延续这些创作方法。他们重新返回中世纪,并导致各民族重新以骑士文学及其圣杯传奇的各种材料编织神话,以适应他们的幻想与心灵的各种渴望。"就一种赋予德行与责任的理想形式以幻想的色彩与热诚的调子的倾向而言,将神圣性的浪漫主义与作为一种中古思想成分的骑士制浪漫主义相类比,并不是没有道理的。很明显,这种神圣性的浪漫主义更多地着眼于奇迹和过分的谦卑苦行,而不是非宗教政策之功德的显赫成就。教会有时也认可伟人的行动复活或纯化了宗教文化,而大众的想象在任何时代都更多地受到超自然或非理性的过激行为的影响。对我们来说,关注某些特质并非无益。贵族的态度在骑士理念之下,精于纯洁且极为苛求,它奔向神圣崇高生活的理想。"④

一方面,由于理性主义思潮的深入人心,对圣杯幻象开始出现质疑的声音甚至争论;另一方面,浪漫主义将圣杯意象再次推向神迹的

---

① [法]安娜·马丁-菲吉耶:《浪漫主义者的生活(1820—1848)》,杭零译,山东画报出版社2005年版,第28页。
② 朱光潜:《西方美学史》(下卷),人民文学出版社2002年版,第711页。
③ [英]托马斯·沃顿:《评斯宾塞的〈仙后〉》,载辜正坤《英国浪漫派散文精华》,作家出版社1989年版,第18页。
④ [荷]约翰·赫伊津哈:《中世纪的衰落》,刘军、舒炜等译,北京大学出版社2014年版,第158页。

舞台，因为这种超验性更能引起现代读者的阅读兴趣。对于19世纪的作家来说，圣杯意象如同"返回中世纪"的口号一样，在争议中执着坚持，在坚持中继续质疑，唱响了圣杯意象的双重协奏曲。

第二节 《埃及少女或水仙的传奇》：圣杯骑士与华兹华斯的殖民意识

圣杯传奇在被逐步基督教化统合后，是基督教的思维范式与教义的集中体现。19世纪初，华兹华斯对这一题材重新改编，在摒弃了传统追寻母题的叙事表象下，潜藏着深刻的历史动因。这种历史动因突出地表现在，对圣杯传奇中心意象与叙事模式的大胆创新。在华兹华斯对圣杯传奇的重新想象中，殖民化的贵族、东方、女性等形象互相渗透而又彼此重叠，其间东方主义、性别政治等不同话语体系彼此互动。华兹华斯笔下偏离传统的圣杯传奇，不仅表征了多种话语观念的建构过程，也传达了他的殖民意识。

一 圣杯之光象征的殖民理想

大多数人对英国湖畔派代表作家华兹华斯（William Wordsworth，1770—1850）的了解，来自他创作的浪漫主义抒情诗，如《雏菊》《我孤独地漫游像一朵云》《丁登寺》等。在英国诗坛上，他的诗歌理论与创作具有里程碑意义。他和柯勒律治、骚塞共同开创了英国浪漫主义创作的先河。华兹华斯的叙事诗《埃及少女或水仙的传奇》（*The Egyptian Maid or The Romance of the Water – Lily*）出版于1815年，虽然它并不被大家所熟知，却使得圣杯骑士及其故事再次回归文学视野。

圣杯意象是圣杯传奇的核心意象，骑士们历尽千难万险，只是为了追寻到圣杯，以达成与神的合二为一。从题目上看，《埃及少女或水仙的传奇》与圣杯传奇似乎毫无关系，而且作品中的圣杯意象也似乎杳无踪迹。综观全诗，埃及少女取代了圣杯的核心意象地位。埃及少女为了跟一位骑士结婚，她乘坐小船前往亚瑟宫廷，在海上，她遇到了患有眼盲症的恶人——梅林。梅林掀倒了埃及少女乘坐的小船。后来，奄奄一息的少女被湖上夫人妮娜带回亚瑟宫廷。圣杯骑士帕西法尔极力挽救少女，但未能如愿。只有当盖拉哈德穿着他在危险座位穿的那件斗篷触摸少女的手时，她才起死回生；很快，盖拉哈德和这位埃及少女成婚了。在这首诗中，埃及少女作为核心意象，与以往的圣杯传奇有两个非常明显的区别。

其一，埃及少女虽然是核心意象，但她不是基督教徒，而是异教徒，她无法成为宗教信仰的象征。诗歌构建出基督教与非基督教两个相互碰撞的世界，宗教视域与世俗社会。从宗教视域来看，亚瑟王及其圆桌骑士兰斯洛特、高文、帕西法尔和盖拉哈德都仍然是基督教信仰的捍卫者，宗教道德的楷模——坚贞而勇敢，忠诚而豪侠。这些骑士都有资格娶这位来自异邦的少女，骑士们的形象与传统圣杯传奇是一致的。"他们显然热衷于中世纪，赞同中世纪的观念，白璧无瑕的游侠精神，无限虔诚的宗教信念，以及信手拈来的诗歌，在他们的心中都不可分割地联结在一起，于是他们便致力于一切能把人们的思想、灵魂朝这方面引导的事情。"① 就世俗社会而言，埃及少女是异教徒，詹姆斯·道格拉斯·梅里曼认为，"作为华兹华斯自己的诗歌生涯的寓言代表：异教徒的年轻化对应于他自己年轻的自由的想象力与启蒙思想的理性主义的战斗"②。诗中埃及少女乘坐的船，优于机械工业技术，

---

① ［法］德·斯达尔夫人：《德国的文学与艺术》，丁世中译，人民文学出版社1981年版，第322页。
② Eric Gidal, "Playing with Marbles: Wordsworth's Egyptian Maid", *The Wordsworth Circle*, Vol. 24, No. 1, Winter, 1993, p. 7.

梅林不能把这艘船毁坏，因为少女乘坐的船的使命是追寻耶稣。在中世纪的文本中，梅林通常是引导亚瑟王统一国土的先知；在这首诗中，梅林却成为"哪怕是一位现代科学都会折服的机械师"，他对埃及少女的伤害，象征着科学理性与"返回中世纪"的浪漫主义的对立，也代表异教徒的想象力没有被基督教精神所知。圣杯传奇探讨的是信仰忠诚程度的问题，而这部长诗聚焦在异教徒——埃及少女，探讨的是信仰的问题。

其二，中世纪传统圣杯传奇不重视描摹自然环境，而在这首叙事长诗中，华兹华斯引入了自然风景，自然背景与人物互相映衬，突破了传统骑士文学的局限性，强化了长诗宗教信仰的意味与抒情色彩。华兹华斯创作过很多优秀的自然诗，他崇拜自然，自然在他的诗歌中与诗人之间是相互交融的，这得益于他的泛神论思想。"一种内在的生命/存在于所有的事物中……在它们身上所有存在物都/与上帝同在，它们本身/就是上帝，存在于巨大的政体中/就像中午时分晴空万里的东方/与万里无云的西方难以区分。"① 华兹华斯呼唤永恒精神的存在。他的泛神论思想在下面这首诗中也有所体现。

> 不久，温柔的妮娜到达
> 没有房屋的小岛；
> 着陆之后，她发现与她所想的并不一致，
> 没有残骸与破败
> 而是岸边一朵雕刻的睡莲
> 海浪边，是一朵大理石雕刻的花儿。

---

① Ernest de Selincourt, ed., "Nutting", *The Poetical Works of William Wordsworth*, Vol. 2, 2and edition, Oxford: Oxford University Press, 1963–1966, p. 225.

> 令人伤心的遗迹，却非常美丽！
> 温柔地为每一位来客服务
> 背后曲线中是繁茂的叶子，
> 而花朵半开半藏，隐隐若现
> 神明似乎在微笑
> 妮娜一边走一边问候（121—140行）①

一直以来，中世纪骑士传奇有一个特别显著的核心精神，那就是基督教信仰。长诗的许多章节自然景物的书写都在为此服务。湖上夫人——妮娜救了埃及少女，她是天使的象征。天使妮娜来到没有房屋的小岛，汹涌岸边有一个大理石雕刻的水仙，妮娜仿佛看到了半开半藏的水仙花朵之中，神明若隐若现。天使的致意，终于呼唤到上帝，而自然与上帝或者神明同在。

这首长诗中也有一些章节暗示了作者的主观主义，即想象的镜像是竭力反对现实理性主义的一种资源或动力。华兹华斯认为，诗歌的职责在于"不以万物的本然，而以它们的表象。不以它们的自身存在，而以它们对感官，对激情所仿佛显示的存在来表现万物"，他希望用情感激发对理性的反驳，对宗教的热情。

> 看哪，她尽情地流淌着
> 在她的两侧，巫师的作品渐渐出现
> 就像大海中涌出的美丽
> 永远年轻
> 拥抱着大海的波光与微浪

---

① William Wordsworth, *The Egyptian Maid or the Romance of the Water-Lily*, *Yarrow Revisited, and Other Poems*, London: Longman, Rees, Orme, Browne, Green & Longman and Edward Moxon, 1835, pp. 47-68.

高高在上，不断飘摇！（43—48行）①

在叙事的间隙，华兹华斯将自然景物描写视为一条感谢上帝神明的情感途径，缥缈而超验，把圣杯传奇的道德寓言或简单说教柔化到一个感性的层面，扩大了读者与隐喻的审美距离，加固了诗歌与宗教的密切联系。透过自然景物的镜像，来自古老传说的虔诚骑士与年少清纯的埃及少女，是一个古老与现代融合的罗曼司，"建立在基督教和异教徒的二元论基础上的强烈的宗教主题，进一步证明华兹华斯对中世纪主义的日益增长的热情"②。通过宗教视域与世俗社会的对立，强化了基督教的地位，即异教徒应该信仰基督教，使基督教信仰之光照耀异教地区，这是大英帝国的宗教理想，也是华兹华斯帝国意识的传达。

二　埃及幻象中的性别政治与东方主义

相对于中世纪的克雷蒂安、沃尔夫拉姆和马洛礼的圣杯传奇版本，《埃及少女或水仙的传奇》的篇幅很短，线索单一，故事情节也显单薄。对于圣杯传奇有一些了解的人，会发现圣杯征途是圣杯传奇叙事的重心，而兰斯洛特与王后桂乃芬的爱情只作为故事情节的副线，起陪衬作用。华兹华斯这首诗的主体内容是埃及少女与圣杯骑士的婚恋，与圣杯征途毫不相干，改变了传统圣杯传奇的故事构成主体与叙事模式。

从故事主体的构成来看，《埃及少女或水仙的传奇》探讨的仿佛是

---

① William Wordsworth, *The Egyptian Maid or the Romance of the Water - Lily*, *Yarrow Revisited, and Other Poems*, London: Longman, Rees, Orme, Browne, Green & Longman and Edward Moxon, 1835, pp. 49.

② Eric Gidal, "Playing with Marbles: Wordsworth's Egyptian Maid", *The Wordsworth Circle*, Vol. 24, No. 1, 1993, p. 7.

骑士爱情。但这首长诗的骑士爱情与中世纪的骑士爱情模式大相径庭。中世纪骑士最重要的荣誉之一,"骑士则普遍以自己骄人的军事功勋和竞技业绩来为女士效劳"①。《亚瑟王之死》中,为了赢得桂乃芬的爱情,兰斯洛特参加骑士比武大赛,希望以英勇与胜利赢得芳心。为女士效劳的观念,在法国、德国和英国的宫廷内盛行一时。"在宫廷—骑士爱情特有的关系结构中,男女双方并不是平等的伴侣关系,相反,女性是这种关系的主宰,而男性则像仆人一样仰视着自己所倾慕的对象。男人为了获得爱情而为女士效劳,这是宫廷—骑士爱情最显著的特征。"② 但是,在华兹华斯的笔下,埃及少女与圣杯骑士的爱情发生了质的改变。埃及少女以历险的方式追寻与骑士的婚姻。在异教少女—骑士爱情的关系结构中,他们之间也并非平等,男性成为这种关系的主体,女性被骑士的魅力折服,而男人则接受女性的仰慕。作者以水仙隐喻埃及少女,她是古老埃及人的象征,具有神秘的魔力,"她名副其实/像大海之花一样灿烂/可爱而优雅"(37—39 行),"温和与诚实"(66 行)。但是她柔弱不堪,无法承受外来力量的摧残,"她枯萎了……她没有心跳,也没有大脑/尽管满怀爱意,却无法再爱"(54—58 行)。埃及少女形象是典型的男权制文明的产物,是女性纯洁、贤良淑德的典型形象。"维多利亚时代的一种积习就是坚持让女性成为男人良心的尺度,让她们去过一种纯良的生活,一种让男人感到十分乏味但又总得由某些别人去尝试的生活。"③ 大海、亚瑟宫廷及其英国社会笼罩在男性中心主义的性别话语之中,甚至"完全是一个

---

① [德] 约阿希姆·布姆克:《宫廷文化:中世纪盛期的文学与社会》(上册),何珊、刘华新译,生活·读书·新知三联书店 2006 年版,第 454 页。
② [德] 约阿希姆·布姆克:《宫廷文化:中世纪盛期的文学与社会》(上册),何珊、刘华新译,生活·读书·新知三联书店 2006 年版,第 454 页。
③ [美] 凯特·米利特:《性的政治》,钟良明译,社会科学文献出版社 1999 年版,第 56 页。

男性的领域，像现代社会为数众多的专业领域一样，它在考察自身及其对象时戴着性别歧视的有色眼镜……女性通常成了男性权力幻想的产物"[1]。

中世纪圣杯传奇情节的基本模式为骑士历险，而这首长诗的叙事模式更为复杂，演变为历险—救赎模式。少女不惜历险远嫁圣杯骑士，异教徒与圣徒的婚姻关系耐人寻味。

> 他虔诚的话语，
> 他将会信奉我们的基督耶稣，
> 将女儿嫁给了骑士，
> 我选择的这位骑士充满了爱与力量。（232—235 行）

在 19 世纪英国人或者欧洲人对埃及的集体想象中，"婚姻"不只具有男女关系的属性，更是作家主观投射的文化和政治符号，其符号化的过程揭示了东方主义的产生机制。在《埃及少女或水仙的传奇》中，埃及少女及其历险的书写，被隐喻为西方基督教对异教徒的感化之旅，以英国为代表的西方先进文明对东方落后国家的感召之旅。

> 她的方向在英国海滨，
> 她将它看作无与伦比的少女；
> 天神端坐其上，灵魂力量非常强大，
> 可以聚集起来复仇；
> 为公主所背负的冤屈，她的土地，
> 她所负责的土地，虽然悲伤，却并不是无精打采的。（79—84 行）

圣杯骑士的男性魅力隐喻英帝国的日益强盛，埃及少女的主动婚

---

[1] Edward Said, *Orientalism*, New York: Random House, 1978, p. 94.

配为亚瑟宫廷所接纳,这成就了帝国的政治优越性。

在《埃及少女或水仙的传奇》中,埃及少女历险的失败决定了她与圣杯骑士的婚姻模式,即对异教徒的救赎婚姻。救赎的婚姻模式为华兹华斯以及其他19世纪的作家所接受,成为大英帝国霸权的"象征秩序"。救赎是埃及逐步被塑造成野蛮、蒙昧的落后象征,从而成为需要被救赎的"他者"形象。

> 基督教礼仪上,树皮
> 漂浮着(听着,梅林!)在高高的保护下,
> 尽管树皮在她的船头是野蛮力量的象征
> 雕刻着——百合花中的女神,
> 古老埃及人的象征
> 幸福永生与纯洁情感。(73—78行)

华兹华斯所建构的埃及是一个色情、野蛮、崇高、神秘、充满异国情调、强烈能量甚至令人恐怖的地域。埃及不仅是地理区域的一个名词,而且是一个历史文化与政治秩序的载体,"东方几乎是被欧洲人凭空创造出来的地方,自古以来就代表着罗曼司、异国情调、美丽的风景、难忘的回忆和非凡的经历……也是欧洲最强大、最富裕、最古老的殖民地,是欧洲文明和语言之源泉,是欧洲文化的竞争者,是欧洲最深奥、最常出现的'他者'形象之一"[1]。很显然,埃及的"他者"形象是英国主导和重构的,英国对埃及是"一种权力关系、支配关系、霸权关系"[2]。当时,现实政治秩序中的埃及,与华兹华斯诗歌中的"他者"形象是一致的。自18世纪下半期起,埃及沦为英、

---

[1] Edward Said, *Orientalism*, New York: Random House, 1978, p. 5.
[2] Edward Said, *Orientalism*, New York: Random House, 1978, pp. 5-6.

法两国竞相追逐的东方据点。1798 年，拿破仑远征埃及，随行的学者德农于 1802 年出版了《下埃及与上埃及之旅》，这本书仅 19 世纪期间就再版 40 多次，更重要的是，这本畅销书使埃及成为大众关注的焦点，欧洲一时掀起了埃及热的狂潮，从生活到艺术莫不如此。华兹华斯也顺应这种时代创作潮流，将埃及少女作为诗歌的东方幻象，表达性别政治背后的东方主义，华兹华斯的帝国意识得到进一步深化。

三 亚瑟王及圣杯骑士的自恋征候：大英帝国身份的自我陶醉

文学作品塑造形象并非遵循一切源于真实的原则，一切形象都是作家通过主观意识描述而成，凝聚了作家的思想与情感。跨文化的文学形象塑造，即比较文学意义上的形象，"并非现实的复制品（或相似物），它是按照注视者文化中的模式、程序而重组、重写的，这些模式和程序均先在于形象"①。因为作家是在对异国构筑的想象中去塑造一个并不在场的异国形象。作家通过对"他者"形象的描摹，言说的是他自己或者所在国家所渴望的一个虚构的场域，在这个场域中传达各种社会思潮、文化模式与价值理念等。作家在审视和形塑异国形象的同时，也在塑造自我形象，从而表达了自我。正如上文所论证，埃及"他者"的形象是落后、神秘、蛮荒的代名词。当埃及的"他者"形象表现出对"他者"的某种否定，其实也是对大英帝国的"我者"形象的补充与延长。因此，对埃及"他者"形象的救赎，体现了华兹华斯对大英帝国自我形象的建构与自我陶醉。

---

① ［法］达尼埃尔－亨利·巴柔：《总体文学与比较文学》，孟华译，载孟华主编《比较文学形象学》，北京大学出版社 2001 年版，第 157 页。

"什么引导,"她说,"需要哀悼?"
为救赎罪恶不断努力!(79—80行)
……
之后他(亚瑟王)说,"你要把她记在心里
盖拉哈德!这是上帝给赋予你的
与你纠缠无法解开
死亡变成了永生;
你要快乐,不要嫉妒
你是一名优秀的骑士,没有人可以与你相提并论!"(350—355行)

不久之后举行了婚礼,
重演了神圣的传统,
那是的荣耀与浮华。
她朝着圣坛跪在地上,
亚瑟王领着埃及少女。
天使在重复着祝祷的诗歌。(356—361行)

大英帝国的形象首先是以基督教的身份进入诗歌,随着西方列强开辟殖民地,西方传教到其他异教地区就已展开。其中,《埃及少女或水仙的传奇》中埃及人主动要求救赎的形象颇具典型意义。这里的救赎不是基督教中耶稣的舍己牺牲,而是以"亚瑟宫廷"中的亚瑟王置换了拯救异教徒的耶稣,这是大英帝国的历史想象。在华兹华斯笔下,充满"罪恶"的埃及少女主动归附亚瑟宫廷,亚瑟王以"引导""救赎""努力"的耶稣形象出现,盖拉哈德负责执行亚瑟王救赎的旨意,亚瑟王及圣杯骑士将自我抬升到了上帝的地位。他们也就成了言说埃及少女及埃及的起点，他们总试图通过上帝的地位来寻找一切占有与征服的最终基础。在这一意义上，我们或许可以将之称为亚瑟王及圣杯骑士的"自恋情结"。由此，英国与埃及之间形成了救赎与被救赎的关系，这构成了大英的帝国形象，隐喻英国和埃及之间的主从关系。值得注意的是，双方正是通过婚姻的形式确认了主从身份，双方的主从关系形成了稳固的契约关系。尤其值得关注的是，埃及少女"朝着圣坛跪在地上"，亚瑟王是救赎的引导者，相比之下，埃及少女一直以沉默的姿态出现，主要通过肢体语言来表达自我，无法从声音来探知她内心的想法，不足以探查其真实的态度。因此，亚瑟王对埃及少女的"下跪"进行阐释，并传达给读者，这一阐释的过程恰好是大英帝国感化埃及的过程，也是帝国形象自我形塑的过程。在亚瑟王看来，"下跪"表明成为新嫁娘的埃及少女宣誓要做亚瑟宫廷永远的臣服者，是主从关系的进一步确认与强化。

诗歌中，埃及少女始终如一的沉默，凸显了亚瑟王的话语特权，而亚瑟王的话语特权体现在总试图从埃及宗主国的身份言说自我，再次暴露其自恋情结。

> 哎！我造成了这样的悲痛；
> 在我打败了入侵的邻国
> 解放了他的领地，他虔诚地说
> 他将会信奉我们的基督耶稣，
> 将女儿嫁给了骑士
> 我选择的这位骑士充满了爱与力量。
>
> 她的出生是异教的，但是
> 天使在她周围形成了保护的栅栏；

一位女士来到我的王庭

非常美丽,这是圣神的宣言

充满了崇敬,似乎是一种报答

对于在我剑下恢复的五十个王国。(230—241 行)

  慈悲的亚瑟王赶走了侵略埃及的邻国,使埃及重获国土,埃及与英国稳固的契约关系是以武力为基础实现的,仁慈与道德感化的外衣暗藏侵略的杀机。亚瑟王将武力包装成信仰,将迫于淫威粉饰为主动示爱,将对其他国家的征服美化为殖民地爱的回报,大英帝国再次展现了大国"人道主义"的"风范"。相较于纯粹的杀戮与战争,大英帝国更为理性与文明。随着埃及少女的复活,埃及摆脱了被侵略的状态,进化为宗教信仰的文明阶段,婚礼与下跪则成为大英帝国政治等级秩序的仪式化。而大英帝国的感化果然是改变埃及现状的灵丹妙药,埃及少女乘坐的船头由"野蛮力量的象征"跃升为"勇敢的偶像"①,埃及从原始到文明,从饱受欺凌到重获"自由",都归功于大英帝国殖民方式的转变,由此塑造了一个包容而不失强势,仁慈而不乏大气的帝国形象。

  埃及少女跪在地上接受救赎的屈从姿态,契合了英国殖民埃及的历史经验,也契合了民族主义的时代思潮。"华兹华斯创作的亚瑟作为一个仁慈的国王,从外国入侵者解放埃及的土地,不仅扭曲传统建构的亚瑟王国的传说,而且体现了英国和埃及在 19 世纪上半叶的特殊关系。"②

---

① 《埃及少女或水仙的传奇》前文为,基督教礼仪上/树皮漂浮着(听着,梅林!)/在高高的保护下/尽管树皮在她的船头是野蛮力量的象征;后文为,一艘前往虔诚耶稣的船只/从尼罗河岛出发/啊!海面上漂浮着明亮的船只/船头是勇敢的偶像。William Wordsworth, *The Egyptian Maid or the Romance of the Water - Lily*, *Yarrow Revisited and other Poems*, London: Longman, Rees, Orme, Browne, Green & Longman and Edward Moxon, 1835, pp. 47 – 68.

② Eric Gidal, "Playing with Marbles: Wordsworth's Egyptian Maid", *The Wordsworth Circle*, Vol. 24, No. 1, Winter, 1993, p. 10.

1798年7月，拿破仑率领法军占领埃及。1798年年底，英国、土耳其等国结成反法联盟，进攻埃及。此时恰逢法国在欧洲战场节节败退，1800年年初，为形势所迫的法军只好同意与土耳其进行和谈。1801年，英国和土耳其再次合力围剿法军，当年10月，法军被迫放弃埃及，埃及划归土耳其所有。1801—1802年，英国虽然在埃及只驻留了一年，但是这奠定了英国在埃及的军事基础，以及19世纪英国东方主义话语的基础。撤离后，英国一直不断干预埃及的经济与政治。直到1882年，英国彻底将埃及置于治下。

18世纪末到19世纪中期，英国、法国等西欧国家的资本主义的发展处于上升期，作为老牌的殖民帝国，它们企图占有更多新的生产资料供给地，扩展更大的海外销售市场。另外，1789年后的拿破仑试图统一西欧和中欧，他的野心激发了民族主义在欧洲的迅速传播。对于西欧各国来说，"民族主义不仅是协调国家内部关系的意识形态工具，还成为这些国家政治扩张的支柱"①。虽然民族主义只是政治扩张的宣传工具，却得到大多数浪漫主义的响应。"在革命后的时代，他们通过民族主义逐渐进到政治里：他们感觉每个民族有一个团体魂，只要国家的疆界和民族的界限不一样，团体魂就不可能自由。19世纪上半期，民族主义是最有声势的革命原则，大部分浪漫主义者热烈支持它。"② 因此，华兹华斯创作这首长诗，不是原有题材的写作，而是东方主义和中世纪主义的融合。诗作是建构19世纪大英帝国认同的话语方式，试图以一个东方女性的异教徒重新界定创造性自我的精神和灵魂。③

---

① [荷]彼得·李伯庚：《欧洲文化史》（下），赵复三译，上海社会科学院出版社2003年版，第455页。
② [英]罗素：《西方哲学史》（下），马元德译，商务印书馆1976年版，第216页。
③ Eric Gidal, "Playing with Marbles: Wordsworth's Egyptian Maid", *The Wordsworth Circle*, Vol. 24, No. 1, Winter, 1993, pp. 9–10.

第三节　丁尼生《国王叙事诗》：圣杯意象的过渡性

在丁尼生的《国王叙事诗》中，一方面，"迅速发展的科学与神秘主义以及超自然的热情共存"。另一方面，"丁尼生恰当地描绘了维多利亚时代信仰与疑惑之间的张力"①。在这个意义上，丁尼生的《国王叙事诗》也许是19世纪最典型的圣杯传奇，它不是因为高度地赞扬圣杯的神圣性而成为典型的圣杯传奇，而是因为对圣杯的高度质疑。这位桂冠诗人写道："请相信我，诚实的怀疑比你一半的教义体现出更多的信心。"② 在世俗与宗教、科学与信仰的冲突中，丁尼生既相信科学理性，又没有放弃宗教信仰；既接受世界的物质性，又强调人的精神世界。在他的诗作中，我们看到了最诚实的怀疑，最真实的困惑。他的困惑是19世纪人类努力探索自我和世界的精神标本。

一　怀旧情结与圣杯质疑

维多利亚中期，随着"湖畔派"诗人的相继离世，英国浪漫主义诗歌也就此终结。但是，浪漫主义文学给文学创作带来的影响，却得以延续。阿尔弗雷德·丁尼生（Alfred Tennyson，1809—1892）是这一时期优秀的诗人，享有"桂冠诗人"之美誉。创作早期，丁尼生的很多抒情短诗都反响强烈，后期则倾向于长篇叙事诗的写作。他的《国王叙事诗》（The Idylls of the King，1859—1888），继承了马洛礼《亚

---

① John B. Marino, "Humanism and the Grail Legend: From Skepticism to Metaphor", *The Grail Legend in Modern Literature*, Rochester, N.Y.: Boydell & Brewer, D. S. Brewer, 2004, p. 86.
② [美]安尼特·T.鲁宾斯坦：《英国文学的伟大传统——从司各特到肖伯纳》（下册），陈安全、高逾等译，上海译文出版社1998年版，第22页。

瑟王之死》的传统，以 12 卷系列诗组成的诗集再次演绎了亚瑟王以及圣杯传奇的故事。同一时期，罗伯特·史蒂芬·霍克、托马斯·韦斯特伍德等其他维多利亚诗人，都进行了同样题材的创作。其中霍克的《征战圣杯》借鉴了韦斯特伍德的圣杯诗，描述了圣杯内蕴精神的演变史，将圣杯看作神话符号。1848 年，在霍克的圣杯诗歌尚未出版之前，丁尼生曾拜访过霍克。与霍克的观点不同的是，丁尼生对圣杯骑士的出征和圣杯的真实性都产生了怀疑。维多利亚中期，科学与宗教、怀疑论与不可知论等截然相反的主张争论不休，丁尼生的圣杯传奇也体现了他各种思想观念交织的矛盾性。

丁尼生生活的维多利亚时代，是英国历史上非常繁盛的阶段；尤其是维多利亚中期，英国的国力达到了顶峰。当时英国的工业生产能力超过了全世界的总和，其对外贸易总额也是世界上最高的。据统计，"1851—1881 年，英国经济持续增长，国民生产总值从 5.23 亿英镑上升到 10.51 亿英镑，1901 年再上升到 16.43 亿英镑"①。维多利亚时代文化氛围的形成与资本主义工商业的迅速发展密切相关。很多人遵守勤奋、节俭等美德而改善了自己的生活，与此同时，功利主义和物质主义至上的思想也迅速蔓延开来，丁尼生对这种社会风气十分厌恶。

  我诅咒社会的需要，它竟使罪孽抗拒青春的活力
  我诅咒社会的胡言，它使我们偏离生活的真理
  我诅咒病态的体制，它背离诚实公正的自然法则
  我诅咒黄金，它竟然镀亮傻瓜狭而又小的前额！（黄呆忻译文）②

---

① 钱乘旦、许洁明：《大国通史·英国通史》，上海社会科学院出版社 2007 年版，第 270 页。
② 李公昭：《丁尼生论稿》，载李公昭主编、姚学勇副主编《博士论丛》，军事谊文出版社 2001 年版，第 40 页。

理性与功利思想的流行，使很多人远离了神话与文学，19世纪中后期的诗歌创作走向没落，正如多恩哀叹，"我们长期以来一直把我们的永生权卖给遗忘和忽略。我们丰富的传说故事和充满迷信色彩的爱国主义被密封起来；他们的回声已经在现代工业中消失了"①。另外，他的个人生活也给他带来强烈的无力感。丁尼生家族有疯狂症遗传史，他父亲每次发病时疯狂的举动都会使他和他的家人心生恐惧，"在我身边我的弱点、罪孽、沉思像雾一样围绕着我"，这种恐惧感使得他变得格外敏感而谨慎。这种自我与社会环境、自我与自我之间的紧张感，令他相信自己无法改变现状。于是，怀旧情结成为贯穿丁尼生创作生涯的理念与特征。

有学者认为，"对过去的激情"是丁尼生诗歌的一大主题，包括"自己的过去，国家的过去，人类的过去，世界的过去"②。对于创作诗歌《眼泪，徒劳的眼泪》，丁尼生认为，"此诗要表达的并不是如一些评论家所认为的那样——一种悲哀之情，其真正要表达的是青年人常常感受到一种向往、渴望之情，而那些被向往的事物就是人们所认为的一旦消逝了就永远不会再出现的一切"③。丁尼生的怀旧情结，还体现在他对历史题材的迷恋。例如，以古代文人为题材的诗歌，如荷马、卢克莱修、品达、贺拉斯和维吉尔等；以古代历史事件为题材的诗歌，如《哈罗德》《贝克特》和《玛丽女王》。

从19世纪30—40年代起，丁尼生就开始创作以亚瑟王传奇故事为题材的诗歌，包括1832年出版的《夏洛特女士》以及1842年出版的

---

① Letter to Trench, quoted in Richard Chenevix Trench, *Letters and Memorials*, London, 1888, pp. 61–62.
② 爱的永恒：《英语名诗赏析》, http://blog.hjenglish.com/loveforever/articles, 2005年4月7日。
③ Tennyson, Hallam, *Alfred Lord Tennyson: A Memoir*, New York & London: Macmillan, 1897, p. 143.

《盖拉哈德爵士》《兰斯洛特爵士和吉娜薇王后》和《亚瑟王之死》。在《盖拉哈德》中,丁尼生第一次写了关于圣杯的故事,圣杯骑士是盖拉哈德。对于圣杯及其传统意义,他没有任何反驳与对抗。1859年,丁尼生又出版了四首叙事诗,包括《伊尼德》《薇薇安》《兰斯洛特和伊莱恩》和《吉娜薇王后》。在《兰斯洛特和伊莱恩》中,他写了兰斯洛特因罪恶的阻碍,难以获得圣杯的故事。1869年,丁尼生出版了另外四首叙事诗,其中包括《圣杯故事》。这中间十年,他延迟亚瑟王题材的出版,只因为他不知道该如何把圣杯融入一首现代的叙事诗,他更担心会亵渎这个主题。诗歌出版后,丁尼生在给阿吉尔公爵的信中写道,"对于这么多年前放弃的主题,我不认为,我会拒绝加入圣杯并处理骑士没有找到圣杯这个主题"[1]。

丁尼生颠覆了圣杯传奇传统的主题,他对中世纪圣杯的真实可感性提出了疑问。首先,从叙述策略角度来讲,《亚瑟王之死》与《国王叙事诗》差别很大。马洛礼以第三人称的全知全能视角讲述故事。丁尼生以帕西法尔(原文译为波西瓦尔,为统一,写成帕西法尔)为主人公,采用第一人称的有限视角来写。作品一开始帕西法尔就提到圣杯,但关于圣杯来历、圣杯第一次降临的情形,是他听别人转述的;关于盖拉哈德、高文等骑士追寻圣杯的情形,也都是他听别人转述的。"整个任务的现实可以怀疑,因为圣杯总是远离直接经验,只报告第二手或第三手的超自然事件。"[2] 这是质疑圣杯是否真实存在的理由之一。其次,两部作品中的圣杯降临描写差异很大。马洛礼笔下,圣杯出现在圣灵降临节上,"只见半空中一只圣杯,冉冉地进入大厅,上面用白

---

[1] David Staines, "Tennyson's 'The Holy Grail': The Tragedy of Percivale", *The Modern Language Review*, Vol. 69, No. 4, October 1974, p. 745.

[2] John B. Marino, "Humanism and the Grail Legend: From Skepticism to Metaphor", *The Grail Legend in Modern Literature*, Rochester, N.Y.: Boydell & Brewer, D. S. Brewer, 2004, p. 87.

色绸遮盖着,但是没有人能够看见它,更不知道由什么人捧持着它。片刻之间,满厅中充溢了一种非兰非麝的香气,同时每一个骑士都得到佳馔美酒,那种味道有胜于他们平日在人世间所最喜爱的酒肉。这圣杯在大厅中周行了一遍,方才突然隐去,也不知道飞到哪里了"①。虽然圣杯真身没法得见,但随同圣杯降临的香气和美味,作用于骑士们的嗅觉、视觉和味觉,它是真实可感的。相比之下,丁尼生笔下的圣杯降临写得十分虚幻与模糊,既不可见,又不可感。

> 在爆裂声中迸发出一道光芒
> 把整个大厅照得无比明亮
> 然后那道长长的光
> 往下飘随即变成了一只圣杯
> 圣杯四周环绕着绚丽的云雾
> 还没等我们看清楚,它就消失了②

最后,从故事结局来看,在《亚瑟王之死》中,骑士盖拉哈德、帕西法尔和鲍斯都成功追寻到圣杯;但是,在丁尼生笔下,亚瑟王的圆桌骑士没有一位能追寻到圣杯,都失败而归。他似乎并不相信,世俗社会中的骑士能成功获得圣杯。

丁尼生缅怀中世纪,却又质疑圣杯的真实性,这是他思想观念自相矛盾的表现之一。詹姆斯·斯宾德在总结丁尼生的创作时说道:"这一点是让人感到十分困惑的,这个古怪的诗人总是对现在的东西表示出不满,而这些现在的东西一旦成为过去,他的态度随即发生转变。

---

① [英]托马斯·马洛礼:《亚瑟王之死》,黄素封译,人民文学出版社2005年版,第636页。
② [英]阿尔弗雷德·丁尼生:《国王的叙事诗》,文爱艺译,安徽人民出版社2012年版,第228页。

他渴望这种成为过去的东西甚至是对其顶礼膜拜,并且不单单是崇拜这些东西,甚至对于这样珍贵的东西却要成为过去又表示出了不满。"①

二 相信科学理性却又不拒绝圣杯的幻象

丁尼生生活在社会思潮发生巨变的19世纪,社会面临多种变革,人们的思想观念不断受到冲击。19世纪是一个科学成果辈出的年代,英国科学家在很多学科的研究都很突出,包括达尔文的进化论、焦耳的热力学、约翰·道尔的原子理论、詹姆斯·赫顿的地质学和迈克尔·法拉第的电磁学。于是,这在英国逐渐掀起了崇尚科学的热浪,改变了人们的世界观,也挑战了传统的信仰。其中,属达尔文的进化论最为杰出,产生的影响也最为广泛与深远。进化论不仅改变了自然史观,挑战了基督教的教义,革新了社会科学、文学以及艺术的理论与实践,而且导致一切思想的结构发生根本性转变。

丁尼生对自然科学兴趣浓厚,他对天文学、地质学、生物学等学科都有所关注和学习。"胥黎的著名赞辞认为,丁尼生是自卢克莱修以来首个理解科学的诗人,这些都成为诗人死后的普遍共识。"② 在尚未进入剑桥之前,蛰居在乡村的丁尼生也从未间断过对自然学科的学习。在他的学习计划表中,把每天效率最高的上午分配给自然科学学科,周二到周六的早上,丁尼生要按化学、植物学、电学、动物生理学和力学的顺序学习。进入剑桥后,他的导师威廉·惠威尔(William Whewell)是从事科学史研究的,这促使他开始阅读大量相关的科学著作,如约翰·赫歇尔的《自然哲学研究初步》、沃维尔的《从远古到现

---

① H. Abrams, *The Norton Anthology of English Literature*, London: W. W Norton & Company Ltd., 5th Ed, 1986, p. 98.

② Valerie Purton Darwin, "Tennyson and the Writing of 'the Holy Grail'", *Darwin, Tennyson and Their Readers*, London: Anthem Press, 2013, p. 50.

在科学全史》等，英国天文学家诺曼·洛齐尔在他出版的《作为观察自然的学生和诗人的丁尼生》中描述了丁尼生对天文学的热爱，丁尼生经常阅读很多天文学著作，并定期进行天文观测，这种习惯伴随其终生。他在诗中写道："谁不热爱知识？谁能抗拒她的美丽？她能把人类带向繁荣！谁能限定她的边界？让她的领域延展。"①

丁尼生个人较高的科学素养，使得他拒绝承认圣杯是真实存在的。但是，他对宗教也并不是全无信仰。艾略特评论他时说，"信仰是微弱的，它的怀疑却是强烈的体验"②。在信仰中质疑，在质疑中怀疑，丁尼生思想方面的矛盾性造成的张力，给他的圣杯传奇又增添了一抹神秘的色彩。

在《国王叙事诗》圣杯的故事中，丁尼生以亚瑟王象征人类关注的问题，它跟圆桌骑士追寻圣杯的任务形成鲜明的对照。圆桌骑士盖拉哈德、鲍斯、兰斯洛特及其表妹、高文和帕西法尔都要追寻圣杯，是因为发誓一定要看清楚圣杯的样子。在亚瑟王看来，圣杯的降临只是一个幻象，追寻圣杯并没有任何现实意义与价值，这并不是骑士的责任与义务，并预言追寻圣杯的任务无人能完成。他对发誓的骑士说：

> 但是，你们有力量和毅力去行侠仗义，
> 有能力让暴民突然人头落地，
> ……
> 但是——你们知道，在我的国土上
> 有多少人来到我宫殿申冤——
> 噢，我的骑士，你们走后，可以替补的人

---

① 吴兆蕾：《追寻精神的上升——丁尼生创作中的历史进步观》，博士学位论文，南开大学，2004年，第53页。

② T. S. Eliot, *Essays Ancient and Modern*, London: Faber and Faber Limited, 1936, p. 187.

> 我都找不到，那么这些冤屈
> 就得不到平安，而你们也会失去
> 这立下汗马功劳的机会。
> 你们却在沼泽地里，
> 为了寻找漂移不定的圣火而迷失方向！①

亚瑟王认识到，圣杯追寻会对他的王权统治造成很大的破坏力，并且难以弥补。他关注的问题很实际，圆桌骑士要在他的指挥下为国家服务，而不是为超越现实层面的"职责"耗费人力与精力。亚瑟王不希望他的骑士们去追寻圣杯，他自己更不会去。

> 因为国王必须保卫
> 他所统治的国家，就像在一块田地里
> 耕种的母鹿，在分派的任务完成之前
> 他是不会离开的
> 但是，即使在完成以后
> 他也不会去管那些日夜的幻象。②

国王的这两番谈话，仿佛使我们看到了丁尼生乃至英国人理性与信仰之间的纠葛。

然而，信仰面对理性的质疑，信仰是否就缴械投降了呢？丁尼生在《悼念集》第96首写道："在信仰中困惑，却有纯粹的事实……在诚实的怀疑中有更多的信仰，/相信我，相比起那半吊子的盲信。"困惑与质疑

---

① ［英］阿尔弗雷德·丁尼生：《国王的叙事诗》，文爱艺译，安徽人民出版社2012年版，第213页。
② ［英］阿尔弗雷德·丁尼生：《国王的叙事诗》，文爱艺译，安徽人民出版社2012年版，第213页。

通常是理性在主导，是人调动自我的力量来确证人的主观能动性，这会使得信仰打下更为坚实的基础，以至达到完善的精神世界。从世俗的角度来看，丁尼生似乎在完全否定圣杯的存在。但是，文本中对于圣杯真实性的争议一直贯穿始终，对此尚未形成定论。"丁尼生不会专注于现实的科学或精神视角，所以圣杯视觉的现实或错觉是未定的。"①

首先，在帕西法尔给修道士安普罗修斯的讲述中，包含一些不确定性。但是，这不能因此就完全确定圣杯是不存在的。因为，在寻找圣杯的五位骑士中，盖拉哈德和鲍斯真正看到过圣杯。盖拉哈德说："那只圣杯，降临到圣坛上面，我看到它火红如孩子的脸庞，一头撞上了面包，然后消失了。"② 鲍斯爵士说："圣杯划过天际后，马上消失不见。"③ 五位骑士与圣杯的不同交集，体现了圣杯本身的模糊性，为读者留下了广阔的想象空间。

其次，丁尼生笔下的亚瑟不直接拒绝圣杯的愿景，但他也不完全接受。亚瑟王虽然表达了反对骑士们追寻圣杯的态度，但是，他并没有以国王的权威去强行禁止。当他看到回到宫廷的鲍斯，国王说："你好，鲍斯！如果忠心和真诚的人可以看到圣杯，你肯定已经看到它了。"④ 亚瑟王似乎承认那些人已经看到圣杯，并得到神意的眷顾。但是，神的旨意也未能转移亚瑟王对朝政与国家的专注力。因此，圣杯是真实还是幻觉，无法得到最终的答案。

---

① John B. Marino, "Humanism and the Grail Legend: From Skepticism to Metaphor", *The Grail Legend in Modern Literature*, Rochester, N. Y.: Boydell & Brewer, D. S. Brewer, 2004, p. 88.
② ［英］阿尔弗雷德·丁尼生：《国王的叙事诗》，文爱艺译，安徽人民出版社2012年版，第218页。
③ ［英］阿尔弗雷德·丁尼生：《国王的叙事诗》，文爱艺译，安徽人民出版社2012年版，第222页。
④ ［英］阿尔弗雷德·丁尼生：《国王的叙事诗》，文爱艺译，安徽人民出版社2012年版，第222页。

三 质疑圣杯的神圣属性与超验性

A. J. 梅多斯（A. J. Meadows）在论文《丁尼生与科学》中这样评论丁尼生，"丁尼生与科学越接近，他似乎就越担心……在他一生中，随着科学的发展及科学家信心的提高，丁尼生越来越想知道在他的实践中，科学与诗歌应该如何调和"①。他的圣杯传奇，没有沿袭马洛礼《亚瑟王之死》的契约结构，也转换了圣杯的象征意蕴。

在圣杯传奇的最早版本中，帕西法尔是成功的征服者。在马洛礼的笔下，盖拉哈德是上帝指定的圣杯追寻者，帕西法尔只是圣杯征途中附属的角色，对于圣杯征途亚瑟王虽然心怀不舍，但还是大力支持的。盖拉哈德的宝剑刻有"此人乃天下最优秀之骑士"；盖拉哈德的危险座席是上帝指定的，"此乃高贵太子盖拉哈德之座位"；盖拉哈德的身份极其高贵，"出自我主耶稣基督的第九世"。对于圣杯的降临，亚瑟王"虔诚地感谢上帝赐给他们的恩典"②。对于去追寻骑士的要求是"不能过洁净生活的罪人，一定不能看到主耶稣基督的奥秘"③。马洛礼从出身、武器、出场等各个方面体现盖拉哈德的高贵，就是突出他是上帝指派的圣杯候选人身份。从对圣杯骑士圣洁的要求，体现圣杯的宗教属性。由此，圣杯在《亚瑟王之死》中是上帝神圣恩典的象征。"丁尼生遵循了最早版本帕西法尔的概念，使他成为诗歌的中心，而不是盖拉哈德。"④ 在丁尼生的笔下，危险座位的意义在于"所有的人坐

---

① A. J. Meadows, "Astronomy and Geology, Terrible Muses! Tennyson and Nineteenth-Century Science", *Notes and Records of the Royal Society of London*, Vol. 46, 1992, pp. 116–118.
② ［英］托马斯·马洛礼：《亚瑟王之死》，黄素封译，人民文学出版社 2005 年版，第 638 页。
③ ［英］托马斯·马洛礼：《亚瑟王之死》，黄素封译，人民文学出版社 2005 年版，第 638 页。
④ David Staines, "Tennyson's 'The Holy Grail': The Tragedy of Percivale", *The Modern Language Review*, Vol. 69, No. 4, October 1974, p. 747.

上去都会失去自我"①。盖拉哈德坐上去的原因在于，"如果我失去自我，那么我就拯救了自己！"这无疑在暗示，盖拉哈德的危险座位不是上帝指定的，而是他自主的一种选择。另外，《国王叙事诗》中并没有关于盖拉哈德的出身、武器和出场的介绍，对于出去追寻圣杯的骑士也没有提出任何要求。在亚瑟王和王后看来，骑士们的行为是疯狂的。丁尼生似乎有意地忽略了上帝的存在与权威。更重要的是，丁尼生"通过安排帕西法尔成为这首诗的焦点，使得追寻任务的失败成为诗的中心"②。五位骑士在圣杯征途中，遇到的情况各不相同。其中，最先立誓的主人公帕西法尔，在途中看到的一切都化为尘埃，任务失败后渴望过上平静的生活。高文由于缺乏耐心而中途放弃。与王后桂乃芬私通的兰斯洛特因圣杯的莅临而昏厥，自认为不适合寻找圣杯。亲眼看到圣杯降临的盖拉哈德和鲍斯，也都铩羽而归。而追寻任务失败的意义在于，丁尼生"无法接受圣杯作为神圣恩典的象征，他接受了追寻的情节作为人类对精神世界的反应的研究的基础。圣杯是对这种精神体验的不同反应的比较有效的研究。最终，国王叙事诗成为研究鲁莽骑士放弃圣杯追寻这个遥远幻象的个案"③。

尽管 19 世纪是一个各种思潮纷争的年代，但英国的宗教信仰氛围仍很浓厚，有的科学家也信仰宗教，甚至笃信进化论的学者与民众是宗教的信仰者。丁尼生出生、成长在一个牧师家庭，进入剑桥后，他加入了"使徒"集团。他相信科学理性的同时，也不可能完全无视宗教信仰。在《国王叙事诗》中，"宗教并不完全被世俗主义所取代，甚

---

① ［英］阿尔弗雷德·丁尼生：《国王的叙事诗》，文爱艺译，安徽人民出版社 2012 年版，第 207 页。
② David Staines, "Tennyson's 'The Holy Grail': The Tragedy of Percivale", *The Modern Language Review*, Vol. 69, No. 4, Octoter 1974, p. 747.
③ David Staines, "Tennyson's 'The Holy Grail': The Tragedy of Percivale", *The Modern Language Review*, Vol. 69, No. 4, Octoter 1974, p. 755.

至在丁尼生的诗中也似乎没有倾向于世俗主义的一面,他对'圣杯'的异象怀疑并且追求一个超验的世界"①。丁尼生通过圆桌骑士对圣杯的追寻,体现了对超验的精神世界的肯定。对于主人公帕西法尔来说,他的追寻任务虽然失败了,却带着对圣杯的幻想,建构了一个独立的精神世界,远离世俗,获得心灵上的真正平静。安普罗修斯修士问帕西法尔:"'你为什么放弃圆桌骑士的身份,来到这里,我的兄弟?是世俗的痛苦吗?''不',骑士说,'我没有这种痛苦,是对圣杯的美丽幻想,让我远离比武中一切的虚荣、竞争和世俗的压力……'"② 即使执着于现实世界的亚瑟王,也肯定了这个超验精神世界的存在。

> 当那些幻象出现许多次以后,
> 他行走的土地似乎不是土地,
> 进入他眼帘的光线似乎不是光线,
> 他头顶的空气似乎也不是空气,
> 一切都是幻象——是的,
> 他自己的双手和双脚也都是幻象——
> 当他感觉自己是不死之躯,
> 知道自己的幻象都是真实之景时,
> 高高在上的上帝和从地上升起的人
> 也都不是虚影了。那时候,你就看到了
> 你所看到的。③

---

① John B. Marino, "Humanism and the Grail Legend: From Skepticism to Metaphor", *The Grail Legend in Modern Literature*, Rochester, N.Y.: Boydell & Brewer, D. S. Brewer, 2004, p. 85.

② [英] 阿尔弗雷德·丁尼生:《国王的叙事诗》,文爱艺译,安徽人民出版社 2012 年版,第 204 页。

③ [英] 阿尔弗雷德·丁尼生:《国王的叙事诗》,文爱艺译,安徽人民出版社 2012 年版,第 228 页。

亚瑟王认为，如果相信幻象，幻象也可以升华为真实，"你就看到了你所看到的"，这个超验的精神世界也会被人们感知。在诗歌中，丁尼生容纳了世俗与现实，在结尾时，也同样关注了超验的精神世界。他对科学理性的热情，并没有完全冲掉他对超验精神世界的信念。"他所实践的诗歌写作大概意味着诗歌本身起着传递世界的神秘感的作用，并传递着人类永生的信念。"[①] 很明显，梅多斯怀念丁尼生及其同代作家笔下最为有力词句背后的冲动——"诚实地怀疑"。

---

① Valerie Purton Darwin, "Tennyson and the writing of 'the Holy Grail'", *Darwin, Tennyson and Their Readers*, London: Anthem Press, 2013, p. 50.

第四章 20世纪西方现代文学的转型：圣杯意象的祛魅及其对技术理性的批判

信仰与世俗、人文精神与技术理性的辩证关系，决定了19世纪之后的圣杯意象流变历史的讨论。这一章从圣杯意象的置换变形、追寻母题的变异两个方面分析20世纪西方文学，探讨圣杯意象不断被世俗化的过程与意义，从而揭示现代西方文明所面临的内在冲突与危机，圣杯意象的现代化也逐渐完成。

第一节 现代文学中圣杯意象的祛魅

19世纪浪漫主义对中世纪的缅怀促使圣杯传奇的复兴，还带来了圣杯意象的现代性，两次世界大战之后，圣杯意象再次为作家们所青睐，并由此完成了圣杯意象的现代化。

一 对技术理性的质疑

18世纪启蒙运动的核心特征是理性崇拜。启蒙运动对理性的推崇，推动了西方社会的巨大进步和西方社会进入现代化进程。由此，西方社会逐渐形成以"理性"为代表的文化模式。马克斯·韦伯将人类的理性划分为价值理性与工具理性。所谓价值理性，"通过有意识地对一个特定的举止的——伦理的、美学的、宗教的或作任何其他阐释的——无条件的固有价值的纯粹信仰，不管是否取得成就"①。所谓工具理性，"通过对外界事物的情况和其他人的举止的期待，并利用这种期待作为'条件'或者'手段'，以期实现自己合乎理性所争取和考虑的作为成果的目的"②。简单说，工具理性就是用理性的办法来看什么工具最有效，以便达到我们（无论是否合理）的目的，它并不关注实现目标的手段以及目的本身是否具有价值倾向。③但是，如果将工具理性作为衡量人类行为的唯一尺度，当社会进步到一定程度，曾经是进步推动力的理性反而成为社会继续进步的阻碍，西方近三百年的现代化历程走的正是这样一条道路。

技术理性其实是工具理性与科学技术的集合，它创造了西方资本主义工业文明。尤其到了20世纪，技术理性更成为推动社会发展的主导力量。但也正是在社会发展快速的20世纪，爆发了两次世界大战，西方人震惊于科学技术居然成为毁灭生命的刽子手，震惊于科学技术居然走到了人类幸福的反面。技术理性成为悬在人类头上的达摩克利斯之剑，人类开始反思技术理性、反思现代性。这时才发现，价值理性被忽略的可怕后果，西方社会已经成为精神的荒原。"这是一个不但丧失众神，而且丧失了灵魂的世界，随着我们的兴趣从内心世界转移向外部世界，我们关于自然的知识与早期的时代相比增加了一千倍，但我们对于内心世界的知识和经历却相应减少

---

① ［德］马克斯·韦伯：《经济与社会》（上卷），林荣远译，商务印书馆1998年版，第56页。
② ［德］马克斯·韦伯：《经济与社会》（上卷），林荣远译，商务印书馆1998年版，第56页。
③ 参见笔者《〈包法利夫人〉的价值理性与社会建构》，《北方论丛》2008年第3期。

了。"① 其实，早在18世纪意大利的思想家维柯便开始反对唯理性论，"神话像诗一样是一种真理或是一种相当于真理的东西，当然这种真理并不与历史的真理或科学的真理相抗衡，而是对它们的补充"②。20世纪法国文化人类学家列维·布留尔、列维·施特劳斯等一大批学者的人类学研究取得了很大的成就，原始神话的仪式、原始思维与神或英雄等，再次成为文学创作的素材。艾略特反思现代文明的代表作《荒原》的创作灵感，就得益于弗雷泽人类学著作的《金枝》和韦斯顿探讨圣杯起源的《从祭仪到传奇》。《荒原》开启了20世纪西方文学的人类学神话想象之旅，圣杯意象就是在这个背景下被重新发掘出来。

二 圣杯意象的世俗化

从圣杯的起源来看，圣杯意象在中世纪的文本中是具有神性或宗教性的。众所周知，西方的传统文化的源头之一，就是古希伯来文学与文化，整个西方文化尤其是中世纪文化就是建立在宗教信仰基础之上的。文艺复兴后，人文主义精神和逐渐兴起的科学理性传统摧垮了圣杯意象的神性信仰。但是，由圣杯意象神性所衍生的特征都保留在后世不断再现的圣杯意象。"随着文艺复兴运动的到来，世俗化的过程开始了西方文化的新阶段。世俗的美的崇拜构成了对艺术品膜拜功能的挑战。"③ 这一时期，《仙后》中的金杯是中世纪骑士文学圣杯意象的继承与发展，尤其是塞万提斯的《堂吉诃德》，以仿拟骑士传奇的形式解构了骑士精神与骑士信仰，将骑士冒险游侠的历程彻底世俗化。

---

① ［瑞士］荣格：《心理学与文学》，冯川、苏克译，三联书店1987年版，第218页。
② ［美］勒内·韦勒斯、奥斯汀·沃伦：刘象愚 译／江苏教育出版社 ［美］勒内·韦勒克、奥斯汀·沃伦：《文艺理论》，刘象愚、邢培明、陈圣生等译，江苏教育出版社2005年版，第206页。
③ 周宪：《20世纪西方美学》，南京大学出版社1999年版，第15页。

文艺复兴时期，人文主义精神主要起到了消解神圣化意识的作用，王权政治开始逐步与教会势力脱离，人们的思想意识不再只被宗教观念所掌控，人们生活的价值意义不再向上帝确认与祈求，从此拉开现世生活秩序的帷幕。

历经古典主义的普遍永恒之美后，浪漫主义再次强调"日常生活里的事件和情节"的世俗化审美倾向。"浪漫主义是种艺术创作方式，它以当代人的习俗和信仰为旨归，目的在于为人们提供尽可能多的愉悦。"① 浪漫主义还由此带来了文学的现代性，"从思想内容上看，形而上学之终结、人的终结等论点，及对元知识学的攻击和诗的隐喻、感性的美化和强调，浪漫派已着先声。在这一意义上，浪漫派思想本身就是现代性原则的一种类型，它包含着对现代性的独特提法。对现实政治和日常生活结构的转变的独特反应态度"②。很显然，圣杯意象会随着时代的更迭发生变化，尤其经历了人文主义和启蒙运动这两次西方历史上重大的思想文化解放运动，圣杯意象必然会不断走向世俗化。西方文化的发展已经验证了：现代化进程与世俗化过程相伴相生，二者是不同面向的同一事物。随着启蒙时期理性文明的飞升，圣杯意象逐渐式微并走向沉寂。随着现代化与世俗化的进程，19世纪圣杯意象又逐步复兴，影响最大的是丁尼生的《国王叙事诗》和瓦格纳的《帕西法尔》，这些作品在将圣杯意象世俗化的同时，也开始批判与反思现代性。

马克斯·韦伯在《新教伦理与资本主义精神》中写到，现代性是一个祛除神魅的过程。这一神魅就是西方传统社会的宗教精神。"现代性的局限在于宇宙为神义注定的合法性逐渐失效了，只有当已

---

① [法] 司汤达：《拉辛与莎士比亚》，王道乾译，上海人民出版社2006年版，第46页。
② 刘晓枫：《现代性社会理论绪论——现代性与现代中国》，（香港）牛津大学出版社1996年版，第187页。

经设定的宇宙的合法性不再被视为理所当然、无可非议时,才会有现代性。"19世纪末,对西方文学影响很大的一个转折来自尼采哲学,他宣称"上帝死了",需要重估一切价值,反对西方传统逻各斯中心主义的理论,确立"对身体的信仰胜过对精神的信仰",这无异于宣告了传统西方价值被摒弃,事物背后不再被认为潜藏着精神性的终极意义,人们对旧有的制度产生了怀疑,尤其对上帝的否定就意味着信仰的崩塌。因此,有学者认为,"美学的价值判断必须在肉体的本能欲望当中重新发现其真正的基础",这都为以满足视听欲望为主的读图时代的到来、大众文化的勃兴,做了充分的理论准备。从20世纪以来,在艾略特《荒原》、乔伊斯《阿拉比》、戴维·洛奇《小世界》、怀特《残缺骑士》等作品,都不同程度地将圣杯进一步世俗化,从而逐渐完成圣杯意象的现代化。"由于读者对神话持质疑态度,圣杯征途就以三种方式进行描绘:赋予这种现象理性解释;踏上征途的人无知而容易上当;或者征途只关乎信仰,与现实无关。"[1]

三 现代主义审美视域下的圣杯意象

现代主义文学是20世纪西方文学最重要的文学流派,英国学者詹·麦克法兰与马·布雷德伯里曾用"文化地震学"来阐释它对西方文学所产生的深远影响。以圣杯追寻为题材进行创作的现代主义作品,既有诗歌《荒原》,又包括小说《残缺骑士》《小世界》以及小说集《都柏林人》等。诗歌与小说对圣杯意象的塑造,呈现出不同的艺术特点。

---

[1] John B. Marino, "Humanism and the Grail Legend: From Skepticism to Metaphor", *The Grail Legend in Modern Literature*, Rochester, N.Y.: Boydell & Brewer, D. S. Brewer, 2004, p. 97.

象征主义是众多现代主义文学流派其中之一。20世纪象征主义通常被称为后期象征主义，主要代表人物包括瓦雷里、叶芝、里尔克和艾略特等。英国学者查尔斯给象征主义的界定为，"它是一种表达思想情感的艺术，它既不直接描述这些思想感情，也不通过与具体形象的公开比较来说明它们，而是通过暗示它们是什么、通过未加解释的象征，在读者头脑中把它们再度创造出来"①。从创作方法来看，艾略特开创了运用象征主义塑造圣杯意象的先河，也达到了圣杯意象艺术境界的一个高峰。

艾略特认为，弗洛伊德的无意识心理学、人类学这两个方兴未艾的学科，为艺术表现提供了新的表现领域、新的艺术灵感的来源与新的艺术方法。"心理学、文化人类学和《金枝》在同一时间的出现使得几年以前还不可能的事情成为了可能。现在我们可以不用叙述的方法而用神话的方法。我相信这是朝着使现代世界适合于艺术的方向迈进了一大步。"②艾略特认真研究过《尤利西斯》运用神话的方法，并发表了论文《尤利西斯神话与秩序》。他在《尤利西斯神话与秩序》中写道："在使用神话，构造当代与古代之间一种连续性并行结构的过程中，乔伊斯先生是在尝试一种新的方法，而其他人必定也会随后进行这种尝试。他们不是模仿者，就像一个科学家利用爱因斯坦的发现，从事自己独立、更为深入的研究一样。它只是一种控制的方式，一种构造秩序的方式，一种赋予庞大、无效、混乱的景象，即当代历史，以形式和意义的方式。"③与其说是乔伊斯带给艾略特具体操作

---

① ［英］查尔斯·查德维克：《象征主义》，肖聿译，北岳文艺出版社1989年版，第4页。
② 转引自陈庆勋《艾略特诗歌隐喻研究》，上海人民出版社2008年版，第185页。
③ ［英］T. S. 艾略特：《艾略特诗学文集》，王恩衷编译，国际文化出版公司1989年版，第285页。

的方法，毋宁说是艾略特以《尤利西斯》解读了自己。《荒原》主要运用了原型隐喻的创作方法，即援用神话原型与现实社会之间的对应来形成诗歌的深层结构，这两者之间通常是反向类比，以达成反讽的艺术效果。具体来说，圣杯传说与第一次世界大战后"庞大、无效、混乱的景象"并列在一起，形成原型隐喻，以力图恢复西方历史的连续性。

关于圣杯意象的小说，《都柏林人》是典型的现代主义小说，其他小说即使不属于现代主义，也流溢出现代主义小说技巧。例如怀特的奇幻小说《残缺骑士》，虽以圣杯传说为主轴，但其中经常跳出，插入其他文学名著的个别细节，让人有穿越感。更重要的是，现代主义精神贯穿在这几部小说中。"现代主义精神像一根主线，从十六世纪开始贯穿了整个西方文明。它的根本含义在于：社会的基本单位不再是群体、行会、部落或城邦，它们都逐渐让位给个人，这是西方人理想中的独立个人，他拥有自决权力，并将获得完全自由。"① 这种个人主体意识的强化，使得圣杯意象在走向世俗化的同时，也走向了个性化。

圣杯意象的个性化体现为，现代小说抛弃了中世纪圣杯意象既定的象征模式与意蕴，对圣杯意象的隐喻可以有个人的解读与选择，圣杯意象也可以具有多种形式和意义。《残缺骑士》中的亚瑟王希望通过圣杯征途巩固亚瑟王朝的政权，而偏离了中世纪圣杯传奇中对信仰虔诚的意蕴。在《小世界》中，男主人公柏斯心中的圣杯就是爱情。每个人心中都可以有自己的圣杯，"即使圣杯似乎很平凡，但是它对于个

---

① ［美］丹尼尔·贝尔：《资本主义文化矛盾》，赵一凡、蒲隆、任晓晋译，生活·读书·新知三联书店1989年版，第61页。

体寻求治愈心灵具有伟大的救赎力量"①。这或许就是圣杯意象的现代继续存在的价值与意义。

第二节 《都柏林人》：圣杯意象的诗性政治与精神荒原症候

爱尔兰作家詹姆斯·乔伊斯（James Augustine Aloysius Joyce, 1882—1941）使意识流小说的技巧发挥到登峰造极的高度，成为现代主义文学最具代表性的作家之一。短篇小说集《都柏林人》（Dubliners, 1914）是乔伊斯的早期作品，在继承莫泊桑和契诃夫的现实主义写法的同时，融入了现代主义特色。圣杯意象出现在《都柏林人》的第一篇《姊妹们》（The Sisters）、第三篇《阿拉比》（Araby）和最后一篇《死者》（The Dead），圣杯追寻的隐喻贯穿小说集的始终，承担虚构人物与作家的双重主体建构，将政治诉求、民族文化反思和对现代人的精神批判融于一体。

一 圣杯神圣性的消解与宗教社会的诗性批判

《都柏林人》中圣杯意象所表征的双重主体构建及其隐匿性意义，主要体现在两个方面：一是对爱尔兰天主教的诗性批判，二是对爱尔兰殖民政治的诗性批判。这里先探讨前者，后者留待第二部分探讨。

按照乔伊斯的构思，②《都柏林人》的生活被分为"童年期"（《姊

---

① John B. Marino, "Humanism and the Grail Legend: From Skepticism to Metaphor", *The Grail Legend in Modern Literature*, Rochester, N.Y.: Boydell & Brewer, D. S. Brewer, 2004, p. 115.

② "对于冷漠的公众，我试图按以下四个方面来描述这种瘫痪：童年期、青春期、成年期和社会生活。这些故事都是按照这一秩序编排的。"参见 James Joyce, "A. Walton Litz", *Princeton University*, New York: Twayne Publishers, 1966, p. 48.

妹们》《偶遇》和《阿拉比》),"青春期"(《伊芙琳》《赛车之后》《两个浪汉》和《公寓》),"成年期"(《一小片阴云》《何其相似》《泥土》和《痛苦的事件》),以及"社会生活"《委员会办公室里的常青节》《母亲》和《圣恩》,最后一篇《死者》与开篇《姊妹们》相互映照。乔伊斯在1906年5月5日致格兰特·理查兹的信中说:"我的目的是为我祖国写一部道德史。我之所以选择都柏林为背景是因为我觉得这个城市是瘫痪的中心。"①"瘫痪"是小说集的中心主题。《姊妹们》与《阿拉比》在叙述圣杯意象时,不仅高度契合了这一主题,而且深刻地体现了作者的诗性政治批判。

《姊妹们》作为首篇,乔伊斯就以弗林神父的死亡事件象征天主教的精神瘫痪,而圣杯丢失作为神父去世的导火索,构成了对天主教的反讽。小说以孩子的视角来写,弗林是一个学识渊博、经历坎坷、恪尽职守的神父,对他来说,圣杯不仅是圣餐礼仪中最重要的圣物,而且是上帝信仰的象征。圣杯被打碎的同时,也彻底击垮了弗林神父的精神,"从那以后,他就郁郁寡欢,不跟任何人说话,独自一人到处游荡"②。不久,弗林神父去世了。"他躺在那里,庄严而雄伟,穿着整齐,好像要上祭坛似的,一双大手松松地捧着圣杯。他的面孔显得痛苦可怖,苍白而宽阔,鼻孔像两个大的黑洞,头上长着一圈稀疏的白发。"③虽然为了弥补他的遗憾,人们将圣杯放在他手里,但是,人们并不理解圣杯的宗教意义。在他的亲人们眼中,"这算不了什

---

① James Joyce, "A. Walton Litz", *Princeton University*, New York: Twayne Publishers, 1966, p. 48.
② [爱尔兰] 詹姆斯·乔伊斯:《姊妹们》,《都柏林人》,王逢振译,上海译文出版社2010年版,第11页。
③ [爱尔兰] 詹姆斯·乔伊斯:《姊妹们》,《都柏林人》,王逢振译,上海译文出版社2010年版,第7页。

么，因为杯子里什么都没有"①。在孩子看来，"老神父静静地躺在棺材里，与我们看他时一样，带着死亡的庄严和痛苦，一只无用的圣杯放在他的胸上"②。弗林神父对圣杯的执着追求，与圣杯骑士的坚定如出一辙，这被视为中世纪对于上帝之忠诚的最高境界。通过圣杯追寻者——弗林神父，乔伊斯迂回地将其自我透过孩子投射出来。"令我奇怪的是，不论我自己还是天气，似乎都没有哀伤的意思，我甚至还不安地发现自己有一种获得自由的感觉，仿佛他的死使我摆脱了某种束缚。"③ 透过对圣杯、弗林神父以及天主教的反讽，圣杯成为一个被消解的、世俗的甚至无用的符号表征，圣杯的神圣性已荡然无存。

圣杯意象以及弗林神父在《都柏林》中并不是孤立存在的，而是通过圣杯追寻者——弗林神父与其他小说神职人员的对照，继续形成对天主教的反讽与批判。弗林神父的去世，似乎在宣告正统天主教的终结，其他神父则在世俗化与腐化的道路上，越陷越深。《阿拉比》中死去的神父，最喜欢看的竟是充满淫邪寓意的《维多克回忆录》；《委员会办公室里的常青节》中的科恩神父，依赖买卖圣职为生；《一次遭遇》中巴特勒神父训斥孩子时义正词严，一个叫利奥·狄龙的孩子很担心在鸽子房会碰到他，另一个孩子马侯尼却非常清醒地反问道："巴特勒神父到鸽子房那里去干什么呢？"④ 鸽子是圣灵的象征，鸽子房就应该是神父常驻之所，但巴特勒神父已经很少去了。《圣恩》中的珀顿

---

① ［爱尔兰］詹姆斯·乔伊斯：《姊妹们》，《都柏林人》，王逢振译，上海译文出版社2010年版，第11页。
② ［爱尔兰］詹姆斯·乔伊斯：《姊妹们》，《都柏林人》，王逢振译，上海译文出版社2010年版，第12页。
③ ［爱尔兰］詹姆斯·乔伊斯：《姊妹们》，《都柏林人》，王逢振译，上海译文出版社2010年版，第5页。
④ ［爱尔兰］詹姆斯·乔伊斯：《姊妹们》，《都柏林人》，王逢振译，上海译文出版社2010年版，第16页。

第四章 20世纪西方现代文学的转型：圣杯意象的祛魅及其对技术理性的批判

神父则沦为向商人和专业人员献媚的世俗者，他将推崇高尚道德的《圣经》演绎为对不择手段去追名逐利的纵容，不可遏止的贪欲似乎都能在宗教中找到合理的依据。神职人员本应该是社会的精英人士，但是，他们却沦为触犯基督教七大罪状的犯人，更何谈他们对神职是否称职？精英人士以及上层社会的信仰瘫痪，表征都柏林的精神瘫痪。圣杯就是审视都柏林人信仰瘫痪的见证者，它的神圣性被世俗的天主教教会彻底消解殆尽。

乔伊斯以圣杯意象构建作品，这和他出身于天主教家庭密不可分。他小学就读的学校——克伦果斯是耶稣会办的小学，直到上大学之前，乔伊斯的大部分时光都是在教会学校度过的。"乔伊斯在克伦果斯对宗教变得非常虔诚，他固定去参领圣餐，写了首圣母玛利亚的赞美诗，也在朝拜林中小圣坛的宗教游行行列里护持圣器。他的祷告词及想象中，充满着死亡的阴影及对抗死亡的祈愿；天主教仪典的戏剧形式及庄严服饰，在他心中留下鲜明烙印，即使在他脱离天主教教会后的许多年间依然如此。"① 但是，他长大后却拒绝担任神职。乔伊斯对天主教以及天主教教会都有清醒的认识。爱尔兰是一个天主教氛围极为浓厚的国家，教会的影响渗透到社会的各个层面，从政治到经济，从学校教育到日常生活。乔伊斯认为，教会和教义控制了爱尔兰人的精神，麻痹了爱尔兰人的思维，使爱尔兰人陷入狭隘闭塞的窠臼，于是，整个爱尔兰处于精神瘫痪的状态，都柏林人的精神瘫痪就是爱尔兰的写照。乔伊斯在1904年给后来的终身伴侣诺娜的信中，这样坦露心迹，"我在思想上摒弃整个爱尔兰的现行社会制度、基督教、家、道德准则……现在我要以我的笔，我的言行向它（指教会）宣战"②。

---

① ［美］伽斯特·安德森：《乔伊斯》，白裕承译，百家出版社2001年版，第12页。
② 乔伊斯1904年8月29日致诺娜函，参见 Rechard Ellmann, *Seleted Letters of James Joyce*, London: Faber & Faber, 1975, p.25.

二 失落的圣杯之爱与殖民政治的诗性批判

信仰瘫痪还只是都柏林精神瘫痪的表征之一，在《阿拉比》和《死者》回忆初恋体验时，乔伊斯借圣杯叙事找到了另一个审视都柏林的制高点，并以此生发开来，重新再现或演绎了爱情与爱尔兰殖民政治的意义结构。这两篇短篇小说充满了对爱情追忆的失落与感伤，在实现精神意义的永恒的同时，也反讽了现实语境中爱的鄙俗与缺失，乔伊斯从剖析柏林人精神生活中，展现出对殖民政治的诗性批判。

《阿拉比》和《死者》都以初恋作为故事的切入点，不同的是，《阿拉比》中关于"我"的初恋故事是单一线索叙事；而《死者》是双重线索叙述，主线为加布里埃尔爱的失落，副线为死者——迈克尔·福瑞因爱而死。从"我"到迈克尔·福瑞，对爱情都如同骑士追寻圣杯一样执着而坚定，由此，构成了圣杯追寻的隐喻。"我"为"她"而朝思暮想，她的形象如同"圣杯"，带给"我"生活的信心、勇气与希望。

> 我想象自己捧着圣杯，在一群敌人中安然通过。在我进行自己并不理解的祈祷和赞美时，她的名字时不时地从我的嘴里脱口而出。我眼里常常充满泪水（我也说不出为什么），有时一股热流似乎从心里涌上胸膛。我很少想到将来。我不知道究竟我是否会跟她说话，如果说，我怎么向她说出我迷惘的爱慕之情呢？然而，我的身体像是一架竖琴，而她的言谈举止宛如拨动琴弦的手指。①

---

① ［爱尔兰］詹姆斯·乔伊斯：《阿拉比》，《都柏林人》，王逢振译，上海译文出版社2010年版，第26—27页。

第四章 20世纪西方现代文学的转型：圣杯意象的祛魅及其对技术理性的批判

在此，通过"我"对爱的追寻以及圣杯之光的显现，爱情在象征疆域中成为一种具有神圣性的、永久的符号性记忆。而在寻找"圣杯"的隐喻中，迈克尔·福瑞这个充满激情的年轻人，以其无功利式、朝圣式，甚至献祭式的爱情付出，被作者建构成信仰爱情的圣杯隐喻。

> 在花园的尽头站着那个可怜的人，正浑身颤抖……我求他赶快回家去，告诉他淋在雨里会要了他的命。可是他说他不想活了。①

令人深思的是，相对于"我"和迈克尔·福瑞，乔伊斯的笔触转向迈克尔·福瑞恋人后来嫁的丈夫加布里埃尔，则呈现出另一番情形：由对爱情飞蛾扑火式地追求转向无爱的现实婚姻。加布里埃尔是一位大学教授，在妻子面前，一向有社会地位的优越感。圣诞晚会的民歌《奥芙里姆的少女》勾起了妻子格丽塔对初恋迈克尔·福瑞的回忆，而当他得知让妻子格丽塔终生眷恋的迈克尔·福瑞，只是一个社会地位很低的煤气工人，并为妻子而死时，一向自负的加布里埃尔心中涌起一种恐惧，"仿佛在他希望获胜的时刻，某个无形的、蓄意报复的幽灵跟他作对，在它那个朦胧的世界里正纠集力量与他对抗"②。在这场活人与死者的爱情角力中，败下阵来的是加布里埃尔，因为他这才意识到，"他从未觉得自己对任何女人有那样的感情，但他知道，这样一种感情一定是爱情"③。乔伊斯对格丽塔的恋人与丈夫运用的笔调有所不同，比较的意味明显。一个是初恋的刻骨铭心，另一个是缺失爱之无望婚姻。两相对照之下，或可从正面镜像中映照出迈克尔·福瑞作为

---

① [爱尔兰] 詹姆斯·乔伊斯：《死者》，《都柏林人》，王逢振译，上海译文出版社2010年版，第259—260页。
② [爱尔兰] 詹姆斯·乔伊斯：《死者》，《都柏林人》，王逢振译，上海译文出版社2010年版，第258页。
③ [爱尔兰] 詹姆斯·乔伊斯：《死者》，《都柏林人》，王逢振译，上海译文出版社2010年版，第261页。

"圣杯骑士"的忠贞与高尚,也可从反面镜像中折射出加布里埃尔的僵硬与卑微。可惜可叹,忠贞高尚的"圣杯骑士"成为死者,圣杯之爱注定失落。

在《都柏林人》中,加布里埃尔是大部分人生存状态的写照,他们丧失了爱的能力——不能爱人,也不能被人爱;孤独是对他们的生活最真实的概括。少年浪漫爱情幻想被残酷的现实浇灭,例如,《阿拉比》中的"我",青年人根本无爱或者没有勇气去爱;在《伊芙琳》中,即将与男友离开都柏林的伊芙琳,在最后一刻选择放弃的懦弱;在《公寓》中,多伦不爱房东太太女儿,但迫于压力又得成婚的困窘;凡此种种,他们的青春与爱情如同琴弦不全的小提琴,发出呜咽、梗阻的响声。中年人更丧失了追求爱的动力,成年男性多为鳏夫,成年女性多半单身,如《两姊妹》与《死者》中的姨妈们,《泥土》中的玛利亚,《痛苦的事件》中拒绝与任何人交流的杜菲先生。即使已婚的中年人,也都生活在名存实亡的婚姻围城中,如《一小片阴云》中小钱德勒与妻子安妮、《何其相似》中法林顿与妻子爱达的婚姻皆是如此。爱是人类的本能或者由此升华的感情,如果社会成员大都生活在孤独的阴影下,无法实现人生最基本的愿望,人们的精神陷入瘫痪的泥沼,难以自救,那么,这个社会一定是病态的。

无论是对天主教的反讽还是对都柏林人丧失爱之能力的描述,都是《都柏林人》以及爱尔兰精神瘫痪的真实记录,"乔伊斯在讲述殖民地政治、文化和经济统治下,心灵注定失败的故事"①。因此,《都柏林人》可以看作乔伊斯深挖都柏林人精神世界形成原因的范本。

在乔伊斯看来,"真正到了爱尔兰将永久失败的时候了。他指的是政治的失败,而非个人的失败。一次又一次,爱尔兰被侵略者征服,

---

① [英]安德鲁·吉布森:《詹姆斯·乔伊斯》,宋庆宝译,北京大学出版社2013年版,第91页。

没能开创自己的道路并取得独立。虽然它不断怒斥英国的统治,但它仍愉快地接受罗马继续占有它的灵魂,这是明显的事实"①。《委员会办公室里的常青节》则反映了帕纳尔自治运动失败后,政治人物努力的虚妄。《何其相似》中法林顿先生在工作中遇到麻烦,但令他非常沮丧的是,在掰手腕比赛中,他被一个优越的英格兰人彻底击败,带着屈辱与复仇的愤懑,他回家拿自己的小儿子出气。虽然没有直接写殖民者,却暗示出都柏林人被殖民的精神境遇。我们也能从中发现,乔伊斯试图揭示都柏林人精神瘫痪的根本原因。"这是由帝国主义的权力造成的。他们提供给臣民思想和感情方式,却没有提供足够的精神寄托。乔伊斯越来越意识到一点,关键问题不在于殖民者将外来形式强加给爱尔兰人,这是他与同时代希望看到爱尔兰'去英国化'的那些人的不同之处。真正的麻烦是,他眼中的都柏林人,尚未占有殖民者的形式,转化它们从而使它们变成自己的,在这方面,他们仍然是被抑制的。"② 真正可怕的是,爱尔兰人的精神被殖民。

乔伊斯的作品与爱尔兰的政治运动、文化变革有深厚的渊源,长久以来,爱尔兰一直处于英国的殖民管控之下。19世纪末20世纪初的爱尔兰开始掀起反抗运动,致力于重塑国族形象,其中包括爱尔兰民族主义者帕纳尔领导的自治运动和以叶芝为代表的爱尔兰文化复兴运动。乔伊斯并没有直接参与这两个运动,但是,作家个人很难不受时代氛围的影响,很难不引起他的思考。在他看来,这两次运动并未取得人们所乐见的成果,都柏林人的精神瘫痪就是长期殖民和反抗运动不彻底的结果。

---

① [英]安德鲁·吉布森:《詹姆斯·乔伊斯》,宋庆宝译,北京大学出版社2013年版,第89页。
② [英]安德鲁·吉布森:《詹姆斯·乔伊斯》,宋庆宝译,北京大学出版社2013年版,第89页。

三　双重主体建构的迷惘与现代人的精神荒原

通过对天主教与殖民政治的双重批判，乔伊斯试图书写民族精神史，进行国族与自我双重形象的构建，但是，在高度的文化批判之后他难以找到新的话语空间。因此，陷入了迷惘。这也显示了世纪之交的西方人精神处于荒原的真实状态。

乔伊斯通过弗林神父追寻的宗教圣杯、"我"手捧的爱情圣杯和"圣杯骑士"迈克尔·福瑞的象征符号，建构了国族与个人的双重主体立场，而宗教圣杯、爱情圣杯和圣杯骑士三个双重主体的意义结构，相应联结成覆盖小说集整体框架的符号体系。在建构与诠释圣杯符号体系及其象征意义的过程中，《都柏林人》一书对天主教的态度具有双重性质，在建构中解构，在解构中建构。一方面，作者通过消解圣杯的神圣属性解构宗教信仰，以表达对天主教教会的不满与反抗；另一方面，作者又以圣杯的神圣灵光审视与反衬都柏林人精神瘫痪的生存状态。乔伊斯对天主教态度的矛盾性，其实质是作家想打破爱尔兰民族文化所积习的不良传统，但又很难无视与逃离这种悠久传统所造就的整体社会氛围与个人历史积淀。乔伊斯的母亲曾经叮嘱他，你的任何亲人，无论是你爸，还是我，血管里流淌的只有天主教的血液，没有一滴别的血。成年后他认清了天主教的腐朽、狭隘与专权，却无法追随叶芝倡导的爱尔兰文化复兴运动的步伐，将天主教与文化传统浪漫化处理，他把自己的文化选择称为"天主教的感染"或"化学反应"，这是他尊重与继承文化基因的体现。此外，他意识到爱尔兰民族文化衰落的深刻历史政治根源——麻痹和惰性，并想打破与超越这种思维定式与文化模式，又似乎很难找到出路。

在《都柏林人》中，乔伊斯多次以"精神顿悟"（Epiphany）的方式刺痛爱尔兰民族文化的劣根性，以唤醒惯于麻痹与惰性的爱尔兰人。几乎每篇小说的尾声,都是主人公突然间茅塞顿开,跳出局限来重新审视自我,领悟到生活的本质。这使得《都柏林人》的尾声即是高潮,从结构上具有画龙点睛的作用,在内容上揭示了深刻的寓意,与乔伊斯重述民族精神史的创作目标是一致的。乔伊斯这样阐释"精神领悟":

> 他(斯蒂芬)认为精神顿悟是一种突然的精神显灵,它往往通过某种粗俗的言语或动作,或头脑本身异常的意识活动得以实现。他认为作家要非常仔细地记录这些精神顿悟,因为它是最微妙、最短暂的时刻。①

《阿拉比》结尾,"抬头向黑暗中凝视,我看见自己成了一个被虚荣心驱使和嘲弄的动物,于是我的双眼燃烧起痛苦和愤怒"②。此刻,少年对爱情圣杯的浪漫幻想被打破,乔伊斯将一个少年的初恋体验演绎成一个探索自我的心灵成长历程。其精神顿悟的成熟度,已经超出少年的知识水平与阅历,是作家为其代言的精神顿悟。压轴篇《死者》中加布里埃尔的"精神顿悟"是对小说集凝练的概括与升华,极富象征意义。

> 他的灵魂已经接近了那个居住着大量死者的领域。他意识到他们扑朔迷离、忽隐忽现的存在,但却不能理解。他自己本身也在逐渐消失到一个灰色的无形世界:这个实在的世界本身,这些死者曾一度在这里养育生息的世界,正在渐渐消解和缩小……他听着雪花隐隐约约地飘落,慢慢地睡着了,雪花穿过宇宙轻轻地

---

① James Joyce, "Jonathan Cape", *Stephen Hero*, London: Jonathan Cape, 1956, p. 216.
② [爱尔兰]詹姆斯·乔伊斯:《阿拉比》,《都柏林人》,王逢振译,上海译文出版社2010年版,第32页。

落下，就像他们的结局似的，落到所有的生者和死者身上。①

那些如同弗林神父和迈克尔·福瑞的圣杯追寻者都已逝去，因为他们原本生活的空间"正在渐渐消解和缩小"。雪花虽然可以弥合生者与死者之间的界限，却难以拯救生如死者的麻痹、冷漠，精神的瘫痪是顽疾，是爱尔兰民族的劣根性所在。如果作品中的情节安排与细节刻画是爱尔兰人及其民族文化的真实写照，那么，"精神顿悟"则是乔伊斯寄予达成文化批判高度的自我主体建构。乔伊斯指出："我的目的，乃是撰写一章我的祖国的精神史。"② 在致理查兹的另一封信中，他进一步阐明自己的观点："因为我相信，我已经写出一章我的祖国的精神史，这样，我实际上已向争取祖国精神解放的目标迈出了第一步。"③ 这个意义上，对爱尔兰的文化批判是乔伊斯对祖国精神史与自身高大主体形象的双重构建。

但是，文化基因植入与文化传统批判对抗、交叉而成的双重构建，一方面，要在文化基因的深植中疏离爱尔兰传统文化；另一方面，要在都柏林的精神牢狱中超越其僵死的文化现状。乔伊斯试图在这种分离与错位中开拓出新的话语空间，但是，乔伊斯始终无法放下其高傲的不妥协姿态。

《死者》中的大学教授加布里埃尔更接近于乔伊斯本人，舞会上加布里埃尔与爱佛丝小姐的一段对话代表了乔伊斯面对祖国爱尔兰复杂矛盾的心态，以及由此引发的自我审视。

---

① ［爱尔兰］詹姆斯·乔伊斯：《死者》，《都柏林人》，王逢振译，上海译文出版社2010年版，第262页。
② 这句话见于1906年5月5日乔伊斯致函出版商理查兹，载于 Rechard Ellmarnn, *Seleted Letters of James Joyce*, London: Faber & Faber, 1975, p. 83.
③ 时隔15天之后，1906年5月20日乔伊斯再次致函出版商理查兹，载于 Rechard Ellmann, *Seleted Letters of James Joyce*, London: Faber & Faber, 1975, p. 88.

第四章 20世纪西方现代文学的转型：圣杯意象的祛魅及其对技术理性的批判

"为什么去法国和比利时，"爱佛丝小姐说，"而不去看看自己的国家？"

"哦，"加布里埃尔说，"一方面是与这些国家的语言保持接触，一方面是换换环境。"

"难道你不要和你自己的语言——爱尔兰语保持接触么？"爱佛丝小姐问。

"啊，"加布里埃尔说，"如果说到这一点，你知道，爱尔兰语并不是我的语言。"

……

"难道你没有自己的国家可去看看吗？"爱佛丝小姐继续说，"你对自己的人民，自己的祖国究竟知道多少？"

"哦，说实话，"加布里埃尔突然反驳说，"我讨厌我自己的国家，讨厌它！"①

透过这段对话我们发现，乔伊斯"更关心揭露内部的矛盾，以及这个矛盾在特定的历史时刻与文化状态的关系，正是这种文化状态决定了加布里埃尔能够成为什么和不能成为什么"②。一方面，他的身份与社会地位使他比周围人尤其是家人，更有优越感；另一方面，他的荣耀来自精神倾向于更先进的国家。很显然，"他的文化既没有抓住他，也没有赋予他力量，而只是一个供他蜷缩的外壳"③。小说中的加布里埃尔只是讨厌爱尔兰，而现实生活中的作者乔伊斯要比加布里埃尔年轻而且激烈得多，他难以向爱尔兰麻痹、停滞、荒凉的现实妥协，

---

① [爱尔兰] 詹姆斯·乔伊斯：《死者》，《都柏林人》，王逢振译，上海译文出版社2010年版，第219—220页。
② [英] 安德鲁·吉布森：《詹姆斯·乔伊斯》，宋庆宝译，北京大学出版社2013年版，第95页。
③ [英] 安德鲁·吉布森：《詹姆斯·乔伊斯》，宋庆宝译，北京大学出版社2013年版，第89页。

他只能以逃离的方式进行反抗。1902年，乔伊斯大学毕业后，他离开都柏林，来到巴黎，靠教授英语来维持生计。此后，除了母亲病危他回到爱尔兰之外，从1904年开始，他带着家人在欧洲大陆辗转，从法国到意大利，再从意大利到瑞士的苏黎世定居，直至1941年离世。由于痛恨爱尔兰的狭隘、封闭和落后，乔伊斯逃离了祖国；由于对爱尔兰爱得深沉，乔伊斯的文学作品都以爱尔兰以及生活在这片土地上的人为题材。爱与恨交织的主体自我形象，不仅体现在乔伊斯的作品中，而且映照在乔伊斯离开祖国的背景上。

短篇小说集《都柏林人》通过对都柏林人日常生活的片段书写，深刻地揭示了19世纪末20世纪初这座城市的整体氛围与人情世态，从少年到成年，从私人生活到公共生活都渗透着一种强烈的疏离感，人们处于冷漠、麻木、厌倦、孤独的瘫痪状态。由此，都柏林成为精神荒原的象征。都柏林的状态，在世纪之交的西方具有典型性与普遍的象征意义，它是西方社会处于精神荒原状态的真实写照，也体现出作者乔伊斯对现代人精神状态的批判。《都柏林人》出版于1914年，比《荒原》早了8年。虽然那时还没有精神荒原这一名称，但《都柏林人》所反映的现代人的精神状态，却很有预见性与先锋意义，这足以见证乔伊斯的伟大。

第三节　艾略特《荒原》：圣杯意象的变异及其神话思维

T. S. 艾略特（Thomas Stearn Eliot，1888—1965）继承了韦斯顿的神话学思维，为他表现的"精神荒原"设置了丰富的意象与解读空间。他将圣杯传说的渔王—荒原意象作为长诗的核心意象，渔王及其各种变体担负着长诗"死亡—新生"的主题，把圣杯与宗教结合起来，令神话传说与现代社会形成一种对应关系,即现代社会精神如同古代圣杯传说中的荒原一样,充满贫瘠与荒凉,并在结尾隐晦地指出宗教精神的复兴才是解救西方现代精神危机的良药。"一个欧洲人可以不相信基督教信念的真实性,然而他的言谈举止却都逃不出基督教文化的传统,并且必须依赖于那种文化才有意义……如果基督教消失了,我们整个文化也将消失。接着你便不得不痛苦地从头开始,并且你也不可能提得出一套现成的新文化来。你必须等到青草长高,羊吃了青草长出毛,你才能用羊毛制作一件新大衣。你必须经过若干世纪的野蛮状态。"①

一 女性形象与圣杯传说的意象变异

艾略特是现代主义最重要的诗人之一,其代表作《荒原》(*The Waste Land*,1922)被誉为现代主义文学的里程碑。艾略特从乔伊斯那里获得了使用神话进行创作的灵感,② 将圣杯传说作为《荒原》的背景与架构,书写了一个现代精神荒原——伦敦,与乔伊斯笔下的都柏林有异曲同工之妙。与只停留于剖析与批判的《都柏林人》相比,《荒原》不仅揭示了西方的精神危机,而且探讨了精神荒原复苏的途径与可能性。长久以来,从圣杯传说角度解读《荒原》,大都倾向于将寻找圣杯视为男性的成人礼,忽略了长诗中女性形象的解读,以及女人作为圣杯象征的价值与意义。

艾略特谈到《荒原》的构思受惠于两部人类学著作《从祭仪到传

---

① [美] T. S. 艾略特:《基督教与文化》,杨民生、陈常锦译,四川人民出版社1989年版,第205页。
② "在使用神话,构造当代与古代之间一种连继性并行结构的过程中,乔伊斯先生是在尝试一种新的方法,而其他人必定也会随后进行这种尝试。他们不是模仿者,就象一个科学家利用爱因斯坦的发现,从事自己独立、更为深入的研究一样。它只是一种控制的方式,一种构造秩序的方式,一种赋予庞大、无效、混乱的景象,即当代历史,以形状和意义的方式。"参见[英] T. S. 艾略特《艾略特诗学文集》,王恩衷编译,国际文化出版公司1989年版,第285页。

奇》和《金枝》的异教祈丰仪式。"不仅是本诗的题名，而且起意写本诗的计划以及由此出现的许多象征手段也都是由于杰西·L. 韦斯顿女士的那本关于圣杯传说的著作：《从祭仪式到传奇》（剑桥版）的启发……我在总的方面还得益于另一部人类学著作，这部专著深深地影响了我们这代人，我指的是《金枝》；我尤其引用了其中关于阿童尼斯、阿蒂斯、奥西斯那两卷。"① 基于对圣杯与阿多尼斯仪式的研究，韦斯顿发现，到访圣杯城堡的场景包含阿多尼斯仪式中主要的事件，"高文圣杯故事的中心标志与阿多尼斯仪式的中心思想一样——死亡以及从而引起的植被枯萎"。② 二者都是"对自然每年过程的符号表征，包括顺序与季节的变化"③，其本质都为"生命崇拜"④。《荒原》把基本框架搭建在这两个仪式的共性上，巧妙地将英雄的死亡（"死者的葬礼"）—历险（"弈棋"和"火诫"）—受难（"死于水"）—新生（"雷霆的话"）的结构与冬—夏—秋—春的季节交替相对应，这是两个自然崇拜仪式的文学复活形式，象征西方精神文明衰落与渴望恢复生机的双重主题。

《荒原》的诸多意象、象征手段来自圣杯传说，是圣杯传说中渔

---

① [英] 托·斯·艾略特：《荒原——艾略特文集·诗歌》，汤永宽、裘小龙等译，上海译文出版社 2012 年版，第 104 页。
② Jessie L. Weston, "The Grail and the Rites of Adonis", *Folklore*, Vol. 18, No. 3, September 1907, p. 290.
③ Jessie L. Weston, "The Grail and the Rites of Adonis", *Folklore*, Vol. 18, No. 3, September 1907, p. 290.
④ 自然崇拜的容器首先与"耶稣受难记"联系在一起，最后被认为就是圣餐的杯子。如果我关于这个仪式背后的意义的观点是对的，也就是它事实上是生命崇拜；圣杯本身，无论何种形式，都是为崇拜者提供生命所必需食物的容器……确定的就是圣杯在克雷蒂安与Kiot之前就已经基督化了。Jessie L. Weston, "The Grail and the Rites of Adonis", *Folklore*, Vol. 18, No. 3, September 1907, pp. 303 – 304.《从祭仪式到传奇》中，韦斯顿说："圣杯故事根源的仪式，确实是一个生命崇拜的仪式，它应该本身正好具有这些特征。"（Weston, Jessie L., *From Ritual to Romance, An Account of the Holy Grail from Ancient Ritual to Christian Symbol*, London: Cambridge UP, 1920, Rpt. New York: Peter Smith, 1941, pp. 68 – 69.）

王、荒原和圣杯意象的置换与变异。覆盖在圣杯传说意象之下的女性符号以及女性形象众多，体现了艾略特对女性形象的充分重视。女性符号包括月亮、流水、地球，依次出现的女性形象包括玛丽·拉丽施伯爵夫人、风信子姑娘、伊索尔德、索梭斯特里斯太太、圣母玛利亚、埃奎顿太太、菲罗墨拉、丽尔、梅、波特太太及其女儿、泰瑞西士、打字员、伊丽莎白、狄多和拉起长发的女人。"此外，在这些形象的背后，字里行间体现着女性的象征——例如在祖先神话中的神秘土地上。在艾略特的诗句中存在更多这类女性的象征与源头，它们体现在渔王传说的主要角色之中，在荒芜之地本身的传奇之谜之中，在向探求者提出的问题之中，而且也成为整个任何的终极目标——圣杯。"①

韦斯顿认为，从威尔士人布莱瑞斯（Bleheris）的圣杯传奇到克雷蒂安以及沃尔夫拉姆的《帕西法尔》，都提到被长矛刺伤的渔王。深入探究会发现，靠捕鱼立功得名的"渔王"被刺伤，导致大地荒芜，渔王通过钓鱼去寻求拯救和永恒，但没有成效。只有帕西法尔、盖拉哈德骑士追寻到圣杯，渔王才能恢复健康，荒原才能恢复生机。"在古代鱼是生命的象征，并且渔王也被认为是与生命的起源关联特别密切的神。"② 在古埃及人看来，鱼和水都是再生的象征。在大乘佛经中，佛陀被称为渔夫，从轮回的海洋中拯救鱼以普度众生。在基督教中，耶稣认为使徒们都可以成为渔夫。"如果圣杯的故事基于一个生命仪式，渔王的特点是故事的精髓，对于那些令人疑惑的竭力追求的意图和目标，他的头衔，至今从没有意义。正如我上面所说，渔王是居于

---

① Sherlyn Abdoo, "Woman as Grail in T. S. Eliot's The Waste Land", *The Centennial Review*, Vol. 28, No. 1, Winter, 1984, p. 49.

② Weston, Jessie L., *From Ritual to Romance, An Account of the Holy Grail from Ancient Ritual to Christian Symbol*, London: Cambridge UP, 1920, Rpt. New York: Peter Smith, 1941, p. 74.

心脏和整个神秘岛的中心。"① 从这个角度来看,受伤的渔王象征丧失生育能力的生殖神,是《荒原》象征体系的中心。渔王意象的变体包括先知西比尔、腓尼基水手弗莱巴斯、独眼商人和"岸边钓鱼的我"。荣格认为,圣杯是女性的象征,② 它接受并付出,类似神圣的子宫③。在长诗中圣杯意象象征着女性及其子宫,有生命崇拜的意义。这与传说中圣杯含有生命崇拜的象征意义是一致的(圣杯能使渔王恢复生殖能力)。圣杯的变体包括伊索尔德、索梭斯特里斯太太、圣母玛利亚等。此外,长诗中还有第三类意象群,它们是渔王—圣杯意象的综合体,对应生死交替仪式,主要包括雌雄同体的泰瑞西士、塔罗牌中的倒吊人和手执三根权杖的人。

二 女人的双重角色与男权叙事

对于圣杯传奇来说,男性的中心地位无可置疑,而女性角色经常被研究者忽视,但她们也是帕西法尔各个版本的原创因素。通常来讲,她们在圣杯传奇中的形象与作用,被分为恶女与天使两类。

---

① Weston, Jessie L., *From Ritual to Romance, An Account of the Holy Grail from Ancient Ritual to Christian Symbol*, London: Cambridge UP, 1920, Rpt. New York: Peter Smith, 1941, p. 80.

② "因为我想说明女性崇拜与圣杯传奇间的心理联系,后者非常具有中世纪早期的基本特征。这一传奇虽然有众多版本,但它们核心的宗教观念都是圣杯这一容器,众所周知,圣杯完全是一个非基督教的意象,它的起源要到《圣经》以外的根源中去寻找。从我引述的资料来看,我认为它是一种名副其实的诺斯替教信仰,它要么因为神秘的传统在所有异教遭到根除时得以幸存,要么由于无意识对正统基督教统治的抗拒而得以复活。容器象征的幸存或在无意识中的复活,这标志着那时代男性心理中的女性原则的强化……对女性的重新揭示与对圣杯这个女性象征的发展。" 参见 [瑞士] 卡尔·古斯塔夫·荣格《心理类型》,吴康译,译林出版社2014年版,第263—267页。

③ 圣杯源于凯尔特人的鼎,"鼎是凯尔特人的象征符号,它是熔炉,或蒸馏器,在炼金术装置中,它是子宫、罪过之瓶"。参见 [瑞士] C.G. 荣格《荣格文集:梦的分析》,董建中、陈珅、高岚译,长春出版社2014年版,第29页。

第一类恶女型女性形象，一位是试图引诱帕西法尔的轻佻女子，另一位是渔王的异教徒妻子，她是渔王被惩罚的原因。第二类天使型的女性形象，一位是帕西法尔的母亲，在丈夫去世后，她一个人在与世隔绝的森林中将帕西法尔抚育成人；第二位是引领帕西法尔来到圣杯城堡的神秘女性；第三位是手捧圣杯或者护佑圣杯的女性，要求她们一定是圣洁的处女，其地位相当于女祭司或《圣经》中"基督的新娘"[①]。

恶女型与天使型两类人物形象的并存，体现了传统男权社会对男女两性的双重标准，以及女性所肩负的双重角色。受西方主流文化的影响，圣杯传奇对男性人物的评判标准，首先与宗教、民族、国家、战争等观念密切相关。在欧洲骑士文学的叙事中，男性人物之恶虽是多层次与多侧面的，但主要集中于对女性的欲望、对君主的不忠、对上帝信仰的背离，体现了中世纪文化对骑士的必然要求，并从整体上呈现出一种男权主导的价值评判标准。不同的是，圣杯传奇对女性角色之恶的演绎，首先专注于女性对男性的挑逗与诱惑上，其次才涉及人物本身的罪恶。在男性视角的叙事中，恶女也常常被带入政治意识形态的叙事结构中，但她们总是被赋予将男性带入欲望深渊的邪恶特征。宗教化的标签和性别政治的交集与纠结，使得男性意识中的女性常常与强势地位无缘，总是处于相对边缘的地带。在男性视域中，恶女通常与品行不端相联系，她们的行为不符合男权社会对女性的规约与束缚，她们身上常常具有令男性不安甚至恐惧的思想、气质或行动。在中世纪传统基督教神学框架下，"对女性生理和心理的不解，以及传统中根深蒂固的反女性成见，使女性处于十分不利的地位。寡居的女性在失去父权和夫权的保护之后，社会地位每况愈下，更易成为被攻

[①] 参见《珍珠》XIX，载沈弘译注《欧洲传奇文学风貌———中古时期的骑士历险与爱情讴歌》，(台北)书林出版有限公司2009年版，第275—276页。

击的对象"①。圣杯传奇中,引诱帕西法尔的轻佻女子和渔王的妻子未必有真恶行,只是在男权社会中,被规约的女性丧失了自我主体性,被动地服从男性的权威,以温顺贤淑面目示人。所谓轻佻与诱惑,其叙事话语暗示,她们的恶行不过是试图主导男性及男权社会的关系,渔王妻子不信仰上帝不过是对既定宗教秩序的不满与反抗。将女性之恶框定在她们对传统女性道德的僭越,这意味着圣杯传奇的男性作家们对女性的道德界定,遵循的标准首先是女性作为第二性的从属地位,其次才是宗教意识形态、国家政治的原则。圣杯传奇对"恶女"的诠释,是女性从属地位的写照。

天使型女性,在圣杯传奇叙事中的这些女性,都有天使般的高尚美德,她们或为奉献型母亲,或引导男性追求圣杯,或因贞洁、美丽而成为守护圣杯的女性。她们象征男性对传统女性的心理需求,体现了男性对女性不同形象的期待值。在圣杯传奇的男性叙事中,这些天使般的女性只有两种人物模式,一种是女性受难,另一种是男性宗教信仰忠贞而坚定的同盟者。但是,这两类女性只是男性与宗教的陪衬与点缀。如果没有帕西法尔母亲的无私付出,如果没有帕西法尔母亲的死,就无以联结帕西法尔精神成长的历程。因为母亲的离世,是帕西法尔心灵成长的一个重要条件。例如,帕西法尔母亲这样的女性是男性的启蒙老师,但通常要比男性受伤更多也更深。在骑士成长的表述中,好女人受难的力量来自儿子的懵懂无知,这回避了从女性立场对男性世界的平等对视,也回避了男性的自我审视,而是把对受难的批判枪口转向一个少年,懵懂无知成为男性回避、批评自我的遮羞布。引导男性追求圣杯与守护圣杯的女性必须以贞洁为前提条件,"在圣杯被带到庆祝国王和其土地复生的节日宴会上的这些版本中,女人重新

---

① [美]戴维·M.弗里德曼:《男根文化史:我行我素》,天津编译中心译,华龄出版社2003年版,第9页。

出现，成为'象征性'圣杯的持有者"①。因为女性没有权力成为圣杯真正的持有者。这既体现了宗教对女性的规约，也隐喻了男性政治对女性的束缚。

由此，在传统圣杯传奇中，女性既是引诱男性的祸水，又是男性的同盟者，具有双重角色。"女人的双重角色也存在于艾略特的想象与主题之中。"② 女性的双重角色主要体现在倒吊人身上，它对应生死交替的仪式。

> 尽管是空白的，是他背上扛着的东西，
> 却不准我看那到底是什么。我没有去找
> 那个吊死的人，害怕被水淹死。

艾略特对"那个吊死的人"的解释为：

> 那个被绞死的人是牌里历来就有的一张，他在两个方面适用于我的目的：一是因为他与我心目中那位被绞死的神弗雷泽相关联；二是因为我在第五部分中把他与使徒们赴以马忤斯途中遇见的那个戴着兜帽的人（耶稣）联系在一起了。③

倒吊人即祭祀神，与死亡密切相连，"在这张牌上，他的一只脚被吊在十字架上，象征丰饶多产之神的自我牺牲，他为了能复活而给大地和人民再次带来丰饶多产而死"④。倒吊人象征丰饶多产之神的自我

---

① Sherlyn Abdoo, "Woman as Grail in T. S. Eliot's The Waste Land", *The Centennial Review*, Vol. 28, No. 1, Winter, 1984, p. 51.

② Sherlyn Abdoo, "Woman as Grail in T. S. Eliot's The Waste Land", *The Centennial Review*, Vol. 28, No. 1, Winter, 1984, p. 55.

③ [英]托·斯·艾略特：《荒原——艾略特文集·诗歌》，汤永宽、裘小龙等译，上海译文出版社2012年版，第105页。

④ [英]托·斯·艾略特：《荒原——艾略特文集·诗歌》，汤永宽、裘小龙等译，上海译文出版社2012年版，第82页。

牺牲，这是耶稣受难与渔王受伤的隐喻。另外，塔罗牌中的倒吊人始终保持头下脚上的身体姿势，暗示他正在子宫中经历重生。而圣杯象征女性及其子宫，是生命的赐予者。"在罗马祷告文中，洗礼池被称为'子宫教堂'，并且在复活节前被认定为圣周六。"① 倒吊人是死亡与复活的双重象征；女性、子宫则是倒吊人双重象征的由来。正如《旧约》中的夏娃，她既是引诱亚当的诱惑人，又是亚当被逐出伊甸园的真正原因。另外，塔罗牌卡片上三根权杖、男人幸运轮上的棍子，与渔王的长矛外形、功能接近。"女性形象既是由渔王平衡的，同时也与受伤渔王的长矛相关联，并且幸运轮卡片上的棍子（长矛与棍子相似）有能力夺取和赋予生命，而女人/圣杯则既能通过原罪来创造永恒死亡，同时也能够重新赋予不朽的生命。"②

三 神话思维与作为重生源泉的女性

长期以来，圣杯传奇往往通过艰难而曲折的骑士历险，体现骑士的成长；对圣杯的追寻也一直被看作男性的成年礼。在《荒原》中，"这是通过女性的生命（例如，杯子/子宫/大地母亲），男性才获得重生，而'他'的荒原也就此出现"③。

渔王意象的变体先知西比尔、泰瑞西士、手执三根权杖的人、腓尼基水手弗莱巴斯、独眼商人与圣杯意象的变体伊索尔德、索梭斯特里斯太太、圣母玛利亚为一组对应关系。

渔王意象的各个变体都象征死亡。题记中西比尔的原型是维吉尔

---

① Sherlyn Abdoo, "Woman as Grail in T. S. Eliot's The Waste Land", *The Centennial Review*, Vol. 28, No. 1, Winter, 1984, p. 55.
② Sherlyn Abdoo, "Woman as Grail in T. S. Eliot's The Waste Land", *The Centennial Review*, Vol. 28, No. 1, Winter, 1984, p. 55.
③ Sherlyn Abdoo, "Woman as Grail in T. S. Eliot's The Waste Land", *The Centennial Review*, Vol. 28, No. 1, Winter, 1984, p. 59.

的《第四牧歌》、奥维德《变形记》中的先知西比尔。其中，《第四牧歌》中的西比尔曾预言耶稣的诞生，但艾略特反其意而用之，将他塑造成"年老色衰、躯体萎缩，威望亦随之下降"的形象。另一位先知——"火诫"中的泰瑞西士也出自《变形记》，"双目失明""长着皱巴巴女性乳房"的泰瑞西士是双性人，地狱、性爱场景透露出的厌倦与疲乏，象征他预知能力的丧失。"艾略特一定是用了传统意义上双性同体的泰瑞西士的独特神话命运，来指涉渔王被阉割"①，丧失生殖能力的泰瑞西士是渔王的另一个变体，这无疑象征现代文明丧失了更新与发展的能力，传说中丧失生机的"自然荒原"被置换为"精神荒原"，人们陷入了有性无爱、卑劣贪婪的物欲文明，失去了生命活力、激情与创造力。"思想的堤坝被愤怒的海洋冲决了，淹没了多少世纪以来我们苦心强加在人的思想中的秩序、无数双手按照想象的模式建立起来的和谐都被当作耻辱的碎片在世界的秽物和瓦砾遭到冲刷……整个世界都沉入了个人灵魂的主观生活之中——在灵魂的模糊而又无法逾越的墙外没有任何东西是牢固的或者清晰的。"② 艾略特指出，"事实上，泰瑞西士所见到的，也就是本诗的内容实质"③。

中世纪圣杯传奇将受伤的渔王与耶稣联系在一起：

> 他看到在帐顶有一根长矛，固定在一个银槽中，从长矛上不断有鲜血流到金杯里……高文对长矛提出了问题："这是朗基努

---

① Smith Grover, T. S., *Eliot's Poetry and Plays*, *A Study in Sources and Meaning Chicago and London*, The University of Chicago Press, 1974, The Waste Land, London: George Allen & Unwin, 1983, p. 103.

② Wilson. Edmund, "The Rag-Bag of the Soul", *New York Evening Post Literary Review*, November 1922, pp. 77–81.

③ ［英］托·斯·艾略特：《荒原——艾略特文集·诗歌》，汤永宽、裘小龙等译，上海译文出版社2012年版，第108页。

斯长矛,正是它在耶稣被钉在十字架上的时候,从侧面刺穿了耶稣,它会一直待在那里,不断地流血,直到世界末日。国王会告诉他躺在棺材里的是谁,他的死亡令人震惊,之后大地会面临灾难。"①

牺牲的渔王就是耶稣,也可以理解为圣父的另一种变形。腓尼基水手、商人和权杖国王出现在"死者的葬礼"中,艾略特在第46行注释揭示了他们与耶稣、渔王的关系。

> 其他如后面出现的腓尼基水手和商人;还有第四部分中那些"簇拥的人群"以及"死于水"的处决。又如手执三根权杖的人(塔罗牌里的一个真实的成员),我颇为武断地把他与渔王本人联系在一起了。②

艾略特将圣杯传奇中渔王与耶稣的互喻,转换为具有来自多种文化但具有同一寓意的渔王变体的象征链。腓尼基水手和商人死于水中,这是耶稣受难与渔王受伤的隐喻,象征他们被欲望之水吞没。手持三根权杖的塔罗牌,原指一个成功的商人在检查他的船队时在地上插下三根木杖。在长诗中,三根权杖象征男性生殖器,艾略特将他跟渔王联系在一起,其实隐喻生命活力的丧失。"伦敦陷入了败落。艾略特像一位探索破碎文明的层层碎石的考古学家那样来探究这种败落。都市荒原将一种神秘的特性假定为一道风景,在这道风景中,正寻求着恢复、丰饶、力量和意义。这种'寻求'既是亚瑟王式的寻求(偶有瓦

---

① Jessie L. Weston, "The Grail and the Rites of Adonis", *Folklore*, Vol. 18, No. 3, September 1907, p. 287.
② [英]托·斯·艾略特:《荒原——艾略特文集·诗歌》,汤永宽、裘小龙等译,上海译文出版社2012年版,第105页。

格纳式的强调），也是人类学方面的寻求（诗中约略提及了杰西·韦斯顿和詹姆斯·弗雷泽爵士的理论）。"①

在圣杯传奇中，真正使渔王获得新生的是帕西法尔、盖拉哈德追寻的圣杯。在《荒原》中，圣杯意象及其变体伊索尔德、索梭斯特里斯太太、圣母玛利亚等，是圣杯传说背后渔王的母亲/妻子、贞洁少女、圣杯持有者的转喻，② 她们象征新生，她们是拯救精神荒原的力量。

"有关女人的文本在艾略特的诗句中无处不在，并且其潜在的象征意义也无处不在地体现着她的存在……女人，作为肉体与自然中生育的首要代理，成为一切的中心。"③ 长诗中特里斯丹需要绮瑟来救命。④ 索梭斯特里斯太太会算命，她的名字袭用了埃及法老索梭斯特里斯的名字，是她决定了腓尼基水手溺水而死的命运，但是，他的死是为了复活，或者说没有索梭斯特里斯太太，腓尼基就无以存在。

  索梭斯特里斯太太，著名的千里眼，
  患了重感冒，可她仍然是
  人所熟知的欧洲最聪明的女人。⑤

---

① ［英］安德鲁·桑德斯：《牛津简明英国文学史》（下），高万隆等译，人民文学出版社2000年版，第790—791页。
② 至于圣杯传说，背后有着国王的母亲/妻子、贞洁少女、圣杯持有者，以及所有其背后的丰富的转喻的内涵。Sherlyn Abdoo, "Woman as Grail in T. S. Eliot's The Waste Land", *The Centennial Review*, Vol. 28, No. 1, Winter, 1984, p. 49.
③ Sherlyn Abdoo, "Woman as Grail in T. S. Eliot's The Waste Land", *The Centennial Review*, Vol. 28, No. 1, Winter, 1984, p. 49.
④ 死者的葬仪中，"大海荒芜而空寂"这句写牧羊人向濒死的特里斯丹这样报告，当时，特里斯丹正等待绮瑟的到达。参见［英］托·斯·艾略特《荒原——艾略特文集·诗歌》，汤永宽、裘小龙等译，上海译文出版社2012年版，第105页。
⑤ ［英］托·斯·艾略特：《荒原——艾略特文集·诗歌》，汤永宽、裘小龙等译，上海译文出版社2012年版，第81页。

最后一章"雷霆的话"，接连出现母亲、月亮的意象，《马太福音》13：45—46 中，"天国又好像买卖人寻找好珠子，遇见一颗重价的珠子，就去变卖他一切所有的，买了这颗珠子"，珍珠象征天国。"岩石圣母"即圣母玛利亚、母亲、月亮，是换喻关系，在原始思维中，由于女性的生理周期的规律与月亮变化的周期很相似，常常将女性、月亮划分为一类，她们孕育新生命。艾略特在长诗的结尾写道：

> 我坐在岸边垂钓，身后是干旱荒芜的平原
> 我是否至少该把我的国家整顿好。①

随着雷霆的到来，会给大地、给伦敦带来雨和新的生活，这似乎预示着精神荒原复活了。"在《荒原》上，女人的灵魂是重生的卓越源泉，因为尽管对圣杯的索求在长期以来被看作一种男性的成年礼（这种看法也很正确），但这是通过女性的生命（例如，杯子/子宫/母亲/大地），男性才获得重生，而'他'的荒芜之地也就此出现。"② 最后一章的女性意象与第一章"死者的葬礼"中珍珠、岩石圣母的意象连缀在一起，象征基督的复活，也暗示这首长诗的主题，即神话思维与宗教才是人类精神危机救赎的途径。"在基督教信仰的核心思想和洞见中，发现使我们这个病入膏肓的社会得以再生并具有活力所必需的精神力量。"③

---

① ［英］托·斯·艾略特：《荒原——艾略特文集·诗歌》，汤永宽、裘小龙等译，上海译文出版社 2012 年版，第 103 页。
② Sherlyn Abdoo, "Woman as Grail in T. S. Eliot's The Waste Land", *The Centennial Review*, Vol. 28, No. 1, Winter, 1984, p. 59.
③ ［英］T. S. 艾略特：《基督教与文化》，杨民生、陈常锦译，四川人民出版社 1989 年版，第 67 页。

第四节　怀特《残缺骑士》：人文主义
视域下的两难追求

T. H. 怀特（T. H. White，1906—1964）笔下的圣杯意象出现在《永恒之王》第三部《残缺骑士》中，与丁尼生诚实地怀疑圣杯的态度相反，怀特认为，"圣杯征途的范畴是神圣的、有价值的，但是超出了亚瑟尘世努力的范畴，本应该提升人性的东西却最终伤害了人性"[1]。很显然，怀特站在了人文主义的立场，这不仅体现了他对圣杯以及宗教的复杂态度，也体现了其对人性复杂认识的深度。

一　圣杯征途的动力：亚瑟王的政治策略

怀特擅长翻译和编辑中世纪文学作品，是英国著名的作家和诗人。在剑桥大学皇后学院读书期间，他撰写了关于马洛礼《亚瑟王之死》的学术论文，从此与亚瑟王文学结下了不解之缘。怀特的代表作《永恒之王》系列小说包括《石中剑》（*The Sword in the Stone*，1937）、《黑暗女王》（*The Queen of Air and Darkness*，1939）、《残缺骑士》（*The Ill-Made Knight*，1940）、《风中烛》（*The Candle in the Wind*，1958）和《梅林之书》（*The Book of Merlyn*，1977）。作为20世纪家喻户晓的英语亚瑟王文学作品，这部系列小说被誉为"英国奇幻文学的奠基之作"，但其学术评价始终处于暧昧不明的状态。很多时候，学界都视《永恒之王》为儿童文学，重点关注作品的奇幻特征，却忽略了这部作品的人文主义立场。《残缺骑士》将兰斯洛特作为主人公，在叙述兰斯

---

[1] John B. Marino, "Humanism and the Grail Legend: From Skepticism to Metaphor", *The Grail Legend in Modern Literature*, Rochester, N.Y.: Boydell & Brewer, D. S. Brewer, 2004, p. 89.

洛特成为伟大骑士的过程中，描写了他与桂妮薇（桂乃芬）、亚瑟王的感情纠葛以及亚瑟王权的兴衰。圣杯征途只是作品后半部分的主要情节，却代表着作者对社会现实与人性的深度思考和人文关怀。

圣杯征途是圣杯传奇的核心，而骑士踏上圣杯征途的动力，通常来自圣灵降临节那日圣杯的突然降临。对于圣杯的降临，马洛礼的《亚瑟王之死》、丁尼生的《国王叙事诗》都有较为细腻的刻画，马洛礼坚信圣杯降临的真实性，丁尼生则借亚瑟王之口，表达了对圣杯真实性的质疑，声称那只是幻象而已。而怀特在《残缺骑士》中，取消了圣杯降临的情节，将圣杯征途归结为亚瑟王对骑士道德堕落与圆桌瓦解的忧惧。

"我在跟兰斯洛特说，圆桌倡导的是正义至上，而绝非武力。不幸的是，我们努力想要实现的正义却是靠武力建立起来的，我们不能这样做。"……

"……我们已经失去了战斗的目的，所有的圆桌骑士都在堕落……这种堕落的征兆就是骑士精神变为战斗狂热——骑士们通过比试来证明自己的优秀，堕落进而演变成谋杀的再度兴起。"……

"如果不采取行动，"国王继续说，"整个圆桌将会瓦解……道德这东西很难解释，我们的确创造了一种道德观念，而它正在逐渐衰败，让我们无法继续遵循下去。一旦道德观念开始衰败，比没有更加可怕。我想正如我那著名的文明理论，为了建立一个纯粹世界作出的所有努力，本质上都有自我堕落的基因。"

"这跟把我们送到教皇面前有什么关系呢？"

"我只是打个比喻。我的意思是，建立圆桌的理想只是个暂时的想法。如果我们能挽救它，它一定要演变成精神上的理想。之前，我竟然忘了上帝。"……

第四章　20世纪西方现代文学的转型：圣杯意象的祛魅及其对技术理性的批判

"……如果我们能为武力找到一种转化方式，让它为上帝而不是为了人而战，就一定能阻止这种堕落，也值得这样去做！"①

怀特的亚瑟王是圣杯征途的发起人与倡导者，这与马洛礼笔下亚瑟王坚信圣杯征途成功而心怀不舍的矛盾心理，②以及丁尼生《国王叙事诗》中亚瑟王极力反对的鲜明态度都形成了强烈反差。亚瑟王希望亚瑟王朝政权稳固，但是，他认为人"本质上都有自我堕落的基因"，"智人是唯一引发战争的动物"，他对人性的看法甚为悲观。而人性的丑恶的表征往往体现为道德的堕落，在亚瑟宫廷里"谋杀再度兴起"。"圆桌骑士们耗尽了尘世的骑士追求并仍然拥有潜在的危险力量，继续寻找出口，亚瑟王将他们的力量转向了精神冒险。"③ 其内在逻辑是，为实现上帝服务的伟大目标，将骑士武力对抗的能量转化为精神追求。如果不把圆桌骑士的现世理想转化为精神理想，真的忘记了上帝，就无法挽救圆桌制度，他希望上帝可以拯救人性、挽救道德的堕落并匡扶正义，最终实现亚瑟宫廷的长治久安。

亚瑟的政治立场表明了怀特的价值取向与政治主张。"他的大部分亚瑟故事描写的是二战时期生活在爱尔兰的英格兰人。"④ 而亚瑟王的

---

① ［英］T. H. 怀特：《残缺骑士》，蔡俊君译，新星出版社2014年版，第150—152页。
② 在马洛礼的《亚瑟王之死》中，亚瑟责备高文，不是圣杯，因为他的誓言追求圣杯，誓言紧接着是大多数其他骑士的誓言。国王哀叹："我确实知道，他们一旦离开此地，今后在寻找圣杯的时候，不免要有伤亡；那么大家便永远不能再相见了。正因为这一点，我更有点感触。我爱他们这些骑士向来同爱我自己的性命一样，如今一旦和他们别离，我怎么能不十分伤感、十分心痛？我和他们相处已久，相知已深，团聚的生活，在我已经成了老习惯。"参见［英］托马斯·马洛礼《亚瑟王之死》，黄素封译，人民文学出版社2005年版，第637页。
③ John B. Marino, "Humanism and the Grail Legend: From Skepticism to Metaphor", *The Grail Legend in Modern Literature*, Rochester, N.Y.: Boydell & Brewer, D. S. Brewer, 2004, p. 89.
④ John B. Marino, "Humanism and the Grail Legend: From Skepticism to Metaphor", *The Grail Legend in Modern Literature*, Rochester, N.Y.: Boydell & Brewer, D. S. Brewer, 2004, p. 89.

反战立场，则代表了怀特对"二战"的态度。1939年，德国对波兰突袭，随即英国、法国宣布对德国宣战，第二次世界大战爆发时，怀特对于欧洲的战争采取了不闻不问的漠然态度。怀特是相信进化论的，但是，战争最可怕的是让他意识到人性的丑陋与贫瘠。工业革命与理性文明的迅速发展，并没有使人类获得一劳永逸的幸福与自由。两次世界大战，尤其是第二次世界大战，彻底将人类从科学技术的文明会使人类远离落后与野蛮的幻想完全敲碎，科学技术也不过是把"双刃剑"，在给人类带来前所未有的自信的同时，也把致命的危害推到人类面前，尤其是化学武器的使用，使得战争的残酷性与人类生命的脆弱呈几何倍增大。更可悲的是，只是日耳曼人、意大利人为实现帝国荣光的一己私利，就将欧洲、亚洲和美洲的很多国家卷入深重的苦难，人类的文明无法把欲望与野心关进理性的笼子里。随着德国占领了波兰、丹麦、挪威、荷兰、比利时、卢森堡，尤其是对法国的占领，英国处于岌岌可危的状态。而此时英国的实力已经在"二战"中受到重创，陆军的编制残缺不全，国民警卫军还不完全具备参战能力，枪械、弹药等军事物资匮乏。作为英格兰忠诚的爱国者，怀特开始成为希特勒纳粹的反对者，他深入地思考关于参战的理由与成为士兵保家卫国的可能性。但是，他的天主教信仰使他陷入信仰与战争的两难境地。怀特似乎在信仰与战争之间找到了一条中间道路，"他在宗教中寻找可能性。如果宗教得到适当的重视，人性就可以被提升到最高的渴望"①。这或许是避免战争的途径之一。

---

① 吉米·伊莱恩·托马斯（Jimmie Elaine Thomas）认为，即使在对基督教作为一个机构持怀疑态度的时代，T. H. 怀特和托马斯·伯格（后者1978年出版的Arthur Rex）都认为需要道德价值来指导人类（120—132）。参见 John B. Marino, "Humanism and the Grail Legend: From Skepticism to Metaphor", *The Grail Legend in Modern Literature*, Rochester, N. Y.: Boydell & Brewer, D. S. Brewer, 2004, p. 89.

二 圣杯追寻的目标：神圣与实用的博弈

亚瑟王希望以圣杯征途拯救圆桌制度的坍塌，这是一个非常现实而功利的目标。这与圣杯的形而上学的属性具有内在的不可调和的矛盾。在圣杯征途中，盖拉哈德与其他骑士对圣杯征途的态度、行为与思想境界的反差，就是这种矛盾的集中体现。

在处理骑士追寻圣杯的态度这个情节时，马洛礼与丁尼生的版本是一致的。骑士在目睹圣杯降临的奇观后，积极主动地发誓要寻找圣杯，体现了追寻圣杯的自觉性以及骑士的主体性，充分表达了对基督教信仰的虔诚。《残缺骑士》的圣杯征途是亚瑟王授意的，骑士们对圣杯追寻既没有紧迫的使命感，又没有强烈的荣誉感。除了盖拉哈德、鲍斯和帕西法尔外，其他骑士对圣杯征途的评价相对比较负面。

高文骑士认为，圣杯征途是"盲目而黑暗的远征"。莱昂内尔爵士对圣杯征途的态度与高文类似，圣杯征途令他很困扰，他觉得这根本是"在浪费时间"，对自己的亲兄弟——鲍斯顽固地信奉宗教戒律，也很生气。对于阿格洛瓦尔爵士而言，圣杯征途是死亡之旅，"就我而言，根本没有任何寻找圣杯的冒险。不过它倒是让我失去了一个妹妹，或许还有一个兄弟"①。这三位骑士对圣杯征途的态度极为消极，主要是从世俗的人文主义观点出发的。在他们看来，圣杯征途的范畴不仅毫无神圣性，甚至是毫无益处的。圣杯象征的精神力量与理想性，对他们毫无感召力，宗教价值以及道德在这些骑士之间失去了向心力。尘世的力量就像一块无形的幕布，罩住了这些骑士通向上帝与天堂的道路。莱昂内尔爵士说："道德是疯狂的一种表现形式。给我一个能一

---

① ［英］T. H. 怀特：《残缺骑士》，蔡俊君译，新星出版社2014年版，第171页。

直坚持做好事的人，我就能向你们展示一种连天使都无法逃离的混乱。"① 尘世的骑士不该期许自己去追求神圣征途的理想，也不会期待圣杯骑士去实现伟大的理想。怀特赋予了尘世该有的位置。

在怀特看来，尘世骑士无法理解圣杯骑士。在高文、莱昂内尔爵士等大多数骑士看来，盖拉哈德与鲍斯虽然神圣，但没有人喜欢他们，他们"太不通人情"，非常冷酷而傲慢。高文认为盖拉哈德"那个懦夫有颗冷酷的心"，"竟然对一个垂死的人说这样的风凉话！而不是想办法救他"②。另外，盖拉哈德居然还袭击自己的父亲并让父亲跪在前面向他求饶。莱昂内尔爵士也曾质问过："可是你难道不认为人应该有人性吗？"③ 对此，兰斯洛特极力为他的儿子盖拉哈德辩护：

"他是不通人情，"最后他说道，"可是他为什么要这样？难道天使都通人情吗？"……

"……礼貌只适用于人与人之间的交流，让人们循规蹈矩。你知道，礼貌造就了人，而不是上帝。所以你应该能明白为什么加拉哈特相比那些喋喋不休的人显得不通人情、没有礼貌。他活在自己的精神世界里，就像静静地生活在荒岛上，永远永远。"④

一个神圣范畴的人是无法按照世俗的习俗行事的，加拉哈特的神性决定了他只能依照宗教价值的标准，而无法入乡随俗。"加拉哈特从我们身边经过，不屑于与我们交谈。在他看来，我们是有罪的——而他是神圣的。"⑤ 怀特赋予了这种神圣应有的位置。

---

① ［英］T. H. 怀特：《残缺骑士》，蔡俊君译，新星出版社2014年版，第163页。
② ［英］T. H. 怀特：《残缺骑士》，蔡俊君译，新星出版社2014年版，第158页。
③ ［英］T. H. 怀特：《残缺骑士》，蔡俊君译，新星出版社2014年版，第159页。
④ ［英］T. H. 怀特：《残缺骑士》，蔡俊君译，新星出版社2014年版，第186页。
⑤ ［英］T. H. 怀特：《残缺骑士》，蔡俊君译，新星出版社2014年版，第159页。

第四章 20世纪西方现代文学的转型：圣杯意象的祛魅及其对技术理性的批判

在《亚瑟王之死》中，马洛礼坚信通过圣杯征途，可以使得一些骑士走向精神的升华，实现与神的合二为一。帕西法尔和鲍斯并非神选定的人间代言人，但他们从具体征途走向了最高真理。丁尼生的《国王叙事诗》则踯躅于宗教与世俗、科学与信仰的冲突中，骑士的圣杯征途与亚瑟王的质疑，使得丁尼生将这两种冲突的矛盾性保留在文本中。而怀特认为，尘世与神界是各自独立的，他并不相信高文、莱昂内尔爵士等骑士可以从具体追寻走向最高信仰，而盖拉哈德、帕西法尔和鲍斯并不属于世俗的力量，他们会把圣杯征途看作"学习关于天主教的高级课程"或者上帝对自己信仰的考验，在其他骑士的不解中，保持处子之身，不断进行苦修忏悔，反对杀戮，救助他者，最终追寻到圣杯。

> 只有加拉哈特、鲍斯和帕西法尔能够触碰圣杯。据我所知，加拉哈特和帕西法尔都是处子骑士；而鲍斯，虽然不是完全的处子，却也是个一流的神学家。我想鲍斯的成功是因为他信奉的教义，而帕西法尔是因为他的纯真。①

他们三个人找到了圣杯，只有鲍斯最终会回来，而其他人永远都回不来了，因为他们只属于圣域。"怀特对人性的失望，特别是在全球战争和无数暴行的时代，使他将宗教作为一种解决尘世世界的途径。"②

与圣杯骑士命运不同的是，尘世的圣杯征途的幸存者无法追寻到圣杯，只能带回破损的武器和盔甲。

---

① ［英］T. H. 怀特：《残缺骑士》，蔡俊君译，新星出版社2014年版，第185页。
② John B. Marino, "Humanism and the Grail Legend: From Skepticism to Metaphor", *The Grail Legend in Modern Literature*, Rochester, N. Y.: Boydell & Brewer, D. S. Brewer, 2004, p. 91.

  幸存者们陆陆续续回来了。帕罗米德斯现在接受了洗礼,也厌倦了对付寻水兽的行动;格鲁莫·格鲁姆爵士的头发已经掉光,他年近八十,饱受痛风的折磨,不过仍然勇敢地外出探险;凯伊,眼光锐利,说话刻薄;迪纳丹爵士嘲讽自己的失败,哪怕他太过劳累,连眼睛都快睁不开了;野森林里年迈的埃克特爵士已经是八十五岁的高龄了,步履蹒跚。①

按照圣杯骑士的标准,普通骑士自然无法完成任务,因为追寻圣杯已经超出这些普通骑士能力承受的范畴,本该提升骑士精神的征途,却变成了对骑士的一种折磨。对此,怀特进行了温和的嘲讽,如骑士们有的"头发已经掉光",有的"连眼睛都快睁不开了",有的"步履蹒跚"。本应该是提升人性的圣杯征途,却最终伤害了人性。

因此,亚瑟王试图以宗教的神圣价值去实现功利目标的努力,也宣告失败,这标志着怀特希望通过宗教拯救人性的做法,难以跨越形而上学与尘世价值的矛盾。

三　圣杯征途的失败:兰斯洛特的残缺与亚瑟王朝的繁荣

怀特将圣杯征途看作拯救人性的途径。但是,宗教形而上学与尘世价值的矛盾在于,宗教的绝对主义教条并不适用于尘世。盖拉哈德、鲍斯等人加入圣杯征途,示范的道德高度与行为表率,并非尘世所能通行的。"怀特对集体主义凌驾于个人主义的坚定的绝对主义教条这一人文主义的担忧,使圣杯征途个人道德看起来很自私。"② 学者约翰·B. 圣马力诺认为,促使兰斯洛特放弃圣杯征途的正是这种绝对主义的

---

① [英] T. H. 怀特:《残缺骑士》,蔡俊君译,新星出版社2014年版,第179页。
② John B. Marino, "Humanism and the Grail Legend: From Skepticism to Metaphor", *The Grail Legend in Modern Literature*, Rochester, N.Y.: Boydell & Brewer, D. S. Brewer, 2004, p. 89.

教条。他被自己的儿子盖拉哈德打败，失去了"世界上最优秀的骑士"的桂冠，当荣誉不再，他就一无所有了。

> 童年本该是追赶蝴蝶的快乐时光，我却一直在接受训练，为了成为你旗下最优秀的骑士。虽然后来我变邪恶了，但仍然保持这个地位。我知道自己是最优秀的，所以一直很自豪。我知道，这种感觉很卑劣，可是我却没有其他值得骄傲的资本。①

当他抛掉上帝不喜欢的这些行为——自大和骄傲，他放弃了世间的荣耀，他的确也做到了，也获得了赦免。但是，命运却跟兰斯洛特开了一个大玩笑，他从此厄运连连。尤其当他接近圣杯时，却被阻挡在外，还被一阵气流扑倒，失去了知觉。

> 他撤销了你的荣誉，你却没有得到任何回报！罪恶缠身的你却总是战无不胜，为什么赎清罪恶后反而屡战屡败呢？为什么你总是被自己深爱的东西伤害？你到底做了什么？②

兰斯洛特的困惑使得他被迫放弃爱与荣誉，他不适合宗教，选择继续追求王后。其实，兰斯洛特试图弥合宗教与世俗，却不被接受。正如他对亚瑟王和王后说："我得讲讲上帝，这个词对那些不尊敬神的人来说是冒犯，就像'该死的'一词对圣者的冒犯一样可恶。"③ 宗教与世俗的理想是矛盾对立的，每一方都是彼此的对立者。"尘世的骑士不应该期待盖拉哈德去遵守他们的理想，圣杯骑士也不应该期待尘世骑士去遵守神圣征途的理想。他们只需要遵守自己的。怀特继续了20世纪对宗教和尘世的区分，甚至将两者看作敌对的，但是他并未错过其中任何一个价值。他们只需要保持他们合适的时间

---

① [英] T. H. 怀特：《残缺骑士》，蔡俊君译，新星出版社2014年版，第189—190页。
② [英] T. H. 怀特：《残缺骑士》，蔡俊君译，新星出版社2014年版，第193页。
③ [英] T. H. 怀特：《残缺骑士》，蔡俊君译，新星出版社2014年版，第187页。

和地点。"① 对于亚瑟宫廷而言，兰斯洛特似乎并非正面形象，但怀特却认为，成就兰斯洛特"伟大骑士"业绩的正是他的"残缺"。与众多版本亚瑟王文学的差异还在于，亚瑟王朝并没有因兰斯洛特与桂妮查薇的私情走向衰落，而是由于亚瑟王的宽恕继续繁荣，兰斯洛特的两次轰动性战役的胜利使国家繁盛起来，得到亚瑟王宽宥的兰斯洛特则陷入了深深的自责。

如果兰斯洛特是亚瑟宫廷的中流砥柱，那么，亚瑟王则是圣杯征途与骑士命运的引导者与见证人，他无所不在的宽容与智慧，将中世纪的宗教文明与现代治国理念相结合，缔造了亚瑟王朝的辉煌。

> 在我看来，最不幸的亚瑟也没有完全受到伤害。梅林并不希望他追求个人的幸福，他要追求的是整个王室的快乐，为国家谋取幸福。……时尚、摩登和圆桌骑士心中的腐败都被隐藏了起来，他伟大的想法再一次实施起来。他发明了法律，将法律作为一种力量。亚瑟没有公报私仇，他远离了桂妮薇和兰斯洛特的悲痛，相信他们不会让自己感觉到两人间的私情。他这样做并不是因为害怕和纵容，他的动机是很高尚的。……他继续保持无知无觉的原因无关怯懦，而是因为他拥有一颗宽恕的心，宁愿自欺欺人。②

当亚瑟王认识到，他借圣杯征途提升人性的希望走向破灭后，他把这种希冀放在自己身上。对于亚瑟王来说，如何处理王后桂妮薇与兰斯洛特的恋情，颇为棘手。如果从一个丈夫的尊严来说，他严惩兰斯洛特是最简单、最直接的办法；但是，一旦这样做，整个亚瑟王朝

---

① John B. Marino, "Humanism and the Grail Legend: From Skepticism to Metaphor", *The Grail Legend in Modern Literature*, Rochester, N.Y.: Boydell & Brewer, D. S. Brewer, 2004, p. 82.

② [英] T. H. 怀特：《残缺骑士》，蔡俊君译，新星出版社2014年版，第246页。

将走向分裂甚至倾覆。马洛礼版本的结局,便印证了这一做法的后果。表面上,亚瑟王是为了国王谋取幸福而宽恕兰斯洛特与王后桂妮薇,但真正能让亚瑟王做到这一点的,是亚瑟王将这个实用的目标升华为上帝之爱的高度,唯独这个高度才能将世俗的追求转化为一种精神追求。或者说唯独上帝的爱的启示,嫉妒、伤害与仇恨才可以被消解,人性才可以趋于升华,超越世俗的局限并走向圆满。更重要的是,亚瑟王的仁慈、博爱与宽厚具有强大的教化力量,"谣言平息了,粗鲁的言行也消失了踪影"①。

另外,当精神文明引导强权的努力失败时,亚瑟王决定不再将希望寄托于强权,转而将公理与正义作为国家的基石,他的政权从人治走向法治,"几年后,他建立了民法典"②。废止了强权的亚瑟王,自己当然也不能再用私刑来解决三人之间永恒的三角谜题,臣民们的紧急事故、财产扣押、赡养义务、借款偿还、是非之辩……都可以在法典中找出适用的法条。古老的亚瑟王朝,具有现代法治精神。从此,亚瑟的格美利也恢复了平静。

亚瑟王人格的教化力量与法典如同亚瑟王朝的双翼,为亚瑟王朝的腾飞提供了动力,古老的亚瑟王朝再次焕发出鲜活的生命力。

亚瑟王将圣杯引入骑士队伍,他带来一种普通骑士难以遵循的标准,却让亚瑟王成为人间的圣王。他用实际行动回应了莱昂内尔爵士的质疑。与此同时,怀特也借亚瑟王表达了他对人道主义及人性的怀疑:"人道主义宣言出现四十年了。事件从那以后,使早先的声明似乎太乐观了。纳粹主义有能力展示深度的残酷的人性。其他极权主义政权压制了人类权利,也无法终结贫困。科学有时带来邪恶,有时带来善良。最近几十年来表明,能以和平的名义进行非人道战争。警

---

① [英]T. H. 怀特:《残缺骑士》,蔡俊君译,新星出版社2014年版,第247页。
② [英]T. H. 怀特:《残缺骑士》,蔡俊君译,新星出版社2014年版,第213页。

察国家开始出现，甚至在民主社会，广泛出现政府间谍和其他军事势力，政治和工业精英滥用权力，以及坚持不懈地继续种族主义，这都会给社会前景的实现带来不同的困难。另一方面，妇女和少数人群要求社会平等权利等各种社会需求，有效地挑战我们这一代。"① 或许正因为战争的残酷与人性的脆弱复杂，怀特才会给《残缺骑士》创造一个光明温暖的结局，它寄寓着深处战争灾难中的怀特对和平与繁荣的美好向往。

第五节 洛奇《小世界》：圣杯隐喻与自省意识

从圣杯隐喻的角度重新审视《小世界》（*Small World*，1984），会发现身处学界的洛奇把学院知识分子放在"手术台"上进行剖析。他对学界的态度比较矛盾、复杂，反讽中有认同，充满着强烈的自省意识。他还以学院知识分子为蓝本，将自省意识升华到人类的追寻意识这一层面。

一 传统圣杯寓意的解构：对自我中心主义的反省

作为学者型小说家，戴维·洛奇（David Lodge，1935— ）的文学生涯贯通了文学创作与文学理论研究，并颇有建树。校园小说是洛奇最擅长的小说类型，代表作为校园三部曲《换位》《小世界》和《美好的工作》。《小世界》的副标题为"一部学术罗曼司"，洛奇自己解释道："与其说它是一部学术小说，还不如说是一部学术罗曼司——学术（Academic）在此有双重含义，不仅指它涉及学者们，而且指它

---

① John B. Marino, "Humanism and the Grail Legend: From Skepticism to Metaphor", *The Grail Legend in Modern Literature*, Rochester, N. Y.: Boydell & Brewer, D. S. Brewer, 2004, p. 83.

第四章 20世纪西方现代文学的转型：圣杯意象的祛魅及其对技术理性的批判

吸收了罗曼司传统的而不是当代的概念作为一种文学样式。"① 于是，现代学者与传统罗曼司形成了二元悖反，这使得小说充满了相悖而又相生的张力。

现代学者继承了罗曼司的传统，将传统的圣杯意象世俗化，并赋予新的形式。在《小世界》中，"现代学者好比古代的游侠骑士，漫游世界，寻求冒险与光荣"②。但是，二者又存在区别。在圣杯传奇中，骑士们告别亚瑟王去追寻圣杯，这就意味着对上帝信仰的认同。圣杯征途是对骑士信仰是否坚定的考验之旅，只有身体贞洁、心怀虔诚、灵魂纯净的骑士才能追寻到圣杯。但是，随着人文主义和科学理性的发展，人类对圣杯神圣性的怀疑日益增长，更倾向于相信"科学和理性可以使我们摆脱非理性（例如迷信的宗教）"，这"使我们能够理解世界并使我们将信仰回归人性，而不是神学构造。天堂变得越来越无关紧要了"③。因此，"在各种方式中，圣杯传说已经从超越其他世界的位置下落到更适用于世俗体验的位置"④。尤其是20世纪末，英国和美国的作家倾向将圣杯用于隐喻。

洛奇沿袭了英美作家的立场。《小世界》中，中世纪基督徒朝圣被隐喻为学术研讨会，现代学者漫游世界，寻求冒险与光荣的方式就是参加学术研讨会。它"让参加者纵情享受旅行中的各种乐趣和消遣，而看起来这些人又似乎在严肃地躬行自我完善"⑤。学者参加学术研讨

---

① ［英］戴维·洛奇：《小世界》，罗贻荣译，重庆出版社1992年版，"导言"第6—7页。

② ［英］戴维·洛奇：《小世界》，赵光育译，作家出版社1998年版，第80页。

③ John B. Marino, "Humanism and the Grail Legend: From Skepticism to Metaphor", *The Grail Legend in Modern Literature*, Rochester, N.Y.: Boydell & Brewer, D. S. Brewer, 2004, p. 82.

④ John B. Marino, "Humanism and the Grail Legend: From Skepticism to Metaphor", *The Grail Legend in Modern Literature*, Rochester, N.Y.: Boydell & Brewer, D. S. Brewer, 2004, p. 82.

⑤ ［英］戴维·洛奇：《小世界》，赵光育译，作家出版社1998年版，第14页。

会等同于基督徒朝圣的严肃认真之处在于，要提交论文以及听别人宣读论文。除此之外，就是"可以到一些新的、有趣的地方旅行；与新的、有趣的人们相会，与他们建立新的、有趣的联系；相互交换流言蜚语与隐私（你的老掉牙的故事对他们都是新的，反之亦然）；吃饭，饮酒，每夜与他们寻欢作乐"①。

"圣杯骑士们寻求圣杯的基督教的、勇武的动因，是一种更为古老的异教祈丰仪式经过改头换面和升华后的翻版，那种宗教仪式的核心是有关一个阳痿的国王和他的贫瘠的王国的神话。"② 洛奇根据韦斯顿的学术观点，在作品中对应于阳痿国王设置了国际文学理论界元老亚瑟·金费舍尔，而青年学者柏斯则对应于拯救阳痿国王的圣杯骑士帕西法尔。丧失了性能力的金费舍尔，也面临学术思想缺乏创造力的窘境，学术见解仍停留在二三十年之前。在学界盛会——美国现代语言协会的年会上，学者们围绕文学"批评的功用"，社会历史批评、结构主义、西方马克思主义等学派轮番登场，各抒己见而又争论不休，这使金费舍尔陷入忧郁与疲惫。"'我想请教每一位发言人，'柏斯说，'如果大家都同意你的观点，其结果会怎么样'？"柏斯的提问激活了金费舍尔，"'啊！'亚瑟·金费舍尔的脸上突然掠过一丝微笑，好像阳光穿透云层……他独自点点头。'当然，你的意思是，在实际批评领域里至关重要的是差异而不是真理。如果大家都同意你的观点，他们肯定会步你的后尘，那么你便再也不能从中得到任何乐趣。'"③ 我们发现，学者们都认为自己在"发现真理和表达真理"，"所有的人，在某些方面，都受自我中心主义的驱使，渴望征服他人，优于他人，在争论中

---

① ［英］戴维·洛奇：《小世界》，赵光育译，作家出版社1998年版，第1页。
② ［英］戴维·洛奇：《小世界》，罗贻荣译，重庆出版社1992年版，"导言"第6页。
③ ［英］戴维·洛奇：《小世界》，赵光育译，作家出版社1998年版，第392—393页。

取胜"①。而柏斯的提问，暗含两层意思。其一，每个学者的独特观点是值得尊重的，但不是唯一重要的；其二，要正视观点之间的差异性，这恰好是学术界生机与活力的源泉。

洛奇通过柏斯拯救金费舍尔这一情节，意在反思知识分子的自我中心主义。其实，知识分子所参与的追寻只是各种追寻中之一而已。"教授们共享一种专业术语和学科，他们聚集在年会上交流论文，于是形成了自己的世界。"② 在美国学者布鲁斯·罗宾斯看来，"知识分子唯一的现实便是学术会议"③，知识界是一个孤立的世界。而学院知识分子又占据了学识和社会地位的优越性，这些都使得他们倾向于将自己的研究领域看成通向真理的唯一途径，很多问题都会从中得到解决。洛奇说："我认为知识分子最大的危险是他的虚荣、傲慢自大。我倾向于用讽刺，用喜剧，暗中瓦解这种自命不凡，这是十分巴赫金式的。"④

二 圣杯隐喻的个性化：对知识分子庸俗化的反思

在传统罗曼司中，圣杯意象最终成为基督教信仰的象征，甚至被提升到了欧洲基督教文化象征的高度。19世纪以来，"隐喻将圣杯人格化了，并将它从天堂带到了尘世"⑤。洛奇借小说男主人公柏斯之口道出了圣杯在《小世界》中的寓意——"与亚瑟王圆桌骑士有关的对圣杯的寻找，仅仅在表面上是一个基督教传说，而它真正含义只有在异

---

① 罗贻荣：《戴维·洛奇访谈录》，《外国文学》2009年第6期。
② [美]拉塞尔·雅各比：《最后的知识分子》，洪洁译，江苏人民出版社2002年版，第4页。
③ [美]布鲁斯·罗宾斯编著：《知识分子：美学、政治与学术》，王文斌等译，江苏人民出版社2002年版，第353页。
④ 罗贻荣：《戴维·洛奇访谈录》，《外国文学》2009年第6期。
⑤ John B. Marino, "Humanism and the Grail Legend: From Skepticism to Metaphor", *The Grail Legend in Modern Literature*, Rochester, N.Y.: Boydell & Brewer, D. S. Brewer, 2004, p. 82.

教的生殖仪式里才能找到……我觉得每个人都在寻找自己的圣杯。对于艾略特，它是宗教信仰，但对于别人，它可能是名誉，或者对一位好女子的爱。"① 作品设置了三位学者——莫里斯、菲利普和柏斯，他们都各自经历了"某些专业、个人和爱情的冒险。在每种情况下，对世界的极端哲学或浪漫观点都被他们的经验所削弱"②。

莫里斯将联合国教科文组织的文学批评委员会主席这一职位当作圣杯，"不仅因为这个职位将给它的拥有者带来富有和特权，而且还因为它将在那些未能夺标的人心中激起嫉妒"③。莫里斯致力于解构主义的研究，他认为"语言就是一种密码，但是每一次解码都是再一次编码"④。他把文本比作脱衣舞，"舞女挑逗观众，正如文本挑逗它的读者，给人以裸露的希望，但又拖延"⑤。参加任何学术会议，他都只是将演讲稿稍做调整，试图以这样的专业"造诣"踏上赢得"文评主席"的阶梯。他遵循"对同行中的名人怎么奉承也不会过分"的处世规则，以极尽夸赞溢美之词献媚于"文评主席"的评委金费舍尔，以期得到他的推荐。为进一步增强竞争力，莫里斯还与菲利普教授明争暗斗，力图压倒对方。但是，他最终还是与心中的圣杯失之交臂。

对于菲利普来说，圣杯是对婚外性爱的追逐。菲利普在一次研讨会上结识了已为人妻人母的乔伊，并发展成为情人关系。菲利普对她很痴迷，一路从土耳其追随到雅典。为继续沉浸于"病态的愉悦感"，他还不惜考虑与妻子希拉莉离婚。但是，家庭的温暖与责任，使他

---

① [英] 戴维·洛奇：《小世界》，赵光育译，作家出版社1998年版，第14页。
② Stuart Laing, "The three Small Worlds of David Lodge", *Critical Survey*, Vol. 3, No. 3, Text into performance, 1991, pp. 325–326.
③ [英] 戴维·洛奇：《小世界》，赵光育译，作家出版社1998年版，第149页。
④ [英] 戴维·洛奇：《小世界》，赵光育译，作家出版社1998年版，第32页。
⑤ [英] 戴维·洛奇：《小世界》，赵光育译，作家出版社1998年版，第34页。

"演的罗曼司主角失败了",菲利普放弃了乔伊,回归家庭。

柏斯为罗曼蒂克的爱情而冒险,他寻找的圣杯就是一个叫安吉丽卡的女孩。柏斯是一个信奉爱情,信奉婚前贞洁的单纯青年。在鲁米治的研讨会上,他对安吉丽卡一见钟情并希望娶她为妻。而安吉丽卡却认为柏斯是个"不可救药的浪漫的人",并以不辞而别的方式拒绝了他。从此,柏斯横越三大洲寻找安吉丽卡,但安吉丽卡已与他人订婚,柏斯终于认识到他爱的只是一个梦。

莫里斯、菲利普和柏斯的圣杯追寻之旅都以失败而告终,这是因为洛奇质疑他们追寻的目标。"就《小世界》来说,我非常清楚我要表达的是什么——是环球大学的学者们从中国到秘鲁的喷气机旅行中所显现的人类追名逐利的欲望。"[①] 洛奇作为大学学者的一员,清醒地意识到知识分子也在不断走向庸俗化,并已走向传统知识分子的反面。传统的知识分子,"其活动不是追求实际目的,而是从事艺术、学问及形而上学的思维,即追求达到获得超越的善那种愉悦的人类的某个阶层"[②],其知性的价值,体现于正义、真实与理性。而如今的知识分子则沉浸在追求物欲满足与获得权力与荣誉的喜悦中,"同时也达到了自觉追求这种权力和荣誉的地步"[③]。

尽管洛奇并不认同学者追寻的动力与目标,他却肯定了学者们在追寻过程中对自身探索的努力,这种努力从结果上讲是徒然的,却能让学者躬身自省。虽然与"文评主席"失之交臂,但遭遇绑架的经历,让莫里斯对解构主义有了新的认识:"解构主义最终并不都是再一次的编码……死亡是一个你无法解构的概念。从那里追溯而上,你将止于

---

① [英]戴维·洛奇:《小世界》,罗贻荣译,重庆出版社1992年版,"导言"第4页。
② [法]朱里安·本达:《知识分子的背叛》,孙传钊译,吉林人民出版社2004年版,第3页。
③ [法]朱里安·本达:《知识分子的背叛》,孙传钊译,吉林人民出版社2004年版,第16页。

一个自主自我的古老概念。我死，故我在。这是我在那些意大利激进主义分子威胁要解构我时意识到的。"① 无法与乔伊再续前缘的菲利普，愧疚地坦承自己对乔伊在情感上的亏欠。为追寻心中女神而不惜环球旅行的柏斯，则突然顿悟到原来切瑞尔·萨默碧才是真正爱他的人。正如学者约翰·马力诺所言："戴维·洛奇对追求的目标持怀疑态度，但对探索本身持乐观态度。圣杯高不可攀，但英雄仍都奋力追求。"②

三 圣杯隐喻的深层结构：对人类追寻意识的深刻自省

中世纪时期，圣杯意象是宗教信仰的象征，圣杯传奇的基本矛盾围绕着骑士英雄与其对立者展开，隐含契约结构，即天主或耶稣与人类订立的约，一个是立约—履约—奖赏，另一个为立约—履约—违约—惩罚。实现追寻圣杯的誓言，履行与神订约的骑士包括盖拉哈德、帕西法尔和鲍斯，而兰斯洛特、高文等其他骑士被爱情、权力等世俗欲望迷惑，无法履行与神的约定，最终遭到了惩罚。在这个深层结构的范式下，"真正的罗曼司是一种前小说叙述形式。它充满了冒险与巧合，奇遇与惊险，其中有许多人物，他们或者失踪，或者被迷惑，或者四处互相寻找，或者寻找圣杯，以及诸如此类的东西。当然，他们也常常恋爱"③。圣杯传奇是分离与重逢的故事，骑士出去冒险，总以满载收获归来或者遭到惩罚作为结束。从叙述形式上，传统罗曼司是闭锁式结构，崇尚单纯，线索以明白简单为主，首尾完整。洛奇认为，罗曼司可以突破传统的单一叙述形式，采用新的结构方式，即"它

---

① ［英］戴维·洛奇：《小世界》，赵光育译，作家出版社1998年版，第404页。
② John B. Marino, "Humanism and the Grail Legend: From Skepticism to Metaphor", *The Grail Legend in Modern Literature*, Rochester, N.Y.: Boydell & Brewer, D. S. Brewer, 2004, p.114.
③ ［英］戴维·洛奇：《小世界》，赵光育译，作家出版社1998年版，第318页。

(罗曼司)不只是有一个高潮,而是有许多高潮——文本的愉悦一次接着一次:一旦主人公命运中的危机解除,新的危机又会出现,一旦一个谜被解开,又会出现另一个谜;一旦一个冒险结束,新的冒险又重新开始。叙事问题的一张一合,一张一合,而且这一过程基本上无休无止。最伟大的和最典型的罗曼司通常没有结局……罗曼司是迭起的高潮"[①]。

按照最伟大和最典型的罗曼司的标准创作学术罗曼司,《小世界》就具有高潮迭起且没有结局的环形结构。以柏斯寻找爱情开始,并以此结束。就像学者们旅行乘坐的飞机一样,洛奇的叙述也随着旅行而不停地向前发展。在每个学术会议召开的地点,都可能出现新的"冒险",但是,飞机总能把学者们带离"险境",再为他们寻找心中的圣杯,进行新的尝试。难以逃脱的结局是,学者们向往的圣杯却无法真正接近和得到。柏斯为了追求安吉丽卡,从欧洲的阿姆斯特丹、日内瓦、洛桑到美洲的洛杉矶、夏威夷,再飞往亚洲的东京、首尔、耶路撒冷,他在每个地点都发现了安吉丽卡的印迹,却难以找到安吉丽卡,最后的纽约相见还以误认而告终。柏斯的冒险是为了寻求爱情,但还是以失败而告终,他只好重新踏上寻找爱情的旅途。另外,《小世界》的结构总是与飞机的飞行保持平行关系。每一次的冒险之旅都是追寻圣杯这一母题的变化形式之一,而且这一形式不断往复循环,没有终点。即使每一次飞行之旅都带给他们以实现的希望,学者们自身的局限性最终还是阻碍了圣杯的获得。循环的形式意在表明,只要我们生而为人,就不可避免地陷入寻找—失望—寻找的循环模式。"这就是生活,生活就是叙述。我们每个人都是一个寻找客体的主体。"[②]

---

① [英]戴维·洛奇:《小世界》,赵光育译,作家出版社1998年版,第397页。
② [英]戴维·洛奇:《小世界》,赵光育译,作家出版社1998年版,第249页。

圣杯隐喻的深层结构，使洛奇的自省范围由知识分子扩展为人类。既然人类不可避免地会陷入寻找—失望—寻找的循环模式，那人类追寻圣杯的意义何在？或者，现代世俗社会中，圣杯隐喻的意义何在？

西方确立资本主义制度以来，人与物的冲突成为西方社会的主要矛盾，"在这个新建立起的制度下，人所固有的对自由的追求和对'物欲'的贪婪紧紧地搅和在一起了……'人们的相互关系失去了道德义务感和情感特征，从而变得靠单一的经济利益来维持。所有的人际关系都基于物质利益'"①。尤其是"二战"后，物质至上的观念越来越深入人心，仿佛世界的一切问题都能在物质层面找到答案，即使被视为社会精英的知识分子也难以免俗，这导致人类不再相信绝对真理。圣杯的神圣性遭到了质疑，人类被悲观的情绪左右。然而，"矛盾的是，即使我们对神话提供答案的力量感到悲观，我们还是忍不住求助于神话。这是绝望与希望、虚无和意义之间文化斗争的重要部分，我们拒绝传统的真理观，我们又渴望真理"②。一方面，在经济利益为核心的现实环境中，神话、真理等诸如精神性的范畴过于高远，难以取得即时的实效。另一方面，"作为一个整体的人类文化，可以被称之为人不断自我解放的历程"③。人类陷入了自我矛盾的两难处境，套用歌德的诗句，在人类的心中，"盘踞着两种精神，这一个想和那一个离分！一个沉溺在强烈的爱欲当中，以固执的官能贴紧凡尘；一个则强要脱离尘世，飞向崇高的先人的灵境"④。但是，无论如何，人类总是在克服自身局限性的基础上，不断创造、更新与发展，并不断追求自

---

① 刘建军：《20世纪西方文学》，高等教育出版社2000年版，第2—3页。
② John B. Marino, "Humanism and the Grail Legend: From Skepticism to Metaphor", *The Grail Legend in Modern Literature*, Rochester, N.Y.: Boydell & Brewer, D. S. Brewer, 2004, p. 116.
③ ［德］恩斯特·卡西尔：《人论》，甘阳译，上海译文出版社1985年版，第288页。
④ ［德］歌德：《浮士德》，董问樵译，复旦大学出版社1983年版，第57—58页。

由。"在所有的这些阶段中,人都发现并且证实了一种新的力量——建设一个人自己的世界、一个'理想'的世界的力量。"① 这种力量来自对"理想"世界的向往和渴望。而圣杯象征人类的某种理想境界,追寻圣杯则意味人类追求精神潜能的实现意识。正是人类的追寻意识,使人类突破旧的价值体系,冲破既定模式的束缚,创造崭新的未来。

在《小世界》中,每个人心中都有自己的圣杯,圣杯隐喻使人们充满了希望,"即使圣杯似乎很平凡,但是它对于个体寻求治愈心灵具有伟大的救赎力量"②。圣杯隐喻,也揭示了人类已陷入永恒的追寻模式。当我们从八重天上俯瞰地球——"为沧海所环抱之小小寰球",地球也只是浩瀚宇宙中的"小世界",而作为"小世界"中的生灵之一,人类或许也要同样接受洛奇对知识分子的忠告:"知识分子应该接受这样一个观点,他们所参与其中的是一种追寻,这种追寻永远也不会完成。我的意思是,这样一些问题我们永远也找不到最终答案,它们是对生命意义的追问,回答这样的问题必须有谦卑之心。"

---

① [德]恩斯特·卡西尔:《人论》,甘阳译,上海译文出版社1985年版,第288页。
② John B. Marino, "Humanism and the Grail Legend: From Skepticism to Metaphor", *The Grail Legend in Modern Literature*, Rochester, N. Y.: Boydell & Brewer, D. S. Brewer, 2004, p. 115.

第五章　世纪之交圣杯意象的重塑与西方文学的多元话语

20世纪末21世纪初，圣杯意象再次成为西方文学表现的热点，并被打造成惊悚悬疑小说的形态时常登上图书排行榜，深受大众的欢迎。自丁尼生和怀特以来，圣杯的叙事和灵性概念发生了根本性的转变。在读者中，宗教激进主义的宗教和教义作为神圣启示的绝对概念已经逐渐被一种意识所取代，即宗教和教义是在特定的历史社会背景下以话语方式产生的。此外，现代和后现代时代对传统灵性和既定宗教的前所未有的挑战，使以前时代相对霸权的灵性话语支离破碎。消费社会中替代宗教和灵性的盛行实际上意味着这些宗教和灵性若想生存就必须部署各种营销策略。正如怀特所观察到的，灵性的叙述必须向公众出售，它们要求客户从他们的宗教经历中获得满意。因此，我们当今时代的灵性特别容易受到莱斯利·纽比金主教的批评。

> 在一个将自主个体提升为至高无上的现实的社会中，我们习惯于超市货架上提供的种类繁多的商品以及我们可以自由选择自己喜欢的品牌。这种心态很自然地应该渗透到我们对宗教的看法中。①

---

① Lesslie Newbigin, *The Gospel in a Pluralist Society*, Grand Rapids: Eerdmans, 1989, p. 168.

在中世纪作为基督教符号的圣杯意象以流行文学、影视、游戏等商业化形式包装后，成了商业化符号，这使得圣杯符号衍生了更多阐释，并具有不确定性。"圣杯符号的不确定性允许多种解释，正统基督教或异端宗教团体，甚至新时代心理宗教团体的挪用……它适合具有不同议程的团体利用。"①

第一节　世纪之交圣杯意象的阐释

资本主义工业化和现代化在推动西方社会不断向前发展的同时，也使人类陷入人口膨胀、生态环境日益恶化的危机。"一直到我们这一代，没有人有理由为下一代担忧。我们真的担忧：他们活得下去吗？他们能有一个值得生活的行星居住吗？这些问题涉及我们子女的前途，我们是第一个必须面对这些问题的世代。"② 发轫于20世纪60年代的"新时代运动"（New Age Movement）以反对资本主义工业化与现代化的方式，面对这些人类棘手的问题。而"新时代运动"形成的全球性影响，也是20世纪末期西方社会文化转型的标识之一。

一　新时代运动与"圣杯热"

按基督教观念，2000年为一个时间循环周期，到2000年是一个时间循环的结束，所谓"新时代"，指的是2000年以后的与以往迥异的后基督教时代。"新时代运动"誓要破除正统的基督教神学体系，复兴长期被挤压到边缘或遭到迫害的异教思想及相关知识体系，涵盖了巫

---

①　Dhira B. Mahoney, "Introduction", in Dhira B. Mahoney ed., *The Grail: A Casebook*, New York: Garland Publishing, 2000, p. 77.
②　[美] 杰拉德·戴蒙德：《第三种猩猩——人类的身世与未来》，王道还译，海南出版社2004年版，第325页。

术文化、原始信仰、占星术、炼金术等，恢复人类对大自然的崇拜以及对灵性的重视。新时代运动掀起了西方社会文化寻根的热潮。很多西方作家也纷纷加入社会文化寻根的热潮，将文化寻根作为他们反对西方理性主义传统、反思现代性的一种文化资源，并希望建立"二希"之外的一种新的欧洲文化范式及其社会信仰与价体系。① 以托尔金、刘易斯和罗琳为代表的英国现代奇幻文学的兴起以及盛行，就是西方文学对文化寻根热潮的典型回应。"无疑地，新时代运动正在冲击和形塑西方文化，甚至有人认为，新时代文化已经与基督教和世俗人文主义（Secular Humanism）并驾齐驱地成为西方的主流文化。"② 根据叶舒宪先生的观点，"就西方社会自身而言，文化寻根与文化再认同分别在以下的几个层面展开：针对欧洲中心主义、白人种族主义、男性中心主义和文明优越主义的复合性价值体系，当代文化寻根运动者反思和批判的锋芒也主要集中在种族、地理、历史观、性别、宗教诸方面。西方文化寻根运动的主要分支包括：黑色风暴、凯尔特复兴、女神复兴、东方转向、原始转向和生态转向"③。而这六个分支中，凯尔特复兴、女神复兴、原始转向和生态转向都与"圣杯热"的全球化息息相关。

如同《哈利·波特》系列小说来自凯尔特文化传统，"圣杯热"也是凯尔特文化的复兴的标志之一。凯尔特人追求宗教的抚慰，在凯尔特人中间除了武士之外，祭司被称为"督伊德"（Druid），他的地位最重要，除了布道，同时还承担医生、教师、卜士和法官的职责。

---

① 高红梅：《中国玄幻小说对英国现代奇幻文学的变异性接受》，《东北师大学报》（哲学社会科学版）2015年第3期。

② ［美］约翰·萨里巴：《基督教对新时代运动的回应：批评性的评估》，朱锦良译，《哲学门》2006年第2期。

③ 叶舒宪：《新启蒙：文化寻根与20世纪思想的转向》，《天津社会科学》2005年第4期。

第五章　世纪之交圣杯意象的重塑与西方文学的多元话语

中世纪骑士文学中圣杯的起源，就是比基督诞生久远的凯尔特文化，只是中世纪时期才逐步被基督教化。正如本书《导论·第三节圣杯意象起源的文献考证和阐释》所述，根据威尔马克、布朗的考证，圣杯的原型是爱尔兰神话中的达格达神锅。卢米斯认为，圣杯的前身是凯尔特神话传说中装满了花果并象征着活力与富裕的羊角。21世纪初，随着《哈利·波特》系列小说的火爆，凯尔特文化成为作家争相发掘的宝藏，带有异教神秘色彩的圣杯也颇受青睐，追寻圣杯再次成为《达·芬奇密码》《最后的圣殿骑士》《圣杯奇谋》等作品的主旋律。《达·芬奇密码》第104章和《圣杯奇谋》的"舞会请柬"中都写到了坐落在苏格兰爱丁堡市的罗斯林大教堂。"罗斯林教堂，又被称为密码教堂……其旧址是一座崇拜密特拉的神庙"①，相传是圣杯的保藏圣地。罗斯林教堂相传是由圣殿骑士团所建，"礼拜堂里收藏有大量的基督教、伊斯兰教、共济会、其他教派以及凯尔特风格的绘画、象形图文和徽标。有人推想，这座礼拜堂曾经是神殿骑士团的藏宝地"②。

"圣杯热"在文化寻根方面的又一层意义是生态主义和女神崇拜。正如前文所论证，20世纪末期开始到21世纪初，《圣血与圣杯》和《达·芬奇密码》都抛弃了圣杯的基督教神学话语，将圣杯视为女性子宫的象征，恢复了异教原始自然崇拜和女神崇拜的观念。而生态主义和女神崇拜的理论基础分别来自新时代运动的英国科学家洛夫洛克（James Lovelock）的"盖娅假说"和英国人类学家苏珊·格林伍德（Susan Greenwood）的理论。洛夫洛克将盖娅比作一个生物有

---

① ［美］丹·布朗：《达·芬奇密码》，朱振武、吴晟、周元晓译，人民文学出版社2013年版，第369页。
② ［美］琳恩·索尔兹、乔·摩尔：《圣杯奇谋》，张晗宇等译，作家出版社2006年版，第271页。

机体,"尽管盖娅对于某些像人类这样刚愎自用的物种可能具有免疫功能……但并不意味着我们作为一个物种,可以逃脱我们的愚蠢行为的影响"①。很显然,"盖娅理论将使我们远离那种蔑视万物的、人类中心论的态度,导向对于其他圣灵的强烈的崇敬和热切的期望"②。苏珊·格林伍德指出,西方传统总把巫术和巫师看作异教信仰的一种形式。布达佩丝忒和丝塔霍克将女性主义研究融入异教运动,并认为巫术活动是反抗父权制文明的一种活动。③ 另外,20世纪女性主义神话学的崛起和考古的新发现,不断丰富女神崇拜的理据,这也是西方文化寻根思潮的重要组成部分。

二 后现代主义对圣杯意象的形塑

美国学者詹姆逊将西方资本主义的发展概括为市场资本主义时期、垄断资本主义时期和后期资本主义三个主要阶段。现实主义是市场资本主义文化的典型特征,现代主义是垄断资本主义文化的典型特征,第三阶段后期资本主义也被称为后工业化资本主义、多国化资本主义时期或者媒介资本主义,后现代主义是其文化的显著特征。④ 尽管对后现代主义众说纷纭,但对权威的质疑与批判是其最大公约数,詹明逊认为,"后现代主义是当代多民族的资本主义的逻辑和活力偏离中心在文化上的一个投影"⑤。伊格尔顿说:"从哲学上说,后现代思想的典

---

① [美]比尔·麦克基本:《自然的终结》,孙晓春、马树林译,吉林人民出版社2000年版,第154页。
② [美]比尔·麦克基本:《自然的终结》,孙晓春、马树林译,吉林人民出版社2000年版,第154页。
③ 叶舒宪:《西方文化寻根中的"女神复兴"——从"盖娅假说"到"女神文明"》,《文艺理论与批评》2002年第4期。
④ [美]弗雷德里克·詹姆逊:《现代性、后现代性和全球化》,王逢振等译,中国人民大学出版社2004年版,第35页。
⑤ [美]詹明信:《晚期资本主义的文化逻辑》,陈清侨、严锋等译,生活·读书·新知三联书店2013年版,第238页。

型特征是小心避开绝对价值、坚实的认识论基础、总体政治眼光、关于历史的宏大理论和'封闭的'概念体系。"① 偏离权威与非中心性，使得后现代主义呈现出自由、开放的文化姿态，这是后现代主义最让我们印象深刻，也是最让我们没有安全感的所在。它不断利用传统是为了颠覆传统，不断解构权威与中心话语。从历史的言说到父权文明的阐释，从制度到文化，向一切既定的观念、程式、习俗、定见等等都提出质疑。以《圣血与圣杯》为例，圣杯与基督教的历史解读与分析，不再只有不可撼动的定论。承担历史书写的既然是个体，那么，客观的史书也只是主观的产物。《圣血与圣杯》将历史文本化，其文学与历史的界限就很难划清，甚至模糊一片。在这本书的1981年版引言和1996年版引言之中，作者亨利·林肯都在竭力强调这本书的历史学意义的严肃性与真实性。"我们涉及的是历史可能性与或然性，即使用到了事实，那也是历史事实。我们的神学批评者们，大多数并没有多少历史知识，只能从信仰的立场攻击我们。信仰根本不是评价历史的最佳视角，但我们的众多批评者别无选择。似乎对他们来说，我们含蓄地挑战了他们必须要捍卫的既得利益，无论他们的观点赖以建立的基础是多么的脆弱。"② 但是，安东尼·伯吉斯将这本书描述为一部小说的精彩基础。它是部分神秘、部分惊悚与部分历史，并从第一页就将它们连接在一起。甚至有学者认为，《圣血与圣杯》是"后现代主义小说角落中的石头"。可以说，这本书体现出后现代主义的烙印。

后现代主义的一个典型的表征，即大众文化的兴起与繁荣。"从文化上说，人们可以把后现代主义定义为对现代主义本身的精英文化的

---

① [英]特里·伊格尔顿：《后现代主义的幻象》，华明译，商务印书馆2000年版，第1页。
② [英]亨利·林肯：《1996年版引言》，《圣血与圣杯》，李永成等译，世界知识出版社2008年版，第10页。

一种反应，它远比现代主义更加愿意接受流行的、商业的、民主的和大众消费的市场……它代表了在一个发达的和变形的资本主义社会条件下，一般文化生产和商品生产的最终结合。"① 工业生产是大众文化的发动机，其动力原则为市场逻辑，"我们已经看到了后现代主义再现或再生产—强化—消费资本主义逻辑的方式"②。文学创作变成了文学的工业化生产，决定创作的不再只是作家的主观意愿，而是市场的经济效应。"文学和文学作品，都是只有在从书桌走到市场之后才告完成。这是说，在被包装、宣传、广告和卖出之前，文学都是不完整的。"③ 由此，文学作品变成了文化商品，受欢迎并激发读者购买欲望的文学作品变成了文学畅销书。文学畅销书即"一个时期内，在同类书的销量中居领先地位的书，作为表明公众的文学趣味和评价的一种标志"。简而言之，就是"销量较好的书或在更新的图书面世之前销量尚好的书"④。《圣血与圣杯》引发西方读者对圣杯及基督教史的兴趣，为以圣杯题材的文学作品奠定了一定的市场基础。《达·芬奇密码》《圣殿骑士》和《圣杯奇谋》等题材的文学作品都被推向文学市场去接受检验，其中以《达·芬奇密码》最具代表性，它的市场号召力最强。2003年《达·芬奇密码》出版后，从2003年3月31日第一次登上美国文学畅销榜榜首后，当年上榜39次，登上榜首25次。尽管由于宗教信仰的问题，小说的争议不断。但仅就文学作品本身而言，获得了文学评论界与读者的一致好评。尤其这部小说的两年连续雄踞

---

① ［英］特里·伊格尔顿：《后现代主义的幻象》，华明译，商务印书馆2000年版，第1页。
② ［美］詹明信：《晚期资本主义的文化逻辑》，陈清侨、严锋等译，生活·读书·新知三联书店2013年版，第343页。
③ ［美］莱利斯·菲德勒：《文学是什么——高雅文化与大众社会》，陆扬译，译林出版社2011年版，第16页。
④ ［美］萨瑟兰：《英美畅销小说简史》，苏耕欣译，外语教学与研究出版社2009年版，第13页。

美国各大文学类榜单榜首；同时它也占据美国亚马逊网上书店的销量排行榜霸主的地位，其累计销量超过 1500 万本。更让人惊喜的是，《达·芬奇密码》四年间上榜总共 163 次，创造了连续畅销四年的神话，也成为 2000—2009 年最为畅销的文学作品，被誉为超级畅销书。

《达·芬奇密码》适应大众审美期待视野，成为畅销书；反过来，它作为畅销书也引导了文学的生产。《达·芬奇密码》是典型的悬疑惊悚小说，它成功地将谋杀、侦探、神秘、悬疑、历史、宗教、科学、言情等许多畅销要素融入小说，满足了大众的猎奇、享受悬念带来刺激的心理。它的畅销，一是引发了圣杯意象及其相关题材的创作热度，二则引发了用悬疑惊悚的形式包装圣杯题材的热度。继《达·芬奇密码》之后，《圣杯奇谋》和《最后的圣殿骑士》等同题材、同类型的作品相继问世。2006 年 1 月美国作家雷蒙德·库利创作的《最后的圣殿骑士》出版，同样是圣杯题材的神秘惊悚小说，其中文版的封面宣传语"《达·芬奇密码》只是开了个头，《最后的圣殿骑士》则把故事讲完了"。其实，这两部小说只是题材有联系，故事情节则毫无相关之处。这本小说问世后，当即一跃成为美国《纽约时报》畅销书排行榜的第一名，目前该书已被 40 多个国家与地区翻译、出版。20 世纪以及之前的年代，很多经典作家都以圣杯为题材进行创作，圣杯意象已被塑造成经典化的文学意象。而进入 21 世纪，随着出版业商业化的趋势日渐增强，圣杯意象被悬疑惊悚这类通俗小说所青睐，它的象征意蕴也呈现出多元化，具有不确定性。正如《达·芬奇密码》中女主人公索菲的祖母玛丽所言："为我们灵魂服务的不在于圣杯本身，而是它身上藏着的谜，以及令人惊叹的东西。圣杯美就美在它虚无缥缈的本质。"[1] 很显然，它已成为大众文化的流行符号。

---

[1] ［美］丹·布朗：《达·芬奇密码》，朱振武、吴晟、周元晓译，人民文学出版社 2013 年版，第 381 页。

此外，我们仍需关注的是，圣杯意象成为大众文化的流行符号，不是这类文学作品深受市场欢迎的唯一因素，还在于圣杯意象所凝结的宗教知识、历史掌故、经典艺术等这类高雅文化的内容与通俗文学形式的结合，打破了高雅与通俗的界限，并将作品指向当代西方人面对文化转型的生存状态，达成了雅俗共赏的艺术效果。正如杰姆逊所言："到了后现代主义阶段，文化已经完全大众化了，高雅文化与通俗文化、纯文学与通俗文学的距离正在消失。"① 由此，后现代主义完成了对圣杯意象的形塑的同时，也实现了圣杯意象的后现代化。

三 后现代主义社会对圣杯意象的传播

20世纪60年代以来，大众文化逐渐成为西方社会的主流，是后现代社会最突出的特征之一。尤其进入全球化时代以来，大众文化对西方人的价值观念和生活方式产生了巨大的影响。如果说工业生产是大众文化的发动机，那么大众传媒就是消费文化的传输带。在大工业生产中实践，经由大众传媒输送。大众媒介作为大众文化的终端，与大众社会生活的关系非常密切，网络、广播、影视、手机等延伸到日常生活的各个层面，以文学等为代表的精英文化不再是民众精神生活所追求的境界，影像文本反而成为最普及而又具典型意义的艺术形式，艺术生产工业化、精神生活世俗化与消费化，贴近大众的同时也走向了媚俗，追求"好看"的同时也走向了"好卖"的商业模式。在传媒更符合大众审美期待视野的形势下，文学作品也要经由大众传媒的包装、宣传、广告等形式，才能更多地被大众所关注与接受。"大众传播创造了一个巨大的公共空间，在这个空间里，各种传播的信息以不同的媒介形式迅速流动。由于大众传播特有的媒介化，超越了传统文化

---

① ［美］杰姆逊：《后现代主义与文化理论》，北京大学出版社1997年版，第162页。

第五章　世纪之交圣杯意象的重塑与西方文学的多元话语

那种受制于空间地域和时间的传播方式,其有效性是无边的、广阔的。"①《达·芬奇密码》和《最后的圣殿骑士》等当代"圣杯传奇"就是经由大众传媒的传播,而迅速被世界各地的读者们所了解与认同。

2003—2004 年《达·芬奇密码》成为《纽约时报》畅销书排行榜首后,美国哥伦比亚电影公司看好《达·芬奇密码》的商业潜力,约请朗·霍华德导演同名电影,力邀具有票房号召力的好莱坞影星汤姆·汉克斯、法国女演员奥黛丽·塔图共同出演该影片。这部电影 2005 年 6 月开始拍摄,于 2016 年 5 月 19 日全球同步上映。据统计,2006 当年电影《达·芬奇密码》取得北美票房累计 21754 万美元,位列北美电影票房排行榜第 4 名。它所取得的全球票房收入高达 75670 万美元,位列 2006 年全球电影票房排行榜第二。电影《达·芬奇密码》全球票房傲人的战绩,促进了小说《达·芬奇密码》在全球范围内的销售。截至 2013 年,"《达·芬奇密码》已成为一本世界性畅销读物,它被译成五十多种语言文字在全球二百多个国家出版发行,是名副其实的史上六大畅销书之一"②。由此,在大众传媒的推动之下,真正实现了圣杯意象的全球化。正如学者麦克卢汉所言,"通过广播、电视和电脑,我们正在进入一个环球舞台,当今世界是一场正在演出的戏剧。个体的、隐私的、分割知识的、应用知识的、'观点的'、专门化目标的时代,已经被一个马赛克世界的全局意识所取代。在这个世界里,空间和时间的差异在电视、喷气式飞机和电脑的作用下已经不复存在。这是一个同步的、'瞬息传播'的世界。此间的一切东西都像电力场中的东西一样互相共鸣"③。在大众传媒的助力下,圣杯传奇的母

---

① 周宪:《文化表征与文化研究》,北京大学出版社 2007 年版,第 247 页。
② 于畅:《21 世纪以来的引进版畅销书研究》,东北师范大学,硕士研究生论文,2013 年。
③ [加]埃里克·麦克卢汉、[加]弗兰克·秦格龙编:《麦克卢汉精粹》,何道宽译,南京大学出版社 2000 年版,第 464—465 页。

体文学——亚瑟王和他的圆桌骑士的故事再次受到全球受众的热烈追捧,以此为题材的儿童读物、叙事诗歌、小说、影视、电子游戏更是行销世界各地,仅20世纪后半期就有100多部此类小说出版。

在21世纪之前,大众传媒或影像文本还没有渗透到社会生活的方方面面。随着机械复制技术与影像技术的提高,西方社会进入了图像传播阶段。后现代主义社会进入到"有图有真相的时代",正如苏珊·桑塔格所言:"由于我们制造影像、消费影像,我们就需要更多的影像,越来越多的影像。但影像并非这世界必须彻底搜索的宝藏;它们恰恰是目光所及之处近在身边的东西。"① 从这个意义上,后现代主义社会成为一个被大众媒体所控制的社会,"当代文化正在变成一种视觉文化,而不是一种印刷文化,这是千真万确的事实"②。大众媒体不仅司空见惯,"简单地说,媒体和很多其他事物一样是社会现实的一部分。当我们读报和看电视的时候,我们并没有存在于社会现实之外;同理,我们关掉电视去洗碗或者放下报纸去睡觉也并不意味着我们又回到了现实之中。实际上,在表现或再现的世界之外根本就不存在纯粹的社会现实,现实是通过语言、交流和图像传递给我们的。社会意义都是不可避免地通过表现和选择得到的"③。当通过影像媒介表现与传播圣杯意象,圣杯意象的价值与意义会发生变化。

一方面,对于接受主体而言,以圣杯为题材的电影与文学作品的差别在于,影像文本是对文学本书的解读。如果我们将图像作为一个文本来解读,那么蒙太奇手法形成了影像文本的"召唤结构"。毋庸置

---

① 苏珊·桑塔格:《论摄影》,艾红华、毛建雄译,湖南美术出版社1999年版,第196页。
② [美]丹尼尔·贝尔:《资本主义文化矛盾》,赵一凡、蒲隆、任晓晋译,生活·读书·新知三联书店1989年版,第156页。
③ [英]安吉拉·默克罗比:《后现代主义与大众文化》,田晓菲译,中央编译出版社2000年版,第273页。

疑的是，影视文本的蒙太奇是导演个人创作意图的主观表达，其"召唤结构"也就具有了个体的局限性、单一性。作为观众，不同文化背景、种族与国家的接受群体，只能按照导演的主观预设被动地接受其个人化的圣杯文学。

另一方面，关于圣杯的影视作品的生产和消费，调动一切符号形式资源和高科技手段来制造这种精致的、玄幻的画面，从根本上在于满足人们追求生理快感的娱乐享受。"观众们如此紧紧地跟随踪着变换迅速的电视图像，以至于难以把那些形象的所指，连结成一个有意义的叙述，他（或她）仅仅陶醉于那些由众多画面跌连闪现的屏幕图像所造成的紧张与感官刺激。"① 通过影像媒介圣杯意象变得直接、明确、具体、浅近，而文学文本通常不会具象地描述圣杯意象，因为它是神圣而神秘的。圣杯意象的塑造意在摆脱生活欲望最终指向信仰维度，指向了人类渴望向上飞升的精神境界，具有抽象性与超越性。于是，传奇叙述所建构起来的深度想象空间与思考角度被压缩，影视作品、电子游戏等影像媒介消解了圣杯意象的精神价值与美学意义。正如丹尼尔所强调的，影像媒介"由于强调形象，而不强调词语，引起的不是概念化，而是戏剧化"而"印刷文化不仅强调认识性和象征性的东西，而且更重要的是概念思维的必要方式"。②

由此我们发现，大众文化语境使得圣杯意象陷入了尴尬的境遇：一方面，借助大众传媒的覆盖面与传播速度，圣杯意象具有了普世性；另一方面，也恰好是大众传媒解构了圣杯意象的本质特征——超验性与神秘性。这或许就是大众文化语境下传统文学意象的宿命。

---

① ［英］迈克·费瑟斯通：《消费文化与后现代主义》，刘精明译，译林出版社2000年版，第8页。
② ［美］丹尼尔·贝尔：《资本主义文化矛盾》，赵一凡、蒲隆、任晓晋译，生活·读书·新知三联书店1989年版，第175页。

第二节 《圣血与圣杯》对圣杯阐释传统的解构

20世纪下半叶，一些小说家把历史与虚构似是而非地糅合在一起，《圣血与圣杯》也属于这一类。英国作家亨利·林肯（Henry Lincoln）是BBC的金牌编剧，创作了二十五年的电视剧本。1969年，他在旅途中阅读了杰拉德·戴西德《被诅咒的财富》一书，这本书引发了他对"雷恩堡之谜"及其相关历史的极大兴趣，1975年后，他先后结识了作家兼大学讲师理查德·利（Richard Leigh）和致力于研究圣殿骑士团问题的心理学研究生迈克尔·贝金特（Michael Baigent），他们组成了一个研究团队。1979年，这个研究团队推出了历史纪录片《圣殿骑士团之谜》，这使得他们必须直接面对"雷恩堡之谜"赖以存在的根基，由此他们展开了对圣杯之谜的相关探讨。1982年，研究团队的《圣血与圣杯》（*The Holy Blood and The Holy Grail*）在英国和美国出版，引发了空前的关注，"被指责试图颠覆延续了两千多年的正统基督教思想基础"[①]。如何来看待这种争议呢？

一 "祛魅"与"返魅"并存下的宗教阐释

在中世纪以亚瑟王为题材的传奇中，圣杯从异教生命的象征升华为上帝信仰的象征，圣杯以及对上帝的信仰是一个毋庸置疑的存在事实，是在骑士争先恐后地历险追寻以及立约—违约—惩罚的契约结构中体现出的神圣与权威，世俗欲望与理性在这个时代处于非常卑微的地位。对于圣杯传奇中所强调的圣杯出现在主要宗教仪式——圣餐礼，中世纪经院哲学强调它对人类精神生活的引导作用，"洗礼的水并没有

---

① ［英］亨利·林肯、［新］迈克尔·贝金特、［美］理查德·利：《圣血与圣杯·中文版小序》，李永成等译，世界知识出版社2008年版，第1页。

因为水的原因而导致任何灵性功效,而是由于在水中的圣灵的权力之故……基督的真身与面包和葡萄酒关系亦然,就像圣灵的权力与洗礼的水的关系一样"①。它的神圣来自耶稣本人:"圣餐与其他具有可感知东西的圣礼的区别在于,圣餐具有一些绝对神圣的东西,也就是耶稣自身的身体。"② 中世纪是圣杯以及它所代表的宗教信仰"施魅"的时代,这个传统对西方文化传统以及道德观念影响极为深远,"过去,在世界任何地区,构成人类生活态度最重要因素之一者,乃巫术与宗教的力量,以及奠基于对这些力量之信仰而来的伦理义务的观念"③。在 18 世纪以"理性崇拜"为主导的启蒙运动中,理性似乎击败了宗教,并逐渐成为 19 世纪主导西方社会的精神模式与思维方式。但是,19 世纪浪漫主义的兴起与盛行,对理性主义发起了反攻,圣杯以及宗教才能再次进入文学与大众的视野。到了 20 世纪,尤其是第一次世界大战后,战争的惨烈程度与破坏性促使西方社会重新反思科学理性对人类精神诸方面尤其对宗教的局限性。"世界图像与生活样式的近代形态,在理论上与实践上、知性上与目的取向上 Zneckhaften 全面理性化的一般性结果是:宗教——就世界图像之知性形构的观点而言——已被归置到非理性的领域里去;随着目的取向类型的理性化愈益进展,情况就愈是如此。"④ 理性所代表的世俗主义无法解决西方人面对的精神困惑与生命难题。于是,宗教信仰复兴,西方社会对宗教的态度进入转折期。宗教的复兴,标志着"复魅"(Enchantment)运动的崛起。

---

① 高春常:《世界的祛魅:西方宗教精神》,江西人民出版社 2009 年版,第 182 页;Thomas Aquinas, Summa Theologica, Part Ⅲ, p. 519.
② 高春常:《世界的祛魅:西方宗教精神》,江西人民出版社 2009 年版,第 182 页;Thomas Aquinas, Summa Theologica, Part Ⅲ, p. 519.
③ [德] 马克斯·韦伯:《韦伯作品集》(第五卷),康乐、简惠美译,广西师范大学出版社 2004 年版,第 460 页。
④ [德] 马克斯·韦伯:《比较宗教学导论——世界诸宗教之经济伦理》,《韦伯作品集》(第五卷),康乐、简惠美译,广西师范大学出版社 2004 年版,第 478 页。

学者任剑涛认为，复魅运动带来两个结果，一是宗教神学的再次兴盛；二是传统宗教与新兴宗教的并行不悖与互相映衬。宗教神学的复兴促使人们以理性态度对待宗教信仰，因为宗教仍然具有面对现实世界和解决现实问题的能力。后者，对宗教信仰仍然怀有虔诚之心，将信仰看作人类的精神归宿。另外，18世纪启蒙运动以来形成的科学理性传统，依然占据社会生活的主流地位。因此，20世纪是"祛魅"与"返魅"并存的时代，《圣血与圣杯》是"祛魅"与"返魅"两种极端思潮并存下的产物。

在西方，正统的基督被理解为"一个凝练、同质、统一的实体"，基督教经典《新约》的"四福音书"讲述了耶稣受难与复活的历史事件，从而体现耶稣至高无上的宗教地位。一直以来，西方人坚信"四福音书"的权威性与可靠性，尤其对忠诚的基督教徒来说，这些记述被奉为经典与圭臬。但是，对于《圣血与圣杯》的三位作者而言，"'四大福音'不但相互矛盾，而且有时还存在严重的分歧"[①]。例如，关于耶稣的出生与血脉，《马太福音》和《路加福音》的记载是相互矛盾的。据《马太福音》，耶稣是亚伯拉罕的后裔，大卫的子孙。但是，据《路加福音》，耶稣的母亲玛利亚是许配大卫家的一个童女，这与《马太福音》的记载不一致。另外，关于耶稣本人的个性、特征以及受难日期等方面的记述，四福音书也各执一词。从这些自相矛盾处入手，《圣血与圣杯》的三位作者对传统权威的耶稣记述进行祛魅，将耶稣由一个神还原为一个贵族出身的有婚姻的修士国王。由此，似乎有意推翻基督教的起源，并展开对圣杯象征意义新的阐释，从而为基督教与圣杯蒙上了一层新的神秘面纱。在《圣血与圣杯》的三位作者看来，这本书"揭开了贯穿整个西方文明并延续了至少2000年的谜团

---

① [英]亨利·林肯、[新]迈克尔·贝金特、[美]理查德·利：《圣血与圣杯》，李永成等译，世界知识出版社2008年版，第283页。

外表。谜团的深层内容还有待彻底的探索和挖掘"①,体现了从"祛魅"到"复魅"的过程。但是,这种解读方法有较强的后现代风格,其可信性遭到了西方正统学界的质疑。

二 对耶稣受难的解构

中世纪时,圣杯是指耶稣在最后晚餐中使用的杯子。耶稣受难后,亚利马太的约瑟用它来承接耶稣受刑时流出的鲜血,后来,约瑟将它带到了英格兰。由此,圣杯被理解为宗教信仰的象征。这种对圣杯的阐释,以圣杯与耶稣受难的联系为逻辑起点,以强化圣杯的象征意义为终点,体现出异教传说被基督教化的力量。在《圣血与圣杯》中,"圣杯至少同时代表两种事物。一是耶稣的后裔和血脉——'王室血脉',其守护者正是锡安隐修会创立的圣殿骑士团"②。这种对圣杯的新阐释,尽管也是以圣杯与耶稣受难的联系为逻辑起点,却解构了传统上耶稣的身世、个人经历以及耶稣受难的说法。另外,这种新阐释强化的不是圣杯本身及其象征意义,而是圣杯中圣血的具体所指。

耶稣王朝与耶稣受难的重新考证是界定圣杯本质的基础。《马太福音》记载,耶稣是所罗门和大卫王的直系子孙。"这样从亚伯拉罕到大卫、共有十四代。从大卫到迁至巴比伦的时候,也有十四代,从迁至巴比伦的时候到基督又有十四代。耶稣基督降生的事,记在下面。他母亲玛利亚已经许配了约瑟,还没有迎娶,玛利亚就从圣灵怀了孕。她丈夫约瑟是个义人,不愿意公开羞辱她,想要暗暗地把她休了。正思念这事的时候,有主的使者向他梦中显现说:'大卫的子孙约瑟,不

---

① [英]亨利·林肯、[新]迈克尔·贝金特、[美]理查德·利:《圣血与圣杯》,李永成等译,世界知识出版社2008年版,第19—20页。
② [英]亨利·林肯、[新]迈克尔·贝金特、[美]理查德·利:《圣血与圣杯》,李永成等译,世界知识出版社2008年版,第354页。

要怕，只管娶过你的妻子玛利亚来。因她所怀的孕，是从圣灵来的。她将要生一个儿子。你要给他起名叫耶稣。因他要将自己的百姓从罪恶里救出来。'"① 由此，作者推论出，耶稣王朝存在的可能性与真实性。"他就有合法权利继承统一的巴勒斯坦的王位——甚或是唯一有合法继承权的人。因此，十字架上的刻字也许并不是暴虐残酷的嘲笑，因为事实上耶稣就是'犹地亚人的王'。"② 他试图重新夺回王权。作者利用这种说法有意推翻关于耶稣身世的另一种说法——"穷困的拿撒勒木匠"。对于这种说法，作者找出的理由也似乎比较充分，"拿撒勒是公元68—74年暴动之后的某个时候才成为市镇的，而耶稣和它的联系不过是语义上的混淆罢了——无论是偶然的，还是人为的——这种情况在《新约》里非常典型"③。耶稣不仅是国王，而且娶了抹大拉为妻，并繁育了自己的后代。"耶稣很可能在受难前就已经有了多个孩子。如果他没有死在十字架上，那么他留下后嗣的可能性就更大了。"④ 还有现代作家认为，巴拉巴很可能是耶稣的亲生儿子。

关于耶稣受难，《新约》记载耶稣被钉死在十字架上，作者认为这种说法难以自圆其说。其一，耶稣触怒的是罗马人，不是犹太人。其二，根据福音书描述的十字架刑罚，难以将耶稣致死。其三，耶稣刚闻到或尝到浸了催眠药的海绵就"撒手人寰"，这是在设计死亡的假象，以实现《旧约》关于弥赛亚的预言。其四，耶稣受难被"远远地"看到，这可证明耶稣受刑是私下进行并得到彼拉多的协助，彼拉

---

① 中国基督教三自爱国运动委员会：《圣经·中英对照》，中国基督教协会2016年版，第1—2页。
② ［英］亨利·林肯、［新］迈克尔·贝金特、［美］理查德·利：《圣血与圣杯》，李永成等译，世界知识出版社2008年版，第305页。
③ ［英］亨利·林肯、［新］迈克尔·贝金特、［美］理查德·利：《圣血与圣杯》，李永成等译，世界知识出版社2008年版，第306页。
④ ［英］亨利·林肯、［新］迈克尔·贝金特、［美］理查德·利：《圣血与圣杯》，李永成等译，世界知识出版社2008年版，第311页。

多不仅违反了当时罗马的法律规定,使被钉死的人下葬,并且让亚利马太的约瑟带走了耶稣的尸体。因此,作者对耶稣的受难进行了重新论证。

> 这样一位抱负远大的修士国王很可能招来强大的反对者——包括罗马政府和以撒都该人为代表的犹太既得利益集团。其中一方或双方都决定阻止他夺取王位。但是他们清除耶稣的努力并没有获得预期的成功。这位修士国王好像有着许多身居高位的朋友,他们买通腐败的罗马总督合谋执行了一次假的受难之刑——刑场设在私人属地,只有少数人在场。由于大部分人只能在远处观看,这次行刑得以精心谋划——找个人代替修士国王钉在十字架上,或者修士国王并没死去。到了黄昏——人们更看不清楚了——从十字架上解下'尸体',葬在附近恰好有的一座坟墓里,一两天后,尸体'奇迹般地'消失了。①

得以保住性命的耶稣或者复活耶稣的去向,成为后世不断言说的话题。

> 如果我们的推断是准确的,他们和亚利马太的约瑟及其他人一起,乘船离开了圣地。在马赛上岸后,抹大拉很可能把圣杯——"王室血脉",大卫家族的后裔——带到了法国。②

圣杯的指代意义来自圣杯所承接的圣血,它具体指耶稣的血脉。《圣血圣杯》的作者认为,耶稣家人尤其是他孩子的下落比耶稣的下落

---

① [英]亨利·林肯、[新]迈克尔·贝金特、[美]理查德·利:《圣血与圣杯》,李永成等译,世界知识出版社2008年版,第316页。
② [英]亨利·林肯、[新]迈克尔·贝金特、[美]理查德·利:《圣血与圣杯》,李永成等译,世界知识出版社2008年版,第317页。

更重要。但是,传统的观点把耶稣的去向作为他们关注的中心。出自伊斯兰和印度的说法是,耶稣最终在克什米尔走到人生的终点。贝朗热·索尼埃也认为耶稣至少活到公元45年。

宗教人士认为,《圣血与圣杯》的新结论是异端邪说,与形成很久的基督教教义相矛盾,这被认为是绝对危险的,其危险在于会动摇人们的基督教信仰。

三 抹大拉、生殖崇拜与圣杯意象的文化阐释

根据圣杯的具体所指——耶稣的"王室血脉"的说法,《圣血与圣杯》的作者进一步推出圣杯的能指符号功能及其象征意义。"根据字面意义,它可能是指接盛耶稣圣血的器皿或容器。换句话说,也有可能就是抹大拉的子宫——甚至就是指抹大拉本人……因此,圣杯可能代表了耶稣的血脉和抹大拉——她的子宫孕育了耶稣的后人。"① 这种对圣杯意象本质的认定,与抹大拉的身份、远古生殖崇拜都关联密切。

在《新约》的四福音书中,抹大拉是反复提到的耶稣追随者,而且地位极其特殊。第一,在一直跟随抹大拉的女信徒中,抹大拉始终位列首位。第二,耶稣受难时,抹大拉是少数在现场的门徒之一。第三,在耶稣复活之后,耶稣第一时间告诉了抹大拉。无论是中世纪的教会还是现代作家,他们都认为抹大拉与给耶稣抹膏油的玛利亚(柏大尼的玛利亚)是同一个人。第四,根据《隐修会文卷》,抹大拉拥有比耶稣更高的社会地位,她是便雅悯部族的人。便雅悯部族人的扫罗是以色列的开国君主,是耶稣与抹大拉的结合将便雅悯部族与朱达部族王室联姻,他们很可能举行了婚礼——迦拿婚礼,由此巩固了耶稣的王位继承权。耶稣最受宠的门徒拉撒路很可能就是耶稣的内弟。第

---

① [英]亨利·林肯、[新]迈克尔·贝金特、[美]理查德·利:《圣血与圣杯》,李永成等译,世界知识出版社2008年版,第354页。

四福音书的结尾说明,在耶稣受难之后,是耶稣和拉撒路一同安排了前往马赛的逃亡。

  耶稣的妻子和子嗣(他在16、17岁到可推算出的死亡时间里也许生育了好几个孩子)应该在逃离圣地后,来到法国南部避难,并生活在当地某个犹太社区繁衍后代。5世纪时,耶稣后裔与法兰克王室联姻后,孕育了墨洛温王朝。公元496年罗马教会与墨洛温王朝订立契约,许诺永远效忠墨洛温家族——好像完全了解他们的真实身份。这就能解释为什么克洛维会享有神圣罗马帝国皇帝的地位,成为"新君士坦丁";也能解释为什么他没有被教会加冕为王,而只是让教会加以认可。[1]

按《圣血与圣杯》作者的观点来看,抹大拉不仅孕育了耶稣的王室血脉,而且保护了耶稣王朝的后代,并可能一直延续到现在。他们根据《纳贾哈马迪经》,"可能存在一支直接源于耶稣血脉的看法应该真实可信"[2]。历史上,圣殿骑士负责保护耶稣的后裔,他们还被派往圣地就是要寻找"圣杯",它可能是耶稣的木乃伊、耶稣的结婚证书或者他孩子的出生证明,并把它带回到欧洲,埋藏在雷恩堡的储藏窖里。但是,随着1291年圣地的沦陷,墨洛温家族再次与王冠失之交臂。此时,圣殿骑士们反而成为家族的负担,从而失去了原有的守护功能与历史地位。在接下来的几百年间,锡安隐修会替代了圣殿骑士团,负责协助、指引或保护墨洛温家族。事实上,锡安隐修会也没辜负家族的期望,多次夺回了属于他们的遗产。他们也致力于破坏罗

---

[1] [英]亨利·林肯、[新]迈克尔·贝金特、[美]理查德·利:《圣血与圣杯》,李永成等译,世界知识出版社2008年版,第353页。
[2] [英]亨利·林肯、[新]迈克尔·贝金特、[美]理查德·利:《圣血与圣杯》,李永成等译,世界知识出版社2008年版,第338页。

马教会的宗教霸权，并努力为墨洛温家族谋取政治地位。学界对这段历史的真伪很难下定论，但将圣杯与女性联系在一起，倒是有理论依据可循。

圣杯象征子宫的寓意，源自母系社会的生殖崇拜。纽曼认为"女性＝躯体＝容器"，并对这个象征进行说明，"假如我们把初民关于躯体/世界的类比同其最初的元象征等式即女性/躯体/容器的类比结合起来，便可获得人类史前期的普遍象征公式：女人＝躯体＝容器＝世界，这是一个母系社会时期的基本公式，那时女性（the Feminine）优于男性（the Masculine），无意识胜过自我和意识"①。在原始社会，女性优于男性就在于，人们认为女性可以独自承担繁衍后代的重任，地母崇拜或者女性崇拜即是生殖崇拜。"在这里，作为地母子宫象征的容器，不论其为瓮、罐、篮子或其他器物，它所蕴含的价值是双重的：既是生命的终结和归宿处，又是生命孕育和再生的起点。"②荣格也注意到，圣杯的异教原型"鼎"等容器与子宫的关联象征，以及重返子宫的象征意义。

鼎是凯尔特人的象征符号，它是熔炉或蒸馏器。在炼金术装置中，它是子宫、罪过之瓶。在大英博物馆的诺斯替教珍藏中，有个代表"罪之瓶"的双耳罐，是个子宫，各个侧面上有系带，它是转变之瓶，是尼哥底母不愿进入的子宫："人能否再次进入母亲子宫？"它是双耳喷口罐（Krater），用于混合酒与水。必定存在一个名为"双耳喷口罐"的神秘社团，因为有一封信是由炼金术士左西莫斯（Zosimos）写给一位女士的，建议她去双耳喷口罐，以获得再生。③

---

① ［德］埃利希·诺伊曼：《大母神：原型分析》，载叶舒宪《高唐神女与维纳斯》，陕西人民出版社2005年版，第91—92页。
② 叶舒宪：《高唐神女与维纳斯》，陕西人民出版社2005年版，第98页。
③ 参见［瑞士］C. G. 荣格《荣格文集：梦的分析》，董建中、陈珄、高岚译，长春出版社2014年版，第29页。

《圣血与圣杯》赋予抹大拉及其子宫以重要的历史地位。如果将圣杯的具体所指和象征意义合起来看，这还原了部分女性的尊严与价值意义。正如荣格所言，"容器象征的幸存或在无意识中的复活，标志着那时代男性心理中的女性原则的强化。它之所以被象征化为不可思议的意象，只可能解释为由女性崇拜所引发的性欲冲动的精神化"①。

《圣血与圣杯》对圣杯意象本质的理解，以还原耶稣的人性为基本起点，颠覆了基督教的基本理念与信仰，被认为"离经叛道，甚至有些亵渎神明"。本书作者认为，耶稣结婚生子并不是否定耶稣神性的充分理由，相反，还原为人的耶稣更符合基督教神学内容、象征意义与基督教本义，即化身为人，才能对人类感同身受，才能更好地救赎人类，才能符合基督教"道成肉身"②的本义。与本书作者自认为"严肃的历史考证"的说法有所不同，有学者认为这本书是"最后的后现代主义小说的角落的石头"，因为每个人都有权利尝试修改或接受小说的基本情节，但既定的基督教历史不能任意篡改。虽然围绕这本书的争论会持续下去，虽然很难认定这本书结论的正确性与持久力，但在宗教日趋式微的当代，它对圣杯意象的阐释引发了新一轮"圣杯热"。

---

① ［瑞士］卡尔·古斯塔夫·荣格：《心理类型》，吴康译，译林出版社2014年版，第263页。

② "基督教神学的核心内容在于耶稣是上帝的化身……上帝化身为人，就能以《旧约》不允许的方式理解人类。他不再冷漠和超然，而是直接和人类同呼吸共命运。如此一来，上帝便会救赎人类的命运——和人类一样，受命运摆布，最终牺牲自己来救赎人类。耶稣的象征意义在于：他是经历了人生苦难的上帝——直接掌握了人类必须具备的知识。但是，化身为耶稣的上帝，如果不体会做人最基本的、最普通的两件事，能称得上是体会了完整人生的人吗？如果上帝不为人夫，不为人父，错过了这两件大事的话，能算作经历了完整的人生吗？我们觉得不能。事实上，如果耶稣不结婚生子，那么上帝就算不上真正意义上的'道成肉身'。在福音书和现有的基督教教义对耶稣的描述都是不完整的——上帝只是部分化成肉身。而在我们研究中所发现的耶稣更符合基督教本义。"参见［英］亨利·林肯、［新］迈克尔·贝金特、［美］理查德·利《圣血与圣杯》，李永成等译，世界知识出版社2008年版，第361页。

第三节 《达·芬奇密码》的圣杯重塑及其女神崇拜

《达·芬奇密码》（*The Da Vinci Code*, 2003）是美国作家丹·布朗（Dan Brown, 1964— ）最受欢迎的作品，曾连续两周雄踞《纽约时报》畅销书排行榜榜首。这部作品问世以来，引发了学者、专家与民众重读宗教史的热情，也招致很多非议。很多历史学家认为，这部小说的历史观是荒谬的，令人错愕。对此，丹·布朗却很坦然。"许多历史学家现在相信，在使用概念的历史准确性，我们应该首先问自己一个更深刻的问题：历史的准确性是历史本身？在大多数情况下，我们永远不会知道答案。但这不应该阻止我们提问。"《达·芬奇密码》正是丹·布朗向圣杯追寻的提问，向未知的历史真相的提问。

一 神权话语对女性的规训

2006年，《圣血与圣杯》的作者迈克尔·贝金特和理查德·利联名将丹·布朗告上法庭，理由是《达·芬奇密码》剽窃了《圣血与圣杯》一书。对此，丹·布朗大方承认《达·芬奇密码》的观点受到原告著作的启发并有所"参考"，但否认抄袭或剽窃，官司以丹·布朗胜诉而告终。就生态女性主义角度而言，《达·芬奇密码》承袭了《圣血与圣杯》对原始文化与女神崇拜的推崇。从神权话语对传统圣杯符号体系的规训到《达·芬奇密码》对圣杯符号体系的重塑，圣杯意象所承载的性别政治走过了漫漫长路。

性别从来就不是单纯的生物划分，"性别（Gender）是一种社会地位、法定称谓和个人身份。通过性别生成的过程，性别分化及其相关规范，以及角色期待，都被筑入社会的主要机制之中，诸如经济、家庭、国家、文化、宗教以及法律，总而言之，性别分化之后的社会秩序。'男人'和'女人'是言及性别时所用的称谓"①。《旧约·创世纪》神话赋予了人类两组权力关系：一组是人对自然的管理权，另一个是男人对女人的威权。后者使得男性在社会结构中享有话语权。弗莱认为，创世纪中的上帝应该是个男人，而且是拥有绝对统治权的族长，这位族长颠覆了男女出现的自然秩序。这个秩序中"男性、女性和动物按降序排列"②。男性/女性的权利话语则表现为统治/被统治、支配/被支配、中心/边缘，性别关系表现为权力关系，其本质为"男权神授"。基督教建构了西方基本的性别等级秩序，从而确立了西方性别结构与秩序的合法性基础，这与西方的性别政治立场也是高度一致的。圣杯传奇中表达出来的对基督教性别等级秩序的认同或者离异，都可视为对西方不同年代性别政治的文学书写。

传统圣杯符号体系包括圣杯、神剑、圆桌等意象，是中世纪圣杯传奇的符号标配。从时间维度来讲，主要指中世纪以及中世纪之后到19世纪的圣杯符号体系；就性别政治角度而言，泛指女性意识还没渗透到其中的圣杯符号体系。传统圣杯符号体系不仅体现了神权话语对男性话语权的强化与突出，而且体现了对女性的规训。

在男权社会中，神权话语对骑士个体的规训往往以信仰的名义行使权力之实，或导致男性对神权话语的服从，或引起骑士的内心焦虑。在圣杯符号体系中，神剑既是男性力量的象征，又代表王族血统；圣杯象征对上帝的信仰；圆桌的位置则体现骑士的战功与荣誉；这些骑

---

① Judith Lorber, *Gender Inequality: Feminist Theories and Politics*, New York: Oxford University Press, 2005, p. 9.
② Rosemary Radford Ruether, *Ecofeminism*, Carol J. Adams, *Ecofeminism and the Sacred*, New York: Continuum, 1993, p. 17.

士符号是男性尚武、坚强、勇敢、强悍、谦恭、正直、怜悯、英勇、公正、牺牲等男性气质的外化,既体现了忠君、护教、行侠、尚武等骑士精神,也体现了基督教的男权话语。比武与追寻圣杯的历险被认为是男人的领域,不仅在于历险或战争可以彰显男性气质,还在于战争能满足男人浅层次的荣誉诉求与深层次的灵魂归宿——宗教信仰。从当时来看,男人既然社会地位与身份都已经占据绝对的主导地位,必须对上帝无比忠诚与执着,信仰对于中世纪的欧洲人,是衡量他们行为的尺度与标准。神权话语作为一种以上帝信仰为基础的政治意识形态,其立场必然表现为对教义的遵循及对其合法性的维护。圣杯传奇中,性的范畴是从欲望的角度检视道德,通常以彻底否定性欲来证明信仰的坚定,否定的路径一般由否定女性引发的性欲展开。帕西法尔、盖拉哈德因对神权话语绝对服从而被加持为圣杯骑士,兰斯洛特、高文等骑士则因未把自己全部身心交给上帝而陷入身份焦虑。"权力以网络的形式运作,在这个网上,个人不仅在流动而且他们总是处于服从的地位又同时运用权力。"①

正如前文所述(第五章第二节),传统圣杯传奇承袭并强化了《旧约·创世纪》的性别政治,以贬抑女性支撑起男性话语霸权的空间。"教会现在(或过去一直)明确地灌输一种被父系制度价值统治的家庭主义道德,尤其是女人天生低等的信条。"② 尤其需要引起我们注意的是,在传统圣杯符号体系的参照下,女性之间也存在等级的划分。守护圣杯的天使女性在社会地位上要远远高于引起男人性欲的恶魔型女性,桂乃芬王后只能接受契约结构的惩罚,圣洁的女性可以成为守护圣杯的"基督的新娘"。"妇人和处女也有分别。没有出嫁

---

① [法]米歇尔·福柯:《必须保卫社会》,钱瀚译,上海人民出版社1999年版,第28页。
② [法]皮埃尔·布尔迪厄:《男性统治》,刘晖译,海天出版社2002年版,第119页。

的，是为主的事挂虑，要身体灵魂都圣洁。已经出嫁的，是为世上的事挂虑，想怎样叫丈夫喜悦。"① 要保持圣洁的身体与灵魂，其实就是神权话语对女性的规训。女性受制于男性的等级秩序，是上帝创世时就订立的宇宙法则，这贯穿于西方社会发展的历史，继而延展为普世意义的行动准则与道德戒律，甚至成为"性别集体无意识"。凯特·米利特就曾一针见血地指出，父系文明诞生以来，"这个社会所有通向权力的（包括警察这一强制性的权力）的途径，全都掌握在男人手里……甚至那一切超自然的权力—神权，或'上帝'的权力，连同与它有关的伦理观和价值观，以及我们文化中的哲学和艺术—或者，就像 T. S. 艾略特曾经评说过的那样：文明本身，都是男人一手制造的"②。

传统圣杯传奇的圣杯符号体系所体现的神权话语，从《亚瑟王之死》到《仙后》《国王叙事诗》和歌剧《帕西法尔》等，以男性的威权与女性的附属与服从作为基本架构，并稳定地持久地得到再现与演绎。"性的政治获得认同，是通过使男女两性在气质、角色和地位诸方面'社会化'，以适应基本的男权制惯例。"③

二 圣杯符号体系的重塑与女神崇拜的复归

传统圣杯意象符号体系充满了男性气质，延续了男权中心的基督教等级秩序，与西方性别政治形成了共谋关系。而《达·芬奇密码》以圣杯、玫瑰和 V 型符号等组成了圣杯意象符号体系，它赋予了圣杯

---

① 《哥林多前书》第 7 章第 34 节，《新旧约全书》（和合本），香港圣经公会 2011 年版，第 116 页。
② ［美］凯特·米利特：《性的政治》，钟良明译，社会科学文献出版社 1999 年版，第 39 页。
③ ［美］凯特·米利特：《性的政治》，钟良明译，社会科学文献出版社 1999 年版，第 40 页。

符号体系以新的意象及其象征意义，颠覆了男权性别秩序，体现了女神崇拜思想，也是对西方传统性别政治的反叛。

丹·布朗深受《圣血与圣杯》的影响，但又突破其圣杯书写的束缚，发挥想象力，将圣杯、剑、圆桌等男性符号置换为圣杯、V型符号、《最后的晚餐》和玫瑰，从而形成新的圣杯意象符号体系，这个符号体系同样指向了女神——抹大拉，是对《圣血与圣杯》生殖崇拜思想的进一步强化。

根据传统圣杯传奇，圣杯是圣餐杯或者酒杯，用来承接耶稣受难时流出的鲜血。"但是，这样的描述是为了掩饰圣杯的实质。也就是说，传说把圣杯作为一个极其重要事物的隐喻。"① 接受《圣血与圣杯》观点，丹·布朗认为，圣杯"形状像杯子或容器。而更重要的是，它与女人的子宫相似。这个符号传达了女性气质，女人身份，以及生育能力"②。因此，"杯子实际上是古代代表女性的符号。那么圣杯代表的就是神圣的女性和女神了"③。丹·布朗还以《最后的晚餐》与五瓣玫瑰意象为佐证，为其观点提供支撑。以往《最后的晚餐》被解读为十三个男人，但丹·布朗认为，其中有一个女性，她是抹大拉。其一，这位女性的衣服与耶稣穿的衣服正好对应。耶稣穿的红罩衣外披蓝斗篷，抹大拉的玛利亚则穿蓝罩衣外披红斗篷，而且那幅画的焦点位置上有一个明显的V形——女性子宫的符号。其二，耶稣和抹大拉形成了一个字母"M"的轮廓，据推测，它代表Matrimonio（婚姻）或Magdalene（抹大拉），"抹大拉的玛丽亚就是圣杯，她是生下了耶稣基

---

① ［美］丹·布朗：《达·芬奇密码》，朱振武、吴晟、周元晓译，人民文学出版社2013年版，第198页。
② ［美］丹·布朗：《达·芬奇密码》，朱振武、吴晟、周元晓译，人民文学出版社2013年版，第198页。
③ ［美］丹·布朗：《达·芬奇密码》，朱振武、吴晟、周元晓译，人民文学出版社2013年版，第198页。

督王室后代的圣杯。她是传承耶稣王室血统的女性,是孕育神圣果实的那条蔓藤"①。另外,圣杯的词源是"San Greal",也可以断为"Sang Real",它的字面意义是"Royal Blood",即王室血统。逃到法国的抹大拉及其后代,一直得到郇山隐修会成员的保护。郇山隐修会成立于1099年,是一个真实的秘密社团,牛顿、波提切利、雨果和达·芬奇等都是郇山隐修会成员。五瓣玫瑰是郇山隐修会标志圣杯的记号,也代表着抹大拉的玛利亚。因为"玫瑰一直是女性生殖能力的首选象征符号。在原始的女神崇拜时期,五个花瓣代表女性生命中的五个阶段——出生,月经,做母亲,绝经和死亡。而且在当代,用玫瑰花来代表女性的例子屡见不鲜"②。圣杯、V形符号、《最后的晚餐》和玫瑰四个符号,互为佐证、互相支撑,不断强化圣杯的阴性属性,表达了对女神崇拜的礼赞。

在西方,考古学家在欧洲大陆相继发掘出距今两三万年前的女性人偶雕像,放大的阴部、巨腹和丰乳是共同的外部特征。人类学家和宗教史学家们确信,人类最早崇拜的神为女神,她被命名为"原母神",原母神是后代一切女神的终极原型,还很可能是一切神的雏形。③原母神崇拜,是人类迈出寻求生命起源和精神崇拜的第一步。原母神之后,人类的生产方式从游牧转为农耕,人类将女性与大地进行类比。"女人的生育就好像大地孕育植物一样。女人滋养孩子也像植物一样。所以女人与大地一样神奇,她们是相关联的。因此赋予并滋养生命形体的能量,一旦被人格化时,便会以女性的形象出现。在古美索不达米亚平原、埃及尼罗河三角洲和早期的农业文化中,神话的主要形象

---

① [美]丹·布朗:《达·芬奇密码》,朱振武、吴晟、周元晓译,人民文学出版社2013年版,第208页。
② [美]丹·布朗:《达·芬奇密码》,朱振武、吴晟、周元晓译,人民文学出版社2013年版,第212页。
③ 参见叶舒宪《高神女神与维纳斯》,陕西人民出版社2005年版,第5页。

都是女神。"① 于是，对原母神的崇拜又演变为"地母神"崇拜。坎贝尔认为，耕种既是孕育生命又是养育生命的象征，农耕时期和狩猎时期都存在地母崇拜观念，这也许是历史最悠久的史前宗教观念之一。"对于原始猎人们来说，动物是从（地母）的子宫中生出的，地下则是动物们的永恒的原型世界……来到地上的这些只不过是为人的营养而被临时显现出的。相对地，对于耕种者来说，作物是播种到地母身体中的：耕地是一种性交，作物的生长则是生育。"② 地母崇拜将自然崇拜与女性崇拜结合起来。但是，随着父权制文明的到来，母性女神变成了元祖级别的历史遗迹，被淹没在历史的烟尘中。

三　性别平等意识与文化和谐

《达·芬奇密码》的圣杯符号体系是对传统基督教及其父权制文明的反驳，是西方女神复兴思潮的表征。

英文"历史"一词为"history"，基督教也被言说为"他"的历史。"历史总是由胜利者来谱写的，当两个文明交锋时，失败者就会被抹去，胜利者会书写史书。正如拿破仑所言，'什么是历史？只不过是意见一致达成的寓言罢了'。历史的本质就是一家之言。"③ 从中世纪到当代，圣杯意象一直充斥着神权政治与男权话语，在大部分与圣杯意象相关的文学作品中，女性被压抑、排斥和边缘化，甚至被当作女巫进行迫害。"圣杯代表着失落的女神。当基督教出现时，昔日的异教并没有轻易地消亡。骑士们寻找圣杯的传说实际上是关于寻找圣女的故事。那些宣称'寻找圣杯'的骑士其实是以此暗喻，逃避罗马教廷

---

① ［美］约瑟夫·坎贝尔、比尔·莫耶斯：《神话的力量》，朱侃如译，万卷出版公司2011年版，第213页。
② 叶舒宪：《高神女神与维纳斯》，陕西人民出版社2005年版，第59页。
③ ［美］丹·布朗：《达·芬奇密码》，朱振武、吴晟、周元晓译，人民文学出版社2013年版，第213页。

的迫害。当时的教廷欺压妇女,驱逐女神,烧死不信奉基督教的人,而且还禁止异教徒崇拜圣女。"①

一方面,基督教哲学将女性从原始宗教的神坛上拉下来。"基督教的哲学决定通过忽略生理事实来抹杀女性的创造力,而把男性尊为造物主。《旧约·创世纪》告诉世人夏娃是用亚当的肋骨做成的。女人成了男人的衍生物,而且还是罪人。《旧约·创世纪》结束了对女神的崇拜。"② 另一方面,基督教神学使得圣杯作为女性和女神的象征意义,消失得无影无踪。"实际上是被罗马教廷毁灭了。女性的力量和创造生命的能力一度是非常神奇的,而这对当时正在崛起的男性统治的罗马教廷构成了严重的威胁。于是他们就把神圣的女性妖魔化,说她们不圣洁。是男人而不是神创造了'原罪'这个说法,他们说夏娃偷尝了禁果,导致了人类的堕落。一度被奉为神圣的生命创造者的女性现在成了敌人。"③ 从此,女性的地位一落千丈。

女性主义者认为,女性社会与政治地位的低下是神权与父权文明不可避免的后果,而且生态危机也是欧洲中心的资本主义父权制文化造成的。"这种文化以支配自然和把女性作为自然进行支配为基础。或者把"男人/女人=自然"这个等式调转过来,生态危机是一种基于支配女性并把自然作为女性进行支配的文化不可避免的后果。女性在本体论意义上并不'更亲近自然'。男性和女性都是处于自然之中,与自然同在并来源于自然,但是获取男性身份认可的嘉奖却依赖于男性对这一事实的否认。生态女性主义者就是要探讨这种文化建构的性别差

---

① [美]丹·布朗:《达·芬奇密码》,朱振武、吴晟、周元晓译,人民文学出版社2013年版,第199页。
② [美]丹·布朗:《达·芬奇密码》,朱振武、吴晟、周元晓译,人民文学出版社2013年版,第199页。
③ [美]丹·布朗:《达·芬奇密码》,朱振武、吴晟、周元晓译,人民文学出版社2013年版,第198—199页。

异的政治影响。"① 近年来，女神崇拜的思潮再次兴起。从性别角度来看，女性主义挑战了父权文明的权威地位，展现了性别对话与性别平等的理念。就生态而言，"二战"之后，西方社会进入经济快速发展的轨道，工业化程度越来越高。步入20世纪60年代后，发达国家的工业化发展产生的弊端逐渐显现，生态环境日益恶化。尤其是进入全球化时代以来，人类的生存和发展受到了生态危机的严峻挑战，现代环境保护观念逐渐被大家接受与认同。女神与大地形成类比的原始思维，表达了处于生态危机中的现代社会对原始文明的渴望——自然与人的和平共处状态。女性主义者寻找女神崇拜的历史遗迹，圣杯崇拜的历史真相，就是要寻找人类文明的本源，追寻人类真正的"原母神"（God Mother）。而追忆那段尘封已久的受到父权制文明改写的神圣来源，就是要不断冲破历史与现实的双重藩篱，拨开既定文明体系的重重浓雾，追求人类文明的提升与超越。

但是尊重女神崇拜的历史，不是以此压倒男性，而是主张男女两性互相尊重、互利共生，走向性别平等与文化和谐。小说中"▽"是圣杯，代表的是女性；"△"是封闭的剑刃，代表的是男性；而大卫之星"✡"是两个图形的结合。

> 剑刃与圣杯。合二为一。
> 大卫之星……男女之间的完美结合……所罗门之印……被认为是男性之神耶和华与女性之神舍金纳居住的地方，至圣所的标志物。②

---

① ［美］乔欧尼·马洛里：《生态女性主义的政治哲学是什么？——性别、自然与政治》，李亮译，《南京林业大学学报》（人文社会科学版）2011年第4期。
② ［美］丹·布朗：《达·芬奇密码》，朱振武、吴晟、周元晓译，人民文学出版社2013年版，第383页。

大卫之星不仅象征男女两性的完美结合与和谐，还体现了文化之间的和谐共处之道。"这其实也就告诉读者，任何文化都不能仅仅强调自己的价值而忽略对方的价值而单独存在，只有和谐相处，宽容互补，才能推动文化的前进。因此，'文化和谐'——这就是'达·芬奇密码'的真正含义。"①

第四节 《圣杯奇谋》的圣杯叙事对生命主体的建构

《圣杯奇谋》与《圣血与圣杯》《达·芬奇密码》选用了同样的历史线索与事件，但是后两者消解传统的圣杯意象并颠覆基督教史的写作策略，并没有在《圣杯奇谋》中得到延续。

一 圣杯叙事的结构与视角：上帝对人间的俯视

2005 年，美国作家琳恩·索尔兹（Lynne Sholes，1945— ）和乔·摩尔（Joe Moore，1948— ）共同创作的长篇小说《圣杯奇谋》（*The Grail Conspiracy*）出版发行，当年，这部小说获得《前言》杂志（*Fore Word*）评选的"最佳神秘"小说奖。

传统圣杯传奇最基本的结构就是英雄历险，按照追寻行为的开端、发展、高潮与结局的程序展开叙事。《圣杯奇谋》继承了传奇的传统结构，女主人公考顿·斯通和神父约翰·泰勒为保护圣杯，阻止以辛克莱为代表的神秘组织颠覆梵蒂冈教会的阴谋，经历了一次又一次暗杀，直至重新把圣杯送到梵蒂冈。在此基础上，两位作者在小说的开篇增加了"楔子"，这是小说对中古传奇结构的一个创新，也是对传统传奇叙述视角的转换。

---

① 刘建军：《密码：化解文化冲突的"醒世恒言"——丹·布朗的〈达·芬奇密码〉中所蕴含的现代文化智慧》，《当代外国文学》2017 年第 3 期。

"楔子"模仿《旧约·创世纪》的叙述口吻，讲述了天使路西弗联合其他天使成立叛军，反叛上帝的故事。反叛失败的路西弗及其叛军被逐出天国，沦为凡人，他们被称为纳菲利姆人。他们中有一个叫弗缪尔的人因改过自新的诚意得到上帝的宽恕，准许弗缪尔的妻子生下双胞胎女儿，一个回到天国，一个留在凡间。特殊的出身使这个女孩注定面临与众不同的命运。楔子预设了小说的基本矛盾，即以路西弗为代表的天使叛军团被上帝逐出天国所引发的复仇行动，全篇小说的情节也由此转入人间，为小说情节的展开做了很好的铺垫，如同上帝预设了伊甸园的故事情节与结局。以辛克莱为代表的现代神秘组织，是中古时期负责保护圣杯的圣殿骑士团的延续。辛克莱对应于天上的路西弗，他是天上路西弗的凡间代言人。他想利用圣杯中残留的耶稣的圣血，重构一个由他们主导的世界新秩序。而女记者考顿对应于弗缪尔留在凡间的女儿，她是上帝选中的阻止这场阴谋的特使。也就是说，"楔子"仿拟的故事是小说人间情节的神话原型，按照弗莱的原型理论，可将《圣杯奇谋》的叙述分析如下。

春天：神话与传奇（从楔子到"魔方"），圣杯的重新发现与考顿接受了圣杯。

夏天：喜剧（从"十字徽标"到"晚间新闻"），在约翰协助下，圣杯交到了主教埃努奇手里。

秋天：悲剧（从"秘密花园"到"十三滴"），圣杯再次丢失，考顿的情人和朋友遭暗杀。

冬天：反讽（从"地窖"到"舞会请柬"），辛克莱克隆耶稣的实验，考顿、约翰的逃亡以及埃努奇的死亡。

春天：神话与传奇（从"搜寻"到"君士坦丁大殿"），考顿与约翰摧毁了辛克莱的实验，考顿重新把圣杯交还梵蒂冈教会。

尤其是这篇小说的结局,照应了开篇仿拟的"神话",圣杯再次回到正统宗教的怀抱,完成了考顿与辛克莱命运的大循环。由此,《圣杯奇谋》的叙事结构由连续的线性叙事变成了循环的圆形叙事结构,即天上—人间—天上,这意在表明,人类的命运永远都掌握在上帝的权威之下。

楔子使《圣杯奇谋》笼罩在上帝的意志之下。楔子是借上帝与天使路西弗以及弗缪尔的故事,设置了一个出入于神界与现世之间的复合叙述视角。它的叙事视角既是从现世看人,又是从神界看人。不仅把人当作神界与现世表现的中心,对其历史与现实以及命运的曲折充满同情的理解,而且把现世生活看得如同一场充满喧哗与骚动的戏剧,对自己的命运走向浑然不觉,他们需要上帝的引导,但并没有接受上帝引导的自觉与自省。这部小说的复合视角,使得小说构建了天堂—人间的双重世界,它既能进入现世社会丰富与复杂的深层矛盾,又在对名利、信仰、爱情的渴望、追寻、焦虑与忏悔中,升华出超验的神学境界。

《圣杯奇谋》楔子的仿拟"神话",是作家想象力的结果,小说借神秘而具象的神话外衣,来把握人类世俗生活的生存状态、情感方式和终极命运。更重要的是,这种写作倾向的确立,是对《圣血与圣杯》《达·芬奇密码》解构宗教史的有力反转,也是对文本基本叙事立场的确立。《圣血与圣杯》《达·芬奇密码》将耶稣由神的地位降格为肉身,将圣杯看作女性子宫的象征以及抹大拉诞下的王室血脉,郇山隐修会也被塑造为保护王室血脉的秘密组织,它自始至终保持着正义的立场与力量。但是,《圣杯奇谋》的两位作者却认为,圣杯是神圣的文物,它是"最后的晚餐之杯,耶稣受难之杯,基督之杯,圣杯"[①]。郇

---

① [美]琳恩·索尔兹、乔·摩尔:《圣杯奇谋》,张晗宇译,作家出版社2006年版,第313页。

山隐修会的初衷在历史发展中发生了质的转变。"郇山隐修会组织了一支由武僧组成的军队，保卫耶路撒冷和来耶路撒冷朝圣的人们。随着欧洲权贵的加盟，郇山隐修会越来越强大，势力范围在政治、宗教和经济等方面迅速膨胀。他们享有免税待遇，并直接对教皇负责。几个世纪后，郇山隐修会发展壮大成世界上最富有并具影响力的组织团体，并更名为'耶稣撒冷圣殿骑士团'。"[1] 随着他们财富的累积，直到现在，其后代依旧继承并掌握着祖先的大部分财权，他们改变世界的野心越来越大，并走向了堕落。作品竭力描写上帝对他们堕落的阻止，虽然带有强烈的先验性与理想性，却体现了对传统基督教的尊重。

二　追寻的主体与模式：上帝启示下世俗的飞升

传统圣杯传奇，追求主体对于追寻目标的设置十分明确，宗教信仰在其中起到了决定性作用。但对于追寻目标本身的描写，作品都不约而同地进行虚化处理。法国克雷蒂安的描写体现了圣杯的神秘色彩；德国的沃尔夫拉姆不厌其细地描摹了圣杯降临的场景；英国马洛礼将圣杯与圣灵降临节的宫廷宴会联系在一起，突出的是非兰非麝的香气；斯宾塞将圣杯划分为善杯与恶杯；瓦格纳的歌剧详细地描摹了圣餐仪式……圣杯降临后，骑士们立下誓言后，纷纷踏上寻找圣杯的历险征途，但谁也没有真正见过圣杯的本来面貌。

《圣杯奇谋》对于追寻对象、追寻主体、追寻目标的设置和叙述操作，反映了传统圣杯传奇与后现代文本之间追求传奇化的不同审美趣味。这篇小说对于追寻对象进行写实化处理，而追寻主体的选定以及追寻主体与追寻目标之间的关系，则成为作者设置悬念的主要对象。

---

[1] ［美］琳恩·索尔兹、乔·摩尔：《圣杯奇谋》，张晗宇译，作家出版社2006年版，第65页。

第五章　世纪之交圣杯意象的重塑与西方文学的多元话语

首先，传统圣杯传奇将圣杯视为圣物，其降临往往伴随仪式化场景。这部小说的女主人公考顿将圣杯视为考古出土的文物，对其外形的描摹十分详细和具体，使圣杯难得露出了真容，摒弃了宗教场景，世俗化倾向十分明显。

> 白布包的上角处绣着一个十字架和一朵五瓣的玫瑰，布包的下对角上绣着两个同骑一匹马的骑士图案，图案的外沿绣着一圈字：Sigillvm Militvm Xpisti。虽然由于年代久远，这些装饰物已经有些褪色，但依旧能看出十字架是红色的，玫瑰花是粉红的，那一圈字是金色的。
>
> 考顿咬着下嘴唇紧张地看着，布包打开后，一只金属圣餐杯漏了出来。那杯子大概6英寸高，杯口直径大约在4英寸左右，杯子表面是暗灰色的。杯底座上简单地装饰着一圈白色的小珠子，杯脚上雕着一圈纤细的葡萄藤……杯子的另一面刻着三个字母。"IHS"。①

"Sigillvm Militvm Xpisti"是圣殿骑士团的印章，犬蔷薇是圣殿骑士团的标识——玫瑰标，它代表圣母的童贞和童贞女之子。圣杯的写实剔除了圣杯的神秘色彩，消除了现代人与圣物的距离，也再次暗示女主人公考顿非宗教徒的身份。即使作为神父的约翰，也并不相信圣杯的现身，"在我看来，圣杯只是宗教神话，它并不存在。我倾向于把它看作一种信仰而不是实物——一种每个人都想见到，却一直找不到的东西"②。

---

① ［美］琳恩·索尔兹、乔·摩尔：《圣杯奇谋》，张晗宇译，作家出版社2006年版，第66—67页。
② ［美］琳恩·索尔兹、乔·摩尔：《圣杯奇谋》，张晗宇译，作家出版社2006年版，第42页。

其次，在追寻主体的选定上，《圣杯奇谋》放弃了传统套路，上帝所选定完成追寻圣杯的人选，并不是传统意义上贞洁、信仰虔诚的骑士英雄，而是一位名不见经传的女记者——考顿，她也并不信仰基督教。圣杯对于她而言，就是一个可以使她成为新闻大腕儿的机会。换句话说，她心中的"圣杯"就是成为新闻界精英。她对圣杯宗教意义理解的浅淡与楔子中上帝对她的选定，形成了鲜明的对比，这恰好形成了作品叙述的张力。

最后，从追寻模式来看，传统圣杯传奇将英雄历险通过艰难曲折的事件具象化，给人一种义薄云天、义无反顾的崇高感。尤其是盖拉哈德的道德高度使叙事出现了跳脱现世的"超常规性"。例如，拔出石中剑的过人力量；坐上"危险座席"，领受超越了其他圆桌骑士的特殊使命；保持贞洁，超越了常规人性需求的至高境界。这种超常规带使人产生一种居高临下、曲高和寡的距离感。这便在道德与信仰层面上，判别了圣杯骑士与一般骑士的高下。而《圣杯奇谋》考顿历险的模式为，从不自知身份到逐渐自我认知，从被动到主动，从对宗教淡漠到完成上帝使命的过程。在考顿看来，她去耶路撒冷采访，遇到了考古学家阿彻博士与阿拉伯人之间的厮杀，阿彻博士在去世之前将装有圣杯的盒子交给她，只是偶然的邂逅。而阿彻博士用一种只有她和她那夭折的双胞胎姐姐才会使用的语言告诉她："你是可以阻止黎明的太阳的唯一人选。"作品采用限制性视角写考顿，她对自己的使命与命运浑然不觉，而其情人松顿、好友范妮莎的遇害，促使她被迫卷入争夺圣杯的旋涡，尤其是被追踪、被暗杀的循环叙事带有超越了庸常生活甚至超越现世的"超常规性"，使得作品呈现出一种被命运裹挟、威逼的紧张感与压迫感，悬念迭生。女祭司沿着阿彻博士的路径，继续给考顿带来上帝的启示——"你是可以阻止黎明的太阳的唯一人选"。一直协助她的神父约翰，可看作上帝派驻来扶持考顿的使者。在神父约翰的引导下，考顿才认识到自己是上帝选中的特使，《圣经》中《以赛亚书》第十四章第十二节，"路西弗，黎明之子啊，你为何从天坠落"。考顿才得知所谓"黎明的太阳"其实是"黎明之子"。心怀上帝使命的考顿，冒着生命的危险完成了阻止"路西弗"的人间特使——辛克莱的阴谋，再次夺回了圣杯，并在君士坦丁大殿把圣杯归还给梵蒂冈教会。考顿从对上帝信仰的漠然到完成上帝赋予的重任，封闭了自己对约翰神父的感情闸门，灵魂得到了升华。

三　契约型结构的主旨：尊重生命的祈愿

圣杯是中世纪的时代产物，圣杯传奇隐含的"契约型深层结构框架"是中世纪主流话语方式之一。王立新先生认为，契约型结构的前提是立约，通常有两种形式：立约—履约—奖赏，立约—违约—惩罚。①《圣杯奇谋》建立了两个追寻框架，将契约型结构的两种形式统摄于内，形成了鲜明的对照，不只是对上帝权威的尊重，还在此基础上深化了尊重生命、追求和平的作品主题。

《圣杯奇谋》的契约结构分别出现在楔子和正文中。楔子的契约结构体现在上帝与路西弗之间，而路西弗因违背了与上帝的契约被逐出天国及其复仇的心理，是世俗社会契约结构的源头。虽然天国与世俗社会隔了一层，但它对于世俗社会契约结构形成的内在动机和因果关系，以相互对应的原则，发挥一定的阐释作用。

世俗社会以圣杯为中心，分为两个对立方，一方为履行契约的记者考顿与神父约翰，另一方则为违背契约的圣殿骑士团的后代——辛克莱。双方对圣杯的态度及其观点形成鲜明的对比。圣杯作为核心意象，其外形非常明确而具体，而"杯中之物"则是矛盾双方争夺的焦

---

① 王立新：《亚瑟王之死》，载［英］托马斯·马洛礼《亚瑟王之死》，黄素封译，人民文学出版社2005年版，"前言"。

点，红衣主教埃努奇是联结对立双方的"中间人"。科学家通过显微镜在圣杯内蜂蜡下面发现了一层薄薄的血迹残留，有人推断那应该是耶稣的血。对于考顿和神父约翰来说，耶稣的血是圣血，梵蒂冈教会认为圣杯象征耶稣与神灵，触碰圣血即亵渎神灵。"它是上帝赐予我们的圣物，对我们的信仰和生活有着至关重要的意义，它应该属于天下苍生。在耶稣受难日等重大宗教节日上，我们会把圣杯向公众展示。我们还计划给圣杯做世界巡展。"① 对于辛克莱而言，他可以利用克隆技术实现耶稣的转世，来实现圣杯守护军统领世界的阴谋。"几个世纪以来，圣杯守护军一直致力于将各个国家统一为一个全球化的帝国——一个像古罗马一样的伟大帝国，子民们可以在世界范围内安全游走，大家说着同一种语言，遵循同一种法律，消费同一种货币。现在，这个伟大的梦想很快就要实现了。实施基督转世计划，是实现这一梦想的前提。"② 这种矛盾随着情节的展开不断升级，并导致一个又一个命案发生。

双方围绕圣杯的对立，体现了科技与宗教的矛盾，揭示了科技发展带来的宗教信仰危机。新兴的克隆技术或许可以复制耶稣的躯壳，但如何复制耶稣的灵魂呢？善的意图无法证实将耶稣转生的克隆实验的合理性，并且出于圣杯守卫军控制世界目的而去设计、制造一个新耶稣，是对宗教最直接、最根本的伤害。"人们必须不停地追问，在对自然生物进程进行科技改造的应用中，到底谁才是服务的对象？"③ 如果真有可能去复制一个"更好的"耶稣，人们也必须追问那个耶稣

---

① ［美］琳恩·索尔兹、乔·摩尔：《圣杯奇谋》，张晗宇译，作家出版社2006年版，第92页。
② ［美］琳恩·索尔兹、乔·摩尔：《圣杯奇谋》，张晗宇译，作家出版社2006年版，第139—140页。
③ ［美］梅尔·斯图尔特、朱东华主编：《科学与宗教：当前争论》，王旭等译，北京大学出版社2014年版，第329页。

是否比历史上的耶稣更伟大？将我们崇拜的神转化为生物制造产品，乃是对神的大不敬与冒犯，神的神圣性、崇高性与唯一性何在？克隆技术虽然可以实现所谓耶稣转世的梦想，但是，越来越清晰的是，由于新兴的科学技术已然对我们看待基督教以及耶稣的起源和意义的传统观念构成了挑战。对此，教会时刻保持警觉。2001年2月21日，教皇约翰·保罗二世在红衣主教会议上对新任红衣主教说："科技发展的各种可能性，以及全球一体化的趋势，正不断地在各个领域得以充分体现。这就要求我们这些宗教人士必须密切关注社会中的每个人，每件事，并认真审视自己心中那赐福于众生的信念。"① 然而，新兴科学技术对基督教构成的挑战还只是矛盾的表象，它掩盖了造成宗教信仰危机最根本的原因在于人类贪婪的欲望。更可怕的是，贪婪的欲望使得人类的肉身变成了充满各种可能性的试验场，而克隆技术的运用则使得人类的欲望不断地膨胀，人类的信念、信仰存在的空间也越来越小。"由于生物技术为这些实践活动提供了前所未有的更直接的扩展（如通过提高药效，增强体验的强度），它将使人类生活继续堕落下去。"②

圣殿骑士团一直自称为圣杯守护军，《圣经》中将其描述为反面人物。与《仙后》中的杜艾莎的金杯一样，圣杯中所盛之物的典故也出自《圣经·启示录》，其中写道："我就看见一个女人骑在朱红色的兽上。那兽有七头十角，遍体有亵渎的名号。那女人穿着紫色和朱红色的衣服，用金子、宝石、珍珠为妆饰。手拿金杯，杯中盛满了可憎之物。"在《圣杯奇谋》中，"这'可憎之物'很可能指的不是

---

① ［美］琳恩·索尔兹、乔·摩尔：《圣杯奇谋》，张晗宇译，作家出版社2006年版，第141页。
② ［美］梅尔·斯图尔特、朱东华主编：《科学与宗教：当前争论》，王旭等译，北京大学出版社2014年版，第324页。

上帝的血，而是其他人对圣血的不良居心，这种不良居心被喻为'可憎之物'"①。更明确的是，所谓不良居心，就是圣杯守护军统治全世界的欲望。辛克莱在路西弗的指使下偷走了圣杯，"他们想用杯里上帝的 DNA 复制出一个新的上帝。那个受撒旦指使的人就是《圣经》里经常提到的假先知，我相信它就是圣杯守护军的宗师，它为反击上帝做好了一切准备……路西弗要与上帝展开最后决战，复制并利用上帝的血肉之躯去做邪恶的事。这也就是《圣经》里暗喻的'可憎之物'"②。辛克莱之所以能说服埃努奇将圣杯给他做克隆技术，也是由于他勘破了埃努奇的欲望。"红衣主教埃努奇最大的弱点就是他那坚定的信仰，以及渴望通过坚持信仰而得到回报的那种欲望。"③ 很显然，埃努奇的欲望战胜了赐福众生的宗教信念，他忘记了教皇以及教会赋予他的重任。

幸运的是，违背与上帝立约的埃努奇幡然醒悟，耶稣的人间特使考顿最终阻止了辛克莱的阴谋。履行契约的一方，最终战胜了违背契约的一方，这是楔子中的天国契约结构已经订立好的，违背上帝旨意的一方必然遭到惩罚，即"赐平安的神，快要将撒旦践踏在你们脚下"④（《罗马书》第十六章第二十节）。这个深层契约结构，表面上是对上帝权威的遵循，其实真正要表达的是对人类共同价值的祈愿与追寻。

辛克莱及其圣杯守护军、主教埃努奇之所以成为欲望的奴隶，根

---

① ［美］琳恩·索尔兹、乔·摩尔：《圣杯奇谋》，张晗宇译，作家出版社2006年版，第250页。

② ［美］琳恩·索尔兹、乔·摩尔：《圣杯奇谋》，张晗宇译，作家出版社2006年版，第234—255页。

③ ［美］琳恩·索尔兹、乔·摩尔：《圣杯奇谋》，张晗宇译，作家出版社2006年版，第139页。

④《罗马书》第十六章第二十节，载《圣经》，中国基督教三自爱国运动委员会、中国基督教协会2016年版，第280页。

本原因在于其价值观的堕落。当今西方把人当成物品，甚至贬损为商品，具有很强的功利性，这看似合法，却是对人类尊严的践踏。辛克莱及其守护军相信科学、技术和物质可以解决一切，为实现其梦想，不惜伤害他人的尊严、生命甚至牺牲神的尊严，他们挑战的是人类伦理道德的底线。无论是科学还是宗教，都是为人类的美好生活、正义与和平服务的，都要尊重生命、尊严、自由、和平等人类共通的价值，而不是一己贪婪的欲望。在这个意义上，与其说圣杯象征基督耶稣，毋宁说它象征人类的价值。

第五节　英国现代奇幻文学对圣杯追寻传统的承袭

哈利·波特系列作品是英国现代奇幻文学的代表作，其作者 J. K. 罗琳（J. K. Rowling，1965—　）创造了一个文化产业的神话。随着她的小说以及好莱坞同名系列电影的全球流行，古老的追寻母题以及圣杯意象被广大民众熟知，并成为一个大众娱乐的消费符号。

"神话诗人的题材是传统赋予他们的，而传奇诗人则自由地选择情节和人物……传奇作家或许是在自己的头脑中编造故事，但在文学中却从未发生过，即使对很多作家而言，这种'文学中的事情的确发生过'的错觉是一种必要的错觉。传奇作家的材料来自其身后的传统，这些传统或许没有广为认可的或者被世人所理解的社会地位，或者不为作家和他的听众所知。"① 但是，经过传奇作家的更新与改造，古老的题材与意象就会焕发出生命活力。正如林赛·弗雷泽（Lindsay Fraser）所言，"罗琳（Rowling）使用具有叙事技巧和独创性的经典叙事方式，以娱乐性极强的惊悚片的形式提供了复杂而苛刻的

---

① ［加］诺思洛普·弗莱：《世俗的经典：传奇故事结构研究》，孟祥春译，世纪出版集团上海人民出版社2009年版，第10—11页。

情节"①。所谓经典叙事方式，是指哈利·波特系列作品的主题、叙事模式、圣杯意象等都源自法国中世纪作家克雷蒂安的亚瑟王传奇系列作品，尤其是代表作《帕西法尔》。

一 哈利·波特系列作品的渊源：克雷蒂安的《帕西法尔》

1986年，J. K. 罗琳曾在埃克塞特大学学习法语和法国文学，大学毕业后，她继续在法国待了一年。尽管我们并不能笃定在学习法国文学过程中，她是否认真研读过法语罗曼司文学作品，是否研读过克雷蒂安·德·特鲁瓦的《帕西法尔》，但是整个系列作品显示出对法语罗曼史作品，尤其是克雷蒂安的《帕西法尔》烂熟于胸，尤其表现在主题、人物和情节结构方面。

罗琳在系列作品中描述麻瓜对巫术和魔法的中世纪态度时，使用了"中世纪"这一词语，但实际上作者强调了哈利所在的霍格沃茨类似于中世纪时期的亚瑟王朝。霍格沃茨及其周围地区的魔法世界居民的表现可能始于中世纪，其中一些人是梅林勋章的成员，包括英俊的吉尔德罗伊·洛克哈特教授和校长阿不思·邓布利多。霍格沃茨本身就是一座古老而巨大的迷宫式城堡，其风格来自中世纪时期的城堡。例如，只是楼梯就至少142个，虽然楼梯出现的场景并不多，但装饰着中世纪的古典花纹；大厅的布局与摆设很接近亚瑟宫廷，这里是哈利·波特故事的主要场景，魔法学院的老师和学生们在这里用餐。霍格沃茨还可以看到其他重要的中世纪古物。例如，哈利的隐形斗篷，霍格沃茨的信件都写在羊皮纸上，封蜡上印有徽章。四个"房子"都带有纹章徽章的横幅（格兰芬多有一只狮子，斯莱特林是一条蛇）。

---

① Cited in Philip Nel, *J. K. Rowlings, Harry Potter Novels: A Readers Guide*, New York: Continuum, 2001, p. 53.

正如史蒂芬·奈特（Stephen Knight）所言，"在整个亚瑟王朝的传说中，许多源自法国的版本中，克雷蒂安（Chretien）形成的图案和序列都反复出现"①。我们在亚瑟王朝罗曼司与哈利·波特故事之间发现的更大的叙事相似之处在于贵族宫廷的独特结构。霍格沃茨虽然名义上是英国的寄宿学校，但在许多方面都类似于中世纪的朝廷。克雷蒂安传奇的结构中心由亚瑟王（Arthur）所占据，后者是一个固定的中心，周围环绕着骑士和女士们。骑士是从这个中心人物出来追求冒险的，他们最终再回归亚瑟王宫廷，向圆桌聚拢。

史蒂芬·奈特注意到在克雷蒂安的爱情小说中，"主要的意识形态张力……是为自己的目的行事的人与集体之间的关系"②。在许多亚瑟王朝的爱情小说中，骑士英雄都是小说中的重要元素。这种个人与集体之间的紧张关系也很好地描述了霍格沃茨社会交往的基础，哈利和他的朋友们在附近的教室进行冒险，尽管克雷蒂安·德·特鲁瓦的《帕西法尔》的骑士并不是乘坐一把扫帚进行历险，但是《帕西法尔》叙事的主题在哈利的冒险中得到了回应。新学生乘坐魔术船越过湖泊到达霍格沃茨，哈利和他的同伴们在学校周围的森林中进行定期冒险，包括与独角兽、半人马和会飞的汽车会面。他们的冒险之旅在宫廷世界和另一个世界之间进行空间位移，充满了奇迹和危险，类似于凯尔特人的另一个世界。到达另一个世界通常需要穿越湖泊与森林。例如，克雷蒂安的罗曼司作品《兰斯洛特》，为了与危险的敌人和神秘的物种会面，骑士还徘徊在一片黑暗的森林中。英国学者坎贝尔认为英雄传奇都遵循一种类似的叙事模式："一位英雄从日常的平凡世界闯入某个超自然

---

① Stephen Knight, *Arthurian Literature and Society*, New York: St. Martins Press, 1983, p. 102.

② Stephen Knight, *Arthurian Literature and Society*, New York: St. Martins Press, 1983, p. 93.

的神奇领域。他在那里遭遇一些令人难以置信的力量，赢得决定性胜利。英雄经历了这些神秘冒险回来后，便有能力向他的同胞赐予恩惠。"①

就像阿尔特·乌里安骑士一样，哈利有时也会与忠诚的朋友结伴，他们会共同完成历险的任务，尽管最后他通常必须独自面对邪恶的骑士。令人惊讶的是，在同伴与助手的设置方面，克雷蒂安与罗琳两位作家都不约而同地选择了女性，《帕西法尔》中兰斯洛特的情人——王后桂乃芬，哈利·波特系列作品中，哈利身边的赫敏。在有些学者看来，赫敏虽然是虚弱的配角，其角色比罗曼司中通常分配给女王等耐心等待获救的女性角色要大得多。罗琳在接受采访时说，她在《赫敏》里塑造的角色中看到了自己。"如果我是书中的一个角色，我可能是赫敏。她很像我年轻的时候（我没那么聪明，但我确实很聪明，有时真烦人）。"赫敏颇像克雷蒂安爱情小说中的睿智、活跃、机灵的女人，例如，露内特拯救了伊万（Yvain）并安排了他与湖上仙女的婚姻。中世纪罗曼司中聪明的女性还有很多，她们似乎有魔法。例如，伊瑟和她的母亲治愈了特里斯坦的中毒伤口。琼·费兰特（Joan Ferrante）认为，"罗曼司中的女人，尽管比大多数史诗故事更重要，但很少成为叙事力量的中心"②。与男性同龄人相比，赫敏更聪明、更懂魔法，并且更容易在法术上取得成功，她还经常为女性提供重要的信息，她是哈利能顺利完成任务的好助手。

尽管该骑士可能与其同伴有密切联系，但处于世界中心的人仍然是强大的人物，如亚瑟或阿不思·邓布利多。就像克雷蒂安的骑士英

---

① ［美］戴维·科尔伯特：《哈利·波特的魔法世界》，麦秸译，人民文学出版社2002年版，第151—152页。

② Joan Ferrante, "Male Fantasy and Female Reality in Courtly Literature", *Women's Studies*, Vol. 11, 1984, pp. 67-97; see p. 84. Also Joan Ferrante, "ublic Postures and Private Maneuvers: Roles Medieval Women Play", in Women and Power in the Middle Ages, eds., *Mary Erler and Maryanne Kowaleski*, Athens, GA: University of Georgia Press, 1988, p. 216.

雄伊万（Yvain）、埃雷克（Erec）、兰斯洛特（Lancelot）和帕西法尔，哈利与帕西法尔一样，他必须完成与导师阿不思·邓布利多（Albus Dumbledore）分开的危险冒险。尽管邓布利多占据了霍格沃茨的结构中心，但他不太可能成为亚瑟重生的转世者。关于哈利·波特故事的许多研究都将他与梅林联系在一起。梅林才是终极魔法师，"梅林在文学和传奇中的地位是如此重要，以至于没有其他魔术师出人意料地接近他。他的智慧和非凡的才华相结合吸引了各种各样的艺术家……难怪阿不思·邓布利多（Albus Dumbledore）认为他在霍格沃茨官方书信中获得梅林勋章是实至名归"[1]。我们发现在罗琳的许多角色中，并非对著名罗曼司英雄的简单重制，而是各种角色的千变万化的融合，形成了一个新的、混合的角色。

哈利（Harry）是由很多角色混合而成的，这不仅是因为他从"密室"的某个物件上拔出了一把剑，而且更笼统地说，他是或多或少一群人中最英勇、最令人振奋的成员。但是亚瑟王冠似乎并不适合他。就我们目前所知，他还没有注定要成为统治者。

二　追求母题的现代变奏

学者通常认为，在构思方面传奇作家与小说作家相较而言，有更大的发挥的自由空间，尤其指小说的情节结构方面。一般而言，小说总是倾向于体现情节发展有内在的天然的驱动力，总希望可以通过这种方式掩饰情节构思的主观性与刻意性，尤其要尽量规避巧合的发生。而"传奇更为'让人心动一时'：在描述人物发生的事情时，传奇从一个突兀的情节转到另一个情节"[2]。哈利·波特系列作品的故事情节，

---

[1] Allan Zola Kronzek, Elizabeth Kronzek, *The Sorcerer's Companion: A Gaide to the Magical World of Harry Potter*, Broadway Books, 2010, p.167.
[2] ［加］诺思洛普·弗莱：《世俗的经典：传奇故事结构研究》，孟祥春译，世纪出版集团上海人民出版社2009年版，第51页。

就充满了神奇的跳跃性。在《哈利·波特与魔法石》中，为雄霸巫师和麻瓜界，伏地魔宣扬纯血统巫师论，并以此为借口大开杀戒，使得大家岌岌可危。当梦想离自己越来越近时，伏地魔听到一个广为流传的预言：一个在七月出生的小男孩会成为他的对手，甚至可以打败他。伏地魔认定哈利就是预言中的男孩。于是，在杀掉了哈利的父母后，伏地魔试图向小哈利行凶，结果自己不仅没有伤害到哈利，反而受到了重创。这个传奇故事情节的开篇不是以逻辑性取胜，而是以从一个极端到另一个极端的跳跃吸引人的眼球。这表明哈利·波特系列作品继承了中世纪罗曼司的情节设置模式。

除了情节外，在人物塑造方面，哈利·波特系列作品还显示了中世纪罗曼司的思维方式。小说中对立的双方为哈利和伏地魔，分别代表英雄与恶人，象征善与恶。"英雄和恶人共存首先象征着两个世界的冲突，一个是超越普通体验的世界，另一个世界则在普通体验之下。首先，一个世界跟幸福、安全和祥和相联系，重点往往放在童年或者青年的'素朴的'时期，形象多关于春夏、鲜花与阳光。我们把这个世界称为田园世界。另一个世界则是刺激的冒险世界，但冒险就要涉及分离、孤独、丢脸、痛苦以及更大的痛苦的威胁。我把这个世界称做魔鬼般的世界或者夜的世界。由于传奇中的两极化倾向十分强大，我们通常被带领着从一个世界走向另一个世界。"① 在伏地魔与哈利·波特长达七年的斗争过程中，善与恶的冲突一直是作品的基本架构。在这个框架下，隐含生与死的较量，光明与黑暗的对抗。邪恶的伏地魔以不停歇的杀戮来掩饰其恐惧死亡的慌张，以拼死找寻永生的法宝来克服心理的恐惧。而善良的哈利·波特无论遇到多大的永生的诱惑，他都能以己之力抵制，时时以向善的力量战胜恶，渡过一个又一个劫

---

① [加]诺思洛普·弗莱：《世俗的经典：传奇故事结构研究》，孟祥春译，世纪出版集团上海人民出版社2009年版，第57页。

难，走向心灵的平和与宁静。

　　罗琳从《帕西法尔》等罗曼司中继承了传奇故事的常规形式——追寻母题，系列作品的中心主题是哈利·波特以追寻的方式寻找并确认自己的身份。"我们认为，通向自我身份的旅程（很多文学都不遗余力地帮助主人公实现自我身份的确立）与逃离在读者看来有待证实的'现实'有着密切的关系，与辨认出现实之后的传统和规范也密切相关。"① 在《哈利·波特与密室》中，伏地魔打破了魔法世界的平静，哈利·波特找到了格兰芬多之剑，他用格兰芬多之剑击穿了伏地魔的阴谋，确立了自己在魔法世界的英雄身份，从而进一步巩固了哈利在魔法世界的地位。在《哈利·波特与死亡圣器》中，为了击碎伏地魔的魂器，他与罗恩一起进入刺骨的冰湖，重新获取了格兰芬多之剑。后来，在终极对战中纳威再次拔出格兰芬多之剑，击毁了伏地魔的第六个法器——纳吉尼巨蛇。从这里我们发现，《哈利·波特》与中世纪骑士文学的圣杯传奇之间有紧密的联系。

　　在一次又一次的追寻过程中，哈利·波特逐渐确立了自己的身份。哈利·波特追寻的不仅是手中之剑，而且追寻剑所象征的正义与力量。在魔法世界中，哈利成为一个拯救魔法世界的英雄，他历经各种苦难与斗争，却大难不死。查尔斯·泰勒认为，"自我认同，即知道我是谁，知道我站在何处。我的认同是由提供框架或视界的承诺和身份规定的，在这种框架和视界内我能够尝试在不同的情况下决定什么是好的或有价值的，或者什么应当做，或者我应当赞同什么或反对什么。换句话说，这是我能够在其中采取一种立场的视界"②。哈利很清楚自

---

① ［加］诺思洛普·弗莱：《世俗的经典：传奇故事结构研究》，孟祥春译，世纪出版集团上海人民出版社2009年版，第187页。
② ［加］查尔斯·泰勒：《自我的根源：现代认同的形成》，韩震译，译林出版社2008年版，第32—33页。

我主体身份认同是在一个社会所认同的道德框架中，正是在以正义战胜邪恶的既定认同中，哈利获得了一种确定感，从而得到了一种自我价值实现的满足感。

对于哈利来说，这种身份认同的起点却是难以磨灭的疤痕与伤痛。他额头上面那道闪电形的疤痕是伏地魔留下的标记，它在作品中反复出现。它不仅成为哈利的外貌特征，而且象征哈利的心理创伤。在哈利最初成长的十年里，疤痕没有引起哈利本人以及其他人的关注。但是，随着哈利来到魔法世界，他逐渐进入青春期，他的疤痕开始以疼痛的方式显现，并将他完整而又单纯的自我撕裂为两个自我。他在怀疑中无法确认自己是无辜的受害者还是帮凶，这种犹疑与挣扎一直在折磨哈利；而且疤痕的疼痛，贯穿系列作品首尾，作者以复沓的方式反复书写，希望借此表达哈利·波特确立身份的艰难。哈利的儿童期宣告结束了。

在追寻自我身份确认的过程中，这道闪电形的疤痕成为哈利需要跨越的心理障碍之一；疤痕一次又一次出现，需要哈利一次又一次克服心理障碍。从开始隐隐作痛到疼痛不断加剧，再从疼痛不断加剧到梦境、幻觉的不断浮现，在循环往复中将自我意识从分裂到重新建构，在反复中分裂，再在分裂中反复，直到构建一个新的自我。而自我身份就在这个过程中逐渐确立起来。

三 圣杯意象的原型：魔法石与时尚消费符号

《哈利·波特与魔法石》（*Harry Potter and the Philosopher's Stone*, 1997）是哈利·波特系列作品的第一部，中文译本的繁体版于 2000 年 6 月出版，在 3 个月之后中文译本的简体版如约而至。"魔法石"是该篇小说的中心意象，小说情节矛盾对立的双方——哈利·波特与伏地魔围绕它展开故事。

第五章　世纪之交圣杯意象的重塑与西方文学的多元话语

古代炼金术涉及魔法石的炼造，这是一种具有惊人功能的神奇物质。魔法石能使任何金属变成纯金，还能制造出长生不老药，使喝了这种药的人永远不死。

许多世纪以来，关于魔法石有过许多报道，但目前唯一仅存的一块魔法石属于著名炼金术士和歌剧爱好者尼可·勒梅先生。他去年庆祝了六百六十五岁生日，现与妻子佩雷纳尔（六百五十八岁）一起隐居于德文郡。①

在小说中魔法石能变出金子，还能让人获得永生。在韦斯顿看来，圣杯的原始传统源于古地中海地区的阿多尼斯崇拜仪式，"我们所拥有的文学形式的圣杯传奇是一块碎石，它是对丰收崇拜仪式的片段记载"②。从外形上，最古老的圣杯的外形与魔法石是一致的。就功能而言，"圣杯本身，无论何种形式，都是为崇拜者提供生命所必需食物的容器"③，圣杯象征永生，也体现了人类对永生的渴望。从这个意义上，魔法石是圣杯的一种表现形式。作为"圣杯的第一部完整历史"，《剑与圣杯》没有为我们提供关于圣杯精确的定义，圣杯最终只能是"每个人直接对待神圣光芒的象征"。其作者辛克莱尔认为，"圣杯有许多表现形式：最后的晚餐的圣杯、用来盛基督流血的杯子、圣矛、带有浸礼者圣约翰血头的盘子、聚光柱以及哲学家的石头"④。圣杯没有固定的外在形态或形式，魔法石是其中一种外在形态。如果从起源的角

---

① ［英］J. K. 罗琳：《哈利·波特与魔法石》，苏农译，人民文学出版社2018年版，第171页。

② Jessie L. Weston, *From Ritual to Romance*, *An Account of the Holy Grail from Ancient Ritual to Christian Symbol*, London: Cambridge UP, 1920, Rpt. New York: Peter Smith, 1941, p. 63.

③ Jessie L. Weston, "The Grail and the Rites of Adonis", *Folklore*, Vol. 18, No. 3, September 1907, p. 303.

④ Jonathan, "Discovery of the Grail", *Publishers Weekly*, Vol. 245, No. 42, October 1998., p. 67.

度，克雷蒂安的《帕西法尔》的圣杯意象与阿多尼斯崇拜仪式之间的关联，决定了圣杯的魔法石形态要早于《帕西法尔》金杯的外形，从这个意义上讲，魔法石是《帕西法尔》中圣杯的原型，象征财富与永生。

伏地魔人生最大的愿望就是摆脱死亡，找到让自己永生的途径。他团结了一群食死徒，在魔法世界制造了令人恐怖的黑暗势力，以显示自己的存在感。伏地魔名字的法语为"Voldemort"，意为"逃脱死亡"，他却以杀戮的方式实现自己的终极追求——获得永生。为了追求永生，他甚至任由黑魔法吞噬自己，泯灭人性之善，动手结束了自己父亲的生命；并以杀戮的方式制作了七个魂器，将自己的灵魂撕裂为七份，分别封存在魂器。即使其肉体消亡，灵魂还有七次复活的机会。他还挖空心思地悄悄进入精灵银行的"古灵阁"，妄图将魔法石据为己有，以一劳永逸地获得永生。哈利作为小说的男主人公，在姨父、姨妈的虐待中成长，在受尽歧视的冷眼中失去了自信。当他从麻瓜（现实）世界飞升到魔法世界，来到霍格沃茨魔法学校，他的人生发生了巨大转折。对于魔法石，他没有得到它并借以获得永生的欲念。他只想到绝对不能让魔法石以及魔法落入伏地魔手中，这个直接简单的愿望使他有了成为英雄的契机。

在小哈利与伏地魔抢夺魔法石的过程中，厄里斯魔镜是一个必经关口。"这是一面非常气派的镜子，高度直达天花板，华丽的金色镜框，底下是两只爪子形的脚支撑着。顶部刻着一行字：厄里斯 斯特拉厄赫鲁 阿伊特乌比 卡弗鲁阿伊特昂 沃赫斯。"① 这面气派的镜子经过邓布利多教授的改造后，成为检验一个人内心是否纯洁的测试仪器。这个测试之所以有成效，在于"它使我们看到的只是内心深处最迫切、

---

① ［英］J. K. 罗琳：《哈利·波特与魔法石》，苏农译，人民文学出版社2018年版，第161页。

最强烈的渴望"①，但不会直接警醒你这个最强烈的渴望实现的可能性有多大。邓布利多教授开导小哈利说："这面镜子既不能教给我们知识，也不能告诉我们实情。人们在它面前虚度时日，为自己所看见的东西而痴迷，甚至被逼得发疯，因为他们不知道镜子里的一切是否真实，是否可能实现。"② 在这个意义上，对于贪婪的、心性不纯净的人来说，厄里斯魔镜藏着一种诱惑人的魔法。鬼迷心窍的伏地魔看到自己内心深处最真实的需求，自己沉浸在美好的虚妄的长生不老的幻觉中，甚至被幻觉驱使，在欲望的路上迷失了心性，迷失了人生的方向而不自知，越走越远。另外，对于心性纯净、没有功利之心的人来说，厄里斯魔镜又是一个成就梦想的家园。"只有那个希望找到魔法石——找到它，但不利用它——的人，才能够得到它。其他的人呢，就只能在镜子里看到他们在捞金子发财，或者喝长生不老药延长生命。"③ 厄里斯魔镜也对哈利进行了诱惑，但无论财富还是永生，哈利竭尽全力保护魔法石的美好愿望与纯净渴盼，阻断了厄里斯魔镜的诱惑功能。小哈利最终夺得了魔法石，拯救了魔法世界，成为英雄。

在作品中，魔法石并没有被赋予任何宗教内涵，更多地继承了凯尔特传统，它是财富与永生的象征，也是心性纯良与否的"试金石"。财富与永生的象征内涵似乎更接近消费主义盛行的世俗欲望，也更具有普适性的价值与意义。作为奇幻世界的主要象征符号，似乎也被赋予时尚消费符号的功能。

《哈利·波特与魔法石》在出版后，立刻引发了消费热潮。美国以

---

① ［英］J. K. 罗琳：《哈利·波特与魔法石》，苏农译，人民文学出版社2018年版，第165页。
② ［英］J. K. 罗琳：《哈利·波特与魔法石》，苏农译，人民文学出版社2018年版，第166页。
③ ［英］J. K. 罗琳：《哈利·波特与魔法石》，苏农译，人民文学出版社2018年版，第234页。

100万美元买下版权，1999—2001年连续三年雄霸美国图书排行榜榜首。在中国，2009年至今该书每年都加印100万册。而哈利与伏地魔争夺魔法石是整部小说故事情节跌宕起伏的主要原动力，这是传奇作家有意为之的结果。传奇与严肃小说的区别之一在于，传奇是为了讲故事而讲故事。"人们认为这种写作是更为商业化的产物，而传奇作家太过于与大众文学妥协了。"① 魔法石虽然具有很深厚的凯尔特文学传统，但也成为大众文化的时尚消费符号。这不仅体现于小说的销量，还体现于与小说相关的一系列文化工业产品，如同名电影、电子游戏、主题餐厅、主题书店等。"时尚被认为是消费文化的典型形态，体现着消费文化感官直觉、短暂体验、浅层审美的特点。消费文化从空间来看属于一种都市文化，时尚也总是以都市作为自己的舞台。而被时尚借用的物品具有典型的符号性。"②《哈利·波特与魔法石》作为书籍，似乎与其知识传播功能、文化传承功能、信息传播功能越来越远，而休闲娱乐功能却越来越强。随着系列作品及其附属文化产品越来越流行，对小说的接受已经成为一种消费时尚符号的体验。

---

① ［加］诺思洛普·弗莱：《世俗的经典：传奇故事结构研究》，孟祥春译，世纪出版集团上海人民出版社2009年版，第44页。

② 龚小凡：《消费文化与当代产品的符号化》，《中州学刊》2010年第1期。

第六章　圣杯意象的价值论

圣杯追寻作为西方文学中追求某种理想境界的原型，见证了西方人不同时期的不同精神诉求，体现了西方文学与文化追求向上飞升的超越精神。随着英国现代奇幻文学在中国大众文化语境引发的消费热潮，中国网络文学迅猛发展。本章主要探讨圣杯意象的文学与文化价值意义。

第一节　圣杯意象的文学价值

圣杯意象作为西方文学最重要的意象之一，起源于古老的异教神话传说，发展与繁盛于中世纪，然后一直被不同的时代传承；尽管时而沉寂，时而激越，但它如同一股清泉，源源不断地滋养着后世西方文学。圣杯是高度发达的文学符号，圣杯这一特征正是我们应该去深入研究的。我们探讨它，不是探讨圣杯意象本身，而是探索西方文学中的这个圣杯意象，究竟意味着什么。①

---

① 参见［瑞士］阿道夫·穆施格《圣杯质疑》，赖升禄译，《第欧根尼》1989年第2期。

一　人文主义视域中圣杯意象的本质

"Humanism"(人本主义)和"Humanist"(人文主义者)是西方文学发展的主线,一部西方文学史就是西方人文精神演进的历程。圣杯意象的所指不断延展,它凝结着西方文学对可望而不可即的理想境界的追求,也从侧面体现了西方人文精神的演进。

既然西方文学的主线是人文主义精神,那么,要想弄清楚人文主义精神的核心,就要认识人的本质。"人的本质核心是'自由'。这个定义一方面是说,人的心灵具有一种反对束缚和反抗限制的本能冲动,是一个个个体的人在内心深处体现出的在特定的历史和现实关系中(文化中)对'自由'的追求;但另一方面,它也是人类或绝大多数人(由个体组成的群体)把握和驾驭这种关系的'自由'。反对一切对个人的或人类的精神上、肉体上的束缚,就是人的本质的全部内涵。"① 在此基础上,刘建军指出,"西方文学人文精神的核心是人的自由精神"②。如果从追寻原型角度来理解,西方文学人文精神的核心是人追求自由的精神或对自由精神的追求。但是,人类对自由的追求又是难以如愿而又心向往之的。追寻圣杯是人类对某种可望而不可即的理想境界的追求,这体现了西方文学对自由精神的追求,它是对自由精神追求的一个侧面,或一种表现形式,或一种结构模式。

刘建军将人文精神的演进分为三个阶段,第一,人与自然的对峙;第二,人与神的对峙;第三,人与物的对峙。③

---

① 刘建军:《演进的诗化人学——文化视界中西方文学的人文精神传统》,东北师范大学出版社1998年版,第21页。
② 刘建军:《演进的诗化人学——文化视界中西方文学的人文精神传统》,东北师范大学出版社1998年版,第15页。
③ 参见刘建军《演进的诗化人学——文化视界中西方文学的人文精神传统》,东北师范大学出版社1998年版,第29页。

在人与自然的对立中，人类面对的最大难题——人类生存的异常艰难以及面对大自然的无力感。但是，人类与其他生物的区别，主要体现在两个方面。一是人类会为自己的生存现状而焦虑不已，并不断探索生存意义。人类"把自身放置于一个更为宏大的背景之上，从而揭示出一个潜在的模式，让我们恍然觉得，在所有的绝望和无序背后，生命还有着另一重意义和价值"①。二是"个体具有超出理性之外的思考能力和经验"。人类"拥有想象力，一种思考非当下之物的能力，以及思考某种还没有客观存在事物的能力。想象力是一种创造宗教和神话的能力……神话如同科学和技术，它不仅不会让人们疏离这个世界，恰好相反，它让我们更有激情地栖居其中"②。虽然圣杯与神祇无法画等号，但它是具有神祇性质的宝物。古巴比伦的《吉尔伽美什》《亚历山大传奇》的多个版本以及《一千零一夜》的《哈里补·克里曼丁的故事》《渔夫的故事》和《青铜之城》，都体现了人类对永生的欲望。而克雷蒂安的《帕西法尔》中的圣杯被类比为上述文本中的植物和喷泉，它象征着人类渴望永生的集体无意识。凯尔特神话传说中圣杯的意象原型神锅（盘子或者羊角），能提供永不枯竭的食物，并使死人复活。圣杯是人类想象力的创造物，蕴含人类最本质的恐惧——死亡以及最本质的欲望——永生。可以说，圣杯凝聚着人类探索自然、战胜自然、突破自我局限、彰显创造力的精神，它是人类追求自由精神的象征。

在人与神的对立中，圣杯作为一种文学意象，"以基督教的思想和情感为象征，富有想象地呈现了人类普遍的心境"③。圣杯被确立为基

---

① [英]凯伦·阿姆斯特朗：《神话简史》，胡亚豳译，重庆出版社2005年版，第3页。
② [英]凯伦·阿姆斯特朗：《神话简史》，胡亚豳译，重庆出版社2005年版，第3—4页。
③ [美]奥利·奥斯本·泰勒：《中世纪的思维：思想情感发展史》（第一卷），赵立行、周光发译，上海三联书店2012年版，第20页。

督教的信仰，从而使圣杯被提升到抽象的精神信仰的高度。这是人类追求精神必然性的努力，这是人类想要进一步突破自然神的想象局限，挣脱生死循环的表现。"当社会进一步发展之后，人们对精神的追求多起来。这种无休止的循环让人类感到窒息，感到毫无长进和超越现实的希望。于是，要跳出大自然那无所不包罗的怀抱，要通过人类自身的努力够及高于这个世界的天堂，就成为一种理想、追求和心理需要。"① 骑士文学在展现骑士们追寻圣杯历险的同时，不仅提高了对世界的认知与改造能力，而且提升了人类对自我的认知能力，并进一步凸显了人类的主体意识，人类追寻自由的能力也获得了长足进步。

在人与物的对峙中，随着科学技术和信息技术的迅猛发展，在人类更易获得丰富物质生活的同时，人类却丧失了幸福感，反而经常感到来自社会制度、金钱至上、他人等各方面异化力量的压制。"在我们的世界上存在各种各样的压力，使人沉醉不醒——利用大众娱乐、浅薄的物质满足，对于现实的虚假解释以及廉价的意识形态——引诱人类接受信仰和道德确定性的丧失。在这条道路的尽头就是赫胥黎没有意义的快乐、机械的'美妙的新世界'。今天，当死亡和衰老日益被委婉语言和安慰性的谈话所掩盖，生活受到催眠性、机械化的庸俗大众消费窒息的威胁，使人面对他的真实处境的需要比起任何时候都大。"② 这一时期，圣杯意象被泛化为对人类可望而不可即的理想境界的追求，正是人类渴望摆脱物化力量的途径之一。"因为人的尊严就在于他面对完全没有意义的现实的能力；没有恐惧、不抱幻想地自由地接受它——以及嘲笑它。"③ 圣杯意象对精神性价值的追寻与守望，就是让

---

① 刘意青：《〈圣经〉的文学阐释——理论与实践》，北京大学出版社 2004 年版，第 118 页。
② [英] 马丁·艾斯林：《荒诞派戏剧》，华明译，河北教育出版社 2003 年版，第 297 页。
③ [英] 马丁·艾斯林：《荒诞派戏剧》，华明译，河北教育出版社 2003 年版，第 297 页。

人类回归"初心",去追求"超越自然和社会、超越理性和意义、超越悲剧和苦恼,去开拓无限物质与精神时空的绝对自由"①。

人类追求自由的精神,大量存在于作家个体和具体的文本中。"而处在每个时期个体的人的自由的欲求,在发展成为这个时代的人类的自由欲求并形成带有普遍性的趋势和价值的时候,就形成特定时代的文化内涵和风貌,形成特定时代的社会意义上的精神体系。这样,不同文化时代的人的价值体系的相互延续,就成为一个由低到高(人与自然、人与神、人与物)的发展历程。"② 从圣杯意象象征意义的精神性出发,在人与自然、人与神、人与物的每一个阶段的对峙活动中,圣杯意象所凝结的,是人类追求超越现实世界、超越自我的、不断向上飞升的自由精神。"对某些人来说,圣杯将使他们永生;而对其他人来说,它是寻找记载了一段鲜为人知的历史但却已经散失的文献的旅程。但对大多数人而言,我怀疑圣杯只是寄托了一种崇高的理念……是遥不可及的绚丽瑰宝,即使在今天这个喧嚣的世界里,它也能给我们带来某些有益的启迪。"③

二　圣杯意象的演进

在梳理圣杯意象流变历史的过程中,通过对圣杯与信仰关系的探讨,我们可以看出,圣杯意象发展的历史其实是一部追求宗教信仰与反宗教信仰的交替史。在这个过程中,宗教信仰与理性崇拜这两种对立的探讨,建构了不同的观察主体。其中所发生的断裂,则是以人文

---

① 刘建军:《演进的诗化人学——文化视界中西方文学的人文精神传统》,东北师范大学出版社1998年版,第29页。
② 刘建军:《演进的诗化人学——文化视界中西方文学的人文精神传统》,东北师范大学出版社1998年版,第33页。
③ [美]丹·布朗:《达·芬奇密码》,朱振武、吴晟、周元晓译,人民文学出版社2013年版,第381页。

主义的诞生与介入为标志。正是人文主义，使圣杯意象走出神学的束缚成为可能，并使圣杯意象的内含产生了深度分裂，从而导致圣杯世俗化的出现，尤其是启蒙运动所奠定的科学理性传统，产生了质疑圣杯意象的思潮，并逐渐发展为一种文学隐喻，活跃在西方文学作品中。"如果一个故事不是字面上真实的，它至少是比喻的真实，并表达某种类型的人类条件的真理。"①

从古希腊时代的"理念论"开始，西方哲学形而上的本质属性，就决定了西方的主要思维传统是逻各斯中心主义模式，即重视对物质世界之上的理念这一抽象层面的追求。美国哲学家布兰沙德认为，"对理性的信仰在广泛意义上说，是希腊时代以来的，西方社会的一个重要组成部分。这一点决定了西方哲学的主要传统"②。在这一传统的指导下，西方文学也一直贯穿着逻各斯中心主义的思维方式，一直求索形而上的终极追求。在长达一千多年的中世纪，宗教神学统摄了中世纪的思想与文学。进入中世纪中期，宗教文学几乎垄断或掩盖了文学的本来面目。随着基督教在欧洲的渗透力与影响力不断增强，文学与艺术的世俗类型与世俗生活也被神圣化。中世纪的思维方式延续了古希腊的形而上的追求。圣杯的原型潜藏着一种以追寻本原为目标的逻各斯中心主义思维模式。追溯圣杯意象起源及其发展演变的过程，可以发现它从具体含义走向抽象意义的过程。圣杯意象原始的基本内涵是生命或者追寻永生的欲望，直到中世纪法国诗人罗贝尔发表了《亚利马太的约瑟》，圣杯才有了对上帝信仰的象征意义，体现了它所蕴含的逻各斯中心主义思维方式，也表达了西方人对"超验"世界的

---

① John B. Marino, "Humanism and the Grail Legend: From Skepticism to Metaphor", *The Grail Legend in Modern Literature*, Rochester, N.Y.: Boydell & Brewer, D. S. Brewer, 2004, p. 100.

② [美]布兰沙德·布兰德:《理性与分析》，参见中国社会科学院哲学研究所现代外国哲学组编《当代美国资产阶级哲学资料 第一集》，商务印书馆1978年版，第112页。

执着向往。

　　随着文艺复兴时期的到来，人文主义者从反基督教到将《圣经》当作传统道德法典，以达到强调人类尊严的目的，这都与中世纪人们希望通过追寻圣杯来达成救赎的观点背道而驰。尤其 16 世纪末到 17 世纪初，怀疑主义与唯理主义来势凶猛，并日渐成为社会主流的哲学思潮，与此同时，科学领域的发现不断涌现。自 18 世纪开始，"在俄肯坚称自然与恩典不能结合的冲击下，中世纪经院学派的'自然/恩典'世界观开始瓦解，自此有两条路向西方世界敞开：一是回到圣经的创造、堕落与耶稣基督里的救赎的世界观；另外一条是自我人格的宗教信仰移动。启蒙运动清楚显示选择了后面这条路"①。这条路远离宗教改革给基督教再次新生的机会，反而将人视为主人，希望以自然代替上帝，对基督教与教会的权威再次提出挑战。"随着科学与宗教这两种不兼容的世界观之间的敌对的深化，怀疑论不断加深。"② 西方文化追寻圣杯的神圣叙事不受干扰的优先性消失了，它受到了越来越多作家的质疑。前文所论述的丁尼生和怀特是质疑圣杯意象的典型代表作家。更为复杂的是，历史发展与人的意识都不是线性的，很多历史阶段经常处于新旧思维方式的交织，新旧思想观念的挣扎与纠结中，有时体现于作家个人前后思想的变化，有时则体现于作家与作家之间思想的论争。瓦格纳的歌剧《帕西法尔》对圣杯意象的表现，一直被这种争论包围。19 世纪的西方知识分子就处于这样的历史阶段，有的作家仍然执着于圣杯的神圣性，有的作家则希望借由"重返中世纪"宣示对资本主义世俗化的反叛。另外，围绕着圣杯意象的争论，也揭

---

① ［美］阿尔伯特·甘霖：《基督教与西方文化》，赵中辉译，北京大学出版社 2005 年版，第 7—8 页。
② John B. Marino, "Humanism and the Grail Legend: From Skepticism to Metaphor", *The Grail Legend in Modern Literature*, Rochester, N.Y.: Boydell & Brewer, D. S. Brewer, 2004, p. 96.

示了信仰失落后，西方知识分子的思想探索处于进退两难的迷惘状态。

进入20世纪，西方文化的第一个变化是人们丧失了追求"超验"世界的动力，其意识形态与生活方式越来越趋向于世俗化。"世俗化意指这样一种过程，通过这种过程，社会和文化的一些部分摆脱了宗教制度和宗教象征的控制。"① 中世纪的神学被现代观念取代，但有学者认为，"'每个人在他的生活中都在侍奉自己的神'，人活着一定有某种东西在指导它的决定并使生命有价值；不论他们承认与否，那些东西就是他们的'神'。当那东西不是又真又活的神时，就是圣经所称之为的偶像。现代的三大偶像即科学、技术、经济，不拘资本主义还是社会主义，都是一样"②。以科学、技术、经济为主导的现代社会观念作用下，圣杯意象已经以各种方式从超验的来世的位置降落到人间，它更着重适用于世俗的经验。"一方面，圣杯的非实质性使它具备了想象的修饰。19世纪出现了圣杯的不同版本，杯子、碗或者盘子，当代作家不确定它到底是什么。圣杯通常只是一个云层遮蔽的光。它的合理性与我们依赖的科学证明相冲突。所以，圣杯的他界性缺少清晰的界定，因此值得质疑。"③ 20世纪的作家使圣杯的物质客体贬值，"将注意力转移到信念作为寻求的对象，当怀疑主义否认实际的圣杯的存在。这种对信念本身的追求，仍然是20世纪末对怀疑主义方便的解决方案"④。因此，解决圣杯质疑主义的有效方法就是将其作为一种信仰。

---

① [美]彼得·贝格尔：《神圣的帷幕——宗教社会学理论之要素》，高师宁译，上海人民出版社1991年版，第128页。

② [美]阿尔伯特·甘霖：《基督教与西方文化》，赵中辉译，北京大学出版社2005年版，第88页。

③ John B. Marino, "Humanism and the Grail Legend: From Skepticism to Metaphor", The Grail Legend in Modern Literature, Rochester, N.Y.: Boydell & Brewer, D. S. Brewer, 2004, p. 97–98.

④ John B. Marino, "Humanism and the Grail Legend: From Skepticism to Metaphor", The Grail Legend in Modern Literature, Rochester, N.Y.: Boydell & Brewer, D. S. Brewer, 2004, p. 99.

这样，尽管圣杯作为一个物件的真实性是值得怀疑的，它仍可以在象征层面存在。

20世纪西方文化的第二个变化是价值观与事实的断裂。"事实是属于公众的，每一个有理性的人都要能接受由科学所确立的事实；价值观成为私有的。事实被认为是绝对的，除非科学改变了事实；价值观是人性的，相对的。一个人可以随自己喜好拥有价值观，但绝不能批评别人的价值观。这是西方文化中最深刻、最致命的变革之一。"① 于是，教会被名正言顺地请出公共生活，宗教信仰保留在个人的私生活中，每个人都可以相信自己愿意相信的信念或追求。在这种文化变革下，"圣杯成为真实生活的象征，它生活在自己的意志上，自己的冲动上，是它自己位于善与恶、明与暗等两极的中间。每一次行为都产生对立的双面。我们可以做的就是倚靠着光明，倚靠着来自怜悯和痛苦，来自理解他人的和谐关系。这就是圣杯。这就是传奇中所呈现的"②。因此，"将圣杯从基督或凯尔特的圣物变成了一种原型或者隐喻使它在20世纪存活了下来。……无论圣杯为当代荒原提供精神支撑是一种真实的可能性还是一种无果的诱惑，圣杯传说仍然是一个令人信服的隐喻"③。

三 圣杯意象的审美价值

圣杯意象是中世纪作家运用象征手法的体现，对后世西方文学产

---

① ［美］阿尔伯特·甘霖：《基督教与西方文化》，赵中辉译，北京大学出版社2005年版，第8页。
② John B. Marino, "Humanism and the Grail Legend: From Skepticism to Metaphor", *The Grail Legend in Modern Literature*, Rochester, N.Y.: Boydell & Brewer, D. S. Brewer, 2004, p. 106.
③ John B. Marino, "Humanism and the Grail Legend: From Skepticism to Metaphor", *The Grail Legend in Modern Literature*, Rochester, N.Y.: Boydell & Brewer, D. S. Brewer, 2004, p. 106.

生了深远影响，并一直延伸到现在。圣杯意象的流变，不仅体现了西方文学与文化追求向上飞升的超越精神，而且体现了西方文学象征手法的变迁，具有重要的审美价值。

圣杯作为中世纪世俗文学的重要意象，散发着虔诚浓厚的宗教气息。以神学思维，上帝就是存在本身，具有真实性。蒂里希说："任何关于上帝的具体断言都必然是象征性的。因为，具体的断言是用有限经验的片段去谈论上帝。尽管它也包含了这个片段的内容，但它又超越了它。"① 在欧洲中世纪，基督教以圣杯意象这样的文学形象来阐释宗教教义，文学也以宗教教义作为文学表达的主要因素。因此，圣杯传奇如同其他中世纪文学一样，运用象征的创作方法。

中世纪有两种寓意程式，一种程式为讽喻（Allegory），另一种程式为"例证"。讽喻法"把事实或事件看作代表某一真理或某个其他事件的隐喻"②。我们今天所谓的象征，其实是讽喻的正确形式，象征论"总是将《旧约》与《新约》的事件相对应。《旧约》中的历史事件被按照《新约》中类似事件的种类和意象（figurap）加以解释"③。按照这个观点，《圣经》是中世纪文学讽喻的来源。圣杯与《新约·马太福音》第二十六章二十六节至二十九节中最后晚餐时耶稣使用的杯子相对应，它盛装耶稣遇难时流的鲜血与耶稣受难相对应。圣杯意象触碰了事物的本质，即基督本人，从这个意义上说，圣杯意象就是基督的象征。"追寻圣杯就意味着追寻不朽的生命，追寻与基督教神圣的结合，从而得到拯救。"④ 据英国学者查尔斯·查德维克的观点，圣杯意

---

① ［美］蒂里希著，何光沪选编：《蒂里希选集》，上海三联书店1999年版，第1175页。
② ［英］J. A. 伯罗：《中世纪的作家和作品：中古英语文学及其背景（1100—1500）》，沈弘译，北京大学出版社2007年版，第120页。
③ ［英］J. A. 伯罗：《中世纪的作家和作品：中古英语文学及其背景（1100—1500）》，沈弘译，北京大学出版社2007年版，第139页。
④ 王立新：《〈亚瑟王之死〉前言》，载［英］托马斯·马洛礼《亚瑟王之死》，黄素封译，人民文学出版社2005年版，第6页。

第六章 圣杯意象的价值论

象可以被看作超验象征主义。"在这种形式下,具体的意象被用作象征,但不是象征某种特定的思想感情,而是象征更广阔、更普遍的理想世界,对这个世界来说,现实的世界只不过是一种不完满的代表而已。现实后面存在一个理想的世界,这种观念经过 18 世纪的哲学家斯威登伯格的宣传而广为人知。"① 这个理想的世界就是基督的世界,正如圣杯骑士盖拉哈德所说:"我可以告诉你,前天当我看见圣杯的一部分奇迹的时候,我内心里的愉快是所有尘世的人所享受不到的。因此,我知道,当我的肉体死后,我的灵魂将享受极大的快乐,每天会看见幸福的三位一体,以及我主耶稣基督的尊容。"②

需要读者格外注意的是,对于中世纪讽喻的解释,要充分重视对字面意义的理解。这与现代象征的表层下面潜藏的深层寓意不同,也与小说读者希望主题从文本中自然地反映出来所有差别,"尤其是在贴标签的讽喻作品中,其意义(Sententia)在作品本身里就已经十分明确"③。如同《神曲》,很多中世纪作品都以梦幻作为讽喻的形式寄托寓意。《亚瑟王之死》中,这样的梦幻也有多处。帕西法尔(薄希华)碰到一条毒蛇正同狮子搏斗,他杀了蛇。晚上就梦见两个贵妇人,年轻的坐在狮子身上,年老的坐在蛇身上。年轻女子告诉薄希华有一个世上最坚强的骑士要和他决斗。随着情节的进展,一位老者向帕西法尔解释了梦境:"我认为那坐在狮身上的女人,代表了圣教会的新律法,就是要使人了解,具有信心、希望、信仰以及愿受洗礼的意义……那骑在蛇上的女人,代表旧的律法,那条蛇代表一个魔鬼……当您在额上画十字的时候,您就把他杀了,并且也把它的威力

---

① [英] 查尔斯·查德维克:《象征主义》,肖聿译,北岳文艺出版社 1989 年版,第 5 页。
② [英] 托马斯·马洛礼:《亚瑟王之死》,黄素封译,人民文学出版社 2005 年版,第 749 页。
③ [英] J. A. 伯罗:《中世纪的作家和作品:中古英语文学及其背景(1100—1500)》,沈弘译,北京大学出版社 2007 年版,第 124 页。

消解了。"①

到19世纪后，基督教信仰日渐衰微，西方人开始尝试探讨新的途径去面对无法让人满意的现实世界，而这个时候人们开始求助自己内心的理想或者某种信念。于是，超验象征主义被隐喻替代。当代语言学家罗曼·雅各布逊把人类象征符号分为隐喻模式和换喻模式。"话语的展开会沿着两条不同的语义线进行：一个话题或是通过类似关系，或是通过邻接关系而导向另一个话题。由于这两种关系分别在隐喻和换喻中得到最集中的体现，所以可以用'隐喻方式'这个术语来指代前一种情形，用'换喻方式'来指代后一种情形。"② 简言之，隐喻是具有类似关系的两个话题。利科援引厄尔曼的观点，"'隐喻归根结底是一种简略的明喻。我们并未明确地指出那些类似性，而是把这些类似性浓缩成形象化比喻，这种比喻看上去是一种认同'。对两种观念之间的相似性的感知的确是隐喻的关键"③。通过隐喻，圣杯意象变成一个极好的精神性的理想符号，它用相似性将作品主人公和它的追寻目标，作者和他笔下的人物联结为一种密切的合作关系。隐喻与超验象征主义最大的不同在于，前者是超验的、神圣的、明确的甚至是固化的，而后者是可感的、世俗的、自由的、可置换的，圣杯隐喻可以具有多种形式和意义。可望而不可即的理想境界，则是超验的圣杯与隐喻的圣杯之间的相似性。

圣杯隐喻，最重要的特点在于它的激越性与自由度，它似乎有一种无限的魅力，吸引作家以正面价值取向来界定它的界限，同时保障在界限内的变幻不定。"每个人都有自己的圣杯。当一个质疑的年代推

---

① [英] 托马斯·马洛礼：《亚瑟王之死》，黄素封译，人民文学出版社2005年版，第671页。
② [美] 罗曼·雅各布逊：《隐喻和换喻的两极》，载自叶舒宪《高唐神女与维纳斯》，陕西人民出版社2005年版，第89—90页。
③ [法] 利科：《活的隐喻》，汪堂家译，上海译文出版社2004年版，第163页。

翻了圣杯的概念，一个相对主义的圣杯就会满足对某种信仰的渴求，拯救那些被放弃的甚至仍受欢迎的传奇。"① 于是，《小世界》中圣杯意象隐喻爱情，《荒原》中圣杯印象隐喻女性子宫及女性，对于《残缺骑士》的亚瑟王来说，追寻圣杯是巩固王权的征途。圣杯是文学作品的客体，它具有不同情境下的多样性，而追寻圣杯的主体试图通过追寻圣杯摆脱其不完整性，实现向上飞升的自由。因此，"圣杯是一个物，它最终只有光辉犹存。它将其光辉分撒给欢乐的大地，并让世世代代认真地在他人身上寻找自身，在自己身上寻找他人"②。

第二节 圣杯意象的文化价值

圣杯不仅是西方文学的重要意象，而且是西方文化的重要符号。圣杯意象的文化价值体现在它的文化内涵与文化影响力。

一 圣杯意象的文化内涵

圣杯意象作为西方文化的载体，它的文化内涵具有一定的文化影响力。圣杯意象的文化内涵分别体现为道德理性的规约、超越精神的外化以及生命意识的焦虑。

第一，道德理性的规约。

长期以来，人们惯于将中世纪与文艺复兴、启蒙运动做比较，并认为这一历史时期是古希腊罗马时代与文艺复兴时期之间的低潮期，是野蛮与黑暗的一千年。然而，也有一些人"把它看成一种理想的制

---

① John B. Marino, "Humanism and the Grail Legend: From Skepticism to Metaphor", *The Grail Legend in Modern Literature*, Rochester, N.Y.: Boydell & Brewer, D. S. Brewer, 2004, p. 99.

② ［瑞士］阿道夫·穆施格：《圣杯质疑》，赖升禄译，《第欧根尼》1989年第2期。

度而加以赞美，就像我们美化今天的民主和民族国家一样"①。尽管对中世纪文化的观点有所不同，但都相信道德律令像万有引力定律一样，是普遍的和不可避免的。中世纪圣杯传奇，在人与上帝的关系中探讨道德问题，不仅传达了基督教所主导的道德戒律，还探索了神权话语主导的善恶冲突。

人与上帝的关系不仅是中世纪社会生活的重要命题，而且是圣杯意象所涵盖的核心命题。基督教神学思想中，信仰神既是最高的美德，也是达到最高道德境界的唯一途径。以对上帝的态度作为道德的标准，服从上帝权威者为善，反之为恶。"任何人类事件都显示出一种或信仰上帝或背叛上帝的选择倾向。"②《圣经·创世纪》中，亚当和夏娃偷食禁果是善恶主题冲突的原型，中世纪的圣杯传奇继承了这一原型，并将其置于契约结构中，得到上帝的奖励或惩罚，这是上帝规训人类的体现。在这里，我们要关注的是，圣杯骑士的善恶以能否追寻到圣杯为标准，这与基督教对身体的规训息息相关。基督教神学中，"岂不知你们的身子就是圣灵的殿吗？这圣灵从神而来，住在你们里头的，并且你们不是自己的人"（《哥林多前书》，第6章第19节）。正因为人得到了上帝赐予的圣灵，人才称其为人。也就是说，人的本性来自圣灵，而非出自人的肉体、欲望等，人的肉身乃是罪恶的深渊，主宰它的只能是灵魂，"叫人活着的乃是灵，肉体是无益的"（《约翰福音》第6章）。基督教的性别等级秩序森严，但在圣杯传奇中，基督教对身体的规训没有任何性别差异。守护圣杯的"基督的新娘"必须是贞洁的少女，最后能追寻到圣杯的骑士也一定是童贞之身。身

---

① [美]爱德华·麦克诺尔·伯恩斯、菲利普·李·拉尔夫：《世界文明史》（第2卷），罗经国等译，商务印书馆1987年版，第7页。
② Leland Ryken, *The Literature of the Bible*, Grand Rapids: Zondervan Publishing House, 1974, p. 21.

体与灵魂都被统摄于神的光辉与权威之下。即使沃尔夫拉姆的《帕西法尔》肯定圣杯骑士部分自然欲求的合理性，也将其身体规训到对婚姻忠诚这一道德框架，但被规训的身体与灵魂其终极目标是得到上帝的救赎。

自文艺复兴和启蒙运动以来，尤其19世纪更是科学理性思潮活跃的时代，圣杯意象被逐步世俗化。虽然，圣杯传奇表现的仍然是善与恶之间的矛盾，但善恶的冲突不再是服从上帝权威与违背上帝权威的对立，主要表现为信仰与理性的冲突，19世纪圣杯传奇所传递的是人处于社会转型期的困惑与迷惘，此时人们希望再次回到那个道德规范的中世纪。"在法国大革命的最黑暗的日子里，伯克绝望地喊道：'骑士的时代一去不复返了。'骑士团，连同它的仪式、它的象征主义、它的等级地位、它的贵族观、它的军事性基督教以及它所属的那个时代，的的确确是烟消云散了；可是骑士精神作为一种道德力量却残存了下来，因为在每个时代里都有一批喜爱殷勤礼貌、诚实、勇气、真理和节制的人们，就如在几乎每个时代里都有某个斯宾塞、某个莎士比亚、某个弥尔顿、某个沃兹沃思、某个丁尼森那样，用不朽的诗句去使这些理想神圣化。骑士精神的残存，在很大的程度上不仅应当归功于中世纪的传奇故事……'"[①]

进入20世纪以后，"圣杯征途鼓励个人实现精神理想"[②]，圣杯意象所凝结的善恶冲突原型被置换为个人的自我期许与期许难以实现的矛盾，圣杯意象具有个人化与个性化的特点。"第20世纪末期，英国和美国的诗人和小说家们仍然倾向于试图用圣杯赋予人类的经验以意

---

① [英]埃德加·普雷斯蒂奇：《骑士制度》，林中泽、梁铁祥、林诗维译，上海三联书店2010年版，第262页。

② John B. Marino, "Humanism and the Grail Legend: From Skepticism to Metaphor", *The Grail Legend in Modern Literature*, Rochester, N.Y.: Boydell & Brewer, D. S. Brewer, 2004, p. 106.

义，而此前这往往被认为是毫无意义的。"① 对于孩子来说，圣杯是他参加比赛时获胜的奖杯；对于失业的父亲来说，圣杯是他希望找到的工作。圣杯意象体现人类对超越自我的向往，这也为圣杯意象划出了一条界线，这条界线同时也是它的内在本质，尽管圣杯意象可能指向超验神圣的，可能是世俗经验范围之内的，但圣杯意象不会含有隐喻丑陋、罪恶、重负等负面价值倾向。

第二，超越精神的外化。

随着文化全球化的到来，圣杯意象经由大众传媒广泛传播到世界各地，这说明世俗化、技术理性在整个世界扩张，超验世界不可避免地衰落了。然而，人们并没有完全放弃宗教信仰、人文精神等超越性的追求，因为人类意识到人的主体性并不是完整的，必须借由人自身之外的外在场域或某种关系结构才能实现。"圣杯代表了实现人类意识最高的精神潜力"，圣杯意象就是人类实现自我超越的外在介质，中古时期它指向了超验世界，现代化以来它指向了更具体的目标，体现了人类在经验世界中的自我超越与追求。因此，圣杯意象是超越精神的外化。

中世纪，圣杯意象指向了超验世界，圣杯骑士只有达到虔诚、贞洁的道德与信仰高度，才能追寻到圣杯，大部分圆桌骑士都如同兰斯洛特一样挣扎于欲望与信仰之间，无法追寻到圣杯，这似乎也是反自然人性或超越人性的。但是，从人类集体无意识层面来讲，圣杯意象成为人性的例证。"神话首先而且主要关涉心理现象，这一事实揭示出灵魂的本质是他们时至今日仍绝对不愿正视的东西。虽然原始人对显在之物的客观解释不太感兴趣，但是他们有一种迫切的需要——或者更加准确地讲，他们的无意识心理有一种无法抗拒的欲求——把一切

---

① John B. Marino, "Humanism and the Grail Legend: From Skepticism to Metaphor", *The Grail Legend in Modern Literature*, Rochester, N.Y.: Boydell & Brewer, D. S. Brewer, 2004, p. 115.

外在的感官体验同化为内在的心理事件。原始人并不满足于仅仅见到日出日落；这种外在观察必定同时为一种心理事件：有自身规律的太阳必然代表某一位神明或者英雄的命运，因为他最终唯有留存于人的灵魂之中，别无他处。一切被当作神话的自然过程，比如冬夏季节的交替、月亮的阴晴圆缺、雨季的来临等，在任何意义上都绝非这些客观事件的寓言；相反，它们是心理的内在的、无意识的冲突事件的象征表达，心理经由投射变得与人的意识相连——换言之，反映在自然事件之中。投射如此重要，以至数千年文明的洗礼才把它在一定程度上与外在对象相分离。"① 神话其实是原始人确证自己本质力量的对应物，是对自我的一种确认，人们将自我投射到神祇身上，并可以从崇拜中获得一种对应性的安顿力量。对圣杯的追寻其实是骑士对自我信仰、道德、勇气、智慧与力量的一种确证，无论圣杯骑士追寻到哪里，无论为追寻它经历什么危险，都是他自我本质的呈现、最根本需求的体现，以及潜意识最渴望的表达。人们言说圣杯，不是站在圣灵的高度俯视与人对话，而是人类自身最深刻期许的宣讲。骑士崇拜圣杯、追寻圣杯，其实是在言说自己。"从这个角度而言，人性是所有神圣概念的来源；神圣来源于人性意象。因此，这些神圣的故事成为心理探究和自我实现的有效工具。"②

世俗化社会的一个维度是接受现世欲望的合法化，圣杯意象象征的是"精神自我"，相对而言，王权、爱情等都是"欲望自我"。中世纪圣杯意象体现的是"精神自我"的绝对优势。而世俗化是指"欲望自我"成为"精神自我"的主导，在"欲望自我"的驱使下，人类成

---

① [瑞]卡尔·古斯塔夫·荣格：《原型与集体无意识》，徐德林译，国际文化出版公司2011年版，第7—8页。

② John B. Marino, "Humanism and the Grail Legend: From Skepticism to Metaphor", *The Grail Legend in Modern Literature*, Rochester, N.Y.: Boydell & Brewer, D. S. Brewer, 2004, p. 100.

为消费主义与物质至上的奴仆。对彼岸世界与终极意义的追求，不再是时代的主流，人们不会因为追求无限、绝对的超验世界而牺牲、减弱对有限的、世俗的人生热情。世俗化社会的另一个维度是人摆脱了神的束缚，从此人有了自主性，人们以理性的原则自我立法并以此替代宗教的影响力。随着后现代社会的到来，理性的规约也走向崩塌，进入了相对主义和虚无主义时代，价值意义趋向于多元。欲望的合法化与人自主性的增强，导致人对自身的关注远远超出对外在世界的关注，在"欲望自我"的主导下，每个人都有自己心中的圣杯，对圣杯的追寻其实是对个人自我内心的探寻。在《当代主义思维》中，詹姆斯·麦克法兰恩解释了当代世界如何关注心理自我、主观自我以及个人解放，但信仰的缺失使人们过于自信、过于主观。

中世纪，对圣杯的追寻体现了对超验世界的向往。世俗社会，对圣杯的追寻体现了对自我的超越。但无论哪个时代，对圣杯的追寻都源自对自我的探索与超越，而圣杯意象无疑是人类超越精神的外化。"现实总是戳穿那种关于纯净和高尚的社会生活的幻想，谁会否认这一点呢？但是，如果我们的意识没有超越那种事关可行性的循规蹈矩的限制，我们又将身置何处呢？"[①]

第三，生命意识的焦虑。

从12世纪到21世纪初，圣杯意象及其文学作品发生了很大的变化，但是追寻与圣杯意象之间的张力是贯穿其中的主旋律，人的追寻意识与生存境遇以及追寻结果之间一直处于二律背反的紧张状态。在圣杯意象的建构、消解与重构中，我们能够发现人类生命意识的焦虑，从对信仰的执着到对宗教传统的质疑，从对打破传统的担忧直至深层道德和历史的探寻，充满疑虑与纠结。随着科学的日益发达与传统信

---

① [荷]约翰·赫伊津哈：《中世纪的衰落》，刘军、舒炜等译，北京大学出版社2014年版，第87页。

第六章 圣杯意象的价值论

仰的失落，人们要接受社会的转型，通过圣杯意象表达的所有恐惧、不安都与此有关。

追寻主体的追寻意识与生存境遇之间的对立，是造成圣杯追寻主体焦虑的主要原因之一。"人类总是生活在'意义'之中。……任何试图抛开'意义'来探讨环境的人都必将是如此不幸：他将自己与他人隔离开来，他的行为无论对自己还是对其他任何人都将是无用的——一言以蔽之，这些行为将变得毫无意义。然而，并没有任何人能真正逃离'意义'。"① 人注定无法逃离意义，追寻主体希望通过圣杯追寻来确立意义，也是注定的。但是，追寻主体的意志与行动并不能构成完整的意义，只有通过与追寻客体之间的互动，才能实现追寻主体的意义与价值。但让人纠结与不安的是，人无法选择或者逃离生存境遇。在追寻圣杯的征途上，无论追寻主体是中世纪的骑士，还是现代的学者、神父、孩童，生存境遇是其追寻路上的最大困境。

中世纪时期，追寻主体在不断探求圣灵世界的过程中来确立意义，从古代外出寻宝或回家发生了一次内向化的转折，而圣杯意象就是其圣灵世界的实物表征，它也是中世纪时期稳固的社会秩序与观念的体现，个体的存在与整个社会有密切的关系，人的生存状态都是由外在客观所规约的。具体来说，基督教信仰统摄社会，个体的意志与行动不过是回应上帝的权威与召唤，"视个体为社会整体一个分子的观点，在意识形态上被出自基督教宇宙观的使命观念所尊崇，按照这种观念，每个人都'蒙召'完成一定的任务"②。盖拉哈德是上帝派到人间的特使，注定能追寻到圣杯。而对于其他非圣杯骑士而言，上帝就是其圣

---

① [奥] 阿尔弗雷德·阿德勒：《自卑与超越》，杨颖译，浙江文艺出版社 2016 年版，第 3 页。
② [苏] 伊·谢·科恩：《自我论——个人与个人自我意识》，佟景韩、范国恩、许宏治译，生活·读书·新知三联书店 1986 年版，第 128 页。

杯征途的境遇。中世纪的追寻主体，"体现了古代人生存的非我化倾向，即自我始终处于共同体和传统的压制之中，人的主体性、能动性和创造性没有得到鲜明的体现和提升"①。现代西方人的生存境遇恰好与中世纪相反，人文主义传统失落，人的主体性被分化，人的精神处于异化状态，或质疑古老的圣杯意象，或追寻自己心中的圣杯。追寻主体要面对的是非确定性与流动感的外在世界，现代社会带来的不稳定感，使得追寻主体处于困惑与迷惘中。

追寻主体的追寻意识与追寻结果之间的背离，是造成圣杯追寻主体焦虑的另一个原因。在圣杯意象的文学文本中，除了沃尔夫拉姆的《帕西法尔》《亚瑟王之死》《国王叙事诗》中的帕西法尔、盖拉哈德，《达·芬奇密码》中的兰登与索菲之外，大部分文本中的大多数追寻主体都以失败告终。尤其是现代文本中，对圣杯的追寻似乎意味着"永恒"的失落。这给追寻主体带来更大的压力与动力，使主体产生一种不满足感与焦虑。然而，我们只能通过自身的努力来体验追寻——不是追寻圣杯本身，而是追寻经过解读的圣杯。因此，追寻意义永远是不完整的，追寻的工作或多或少尚未完成，或它永远无法完成。

二 圣杯意象的共通性价值

圣杯意象本身作为欧洲文学或文化的载体之一，具有广泛传播的价值。很多民族文学或文化的影响力，也许都是从一个文学或者文化意象的传播展开的。

（一）圣杯意象的延展性

骑士文学的圣杯意象作为英国中古时期特有的文学符号，它不单单是一个具体的所指，而且是一个不断被人们言说的能指符号，能指符号

---

① 吴玉军：《确定性追求与自我的失落——考察前现代人生存境遇的一个视角》，《安徽大学学报》2006年第5期。

作为一种象征形式在不同文本的叙述中复现，折射人类不断变化的欲望和文化需求。首先，圣杯意象的包容性与延展性，也赋予了圣杯永恒的生命力。其次，它积淀了欧洲古老的民族文化心理，积淀了深厚的西方传统文化理念，具有鲜明的欧洲文化特色。苏珊·朗格认为，"意象真正的功用是：它可作为抽象之物，可作为象征，即思想的荷载物"。①"一个'意象'可以被转换成一个隐喻，但如果它作为呈现与再现不断重复，那就变成了一个象征，甚至是一个象征（或者神话）系统的一部分。"② 圣杯意象作为西方文学与西方文化的重要意象，由于人们使用各种文学技巧与文化手段赋予了圣杯超乎外形的内涵，圣杯意象就由富裕与活力的鲜明的地域性观念逐渐升华为对上帝与永生的信仰，它体现了西方二元对立思维模式，鲜明地揭示了追求超越世界或彼岸世界的民族文化心理。最后，意象的想象与联想功能，"意味着对他人的精神状态，尤其是感情状态给以共鸣的再现"③。圣杯的本质是可望而不可即的理想境界，凝结了人类对理想境界的向往，反复探讨了人类永恒面对的生存境遇——理想与现实的矛盾。因此，圣杯意象在后世文学与文化之间的传承与发展，一方面，使欧洲各国乃至西方人认同信仰或者理想的观念；另一方面，又以不断变化的方式在内心形塑一个美好理想世界的存在。

（二）圣杯意象的包容力

圣杯传说的故事性在圣杯意象形成、发展过程中是黏合剂，起到了联结各个历史时期与各国文学、文化的作用。

---

① ［美］苏珊·朗格：《情感与形式》，刘大基、傅志强、周发详译，中国社会科学出版社 1986 年版，第 57 页。
② ［美］勒内·韦勒克、奥斯汀·沃伦：《文学理论》，刘象愚、邢培明、陈圣生等译，江苏教育出版社 2005 年版，第 214—215 页。
③ ［英］艾·阿·瑞恰慈：《文学批评原理》，杨自伍译，百花洲文艺出版社 1992 年版，第 219 页。

早在中世纪，圣杯传说就以故事的形式传播欧洲各地。听一个故事是人类古老永恒的愿望。根据心理学家的研究，人类的大脑，如同一个故事接收装置，人类对于故事是没有任何抵抗能力的，人类的心理接受机制与故事有内在的共通性。亚里士多德谈到文学起源时说："人从孩提时代起就有模仿的本能，（人和禽兽的分别之一就在于，人最善于模仿，他们最初的知识就是从模仿得来的）人对于模仿的作品总是感到快感，经验证明了这一点：事物本身看上去尽管引起痛感，但惟妙惟肖的图像看上去却能引起我们的快感。"① 看来，模拟故事是天性，它能给人带来快乐。就个体而言，每个人内心深处都有听故事的渴望，如从儿童时期就喜欢听大人讲故事。人们这种对故事的本能渴望，体现着人们对外在世界的好奇、探索和认知和领悟，这种渴望并不会随着社会的发展而减弱。就群体而言，几乎每个民族都有较为丰富的神话传说和历史故事，这些传说和故事是民族的集体无意识，不断得到人们的反复传颂，逐渐成为具有民族性与地域性的文学符号或文化符号，并作为文学艺术资源滋养着后世。更重要的是，故事对人类的精神生活产生延伸性影响，它代表了民族的向心力和凝聚力。故事还是不同民族、不同文化沟通的桥梁，人类能够从故事蕴含的价值观中找到文化认同感。

故事是一切小说不可或缺的最基本要素，福斯特认为："故事是小说的基本面，本身没有故事就不成为小说。"② 罗兰·巴特说："叙事是与人类历史共同产生的。"③ 英国作家伊·鲍德温将一切小说看作故事的形式，认为"小说是一篇臆造的故事"④。传奇作为小说的一种形

---

① [古希腊] 亚里士多德：《诗学》，罗念生译，人民文学出版社1962年版，第11页。
② [英] 爱·摩·福斯特：《小说面面观》，苏炳文译，花城出版社1985年版，第23页。
③ 张寅德编选：《叙述学研究》，中国社会科学出版社1989年版，第2页。
④ 徐岱：《小说叙事学》，中国社会科学出版社1992年版，第155页。

式，具有故事性与传奇性。

除了具有一般小说的故事性之外，圣杯传奇故事本身的特点，还满足了不同时代、不同国家与不同民族的共同的审美期待心理。

在圣杯传奇的故事中，骑士英雄作为原型人物是一个反复出现的人物符号，映射了人类的英雄情结。"一旦原型的情境发生，我们会突然获得一种不寻常的轻松感，仿佛被一种强大的力量运载或超度。在这一瞬间，我们不再是个人，而是整个族类。全人类的声音一齐在我们心中回响。"① 骑士英雄是原始意象的一种，它作为文化遗传基因，反复出现在各种艺术形式中，是人类内心深处恐惧感以及向往安全感的外化。人类渴望英雄，就是想要摆脱内心深处的焦虑与恐惧。"人类寻找英雄，从本质上说，正是在寻找生命理想的凝聚方式，寻找自身危机的拯救途径，寻找一种人生力度和高度。"②

圣杯意象从心理原型到意象原型，到最后被基督教文化统摄，再到后来的世俗化，一直贯穿着相同的人类集体无意识以及相似的叙事结构，即对追寻永生的人类集体无意识与追寻的叙述模式。圣杯传奇的故事是英雄历险模式，而英雄历险模式像梦一样，源自人类心灵的最深处，一次英雄历险模式，就是一条通向真正个体性的道路，真正自我确证的道路，一次回归初心的旅程。"它讲述的是普遍性的自我转化的探求，是一个创造性的重生的意象，是我们内在的永恒循环，是一个离奇的发现：发现追寻者所追寻的奥秘就是追寻者自身。英雄的旅程是把两个相隔遥远的观念绑在一起的象征，一个是古人对灵性的探求，一个是现代对自我认同的探求。正如坎贝尔所说的，这两种探

---

① ［瑞士］卡尔·荣格：《集体无意识的概念》，《荣格文集》，冯川、苏克译，改革出版社1997年版，第227页。
② 高力：《"英雄情结"：历史嬗变与现代延伸——试论新时期战争片的英雄观》，《电影作品》1993年第3期。

求'事实上是一样的,它们的形状虽然千变万化,但我们总可以在这里找到那个惊人的、恒常不变的故事'。"①

(三) 圣杯意象的超越性

圣杯意象对神权政治内涵的超越性,是推动圣杯意象产生文化影响力的重要力量。

基督教的权威性使其在蛮族地区被广为流传,并逐渐成为蛮族文化的一个特质,圣杯的宗教化就是其特质的体现。反过来,圣杯意象作为文学作品的组成部分,它在情感上也重塑了基督教。但是,这种情感上的重塑并不影响圣杯基督教信仰的寓意,这是用情感的世俗叙事方式代言宗教信仰,鲜活的人物、曲折的情节和瑰丽的想象使基督精神走进普通民众的视野,并真正热爱基督教。正如泰勒所言,"在非宗教和哲学领域,由于中世纪思维和心灵的演化,新颖的情感和场景也已经导入古代文学作品的主题中……中世纪用丰富的爱和恐惧,用伟大的想象力,用神秘和象征的力量美化了他们的遗产,将其戒律转化为精神"②。只有当戒律被转化为圣杯的故事时,宗教才能更易于接近民众生活并滋养人们的心灵,感染中世纪并被后代传承,逐步升华为西方文学与文化的重要象征之一。

另外,圣杯意象及其骑士英雄所代表的基督教文化模式与生活方式,具有内倾向。"一般地说,理想并不排除罪恶、战争、屠杀、报复之类题材,相反地,这些现象往往是英雄时代和神话时代的内容和基础,在这种时代里法律和道德愈不发达,人物形象也就愈顽强、愈野蛮。例如在叙述骑士冒险的故事里,骑士们出外游行,本来是要铲除

---

① [美]菲尔·柯西诺:《英雄的旅程》,梁永安译,金城出版社2011年版,"前言"第10页。
② [美]奥利·奥斯本·泰勒:《中世纪的思维:思想情感发展史》(第一卷),赵立行、周光发译,上海三联书店2012年版,第19页。

祸害，打抱不平，但是他们自己也往往做些横蛮放肆的事。宗教中殉道者的英勇气概也须假定当时情况是这样野蛮残酷的。但是就大体来说，基督教的理想着重内心生活的真挚深厚，所以对于外在世界情况是漠不关心的。"① 可随着文艺复兴与启蒙运动的兴起，西方人开始日趋走向世俗化。西方世俗化的结果体现在两个方面：一方面，是社会自身的世俗化，即人类的观念、意识形态、生活方式、政治等各个方面逐渐摆脱宗教的羁绊，社会制度由"君权神授"转向理性化的社会管理制度，日益走上民主和法制的道路，教会则从社会生活的中心退隐到边缘。另一方面，是宗教及教会自身的世俗化，即教会也在不断调整教义、教规以及传教理念，尤其是宗教改革后，开始向人的宗教转变，也肯定现世生活的幸福。漫长的世俗化过程，也不断推动圣杯传奇走向世俗化，圣杯意象也逐渐从天堂走到人间，从神性回归到人性，从象征圣灵变成隐喻人生的真相，与普罗大众融为一体。20世纪末以来，在文化全球化与大众文化的合力下，圣杯意象被包装成影视、动漫、广告等多种艺术形式，传播到世界各地。圣杯意象在世俗化力量的推动下，真正实现了全球化与普世化。

21世纪，西方社会以及人类面临很多前所未有的挑战，圣杯意象的创作仍有重要的价值与意义。"因为全球范围内的破坏，可以解释现实的传统绝对主义中广泛传播的社会不公与信仰的缺失，更多的是西方已经对宗教和人性失去了希望。当尘世人文主义无法解决我们的问题时，质疑的时代变成了悲观的时代。矛盾的是，甚至当我们对于神话提供答案的能力非常悲观时，我们情不自禁会向深处寻求答案。这是文化在失望与希望之间，在虚无与意义之间斗争的碎片，随着我们拒绝传统的真相的概念，我们矛盾地甚至精神分裂地寻找真相。因此，

---

① ［德］黑格尔：《美学》（第一卷），朱光潜译，商务印书馆1997年版，第244页。

神圣他界中的容器被带到世界上，无论这个是否对它更好。在质疑神圣他界的现代社会，我们必须问我们自己我们要拿圣杯怎么办：我们可以视其为不相关的东西拒绝它、嘲笑它，我们可以将其作为一种值得尊敬的时代错误而接受它，或者我们可以将它变成一种隐喻，来为其找到用途。无论我们怎么做，圣杯一直在我们的诗歌和小说中，就像一团游走的火焰。"[①]

[①] John B. Marino, "Humanism and the Grail Legend: From Skepticism to Metaphor", *The Grail Legend in Modern Literature*, Rochester, N.Y.: Boydell & Brewer, D. S. Brewer, 2004, p. 116.

参考文献

一 中文专著

包亚明主编：《现代性与空间的生产》，上海教育出版社2003年版。

卞昭慈：《天路·人路——英国近代文学与基督教思想》，四川大学出版社2001年版。

陈才宇：《古英语与中古英语文学通论》，商务印书馆2007年版。

陈庆勋：《艾略特诗歌隐喻研究》，上海人民出版社2008年版。

冯象：《玻璃岛——亚瑟王与我三千年》，生活·读书·新知三联书店2013年版。

高春常：《世界的祛魅：西方宗教精神》，江西人民出版社2009年版

李耀宗：《诸神的黎明与欧洲诗歌的新开始》，（台北）允晨文化事业股份有限公司2008年版。

梁工主编：《基督教文学》，宗教文化出版社2001年版。

刘建军：《基督教文化与西方文学传统》，北京大学出版社2005年版。

刘建军：《欧洲中世纪文学论稿》，中华书局2010年版。

刘建军：《演进的诗化人学——文化视界中西方文学的人文精神传统》，东北师范大学出版社1998年版。

刘建军主编：《20世纪西方文学》，高等教育出版社2000年版。

刘小枫：《现代性社会理论绪论——现代性与现代中国》，（香港）牛津大学出版社1996年版。

刘意青：《〈圣经〉的文学阐释——理论与实践》，北京大学出版社2004年版。

马广海：《文化人类学》，山东大学出版社2003年版。

孟华主编：《比较文学形象学》，北京大学出版社2001年版。

倪世光：《中世纪骑士制度探究》，商务印书馆2007年版。

钱乘旦、许洁明：《英国通史》，上海社会科学院出版社2007年版。

沈弘译注：《欧洲传奇文学风貌———中古时期的骑士历险与爱情讴歌》，（台北）书林出版有限公司2009年版。

苏其康：《欧洲传奇文学风貌》，（台北）书林出版有限公司2005年版。

文美惠：《塞万提斯和〈堂·吉诃德〉》，北京出版社1981年版。

肖明翰：《英语文学传统之形成：中世纪英语文学研究》，社会科学文献出版社2009年版。

徐岱：《小说叙事学》，中国社会科学出版社1992年版。

颜元叔：《英国文学：中古时期》，（台北）书林出版有限公司2008年版。

叶舒宪编选：《结构主义神话学》，陕西师范大学出版社2011年版。

叶舒宪：《探索非理性的世界》，四川人民出版社1988年版。

张寅德编选：《叙述学研究》，中国社会科学出版社1989年版。

赵毅衡：《符号学原理与推演》，南京大学出版社2011年版。

周宪：《20世纪西方美学》，南京大学出版社1999年版。

周宪：《文化表征与文化研究》，北京大学出版社2007年版。

朱光潜：《西方美学史》，人民文学出版社2002年版。

二 中文译著类

［瑞士］C.G.荣格：《荣格文集：梦的分析》，董建中、陈珅、高岚

译,长春出版社 2014 年版。

[英] C. S. 路易斯:《中世纪和文艺复兴时期的文学研究》,胡虹译,华东师范大学出版社 2010 年版。

[英] J. K. 罗琳:《哈利·波特与魔法石》,苏农译,人民文学出版社 2018 年版。

[美] M. H. 艾布拉姆斯:《镜与灯——浪漫主义文论及批评传统》,郦稚牛、张照进、童庆生译,北京大学出版社 2004 年版。

[英] T. H. 怀特:《残缺骑士》,蔡俊君译,新星出版社 2014 年版。

[英] T. S. 艾略特:《艾略特诗学文集》,王恩衷编译,国际文化出版公司 1989 年版。

[英] 托·斯·艾略特:《荒原——艾略特文集·诗歌》,汤永宽、裘小龙等译,上海译文出版社 2012 年版。

[英] T. S. 艾略特:《基督教与文化》,杨民生、陈常锦译,四川人民出版社 1989 年版。

[美] 阿尔伯特·甘霖:《基督教与西方文化》,赵中辉译,北京大学出版社 2005 年版。

[奥] 阿尔弗雷德·阿德勒:《自卑与超越》,杨颖译,浙江文艺出版社 2016 年版。

[英] 阿尔弗雷德·丁尼生:《国王的叙事诗》,文爱艺译,安徽人民出版社 2012 年版。

[苏] 阿尼克斯特:《英国文学史纲》,戴镏龄等译,人民文学出版社 1959 年版。

[英] 埃德蒙·斯宾塞:《仙后》,刑怡译,北京时代华文书局 2015 年版。

[加] 埃里克·麦克卢汉、[加] 弗兰克·秦格龙编:《麦克卢汉精粹》,何道宽译,南京大学出版社 2000 年版。

［英］爱·摩·福斯特：《小说面面观》，苏炳文译，花城出版社1985年版。

［英］安德鲁·吉布森：《詹姆斯·乔伊斯》，宋庆宝译，北京大学出版社2013年版。

［英］安德鲁·桑德斯：《牛津简明英国文学史》，谷启楠等译，人民文学出版社2000年版。

［英］安吉拉·默克罗比：《后现代主义与大众文化》，田晓菲译，中央编译出版社2000年版。

［法］安娜·马丁-菲吉耶：《浪漫主义者的生活（1820—1848）》，杭零译，山东画报出版社2005年版。

［法］保罗·梵·第根：《文艺复兴以来的欧美文学史》，谢钟浞译，人民出版社2015年版。

［美］比尔·麦克基本：《自然的终结》，孙晓春、马树林译，吉林人民出版社2000年版。

［英］彼得·伯克：《意大利文艺复兴时期的文化与社会》，刘君译，刘耀春校，东方出版社2007年版。

［德］彼得·克劳斯·哈特曼：《神圣罗马帝国文化史1648—1806年/帝国法、宗教和文化》，刘新利、陈晓春、赵杰译，东方出版社2005年版。

［丹］勃兰兑斯：《十九世纪文学主流》，张道真译，人民文学出版社1997年版。

［英］博克尔：《英国文化史》，胡肇椿译，商务印书馆1946年版。

［美］布鲁斯·罗宾斯编著：《知识分子：美学、政治与学术》，王文斌等译，江苏人民出版社2002年版。

［英］查尔斯·查德维克：《象征主义》，肖聿译，北岳文艺出版社1989年版。

［英］大卫·瑙尔斯：《中世纪思想的演化》，杨选译，商务印书馆2012年版。

［美］戴维·科尔伯特：《哈利·波特的魔法世界》，麦秸译，人民文学出版社2002年版。

［英］戴维·洛奇：《小世界》，赵光育译，作家出版社1998年版。

［美］丹·布朗：《达·芬奇密码》，朱振武、吴晟、周元晓译，人民文学出版社2013年版。

［美］丹尼尔·贝尔：《资本主义文化矛盾》，赵一凡、蒲隆、任晓晋译，生活·读书·新知三联书店1989年版。

［法］丹尼尔·罗什：《启蒙运动中的法国》，杨亚平、赵静利、尹伟译，华东师范大学出版社2011年版。

［德］恩斯特·卡西尔：《人论》，甘阳译，上海译文出版社1985年版。

［德］恩斯特·卡西尔：《语言与神话》，于晓等译，生活·读书·新知三联书店1988年版。

［英］菲奥娜·斯沃比：《骑士之爱与游吟诗人》，王晨译，上海社会科学院出版社2013年版。

［美］弗·詹姆逊：《现代性、后现代性和全球化》，王逢振译，中国人民大学出版社2004年版。

［美］弗拉基米尔·纳博科夫：《〈堂吉诃德〉讲稿》，金绍禹译，上海三联书店2007年版。

［德］歌德：《浮士德》，董问樵译，复旦大学出版社1982年版。

［美］古斯塔夫·缪勒：《文学的哲学》，孙宜学、郭洪涛译，广西师范大学出版社2001年版。

［英］海伦·尼克尔森：《十字军》，刘晶波译，上海社会科学院出版社2013年版。

［德］黑格尔：《美学》，朱光潜译，商务印书馆1996年版。

[美] 杰姆逊：《后现代主义与文化理论》，唐小兵译，北京大学出版社 1997 年版。

[瑞士] 卡尔·古斯塔夫·荣格：《原型与集体无意识》，徐德林译，国际文化出版公司 2011 年版。

[意] 卡尔维诺：《疯狂的奥兰多》，赵文伟译，译林出版社 2012 年版。

[美] 马泰·卡林内斯库：《现代性的五副面孔：现代主义、先锋派、颓废、媚俗艺术、后现代主义》，顾爱彬、李瑞华译，译林出版社 2015 年版。

[英] 凯伦·阿姆斯特朗：《神话简史》，胡亚豳译，重庆出版社 2005 年版。

[法] 劳埃德·斯宾塞：《启蒙运动》，盛韵译，生活·读书·新知三联书店 2016 年版。

[美] 勒内·韦勒克、奥斯汀·沃伦：《文学理论》，刘象愚、邢培明、陈圣生等译，江苏教育出版社 2005 年版。

[美] 雷德蒙·库利：《最后的圣殿骑士》，秦维杜译，上海译文出版社 2006 年版。

[美] 里奥·布劳迪：《从骑士精神到恐怖主义——战争和男性气质的变迁》，杨述伊、韩小华、马丹译，东方出版社 2007 年版。

[美] 理查德·塔纳斯：《西方思想史——对形成西方世界观的各种观念的理解》，吴象婴、晏可佳、张广勇译，上海社会科学院出版社 2007 年版。

[美] 莉萨·罗格克：《〈达·芬奇密码〉背后的男人：丹·布朗传》，朱振武译，上海译文出版社 2006 年版。

[英] 马丁·艾斯林：《荒诞派戏剧》，华明译，河北教育出版社 2003 年版。

[德] 马克斯·韦伯：《经济与社会》，林荣远译，商务印书馆 1998 年版。

［德］马克斯·韦伯：《新教伦理与资本主义精神》，康乐、简惠美译，广西师范大学出版社 2010 年版。

［英］托马斯·马洛礼：《亚瑟王之死》，黄素封译，人民文学出版社 2005 年版。

［德］汉斯·马耶尔：《瓦格纳》，张黎译，人民音乐出版社 2005 年版。

［美］玛丽莲·斯托克斯塔德：《中世纪的城堡》，林盛译，上海社会科学院出版社 2013 年版。

［英］迈克·费瑟斯通：《消费文化与后现代主义》，刘精明译，译林出版社 2000 年版。

［波］米兰·昆德拉：《小说的艺术》，董强译，上海译文出版社 2004 年版。

［美］米勒德·J. 艾利克森：《后现代主义的承诺与危险》，叶丽贤、苏欲晓译，北京大学出版社 2006 年版。

［德］弗烈德里希·尼采：《尼采反对瓦格纳》，陈燕茹、赵秀芬译，山东画报出版社 2002 年版。

［加］诺思洛普·弗莱：《批评的剖析》，陈惠、袁宪军、吴伟仁译，百花文艺出版社 1998 年版。

［加］诺思洛普·弗莱：《世俗的经典——传奇资本主义故事结构研究》，孟祥春译，世纪出版集团上海人民出版社 2009 年版。

［加］诺斯洛普·弗莱：《现代百年》，盛宁译，辽宁教育出版社 1998 年版。

［意］欧金尼奥·加林主编：《文艺复兴时期的人》，李玉成译，生活·读书·新知三联书店 2003 年版。

［意］欧金尼奥·加林：《中世纪与文艺复兴》，李玉成、李进译，商务印书馆 2012 年版。

［美］欧文·白璧德：《卢梭与浪漫主义》，孙宜学译，河北教育出版

社 2003 年版。

［法］让-皮埃尔·里乌、让-弗朗索瓦·西里内力主编：《法国文化史（卷一）·中世纪》，杨建译，华东师范大学出版社 2012 年版。

［瑞士］荣格：《心理学与文学》，冯川、苏克译，生活·读书·新知三联书店 1987 年版。

［英］艾·阿·瑞恰慈：《文学批评原理》，杨自伍译，百花洲文艺出版社 1992 年版。

［美］萨瑟兰：《英美畅销小说简史》，苏耕欣译，外语教学与研究出版社 2009 年版。

［西］塞万提斯：《堂·吉诃德》，杨绛译，人民文学出版社 1979 年版。

［德］施勒格尔：《浪漫派风格：施勒格尔批评文集》，李伯杰译，华夏出版社 2005 年版。

［德］叔本华：《作为意志和表象的世界》，石冲白译，商务印书馆 1982 年版。

［法］司汤达：《拉辛与莎士比亚》，王道乾译，上海人民出版社 2006 年版。

［法］德·斯达尔夫人：《德国的文学与艺术》，丁世中译，人民文学出版社 1981 年版。

［美］斯蒂·汤普森：《世界民间故事分类学》，郑海等译，上海文艺出版社 1991 年版。

［意］桑德拉·苏阿托妮：《文艺复兴：从神性走向人性》，夏方林译，四川人民出版社 2000 年版。

［美］苏珊·朗格：《情感与形式》，刘大基、傅志强、周发祥译，中国社会科学出版社 1986 年版。

［英］特里·伊格尔顿：《后现代主义的幻象》，华明译，商务印书馆 2000 年版。

［美］托马斯·L. 汉金斯：《科学与启蒙运动》，任定成、张爱珍译，复旦大学出版社2000年版。

［美］托马斯·卡希尔：《中世纪的奥秘：天主教欧洲的崇拜与女权、科学及艺术的兴起》，朱东华译，北京大学出版社2011年版。

［英］托马斯·莫尔：《乌托邦》，戴镏龄译，商务印书馆2010年版。

［美］威尔·杜兰特：《理性开始的时代》，台湾幼狮文化译，华夏出版社2010年版。

［意］维柯：《新科学》，朱光潜译，商务印书馆1989年版。

［荷］维姆·布洛克曼、彼得·霍彭布沃：《欧洲中世纪史》，乔修峰、卢伟译，花城出版社2012年版。

［英］沃尔特·厄尔曼：《中世纪政治思想史》，夏洞奇译，译林出版社2011年版。

［德］伊丽莎白·福厄斯特－尼采编著：《巨人的聚散：尼采与瓦格纳》，冷杉、杨立新译，生活·读书·新知三联书店2010年版。

［英］以赛亚·伯林：《浪漫主义的根源》，吕梁等译，译林出版社2008年版。

［法］维克多·雨果：《雨果论文学》，柳鸣九译，上海译文出版社2011年版。

［德］约阿希姆·布姆克：《宫廷文化》，何珊、刘华新译，生活·读书·新知三联书店2006年版。

［荷］约翰·赫伊津哈：《中世纪的秋天》，何道宽译，广西师范大学出版社2008年版。

［荷］约翰·赫伊津哈：《中世纪的衰落》，刘军、舒炜等译，北京大学出版社2014年版。

［美］约瑟夫·坎贝尔，比尔·莫耶斯：《神话的力量》，朱侃如译，万卷出版公司2011年版。

[美] 詹明信:《晚期资本主义的文化逻辑》,陈清侨、严锋等译,生活·读书·新知三联书店 2013 年版。

[美] 詹姆斯·利文斯顿、弗兰西斯、费奥伦查等:《现代基督教思想》,何光沪、高师宁等译,译林出版社 2014 年版。

[爱尔兰] 詹姆斯·乔伊斯:《都柏林人》,王逢振译,上海译文出版社 2010 年版。

三 中文期刊

[德] A·叔本华:《所有的爱都是同情》,李洁译,《世界哲学》2005 年第 1 期。

[美] 乔欧尼·马洛里:《生态女性主义的政治哲学是什么?——性别、自然与政治》,李亮译,《南京林业大学学报》(人文社会科学版) 2011 年第 4 期。

[瑞士] 阿道夫·穆施格:《圣杯质疑》,赖升禄译,《第欧根尼》1989 年第 2 期。

代丽丹:《"圣杯"追寻中的意义选择》,《外国文学评论》2007 年第 3 期。

龚小凡:《消费文化与当代产品的符号化》,《中州学刊》2010 年第 1 期。

谷裕:《神秩下的成长发展与圣杯的寓意——沃尔夫拉姆的〈帕西伐尔〉》,《国外文学》2010 年第 1 期。

李耀宗:《"从史诗到罗曼斯"与欧洲叙事诗的新开始》,《国外文学》2012 年第 2 期。

李耀宗:《汉译欧洲中古文学的回顾与展望》,《国外文学》2003 年第 1 期。

刘建军:《密码:化解文化冲突的"醒世恒言"——丹·布朗的〈达·芬奇密码〉中所蕴含的现代文化智慧》,《当代外国文学》

2017 年第 3 期。

刘建军：《基督教与文艺复兴运动时期的欧洲文学》，《外国文学研究》2007 年第 5 期。

刘乃银：《世俗的表象和宗教的精神：〈高文爵士和绿衣骑士〉的色情诱惑场景》，《外国文学研究》2003 年第 4 期。

刘秋香：《近几年国内中世纪骑士研究综述》，《世界历史》2006 年第 4 期。

罗贻荣：《戴维·洛奇访谈录》，《外国文学》2009 年第 6 期。

戚咏梅、吴瑾瑾：《中世纪浪漫传奇的流变——〈高文爵士和绿色骑士〉的个性化创作特征研究》，《外语教学理论与实践》2010 年第 2 期。

肖明翰：《〈戈文爵士和绿色骑士〉中的考验主题与道德探索》，《外国文学》2006 年第 5 期。

肖明翰：《中世纪欧洲的骑士精神与宫廷爱情》，《外国文学研究》2005 年第 3 期。

杨慧林：《"圣杯"的象征系统及其"解码"——〈达·芬奇密码〉的符号考释》，《文艺研究》2005 年第 12 期。

叶舒宪：《西方文化寻根中的"女神复兴"——从"盖娅假说"到"女神文明"》，《文艺理论与批评》2002 年第 4 期。

叶舒宪：《新启蒙：文化寻根与 20 世纪思想的转向》，《天津社会科学》2005 年第 4 期。

周家宸、苗勇刚：《亚瑟王传奇概观及其在中国的译介与研究现状》，《世界文学评论》2011 年第 2 期。

四　中文学位论文

包慧怡：《马洛礼〈亚瑟王之死〉中"正义"的维度》，硕士学位论文,复旦大学,2010年。

包倩怡:《亚瑟王传奇中的三类女性》,硕士学位论文,对外经济贸易大学,2000年。

高焕香:《亚瑟王传奇:意识形态变化的载体》,硕士学位论文,山东科技大学,2010年。

胡燕春:《1773—1845英、法、德、俄四国文学中的骑士形象》,硕士学位论文,黑龙江大学,2003年。

戚咏梅:《深陷重围的骑士精神——高文诗人及其〈高文爵士和绿色骑士〉》,博士学位论文,华东师范大学,2009年。

任媛媛:《亚瑟王传奇中的骑士精神》,硕士学位论文,河北师范大学,2006年。

于畅:《21世纪以来的引进版畅销书研究》,硕士学位论文,东北师范大学,2013年。

张成军:《骑士文学对后世文学的影响探析》,硕士学位论文,上海师范大学,2004年。

五 外文专著

A. E. Waite, *The Holy Grail: History, Legend and Symbolism*, New York: Dover Publications 2011.

M. H. Abrams, *A Glossary of Literary Terms* (7th edition), Beijing: Foreign Language Teaching and Research Press & Thomson Learning, 2004.

AlanLupack, *The Oxford Guide to Arthurian Literature and Legend*, New York: Oxford University Press, 2007.

Alfred Nutt, *Studies on the Legend of the Holy Grail: With Especial Reference to the Hypothesis of Its Celtic Origin*, Lodon: Forgotten Books, 2015.

Andrea Williams, *The Adventures of the Holy Grail: A Study of LA Queste*

Del Saint Graal, New York: Peter Lang AG, Internationaler Verlag der Wissenschaften, 2001.

Anne Marie D'Arcy, *Wisdom and the Grail—The image of the vessel in the Queste del Saint Graal and Malory's Tale of Sankgreal*, Dublin: Four Courts Press, 2000.

Anonymous, *King Arthur's Death*, Translated with an Introduction by James Cable, Lodon: Penguin Classics, 1989.

Simon Armitage, *Sir Gawain and the Green Knight*, New York: W. W. Norton & Company, 2008.

Anonymous, *The Quest of the Holy Grail*, Translated with Pauline M. Matarasso, New York: Penguin Classics, 1969.

Beroul, *The Romance of Tristan: The Tale of Tristan's Madness*, New York: Penguin Classics, 1978.

Chretien de Troyes, *Cliges*, Translated with Raffel, Burton, New York: Yale University Press, 1997.

Chretien de Troyes, *Erec and Enide*, Translated with Raffel, Burton, New York: Yale University Press, 1997.

Chretien de Troyes, *Lancelot: The Knight of the Cart*, Translated with Raffel, Burton, New York: Yale University Press, 1997.

Chretien de Troyes, *Yvain: The Knight of the Lion*, Translated with Raffel, Burton, New York: Yale University Press, 1987.

CurtLeviant, *King Artus: a Hebrew Arthurian romance of 1279*, Syracuse: Syracuse University Press, 2003.

DavidStaines, *The Complete Romances of Chretien de Troyes*, Translated with Staines, David, Annapolis: Indiana University Press, 1991.

Dhira B. Mahoney, *The Grail: A Casebook (Arthurian Characters and*

Themes), Hartford: Garland Publishing, 1999.

Geoffrey of Monmouth, *The History of The kings of Britain*, Lodon: Penguin Books, 1977.

JessieL. Weston, *The Quest of the Holy Grail*, New York: Dover Publications, 2001.

六 外文期刊

Alexandra, Verini, "Medieval Crossover: Reading the Secular Against the Sacred by Barbara Newman", *Comitatus: A Journal of Medieval and Renaissance Studies*, Vol. 45, 2014.

Anne Huntley – Speare, "The Symbolic Use of the Turtledove for the Holy Spirit in Wolfram's Parzival", *Mystics Quarterly*, Vol. 22, No. 3, September 1996.

Antonio L. Furtado, "A source in Babylon", *Quondam et Futurus*, Vol. 3, No. 1, Spring 1993.

Antonio L. Furtado, "Geoffrey of Monmouth: a source of the grail stories", *Quondam et Futurus*, Vol. 1, No. 1, Spring 1991.

Arthur C. L. Brown, "From Cauldron of Plenty to Grail", *Modern Philology*, Vol. 14, No. 7, November. 1916.

Ceridwen Lloyd – Morgan., "Eternal Chalice: The Enduring Legend of the Holy Grail", *Medium Ævum*, Vol. 79, No. 1, 2010.

David Staines, "Tennyson's 'The Holy Grail': The Tragedy of Percivale", *The Modern Language Review*, Vol. 69, No. 4, October 1974.

Eric Gidal, "Playing With Marbles: Wordsworth's Egyptian Maid", *The Wordsworth Circle*, Vol. 24, No. 1, Winter 1993.

Gina L. Greco, "From the Last Supper to the Arthurian Feast: Translatio and the Round Table", *Modern Philology*, Vol. 96, No. 1, August 1998.

Heinrich Weinel, "Richard Wagner and Christianity", *The American Journal of Theology*, Vol. 7, No. 4, October. 1903.

Jante Jesmok, "Comedic Preludes to Lancelot's 'Unhappy' Life in Malory's 'Le Morte Darthur'", *Arthuriana*, Vol. 14, No. 4, Winter 2004.

Jessie L. Weston, "The Grail and the Rites of Adonis", *Folklore*, Vol. 18, No. 3, September 1907.

Jonathan, "Discovery of the Grail", *Paul. Publishers Weekly*, New York, Vol. 245, No. 42, October 1998.

Joseph Keller, "Paradigm shifts in the grail scholarship of Jessie Weston and R. S. Loomis: A view from linguistics", *Arthurian Interpretations*, Vol. 1, No. 2, Spring, 1987.

Judith H. Anderson, "'The Faerie Queene' and Middle English Romance: The Matter of Just Memory by Andrew King", *Arthuriana*, Vol. 11, No. 3, Fall 2001.

Kevin T. Grimm, "Sir Thomas Malory's Narrative of Faith," *Arthuriana*, Vol. 16, No. 2, On Malory: Festschrift in honor of D. Thomas Hanks, JR, Summer 2006.

Kenneth Hodges, "Making Arthur Protestant: Translating Malory's Grail Quest into Spenser's Book of Holiness", *The Review of English Studies*, New Series, Vol. 62, No. 254, April 2011.

Michael Darin amey, "Questing the Grail, Questioning Religion: Religion in Modern Grail Narratives" *Arthuriana*, Vol. 25, No. 2, Summer 2015.

Norris J. Lacy, "From Medieval to Post-Modern: The Arthurian Quest in France", *South Atlantic Review*, Vol. 65, No. 2, Spring, 2000.

Paulr, Rovang, "Hebraizing Arthurian Romance: The Originality of

'Melech Artus'", *Arthuriana*, Vol. 19, No. 2, Summer 2009.

R. S. Loomis, "The Irish Origin of the Grail Legend", *Speculum*, Vol. 8, No. 4, October. 1933.

Robert L. Kelly, "Royal Policy and Malory's Round Table", *Arthuriana*, Vol. 14, No. 1, Spring, 2004.

Sherlyn Abdoo, "Woman as Grail in T·S·Eliot's The Waste Land", *The Centennial Review*, Vol. 28, No. 1, Winter 1984.

Stuart Laing, "The three Small Worlds of David Lodge", *Critical Survey*, Vol. 3, No. 3, Text into performance, 1991.

William Roach, "Transformations of the Grail Theme in the First Two Continuations of the Old French 'Perceval'", *Proceedings of the American Philosophical Society*, Vol. 110, No. 3, June. 1966.